KB052884

그대를 실어 오는 바람

연 연 불 망

그대를 실어 오는 바람

1판 1쇄 찍음 2017년 6월 21일
1판 1쇄 펴냄 2017년 6월 28일

지은이 | 지연희
펴낸이 | 고운숙
펴낸곳 | 봄 미디어

기획·편집 | 김민지, 김자우, 홍주희, 김현주

출판등록 | 2014년 08월 25일 (제387-2014-000040호)
주소 | 경기도 부천시 원미구 소향로17, 304(두성프라자)
영업부 | 070-5015-0818 편집부 | 070-5015-0817 팩스 | 032-712-2815
E-mail | bommedia@naver.com
소식창 | http://blog.naver.com/bommedia

값 9,000원

ISBN 979-11-5810-340-8 03810

지연희 장편 소설

그대를 실어 오는 바람

연연불망

목차

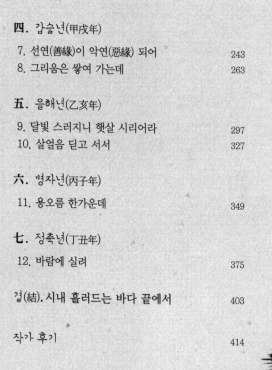

一

신미년(辛未年)

1
봄빛 스미는 순간

뿌리 깊은 나무는
바람에 흔들리지 않기에
꽃이 좋고 열매가 가득하나니*.

반듯하게 획을 긋는 신중한 손길에는 조금의 떨림도 없었다.
잠시 붓을 멈추고 생각에 잠긴 소년의 귀에 퍽 익숙한 걸음 소
리가 들려왔다. 서둘러 붓을 내려놓은 소년이 자리에서 벌떡 일
어났다.

"저하……."

누군가의 방문을 알리고자 하는 목소리가 제대로 뻗어 나오
기도 전에 문이 먼저 열렸다. 선비의 복장을 한 남자는 소년과

---

*용비어천가(龍飛御天歌) 2장 1절.

눈이 마주치기도 전에 자세를 바로 하고 정중하게 허리를 굽혔다.

"저하, 신……."

"스승님."

"당치 않으신 말씀이옵니다."

"스승님께 붕우의 예절을 갖추라는 건 아바마마의 명이었사옵니다."

남자를 반갑게 맞이하고 돌아서는 소년의 목소리는 퍽 명랑했다. 선비는 약간 난처한 표정으로 그 뒤를 따랐다. 소년에게 경전의 내용을 강론하는 게 그의 일이었으니 스승이라는 말이 아주 틀린 건 아니었다. 그러나 사부(師傅)도 아니면서 스승님 소리를 들을 때마다 마음 한구석이 근질거렸다. 제 것이 아닌 무언가를 탐내어 손아귀에 쥔 듯한 느낌이었다.

선비가 다시 한번 소년의 말을 부정했다.

"배움에 있어 공손한 마음가짐을 가져야 함을 당부하신 것뿐입니다."

"품은 마음을 실천으로 옮겨야만 진정 사람의 도리를 다하는 것 아닐까요. 설령 그렇다 하더라도 오늘만큼은 익숙해지셔야 합니다. 스승님께서도 공복(公服) 차림이 아니듯 저 또한 미복을 하고 나가지 않습니까. 장유유서가 엄격한데 제가 스승님을 일러 성원(誠源)이나 낭간으로 부를 수도 없는 노릇이고 말입니다."

소년은 평소보다 말이 많았다. 어명을 받들어 임무를 수행하는 것에 불과한데도 궐을 나서 제법 먼 거리를 간다는 게 저토록 설렐까. 성원은 대답할 말을 찾으려 드는 대신 입을 다물었다. 어느새 서안 앞에 앉아 그를 향해 눈짓하는 소년을 바라보며 다가가 앉았다. 서안 위에는 조금 전까지 쓰고 있었던 듯, 까만 글씨 위에 아직도 물기가 번들거리는 종이가 놓여 있었다. 성원의 눈길이 빠르게 글자를 훑었다.

"왕업(王業)을 이어 가는 마음가짐을 다스리고 계셨사옵니까."

"그저 명문이라 생각하였을 뿐, 그런 거창한 것을 생각하기에는 아직 이릅니다."

소년이 손사래를 치며 종이를 옆으로 내려놓았다. 짧은 순간, 종잇장 뒤로 숨어드는 글귀를 발견하고는 표정이 살짝 흐려졌다. 방금 내려놓은 종이에 적힌 글귀의 한역 시가였다.

같은 글귀인데도 습관인 듯 당연하게 한문으로 시구를 먼저 적은 후에야 비로소 정음을 생각해 냈다. 한문을 진서(眞書)라 일컫고 정음을 언문(諺文)이라 낮춰 부르는 자들과 크게 다르지 않은 행태인 듯했다. 어린 마음에도 하찮은 소리까지 낱낱이 적어 낼 수 있는 글자보다 경전에 쓰인 문자가 더 높이 보인 것일까. 정음은 소년이 존경해 마지않는 조부의 유산인데도.

그의 조부는 어리석은, 실상은 배움의 기회조차 얻을 수 없어 아둔함을 면할 수 없는 백성들을 위해 글자를 만든 성군(聖君)이었다. 어디 그뿐인가. 음률이며 역학, 화포 따위에 이르기까지 알지 못하는 것이 없었고 능하지 않은 것을 찾기 힘들 정도였다. 그 모든 재능을 품었음에도 보위는 감히 바라지도 못할 삼남(三男)으로 태어났다.

그러나 천운이 따랐는가. 부왕의 눈에 벗어난 세자를 대신하여 왕이 되었다. 파격으로 왕위에 올랐기에 그 모든 일들을 행할 수 있었는지 모른다. 하지만 고작 그것을 일러 파격이라 말할 수 있을까.

조부는 삼남이었지만, 증조부는 그보다도 더 보위에서 먼 다섯 째였다. 고조부는 쓰러져 가는 나라를 무너뜨리고 새 왕조를 주창했다. 현조(玄祖)는 오랑캐 치하에서 숨죽이며 지내다 결정적 순간에 성문을 열어 준 이이기도 했다. 세월을 거슬러 오르다 보면, 장자인 소년의 아비가 세자에 책봉되어 왕이 된 게 더 이상한 일처럼 보였다.

뿌리 깊은 나무는 바람에 흔들리지 않는다. 짧지 않은 시간 동안 이 왕조에 뿌리내린 것은 그러한 파격이었다.

고래(古來)로 전하는 관습에 따라 장남을 세자로 세운 조부는 새로운 파격을 시도했다. 흔치 않은 글자를 찾아 외자로 이름을 짓는 관행을 내려놓고 평이한 두 자를 늘어놓은 이름자를 장손인 그에게 주었다. 쉬운 글자에 담긴 뜻은 묵직하였으나, 눈에 보이는 현상에만 몰두하여 선왕의 어심을 속단하는 자들이 있었다. 그들의 수군거림이 소년에게까지 흘러들었다.

어차피 선비로 태어난 이상 부모에게 받은 이름은 철이 든 후라면 어지간해서는 쓸 일이 없었다. 그런 이름자에 굳이 연연할 필요가 무엇일까. 홍위(弘暐)는 악의적인 소리들을 흘려 넘겼으나 전혀 예상치 못한 순간에 손톱 밑에 든 가시처럼 그의 마음을 쿡 찔러 오곤 했다.

왕자군에게조차 내리는 법 없는 두 자의 이름을 받은 파격으로 지금껏 지켜진 일이 거의 없는 장자 상속의 원칙을 지켜 낼

12

수 있을까.

하지만 속내를 감추기 위해 표정의 변화는 빠르게 얼굴에서 지워졌다. 기우(杞憂)보다도 못한 의심으로 치부될 게 분명한 고민은 누구에게도 털어놓을 수 없었다. 홍위는 아무 일도 없었던 것처럼 자세를 바로 하고 장난기 어린 표정을 지었다.

"금일 동안이라도 제 이름을 불러 주실 생각은 없으십니까. 홍(弘), 한 자로도 족합니다."

홍. 소년은 충동적으로 입에 올린 이름자를 입속으로 되뇌어 보았다. 의외로 마음에 들어 나중에라도 잘 알지 못하는 이를 만나면 홍이라 소개하여야겠다고 실없이 생각하며 고개를 돌렸다. 바닥에 드리운 창살의 그림자가 아까보다 짧아진 것을 보고 자리에서 일어났다. 성원이 뒤따라 일어나며 듣지 못한 척 정중하게 읍하였다.

"소신, 물러나서 기다리겠사옵니다."

건물을 벗어난 성원은 새파랗게 맑은 하늘을 올려다보았다. 슬슬 기세를 올리기 시작한 태양이 하늘 한가운데서 내리쬐는 정오가 되면 더위가 기승을 부릴 것이다. 세자가 더위를 먹는 불상사가 생기는 걸 막으려면 아무래도 조금 서두르는 게 좋을 듯했다.

어떤 길로 가는 것이 가장 적절할까, 생각을 정리하는 성원의 귀에 나직한 발소리가 들렸다. 반사적으로 움직인 눈길이 해사한 선비로 변모한 홍위를 발견했다. 어디선가 불어오는 바람이 붉은 기가 말끔하게 지워진 옷자락을 흔들어 댔다.

소년의 옷자락을 흔들어 놓은 바람은 대로와 소로를 지나 높고 얕은 담 사이를 내달리다 어느 집 담장 근처를 기웃거렸다. 주변의 고요를 틈타 아무렇지 않게 담을 슬쩍 넘어 닿은 곳은 안마당 앞이었다. 그곳에 바람보다 먼저 닿아 점잖게 뒷짐을 지고 서 있는 형체가 있었다. 앳된 소년이라기에는 제법 키가 컸고 장성한 사내로 보기에는 선이 가는 인물이 목소리를 가다듬었다.

"누이."

대답은 어디에서도 들려오지 않았다. 부산한 눈길이 조금 전에 살피기를 마친 섬돌 위를 다시 훑어보았다. 안방 앞은 텅 비어 있지만 곁방 쪽에는 한 켤레의 신이 단정하게 놓여 있었다. 한 발짝 다가서며 조금 더 큰 목소리로 불렀다.

"연아."

"아, 오라버니."

달각이는 문소리와 함께 소녀가 모습을 드러냈다. 살짝 좁아든 미간과 조금 처진 입가가 만들어 낸 떠름한 표정, 일말의 반가움도 느껴지지 않는 건조한 목소리. 누가 보아도 상대를 전혀 반기지 않는 기색이 역력했다.

그러나 불청객, 거(琚)는 그런 반응을 전혀 개의치 않고 성큼성큼 발을 옮겼다. 연은 그가 신을 벗고 좁은 쪽마루에 올라오는 모습을 보며 잠자코 몸을 돌렸다. 실랑이를 하여도 오라비는 제 뜻을 관철하기 전까지 돌아가려 들지 않을 것이고, 안주인이 출타한 안채에서 그를 제지할 수 있는 이도 없음을 잘 아는 까닭이었다.

거는 문턱을 넘어서서 자리에 앉기까지의 짧은 순간 동안 재빠르게 방 안을 훑어보았다. 구석에 놓인 입모(笠帽) 따위가 아니라면 계집아이의 방임을 알아채기 어려울 정도로 단조로운 느낌은 여전했다. 서안 옆에 아무렇게나 쌓인 책 몇 권과 대충 말아 놓은 종이 뭉치를 보고는 씩 웃었다.

"명색이 규수의 방인데 이 모양이라니. 장차 누이를 데려갈 사내가 걱정이군."

"오라버니의 일도 아닌데 걱정이 과하십니다."

"같은 사내가 되어 미래의 매제를 염려하는 것은 당연한 일."

태연하게 대꾸한 거는 연의 앞에 떡하니 자리를 잡고 앉아 서안 위에 놓인 책들을 사뿐한 손길로 정리했다. 빈 서안을 사이에 두고 마주 앉은 남매는 서로 대치하듯 말없이 바라보기만 했다. 오라비가 난입하는 바람에 사색을 방해받은 누이가 그 정적을 깨뜨렸다.

"어찌 오셨습니까."

"누이의 생일이 지난 지 오래지 않나."

연이 한숨을 삼켰다. 무슨 이유로 오라비가 몇 달이나 지난 생일을 들먹이는지 궁금하지도 않았다. 연은 아무런 대답도 하지 않았지만 거는 의뭉스럽게 말을 이어 갔다.

"오라비가 되어 선물도 아니 준 게 마음에 걸려서 말이지."

빙글거리는 웃음과 함께 가느다란 댓조각 한 움큼을 누이의 앞에 내밀어 보였다. 의아한 표정으로 손을 펼치는 연을 향해 비어 있는 반대편 손을 홰홰 저어 보였다.

"아니야, 한 번에 하나씩."

연이 손가락을 모아 엄지와 집게를 뻗어 댓개비 하나를 뽑아 들었다. 거의 손바닥 안에 숨어 있던 부분에 작은 글자가 적혀 있는 게 꼭 점대라도 되는 듯 보였다. 연이 삼켰던 한숨을 내쉬었다. 조만간 장가를 든다 하여도 이상하지 않을 만큼 나이를 먹은 오라비는 아직도 어린애 같은 장난을 즐기고 있었다.

弘

"썩 좋군."

연의 생각을 모르는 거는 제법 흥이 오른 말투로 중얼거리더니 손에 쥔 것을 다시 한번 흔들어 댔다. 다음을 재촉하는 손짓에 연이 제일 가까이에 있던 댓개비를 뽑았다.

涓

"이름자를 뽑다니, 기이한 일이네."

새로 뽑힌 댓개비는 조금 전의 것과 약간 사이를 두고 서안 위에 가지런히 놓였다. 연은 여전히 그녀의 눈앞에서 떠나지 않는 거의 손에서 아무것이나 하나 건져 올렸다. 이번이 부디 마지막이기를 바라며.

거는 손에 쥐고 있던 댓조각 뭉치를 서안 구석에 와르르 쏟아 놓고는 연이 마지막으로 뽑은 댓개비를 가운데에 내려놓았다.

風

거가 자못 근심 어린 한숨을 내쉬었다.

"아무래도 바람둥이를 만나게 될 모양이구나. 넓은 세상을 바람처럼 떠도는 자일 수도 있고. 어느 쪽이든 썩 좋다 할 수 없으니, 이를 어쩐다."

"설마 그 말씀이 생일이 지난 누이에게 건네는 선물인가요."

"본디 그럴 생각이었지. 앞날을 미리 아는 것만큼 유용한 일이 있을까. 결과가 썩 좋지는 아니하다만, 누이의 앞날을 축수하려던 오라비의 마음을 알아주리라 믿어."

꿈보다 해몽이라. 같은 글자라도 그럴듯하게 들리도록 해석하는 건 어렵지 않은 일이었다. 그런 노력은 조금도 기울이지 않은 변명조의 말을 들으며 연은 한동안 앞으로의 박복한 팔자에 대한 놀림이 끊이지 않으리라는 것을 짐작했다.

연은 제 몫의 조각을 서안 옆에 놓고 조금 전 거가 쏟은 댓개비 무더기를 양손에 모아 쥐었다. 서안 위에 탁탁 두드려 가지런하게 정돈하는 손길을 바라보는 거의 눈에 의문이 실렸다. 연이 거를 향해 손을 내밀었다.

"오라버니도 한 번 뽑아 보시지요."

거가 싱긋 웃었다. 거침없는 손길로 뽑아 든 세 개의 글자가 나란히 놓였다.

文

貴

女

"이걸 보게, 누이."

거의 목소리가 의기양양했다.

"문리가 트여 입신양명하면 장차 귀한 존재가 될 터이고, 고운 여인에게 장가들게 된다는 뜻 아니겠나. 문관이 되어 귀한 여인과 연분이 이어진다는 뜻일 수도 있고."

연이 손에 모아 쥐고 있던 댓개비를 서안 구석에 도로 가지런히 내려놓았다. 몹시 진지한 얼굴로 서안 위에 놓인 두 번째와 세 번째 댓개비의 위치를 바꾸어 놓은 뒤 고개를 가로저었다. 장난기가 조금도 섞여 들지 않은 진지한 표정에 거가 어리둥절한 표정을 지었다. 연이 아랑곳하지 않고 말을 이었다.

"글재간이 있고 고운 계집아이는 오라버니 앞에 있지 아니합니까. 하여 장차 귀한 몸이 될 이도 소녀인가 합니다. 아무래도 오라버니의 점사(占辭)는 상대방을 향하는 모양인걸요."

거는 그제야 말꼬리에 슬그머니 묻어나는 웃음을 눈치챘다. 오라비가 바람둥이요, 저는 귀한 몸이 될 것이라는 누이의 당돌한 발언을 반박하려 입을 열었으나, 바깥이 소란스러워지는 느낌에 얼른 댓조각을 거두어들였다.

거가 빠른 손길로 댓조각을 갈무리하는 동안, 연은 조금 전 서안 위에서 쫓겨난 책을 도로 올려놓았다. 그리하여 문이 열렸을 때는 책을 사이에 둔 채 정담을 나누는 다정한 오누이의 모습이 연출되고 있었다.

"오셨습니까, 어머니."

"오라버니께 고견을 구하고 있었습니다."

거의 인사와 연의 무구한 웃음에도 남매의 어머니인 민 씨의 눈길에서는 의심의 빛이 가시지 않았다. 여기저기 쏘다니기를 좋아하여 한가하면 이렇듯 안채까지 들어오는 아들이 과연 '고견'이라 칭할 만한 식견을 갖고 있을까. 하지만 그 사실을 지적하는 건 장남의 체면을 깎아 먹는 일이었다. 민 씨가 마지못해 속아 넘어가는 척했다.

"너무 오래 머물지 말도록 해라. 아무리 오라비라 하여도 다 자란 소저의 방에 함부로 드나드는 것은 보기 좋지 않으니 말이다."

"네."

입을 모아 대답한 남매는 거짓이 아님을 증명이라도 하고 싶은 양 책으로 시선을 떨어뜨렸다. 조금 떨어진 거리에서는 내용을 짐작할 수 없을 정도로 작은 목소리가 오가는 것을 들으며 민 씨가 방문을 닫았다. 내처 엄격함을 잃지 않던 얼굴이 살짝 흐려졌다.

국성이 바뀐 지 오래지 않아 구습이 남아 있었으나 조금씩 여인의 운신을 제한하려는 움직임이 일고 있었다. 순종적이고 유순하며 조신한 여인이 으뜸이라고들 했다. 그런 시기에 딸아이에게 글을 가르치는 것은 시대를 역행하는 것이나 다름없었다.

현수가 딸에게 글을 가르치지 않겠노라 선언한 이유도 그러한 분위기 탓이었다. 그 마음을 돌려놓은 이는 자신이었다. 언젠가 태어날 제 아이에게 천자문 정도는 알려 줄 수 있을 만큼의 소양이 필요하지 않겠는가, 설득했다. 앎이 지나치게 부족하면 남편 될 이가 업신여겨 함부로 굴면 어떡하느냐 걱정을 늘어놓았다.

그러나 연이 현수의 사랑에 발을 들인 순간, 상황이 급변했다. 아들보다도 진중하고 사색에 잠기기를 즐기는 딸에게 숨겨진 재능을 발견한 현수는 자신의 선언을 잊었다. 아들에게 글을 가르칠 때 딸까지 불러내는 건 예사였고, 가끔은 거가 없는 방에서 딸과 마주 앉아 독서에 몰두하기도 했다.

그제야 민 씨는 자신의 실수를 깨달았다. 글줄이나 읽어 머리에 든 게 많으니 제 주관을 갖고 상대를 판단하리라. 불합리하거나 부당하다 여겨지는 말에 그저 다소곳하게 고개만 조아리지 않을 것이었다. 자신이 자랄 때까지만 해도 영민하고 당차다고 여겨지던 특성이 근래에 와서는 주제넘고 건방진 행동으로 인식되고 있었다. 사회적 풍토가 바뀌었으니 어미 된 마음에 걱정하지 않을 수 없었다.

시간은 아직 많으니, 늦지 않았어.

민 씨가 자신을 달랬다. 딸의 나이쯤이면 혼약을 맺는 것은 과히 이상할 것도 없고, 드물지만 혼인을 치르기도 했다. 그러나 완전히 철이 들어 여인다운 성정을 갖기를 기대하기에는 다소 이른 시기이기도 했다. 아들이 혼인하고 난 연후에 끼고 가르치면 쉬이 고칠 수 있으리라.

민 씨가 안방 문을 닫는 소리와 함께 남매의 자세도 바뀌었다. 글자를 짚어 가며 사랑스러운 목소리를 내던 연은 허리를 꼿꼿하게 폈다. 책 따위에는 관심도 없다는 듯 자리에서 일어나 어슬렁거리던 거는 미간을 살짝 좁힌 누이를 바라보다 싱긋 웃었다.

연은 그 미소가 마음에 들지 않는 듯 시선을 내리깔았다. 그러나 책보다 먼저 그녀의 눈에 들어온 것은 서안 옆에 놓인 댓개비 세 개였다.

정말 넓은 세상을 바람이고 물결인 것처럼 흘러가게 될까.

점괘는 마음의 위안이나 경계로 삼는 것이지 믿을 만한 것은 아니었다. 평생을 남의 운을 보아 주며 산 점쟁이에게서 얻는 결과도 그러할진대 오라비가 장난삼아 만든 댓조각 따위가 전하는 걸 그대로 믿는 게 더 우스운 일이었다.

연은 그것들이 눈에 띄지 않도록 서안 아래로 내려놓으며 고개를 들었다.

금방이라도 방을 나설 것처럼 일어났던 거는 무슨 까닭인지 서성거리기만 할 뿐 나갈 생각을 하지 않았다. 누이가 눈길조차 주지 않자 이번에는 굳건하게 버티고 선 자세를 하고는 팔을 뻗었다. 있지도 않은 활시위를 잡아당겨 팽팽하게 겨누는 시늉을 했다가 손을 떨어뜨리기를 되풀이했다. 그러더니 과녁을 제대로 맞히지 못한 사람처럼 찜찜한 표정으로 방 가운데에 털썩 주저 앉았다. 다소 한심한 눈길로 바라보던 연이 냉랭하게 말했다.

"작은사랑에서도 이리하신다면 아버지 눈에 띄지 않게 조심하시는 게 좋겠습니다. 잡기에 빠져 있다고 나무라실 겁니다."

"어허. 며칠 전에 상감마마께서 사후(射侯)하는 승지들에게 활을 하사하셨단 말이다. 문예에 조예가 깊다는 전하께서 인정하셨으니, 어찌 활쏘기가 잡기가 될 수 있겠는가."

"하나만 알고 둘은 모르는 말씀이십니다, 오라버니. 문(文)이 근본이 되지 않는 무(武)는 천대받는 것이 현실 아닙니까."

21

"규방에 앉아 아무것도 모르는 척하더니, 바깥 사정에 나보다 더 훤하구나."

한마디도 지지 않는 당돌함은 사랑스러운 목소리로 상쇄되었다. 속에 든 것이 궁금해질 정도로 어른스럽게 굴면서도 간혹 덜 자란 걸 드러내듯 불평을 늘어놓으면 은근히 귀엽기까지 했다. 물론 어디까지나 누이에게 다정한 오라비라서 할 수 있는 생각이었다. 저런 여인을 아내로 맞이하는 상상을 하면 금방 고개가 휘휘 내둘렸다. 꼬장꼬장한 잔소리꾼과 평생을 지내고 싶은 마음은 없었다.

"누이의 말에 틀린 것이 없으니, 정진하도록 하지. 다만 부탁이 하나 있는데."

다정하게 대답한 거의 목소리가 은근하게 울렸다. 연이 미심쩍은 얼굴로 오라비를 바라보았다. 아니나 다를까, 이어지는 말이 걸작이었다.

"유 판관 댁 따님의 자색이 실로 곱다더구나. 내 두 눈으로 확인 후 그 말이 거짓이 아니거든 연서라도 전하려는 참인데 여인의 마음을 알 수 없단 말이지. 어떤 시구를 전하면 좋을까?"

"학문에 정진하겠다 마음을 품으셨다면서 여인을 마음에 둠은 당치 않은 일입니다."

"고운 여인에게 어울리는 장부가 되고자 하는 마음을 품는 것 또한 아름다운 일이지."

"날이 더워 음서(飮暑)하신 모양입니다."

가벼운 더위 따위는 대번에 날려 버릴 듯 서늘한 목소리가 날아들었다. 거가 제 잘못을 시인하듯 순순히 대꾸했다.

"그래서인지 정신이 산란하구나. 이를 어쩌면 좋을까."

"책을 벗 삼아 더위를 물리침이 선비의 마음가짐 아니겠습니까."

냉담한 그 말을 기다렸다는 듯 거가 낭랑한 목소리를 냈다.

"창랑의 물이 맑으면 나의 갓끈을 씻고, 창랑의 물이 흐리면 나의 발을 씻으리라. 틀림없이 굴원(屈原)의 창랑지수(滄浪之水)렸다."

"그렇지요."

"선비답게 더위를 피하는 방법이 그토록 오래전부터 전해 오고 있단 말이다. 조금 먼 것이 흠이지만 좋은 곳이 있지. 가세, 누이."

거가 자리에서 일어나며 연의 소매를 잡아끌었다. 처음부터 결과가 정해져 있는 힘겨루기에서 진 연은 끌려가다시피 방을 나섰다. 예측이 어려운 오라비의 충동적인 행동에 말려드는 건 익히 있는 일이었다. 이 시간에 더위를 피하겠다고 나서느니 차라리 방에서 책을 읽는 편이 백 배 나았다. 그렇지만 크게 실랑이를 할 수도 없는 것이, 민 씨에게 들키게 되면 또 어떤 일이 벌어질지 알 수 없는 탓이었다. 연이 귀찮은 얼굴로 팔을 가볍게 휘저었다.

일단 함께 나온 이상 감시하거나 채근하지 않아도 누이는 틀림없이 따라오리라 확신한 거가 소매를 놓아주고 싱긋 웃어 보였다. 여느 소녀의 가슴을 두근거리게 할 듯 해사한 미소도 연에게는 썩 좋게 보이지 않았다. 아마 그 뒤에 무엇이 감추어져 있는지 알기 때문이겠지.

거의 빠른 걸음을 쫓아가는 데 급급하던 연은 어느 정도 여유
가 생기자 주변을 돌아보았다. 이 층이나 되는 장엄한 누각 아
래를 지나자 지금껏 보아 온 집들과는 사뭇 다른 위용을 갖춘
건물이 양쪽으로 늘어섰다. 관복을 입은 이들이 오가는 길에서
잠시 걸음을 멈추었다. 위풍당당한 길의 끝에 선 커다란 문이
그녀를 빨아들일 듯했다.

뒤를 힐끗 돌아본 거는 육조 거리를 멍하게 바라보는 연의 모
습을 발견하고는 혀를 차며 빠른 걸음으로 다가갔다. 외출이라
야 기껏 어머니의 뒤를 따라나서는 것이 고작이었으니 이런 풍
경을 제대로 본 일이 없었을 터였다. 그러나 여기서 오래 지체
하는 것은 곤란했다. 얼른 누이를 데리고 다시 길을 나서려는
찰나였다.

"여긴 어인 일이냐."

갑자기 들려온 아비의 목소리에 거의 발길이 그대로 굳어졌
다. 현수가 못마땅한 얼굴로 남매를 내려다보았다. 아들 혼자의
장난이라면 모르는 척 외면해도 그만이지만 딸이 함께 있으니
그럴 수 없었다. 거의 어깨를 꽉 누른 뒤 꼼짝 말고 기다리라는
무언의 눈짓을 보냈다. 옷자락이 펄럭이도록 몸을 돌리는 서슬
에 거가 움찔했다.

오래지 않아 다시 나타난 현수의 뒤로 두 필의 말이 따르고
있었다. 책망의 기운이 가시지 않은 몸짓으로 고삐 하나를 거에
게 넘기고 연을 다른 말 위에 올려놓았다. 딸 뒤에 가뿐하게 올
라타서는 등자를 가볍게 찼다. 따라올 것이 당연한 아들에게는
아랑곳않고 딸에게 다정스레 말을 걸었다.

"더위를 피하려면 세족(洗足)으로 족할 터인데. 네 오라비가 귀찮게 군 모양이구나."

"오라버니께서 들려주신 창랑지수에 마음이 들떠 제가 먼저 졸랐습니다."

"허허, 풍류를 아는 선비를 탓할 수는 없지. 한데 어디로 갈 생각이었을까."

연이 고개를 갸웃하며 몸을 옆으로 빼 뒤따르는 거를 바라보았다. 오라비 손에 이끌려 왔으니 행선지를 알 리 없었다. 어느새 말머리를 나란히 한 거가 공손하게 대답했다.

"장의사(藏義寺) 근처 계곡으로 갈 생각이었습니다."

"그래? 그것 참 기특하기 그지없는 일이로구나."

"예?"

거의 눈이 동그래졌다. 상황에 어울리지 않는 칭찬이 미심쩍어 아비의 얼굴을 살폈다. 엄숙한 눈빛 사이로 어렴풋한 웃음기가 엿보였다.

"장의사는 본디 사가독서가 이루어지던 곳 아니더냐. 나라의 명운을 짊어지게 될 젊은 문신들이 책을 읽으며 학문을 닦던 곳을 찾는 것은 분명 학문에 정진하고자 하는 마음을 갖기 위함이지."

부자상전(父子相傳)이라. 실없는 농담을 즐기는 가벼움은 어쩌면 오래도록 대를 이어 내려온 것일지도 모를 일이었다. 현수가 고삐를 바꿔 쥐며 등자를 가볍게 쳤다. 미처 마음의 준비를 할 새도 없이 내달리는 말 위에서 연이 가볍게 비명을 질렀으나, 등 뒤에 느껴지는 현수의 체온에 마음을 놓고 이내 명랑하게 웃었다.

바람에 나부끼는 소녀의 웃음소리가 흐릿해진 한적한 길 위에 새로 그림자가 나타났다. 준마 위에 오른 소년의 자세는 말할 것도 없거니와, 고삐를 쥔 채 발을 딛는 남자의 걸음걸이에도 위엄이 배어 있었다. 눈썰미가 좋은 사람이라면 위화감에 고개를 갸웃거리며 한 번쯤 돌아볼 기묘한 일행은 각자 생각에 잠긴 듯 서로 말이 없었으나, 곧 청아하게 울리는 목소리가 적막을 깨뜨렸다.

"스승님."

홍위의 부름에 성원이 눈썹을 살짝 찌푸렸지만 아무 말도 하지 않았다. 미복 차림의 세자를 저하라 부를 수 없듯, 그 또한 관직명으로 불릴 수 없는 처지였다. 그렇다고 자신이 감당할 수 없을 것 같은 스승님이라는 호칭에 흔쾌히 대꾸할 수도 없는 노릇이어서 묵묵하게 발을 옮기기만 했다.

홍위는 대답을 기다리며 찬찬히 흘러가는 풍경을 눈에 담았다. 도성 안, 궐문 밖의 풍경도 익숙지 않기는 마찬가지였으나 성문을 나서자마자 전혀 달라진 주변 풍광은 비할 수 없을 만큼 새로웠다. 넘쳐흐르는 신록의 물결을 바라보다 제법 긴 시간 동안 성원에게서 대답이 돌아오지 않았다는 사실을 깨달았다. 조금 전 떠오른 궁금증을 해소하기 위해 다시 입을 열었다.

"여기가 숙부가 꿈에서 보았다는 도원과 흡사하다는 그 근방일까요."

"그러하옵니다. 정자를 지어 문인들과 시문을 즐기신다고 들었습니다. 가 보려 하십니까?"

"가야 할 곳이 있어 지체할 수 없음은 물론이오, 불쑥 찾아가는 것은 예가 아닙니다."

대답은 의젓하였으나 표정에는 아쉬움이 가득했다. 유명한 화가가 삼 일 안에 그려 냈다는 숙부의 꿈, 도원경과 꼭 빼닮았다는 그 경치가 궁금했던 것이다. 오늘도, 다음에도 그를 확인할 길이 없으리라. 홍위의 눈에 어린 짙은 아쉬움을 발견한 성원이 다른 제안을 건넸다.

"그 절경에는 미치지 못할 것이나 잠깐 쉬어 가실 만한 곳이 있사옵니다. 일찍이 사가독서를 명받은 이들이 학문을 닦던 곳이온데 삼각산과 백운산 사이에 있어 경관도 수려하거니와 물 맑은 계곡이 있어 더위를 식히기에도 적합하옵니다. 가는 길이니 잠시 들르심은 어떠하옵니까."

"본디 진관사(津寬寺)의 역할을 하던 곳인 모양입니다. 어찌 장소를 옮기게 되었을까요?"

"도성에서 멀지 않아 여름이면 노니는 이들이 그치지 않으니, 정신이 흩어져 정진하기 어려울까 염려하셨을 것이라 짐작할 따름이옵니다."

홍위가 눈을 반짝였지만 바로 고개를 끄덕이는 대신 몸을 돌려 말 뒤에 비끄러맨 정체 모를 물건 위로 손을 올렸다. 단단하게 싸매 둔 것으로 중천에 걸려 있는 태양을 이겨 낼 수 있을까, 근심의 기색이 역력했다. 굳건한 책임감은 칭찬할 만한 것이지만 늘 의무감에 짓눌리고 있을 소년이 안쓰러워진 성원이 슬쩍 말을 보탰다.

"잠시 더위만 식히려는 것이니 염려치 않으셔도 좋을 것입니다."

머뭇거리던 홍위가 성원을 향해 미소했다. 주변을 환히 밝힐 듯 고운 미소를 대하는 성원의 미간이 다시금 좁아졌다. 저 미소 뒤에는 항상 짓궂은 행동이 뒤따르곤 했다. 아니나 다를까, 홍위가 고삐를 가볍게 잡아당기며 경쾌한 목소리를 냈다.

"잠깐의 유흥으로 시간이 지체되면 곤란하니, 스승님께 제자의 승마를 확인할 수 있게 해 드리겠습니다."

금방이라도 말을 달려 먼저 가 버릴 것 같은 기세였다. 성원은 별 고민 없이 말 등에 훌쩍 올라탔다. 그들을 태운 말은 내승마 중에서도 준마에 속했다. 차림이 가볍고 몸태가 호리호리한 두 남자의 무게 정도는 거뜬히 감당할 수 있었다.

보얗게 먼지를 일으키며 달려간 이들은 어느 계곡 초입에 닿았다. 선경(仙境)에 비견되는 경치를 지닌 곳이라 그러한지 아직 더위가 본격적으로 찾아들지 않았는데도 사람이 꽤 많았다.

홍위가 약간 주눅이 든 표정으로 주변을 살펴보았다. 어깨나 팔을 스치고 지나는 사람들 사이에 끼어드는 기분은 어떠할까. 저들 중에 혹 그를 알아보는 누군가 있지는 않을까. 중신들 앞에 설 때도 이렇게 긴장한 적은 없었다.

"낭간 아니신가."

등 뒤에서 들려오는 목소리에 성원이 힐끗 뒤를 돌아보았다가 완전히 몸을 돌렸다. 풍저창 송 부사, 이미 안면이 있기도 하거니와 한 번 보면 좀체 잊을 수 없을 외모를 지닌 이였다. 이미 슬하에 장성한 자녀를 거느리고 있었지만 그 세월의 흔적이 준

수한 용모를 빛바래게 하지 못할 정도로 풍모가 남달랐다.

"예서 뵙게 될 줄은 몰랐습니다."

"날이 더워 잠시 바람이나 쐬러 나왔다오."

현수가 멋쩍게 웃으며 주변을 둘러보았다. 거는 물론이고 연까지 어디로 모습을 감추었는지 코빼기도 보이지 않았다. 떼어 놓고 가도 말 달려 돌아올 아들 녀석은 딱히 걱정하지 않았으나 둘째인 탓인지 유독 어리게만 느껴지는 딸아이는 염려스러웠다. 짐짓 태연한 척 시선을 움직이던 현수는 저만치 먼 데서 그를 향해 손을 흔드는 연을 발견하고는 고개를 끄덕여 보였다.

한결 누그러진 마음으로 조금 전의 대화를 상기했다. 그는 종종 아비 덕에 자리를 꿰차고 앉아 유유자적 지내는 무능력자처럼 대하는 시선을 받곤 했다. 하여 조금 전의 말이 업무는 소홀히 여기면서 유람이나 하러 온 것인가 힐난하는 기색은 아니었는지 짚어 보았다. 별다른 낌새는 느껴지지 않았으나 괜히 마음이 불편했다. 자녀와 동행했다는 사실을 입에 담지 않은 것도 그 연유였다. 상대의 행색을 보다 질문을 되돌렸다.

"미복을 한 걸 보니 어명을 받고 움직이는 모양이오?"

"아닙니다. 더위를 잠시 피할까 나온 길입니다. 그러니 오늘 여기서 저를 본 것은 비밀로 해 주십시오."

성원이 쑥스럽게 웃으며 조심스레 덧붙이는 말에 현수가 고개를 끄덕였다. 젊은 혈기에 서류 뭉치 따위를 내팽개치고 나오는 일이 불가능하지는 않겠지만 곧이곧대로 믿기에 상대의 성품은 지나치게 올곧고 강직했다. 아마도 밀명을 품고 나와 있어 존재가 드러나면 곤란하게 되나 보다 짐작했다.

성원은 현수의 반응을 보며 지극히 사소한 문답을 이어 갔다. 틈틈이 눈을 돌려 주변을 살피는 것도 잊지 않았다. 어느 틈엔가 자취를 감춘 세자가 복잡한 인파를 뚫고 어디로 갔을지 약간 염려스럽기는 했으나 자리를 지키고 있기로 마음먹었다. 부러 찾으러 자리를 떴다가 서로 길이 엇갈리게 되면 더 낭패였다.

"사람이 많군요."

연이 혼잣말처럼 중얼거렸지만, 대답해 줄 이가 없다는 사실은 이미 잘 알고 있었다. 현수는 잘 아는 사람을 만난 듯 대화 중이었고, 거는 말에서 내리자마자 어디론가 사라져 버렸다. 아마 계곡 초입에 줄지어 있던 가마 안에 모습을 감춘 규수를 엿보고 있지 않을까.

바글바글한 사람들 사이에서 혼자 덩그러니 남겨져 있으니 오라비의 충동질처럼 탁족이나 할까 발을 옮기던 연은 몇 번이고 뒤를 돌아 아비의 모습을 확인했다. 때마침 딸을 찾아 고개를 돌리던 현수와 눈이 마주치자 계곡 위쪽을 손짓해 보였다. 고개를 끄덕이는 걸 확인하고는 천천히 좁은 오솔길 위로 걸음을 옮겼다.

몇 발짝 딛지도 않은 것 같은데 조금 전의 북적거림이 거짓말인 양 고요한 정적으로 가득 찬 숲이 그녀를 감싸 안았다. 이따금 불어오는 바람에 섞여 든 희미한 말소리가 아른아른 울렁일 뿐이었다.

아무 기척도 느껴지지 않는다는 확신을 얻자마자 연이 팔을 쭉 뻗어 휘둘렀다. 승마는 익숙하지 않아 떨어지지 않게 단단히 받쳐 주는 이가 있었어도 긴장을 늦출 수 없었다. 그 탓에 온몸이 찌뿌둥한 느낌이라 몸을 이리저리 움직여 보아도 나아지는 것 같지 않았다.

몸 뒤쪽으로 깍지를 낀 채 걷던 연은 문득 걸음을 멈추고 길옆의 얕은 시내를 들여다보았다. 계곡의 본류는 아니고 곁가지로 흘러나온 물인 듯했다. 그 옆을 따라 계속해서 올라가자 경사가 거의 없어 물이 머물렀다 흘러가는 작은 웅덩이가 모습을 드러냈다. 티 없이 맑은 물 가운데, 한두 사람이 앉으면 딱 알맞을 것 같은 편평한 작은 바위가 보였다.

연이 두리번거리며 주변을 살폈다. 산새 소리와 나뭇가지를 흔드는 잔바람 소리가 이따금 들리는 고요한 숲속에 그녀를 관찰하는 누군가 있을 리 없었다.

파릇한 풀 위에 주저앉아 신과 버선을 벗어 얌전히 내려놓고 벌떡 일어났다. 반가 규수의 몸가짐에 대한 생각 따위는 까맣게 잊은 채 무릎까지 걷어 올린 치맛자락을 꼭 쥐고 맑은 물에 발끝을 살짝 적셨다.

"윽."

한낮에 가까워 가는데도 그늘진 웅덩이의 물은 저도 모르게 발가락을 움츠릴 정도로 시렸다. 허둥거리다시피 빠르게 발을 디뎌 본디 목적했던 널찍한 돌 위에 도착했다. 젖은 발을 동동거리다 마른 돌 위에 앉아 치맛자락 안에 숨겼다. 조그만 바위를 느리게 휘감아 도는 물줄기를 바라보다 오라비가 읊어 댔던 창랑지수를 떠올렸다. 발은커녕 없는 갓끈을 씻는 것도 망설여질 정도로 맑은 물에 새파란 하늘이 일렁거렸다.

고개를 젖혀 드니 진초록의 잎사귀 사이로 물 위에 떠오른 하늘이 파랗게 빛나고 있었다. 내내 푸르기는 마찬가지인데 마당에서 보는 하늘과 사뭇 달라, 몸 가벼운 오라비가 세족으로 만족하지 못하는 이유를 알 것 같았다. 옅은 한숨이 절로 나왔다. 이렇게 마음에 바람이 들어가면 곤란하다는 것을 누구보다도 잘 알고 있었다. 책을 끼고 앉은 딸을 걱정하는 그녀의 어머니 이상으로.

사실 그녀가 독서를 즐기게 된 건 책을 특별히 좋아하기 때문이 아니라 어쩔 수 없는 선택에 가까웠다. 바깥을 돌아다니는 데에 큰 관심도 없었지만 흔쾌히 허락받을 수 있는 것도 아니었다. 바느질이나 집안 살림과 관련된 손재주는 그야말로 형편없어, 아무리 해도 좀처럼 늘지 않는 일에 노력을 기울이는 것도 넌더리가 났다. 자리에 앉아 책장을 넘기기만 하면 되는 독서는 그 어느 것에 비해 수월했으니 이리저리 궁리하다 얻어걸린 셈이라고 해야 할까.

제대로 된 스승도 없으니 혼자서 글의 뜻을 지레짐작하는 것이 고작이었다. 글을 읽는 일에 몰두할 뿐이지 아는 게 늘었다 하여 제 뜻을 펼칠 수 없는 세상에 불만을 품지도 않았다. 본디 계집아이에게 열린 문호는 지극히 좁았다. 그러니 민 씨의 염려는 기우일 뿐이라고, 연이 아무리 강변해도 한숨만 돌아올 뿐이었다. 문자를 섞어 조리 정연하게 설득하는 그 말을 어찌 곧이곧대로 믿어 주겠는가.

어찌 되었건 연은 어머니의 걱정과는 별개로 소박한 바람 하나를 가슴에 품고 있었다. 슬슬 귀가 따가워지기 시작한 '조만간 치를 혼사' 때 귀밑머리를 풀어 얹어 주는 이가 책장 넘기는 부인도 너그러이 보아 주는 이이기를. 지체가 높거나 야심가일 필요도 없었다.

무늬도 빛깔도 없는 무명천을 엮어 낸 씨줄이나 날줄 중의 한 가닥에 불과한 지극히 평범한 삶을 살아가게 되겠지만 그것을 의미 없다 생각하지 않았다. 행복은 가장 평범한 순간 속에서 찾아오는 법이었으니까.

차가운 물에 몸서리를 내고서도 어느새 발가락이 물결 위를 찰방거리고 있었다. 어린아이가 장난치듯 물을 튕겨 내면 부서지는 물방울과 함께 하얀 피부가 햇살을 받아 반짝였다. 물소리 외에는 들려오는 소리조차 없는 적막감에 취한 채 몸을 뒤로 눕혔다. 따가운 햇볕에 눈이 시큰거릴 즈음 무심코 고개를 움직여 주변을 둘러보다 그대로 멈추었다.

저 위쪽, 물이 흘러드는 큰 바위 위에 사람이 있었다. 갓을 벗어 둔 채 길게 누워 있는 이의 시선은 그녀를 향하고 있지는 않았지만 직전까지 어떠하였는지는 알 수 없는 일이었다. 본디부터 있었으나 반쯤 그늘이 가려진 곳인 탓에 보지 못한 것인지, 물소리가 기척을 삼켜 그녀보다 늦게 도착하였는데도 알지 못한 것인지.

허둥거리듯 일어나 아무 일도 없었던 척 자세를 정돈하고 나니, 부끄러움 너머로 호기심이 일어났다. 제대로 보지는 못했어도 나이가 많지 않은 젊은 선비인 것 같았다. 가족 외의 사람을 만날 기회가 없었던 건 아니지만 상대가 제 또래인 적은 별로 없었다. 여전히 화끈거리는 얼굴 위에 가볍게 손을 올리며 살짝 고개를 돌려보았다.

그 순간, 눈을 커다랗게 뜰 수밖에 없었다. 분명 누군가가 누워 있던 자리에는 나뭇잎 그림자만 나풀거릴 뿐 애초에 아무것도 없었던 듯 텅 비어 있었다. 잠시 착각한 걸까. 혹 그녀의 시선을 알아차리고 근처에 몸을 숨긴 건 아닐까. 누군가 해코지하기 전에 떠나야 한다는 생각과 정말 아무도 없는지 확인하고 싶다는 생각 사이에서 갈피를 잡지 못한 채 몸을 일으키던 순간이었다.

"누이."

고민을 저만치 날려 버릴 정도로 길게 울려오는 목소리가 몹시 익숙했다. 연의 발길이 미묘하게 방향을 달리했다. 빠르게 다가온 인영은 치마를 무릎까지 걷어 올린 채 물을 건너는 소녀의 모습이 어이없다는 듯 잔소리를 늘어놓았다.

"과년한 처자의 행동으로 어울리지 않아, 누이."

"탁족이라도 가자 말씀하신 건 오라버니였습니다."

"그렇게 치마를 걷어붙이라는 뜻은 아니었어."

"하면 치마를 온통 물에 적시고 다녀야 옳습니까."

"애어른처럼 구는 누이도 기실은 어린아이에 불과했던 게야."

"어린아이를 꼬드겨 놓고 정작 한눈만 팔다 물 한 방울 적시지 아니하고 돌아가는 누구보다 낫지요. 그럴 거면 대체 왜 오자고 하였을까요."

퉁명스러운 대답에 거가 피식 웃으며 수건을 내밀었다. 탁족은 그저 핑계일 뿐 다른 의도가 있었던 것 아니냐는 힐난도 아주 틀린 말은 아니라서 그리 기분 상하지 않았다. 물기를 닦고 발바닥에 달라붙은 마른 풀을 털어 내며 버선목에 발을 밀어 넣는 연을 향해 정색하고 대꾸했다.

"친동기간인 오라비를 난봉꾼으로 매도하면 못 써. 이건 다 아버님 탓이라고. 사가독서 같은 말씀만 하지 않으셨어도 기꺼이 발을 물에 담그는 수고를 마다하지 않았을 텐데. 서생 따위가 노닥거리려고 만든 탁족 따위를 하느니 어서 돌아가 화살이라도 한 발 더 날리는 게 낫지."

"아버님의 뜻도 과연 그러할까요? 활 따위는 걷어치우고 책상머리를 지키고 있으라 하실 텐데요."

"우리 가문에 책을 끼고 사는 이는 단언컨대 누이 하나뿐이야. 할아버님도 아버님도 서반(西班), 당신께서도 하지 못하신 일을 어찌 내게 강요하실 수 있겠어?"

할 말을 잃은 소녀가 고개만 절레절레 흔들었다. 살짝 젖은 수건을 탁탁 털어 오라비에게 쥐어 주며 다시 한번 아까의 바위를 바라보았지만, 망설임은 순간에 불과하여 그대로 몸을 돌려 비탈길을 내려가기 시작했다.

발소리가 완전히 멀어지고 난 뒤에야 바위 뒤편에서 숨을 죽이고 있던 그림자가 모습을 드러냈다. 천천히 걸어 반쯤 그늘진 바위를 벗어나 물가에 섰다. 흐르는 구름이 앞을 가린 탓에 한층 옅어진 햇볕 아래 드러난 바위에는 불분명하게 그려진 작은 발자국이 남아 있었다.

조금 전까지 그 자리에 소녀가 있었다. 하늘이 이불이고 바위가 자리인 듯 누워서 풍경 속에 잠겨 들어 있는 그를 발견하지 못하고 거리낌 없이 행동했다. 시시각각 변하는 구름의 모양과 살랑대는 바람에 흔들리는 나뭇잎 그림자를 더듬던 그의 눈길을 빼앗아 갔다.

소녀가 떠나면서 둘러싸고 있던 빛살을 걷어 간 듯 쨍하니 밝던 풍경이 약간 빛바랬다. 수풀을 지나는 바람처럼 청량한 목소리가 귓전을 맴돌았다. 얼굴이 어떠하였더라, 조금 전의 기억을 되새기려는 순간 처음 느껴 보는 두근거림이 밀려와 가만히 가슴을 눌렀다. 맥박이 온몸을 돌아다니며 간질이는 것 같아 그를 떨쳐 내려 서둘러 걸음을 딛기 시작했다.

뙤약볕 아래 오래도록 서 있었기 때문일까. 아니, 불청객 소녀의 등장으로 생각보다 시간을 지체하였다는 불안감 때문이리라.

홍위의 걸음이 조금씩 빨라졌다. 날렵한 발놀림으로 경사진 길을 되짚어 내려가 북적이는 사람들 틈에서 일행을 발견하고 나서야 비로소 걸음을 늦추었다. 혹시나 그가 늦게 돌아온 까닭을 묻지는 않을까, 무어라 말을 붙일 새도 없이 발을 재촉해 저편에 비끄러매어 둔 말에게로 향했다.

조금 전까지 온몸을 휘감았던 기묘한 느낌은 사라져 있었다. 그러나 저도 모르게 주변을 두리번거리게 되는 건 어쩔 수 없었다. 줄지어 선 가마 중 그 소녀를 태우고 온 것도 있을까. 큰 시차 없이 내려왔으니 아직 안에 들어가지 않았을지도. 어쩌면 이제야 막 가마에 발을 들이고 있을지도 모를 일이다.

"누구를 찾기라도 하십니까?"

"아닙니다. 이렇게 사람이 북적이는 것이 신기하군요."

홍위는 분주한 제 눈길을 꿰뚫어 본 것 같은 성원의 말에 서둘러 시선을 거두어들였다. 막 말 등에 오른 소년의 눈에 조금 전까지 발견하지 못했던 모습이 띄었다. 저 앞쪽 담장 끝을 지나는 말 위에 부녀지간으로 보이는 두 사람이 앉아 있었다. 앞에 앉은 작은 형체는 틀림없이 조금 전의 소녀였다. 담을 돌아서는 짧은 순간, 언뜻 눈이 마주친 느낌이 들었다. 꼭 그가 바라보고 있는 걸 알고 마지막 순간에 추파를 던지는 것 같았다고나 할까.

그러나 사실은 그렇지 않음을 잘 알고 있었다. 그는 어쩌다 몰래 엿보는 신세가 되어 넋을 놓고 소녀의 모습을 바라보아 얼굴이며 옷차림을 선명하게 기억하고 있었다. 하지만 낯선 사람을 발견하고 서둘러 외면했던 소녀의 뇌리에 자신의 모습이 남아 있을 리 만무했다. 모르는 이와 잠시 눈이 마주친들 무슨 감흥이 있겠는가.

지극히 당연한 그 결론에 왠지 기운이 빠지는 느낌이었다. 까닭을 알 수 없는 가벼운 실망감, 온 데를 알 수 없는 두근거림을 안은 채 소년이 길을 재촉했다.

"저하께서 직접 찾아 주시다니……."

유생처럼 보이지만 이미 관직에 올라 있는 젊은 문신들은 하나같이 말을 맺지도 못한 채 고개를 조아렸다. 진관사로 와서 경서며 시문을 탐독하고 있는 이들은 품계가 높지 않아 조회에 참석해도 말단의 자리나 채우고 있을 뿐이었다. 그런 그들에게 세자가 찾아왔다. 여름에도 학문에 매진하는 노고를 치하하고자 얼음을 들고 왔다는 말에는 더욱 감읍해했다. 한여름에 얼음을 구경하는 건 쉽지 않은 일이었다.

세자가 빙그레 웃었다. 열한 명이나 되는 이들을 한데 모아 놓는 대신 방방이 찾아 들어갔다. 읽고 있는 책과 지어 놓은 글을 살펴보고, 서연을 통해 알게 된 내용을 비교하며 그들의 뜻을 구하기도 했다.

드디어 마지막 방문 앞에 닿았다. 방으로 들어서는 홍위의 뒤로 그림자 하나가 뒤따르고 있었다. 스승님이라 불리는 것을 한사코 마다하던 남자, 집현전 수찬이기도 한 성원이었다. 홍위가 방구석에 놓인 종이 더미에 눈길을 빼앗긴 사이, 반가운 눈인사를 나눈 두 남자가 낮은 목소리로 대화를 이어 갔다. 곁눈질로 그 모습을 바라본 홍위는 그들을 방해하는 대신 종이 뭉치 앞에 앉아 몇 장을 집어 들고 내용을 살폈다. 한참만에야 그 사실을 깨달은 방 주인이 곁에 앉아 겸연쩍은 얼굴을 했다.

"저하."

"용부전(傭夫傳)입니까? 교훈적인 내용입니다."

이십대 중반의 청년의 얼굴이 붉어졌다. 조용한 절간은 책을 읽기에 좋은 장소였고 주변을 둘러싼 풍광은 운치가 있었다. 지켜보는 이 없고, 재촉하는 이 없으니 이따금씩 그저 풍경을 완상하고 싶은 충동도 있었다. 그때마다 마음을 다잡기 위해 조금씩 써 내려간 글이었지만 이런 식으로 남에게 읽히리라 생각한 적 없었다.

흥미로운 표정으로 살펴보던 홍위는 허락도 받지 않은 제 행동이 무례하거나 불쾌하게 비쳤으리라는 사실을 깨달았다. 가지런히 정리하려는 손길을 젊은 학자가 제지하며 그의 손에서 종잇장을 받아 들었다.

"소신이 하겠사옵니다."

손이 비어 버린 홍위가 멋쩍게 손을 문질렀다. 조금 전 그가 종이 몇 장을 집어 든 자리에는 아직도 꽤 여러 장의 종이가 쌓여 있었는데, 맨 위에 놓인 시구가 그의 눈을 사로잡았다. 조금 전 장의사 계곡에서 그가 품었던 바람을 알아채고 그대로 글귀로 옮겨 놓은 듯했다.

멍하니 바라보던 글은 곧 그 위로 내려앉은 종이에 완전히 가려졌지만, 소년의 마음에 새겨진 글귀는 지워지지 않고 머릿속에서 어지럽게 울렁거렸다.

미인이 품은 봄빛 마음 견디지 못해
담장 머리에 고개 들어 미소 짓네.*

---

*성간(成侃)의 '염양사(艶陽詞)' 중.

2
대나무 사이로 맑은 바람 일거든

매미 소리가 여전히 기세 좋게 울리는 음력 칠월의 이른 가을 날이었다. 사방의 창과 문을 열어젖혀도 실바람조차 오가지 않을 정도로 정체된 공기는 가시지 않은 더위와 겹쳐 갑갑한 느낌을 불러일으켰다.

"차라리 비라도 왔으면."

서안 위에 턱을 괴고 앉아 있던 연이 멍하니 중얼거렸다. 비라도 내려야 공기가 조금 선선해질 터였다. 그러면 방에 앉아 있어 몸이 천근만근 무거워 늘어지는 느낌은 들지 않겠지.

비가 와야 할 이유는 그것 말고도 또 있었다. 가벼운 발을 묶어 두는 데 떨어지는 빗줄기보다 효과적인 것이 또 어디 있겠는가.

간혹 제 방에만 앉아 있는 것이, 기껏 손바닥만 한 안마당이나 서성거리는 게 답답하게 여겨지는 날이 종종 있었다. 예전

같으면 자리를 털고 일어날 수 있었겠지만 지금은 그럴 수 없었다.

여인의 운신의 폭을 좁히려 드는 근래의 풍속 때문만은 아니었다. 집안의 가풍에는 아직도 구습이 남아 있었고 마냥 귀여운 막내딸의 행동에 크게 제한을 두지 않았다. 연이 글을 읽어도 크게 나무라거나 독서의 범위를 한정 짓지 않는 것도 어찌 보면 그 덕이었다.

그럼에도 연이 나갈 수 없는 이유는 몹시 단순하고도 명쾌했다. 지난번, 장의사 계곡에 다녀온 게 화근이었다. 말도 없이 사라진 남매, 그중에서도 어린 아기씨가 제법 긴 시간 동안 나타나지 않아 온 집안에 야단이 났다. 아이들의 실없는 장난에 동참한 현수도 민 씨의 잔소리를 피할 수 없었다. 남매 모두에게 금족령이 떨어졌으니, 글을 읽지 않으리라 호언장담했던 거도 방에 갇힌 채 책장이나 넘기는 신세가 되었다.

출입에 별다른 제약이 없을 적에는 썩 나가고픈 마음이 들지 않았다. 하지만 나가지 못하는 상황이 되니 책장을 넘기려 할 때마다 자꾸만 정신이 흩어졌다. 마음에 숲속의 청량한 공기가 불어 들고 차갑고 맑던 계곡물이 넘실거렸다.

연은 저도 모르게 한숨을 내쉬었다. 오지도 않을 비를 기다리는 건 부질없었다. 사실 비가 오는 게 좋을지 아닐지도 알 수 없었다. 바람이 자욱하게 일으킨 먼지를 가라앉혀 줄지, 부는 바람과 맞물려 폭풍우가 일어나는 단초가 될지 어찌 알 수 있겠는가.

느리게 몸을 일으켜 자박거리며 안채를 벗어나 작은사랑으로 향했다. 짓궂게 놀리다가도 어리숙한 표정으로 그녀에게 당하는 오라비와 실없는 이야기라도 나누다 보면 중천에 떠오른 해가 슬그머니 내려앉는 시간이 올 것이다. 선선해진 공기가 더위를 몰아내면 땅거미가 산란한 마음도 가라앉혀 주겠지.

막 작은사랑 앞에 닿아 오라비를 부르려던 그때였다. 섬돌 위에서 낯선 신을 발견한 연의 발걸음이 주춤거렸다. 서로 다른 두 목소리가 반쯤 열린 문틈으로 흘러나오고 있는 게 손님이 온 모양이었다. 이제까지 누군가가 오라비를 찾아오는 일은 거의 없었지만, 밖에 나갈 수 없으니 집으로 불러들이는 수밖에.

소리도 내뱉지 못한 입을 다물고 돌아서던 연의 뒤쪽에서 가벼운 기척이 들리더니 유쾌한 목소리가 이어졌다.

"누이가 어쩐 일일까?"

"손님이 오신 모양입니다."

"괜찮아. 들어오게, 누이."

까닥거리는 손짓은 방 안에 객이 있다는 사실을 전혀 개의치 않는 듯 호기롭고 쾌활했다. 손님은 아마 거와 비슷한 또래일 것이다. 그런 이와 한 방에 있어도 괜찮은 걸까. 남녀칠세부동석이라는 말이 머릿속을 스쳐 갔다.

연이 결심한 듯 발을 떼고 댓돌 위에 올라섰다. 문은 활짝 열려 있고 일하는 사람들도 지척에 있었다. 이대로 방에 돌아가 따분하게 혼자 앉아 있느니, 어머니의 잔소리를 듣게 되는 편이 더 나았다.

신을 벗어 놓던 연의 눈에 섬돌 위 태사혜의 모양새가 눈에 들어왔다. 험하게 신은 흔적이 없는데도 빛바래고 군데군데 터진 것이 썩 유복하지 않은 형편과 옷차림에 무신경한 성품을 동시에 드러내고 있었다.

연은 방 안에 발을 들여놓으며 점잖게 앉은 객을 향해 가볍게 고개를 숙여 보였다. 오라비가 권한 자리에 앉기까지의 짧은 순간 동안, 낯선 방문자의 모습을 빠르게 살펴보았다. 짐작한 것처럼 청년에 접어들고 있는 젊은 남자였다. 키는 크지 않은 것 같은데 살집이 있는 편이었고, 입술 끝에 걸린 조소 탓에 범접할 수 없는 느낌을 주었다. 매무새는 단정하지만 고급이나 유행과 거리가 먼 모양이 바깥에 놓인 신과 비슷했다. 전체적으로 외양만 보아서는 후한 점수를 주기 어려웠고, 오라비의 벗이라는 건 더더욱 이해할 수 없었다.

"인사하게, 내 누이일세."

거의 호쾌한 목소리에 연이 다시 한번 묵례했으나, 청년은 시큰둥한 얼굴로 보일 듯 말 듯 끄덕이는 게 전부였다. 다소 무례하게 느껴지는 행동이나 연은 크게 신경 쓰지 않았다. 안채가 안방마님이 머무는 곳이듯, 사랑은 주인 나리와 작은 나리의 공간이었다. 연의 집안에서는 크게 거리끼지 않는 일이었지만 엄격한 가풍을 지닌 집안의 구성원이라면 썩 마땅치 않게 여길 수도 있다. 호감을 표시하면 오해받기 쉬우니 곤란하고, 긴한 이야기를 나누기에는 불청객이 끼어들어 난처한 상황일 수도 있고.

어쨌거나 그녀의 집 안인 이상 못 낄 자리는 아니었다. 처음 만난 사이에 오고 갈 만한 평범한 인사말을 궁리하다 조심스레 입을 열었다.

"존함이 어찌 되십니까?"

"열경(悅卿)이라 하오."

대답이 돌아오기까지 약간의 간격이 있었다. 호감을 표했다가 거절당한 기분이 들 정도로 냉담하기까지 했다. 연은 거만하게 느껴질 만큼 도도하게 구는 청년을 빤히 바라보았다. 그 당돌한 눈길이 흥미로웠던 것인지 시뜻한 표정을 짓고 있던 청년의 표정이 살짝 누그러졌다. 그러나 눈빛만큼은 썩 호의적이지 않았다.

내 뜻을 네가 알까.

상대가 계집아이라서 냉소를 띠는 것이 아니었다. 이자는 누구를 향해서든 이러한 눈길을 보냈을 것이다. 답을 줄 수 있는 이라면 지음이 되어 주겠지만 그렇지 아니하다면 매몰차게 돌아서거나, 본심을 숨긴 채 그저 그런 관계를 유지하겠지. 연은 피하지 않고 입매를 굳히며 눈길을 받아쳤다. 그녀의 반응을 예상치 못한 듯 잠시 흔들린 눈빛 사이로 복잡한 감정의 소용돌이가 어렴풋하게나마 엿보였다.

대치하듯 팽팽하던 기세를 먼저 느슨하게 푼 쪽은 청년이었다. 한결 부드러워진 눈매에서는 지금껏 볼 수 없던 이채가 어렸다.

"낭자의 방명을 물어도 실례되지 아니하겠습니까?"

"연이라 합니다."

마치 무엇에라도 홀린 듯 저도 모르는 새 대답이 튀어나왔다. 대답을 듣고도 떠나지 않는 눈길에 답하듯 가느다란 손가락이 서안 구석 위를 가볍게 미끄러지며 획을 그려 보였다. 조금 전의 마지못한 말투와 전혀 다른, 훈풍이 이는 듯한 음성 때문일까. 잔뜩 경계하고 있다 일순간 너그러워진 표정에 무방비하게 당한 것일지도 모른다. 연은 열경이 손가락을 맞대어 짚어 가며 입술을 살짝 달싹이는 모습을 바라보았다.

"이름이 아가씨의 명운을 감당할 수 있을까 염려스럽군요."

"이름자에 운명이 달렸을 것이라 믿는 것은 허무맹랑한 생각입니다."

살짝 걱정이 얹힌 다감한 말에 대꾸하는 연의 목소리가 조금 날카로웠다. 그녀의 사주도 알지 못하는 상대가 이름자만 보고 꺼내는 말은 기껏 심심풀이 파자점(破字占)에 지나지 않으리라. 친절함을 호의로 착각했더니 질 나쁜 농담이 돌아왔다는 생각에 불쾌해졌다.

지난 계절에 댓개비를 잔뜩 그러쥔 오라비가 넓은 세상 바람처럼 떠돌리라 우스갯소리를 늘어놓은 탓도 있을 것이다. 그때도 물이 흘러간다는 뜻의 제 이름자가 트집거리였다.

막상 곤란해진 사람은 거였다. 모처럼 만에 찾아온 손님과는 안면을 익히고 왕래가 생긴 지 얼마 되지 않아, 벗이라고 칭하면서도 조금 민망했다. 그러나 어릴 적부터 타고난 신동으로 명성이 자자하여 한양에서 그를 모르는 이가 드물 정도였다. 열경이 자(字) 따위가 아니라 본명을 이야기했으면 누이도 상대가 누구인지 금방 알아챘을 것이다. 그리되었으면 글줄깨나 좋아하는 두 사람이 서로 통하는 게 있어 담소를 나누지 않았겠나. 가벼운 마음으로 누이를 들여놓았더니 신경전 비슷한 기운을 주고받고 있었다.

거가 짧게 한숨을 쉬며 벌써 두 번째 발생한 대치 상황에 끼어들려는 순간이었다.

"쓸데없는 소리로 마음을 심란케 하였다면 용서하십시오."

"저어하여 하신 말씀에 예민하게 군 제 잘못입니다."

누이와 벗은 그가 낄 틈도 없이 사과를 주고받았다. 그러더니 약속이라도 한 듯 그를 바라보았다. 이런 자리에 어찌 자신을 끌어들였는가, 하는 기색이 역력했다. 강도가 그리 세지는 않으나 틀림없는 책망의 눈빛이었다. 거는 눈앞에서 벌어지는 상황이 그저 어이없었다. 처음 만나는 사이에 이리 죽이 잘 맞기도 어려울 것이니 누이가 사내였다면 틀림없이 의형제라도 맺었을지 모를 일이다. 살짝 수틀린 마음으로 벗을 향해 퉁명스레 입을 열었다.

"열경, 내 누이에게 과한 관심을 갖지 말게. 반가 규수는 여간해서는 후실로 들어가는 법이 없네."

정색을 하고 손사래 치는 장면을 상상했다. 펄펄 뛰며 자리에서 일어날지도 모른다고 생각했다. 그러면 농담도 농담으로 받지 못하느냐, 좁은 소견을 책망할 생각이었다. 그러나 예상과는 한참이나 다른 반응에 당혹감이 일었다. 열경은 아무 말도 듣지 못한 듯 꼿꼿하게 정좌한 채였고, 그나마 누이가 평소 그에게 꼬박꼬박 말대꾸하던 습관 탓인지 쌀쌀맞은 목소리로 대꾸했다.

"손님 앞에서 이리 말씀드릴 수밖에 없어 송구스럽군요. 참으로 비루한 생각이십니다, 오라버니."

거가 발끈했지만, 때마침 들려오는 소리 때문에 입을 열지 못했다. 비질하는 소리와 종종거리는 발걸음, 묵직하게 맷돌질하는 소리가 기다린 듯 한 번에 들려오기 시작했다. 한낮을 지나 조금 더위가 누그러질 것 같은 기미가 보이자 미뤄 두었던 일을 시작하는 모양이었다.

불쾌함이 엉뚱한 방향으로 흘렀다. 그가 머무는 작은사랑에 손님이 온 건 일하는 사람은 다 아는 사실이었다. 주인 나리가 없으면 당연히 작은 나리가 주인 아닌가. 그런데도 소음이 새어 들 정도로 시끄럽게 일을 하는 건 예의 없는 처사였다. 퉁명스러운 목소리로 불만을 늘어놓았다.

"객이 와 있는데 시끄럽게 맷돌질이라니 너무한 것 아닌가?"

연은 대답 대신 오라비를 못마땅하게 흘겨보았다. 오라비와 단둘이 있었다면 철부지만도 못한 저 발언을 가차 없이 타박했겠지만, 오라비의 손님과 마주 앉아 있었다. 아까의 말이야 워낙 경우에서 벗어났으니 한마디 할 수밖에 없었지만 이런 사소한 말에 일일이 반응을 보일 수는 없었다. 혈육을 깎아내리는 것은 제 얼굴에 침 뱉는 격밖에 되지 않았다.

새로 들려오는 목소리에 연이 가만히 귀를 기울였다. 제법 낮은 목소리는 맷돌 소리와 섞여 무심코 앉아 있었다면 그냥 흘려넘길 정도로 희미했다.

"비도 오지 않는데 어디서 천둥소리 나는가. 누런 구름 조각 사방으로 흩어지네."

"다음 구절은 어찌 되옵니까."

기다려도 이어지지 않는 시구에 연이 조심스레 묻자 열경이 머쓱한 얼굴이 되었다. 맷돌질하는 소리가 어린 시절의 기억을 불러들이고, 저도 모르게 소리 내어 읊조린 모양이었다.

"고작 세 살짜리가 어찌 격을 맞추어 시문을 지었을까요."

"세 살이요?"

글을 읽고 쓸 줄 안다는 사실도 놀라운 어린 나이에 시문까지 지을 수 있는 아이라니. 연의 놀람에 열경이 딴청을 부리듯 시선을 돌렸으나 거가 대신해서 입을 열었다.

"열경은 어릴 때부터 신동으로 이름났으니 당연한 일이야. 재주를 시험하려 조정의 신료들이 나선 것도 여러 번, 상감마마까지 뵈 온 적이 있다지."

"직접 뵌 적은 없네."

"그 재주를 귀히 여겨 상을 내리셨다 들었네. 그만하면 뵌 것이나 진배없지 않나. 겸양이 과해도 병일세."

"쓸데없는 소리는 그만하게."

열경이 단호하게 대꾸했지만 어린 시절의 기억이 아련하게 피어오르는 것은 어쩌지 못했다. 이웃의 늙은이가 재상인 줄도 모르고 자신만만하게 시구를 만들어 내던 어린아이가 있었다. 저를 칭찬하는 말을 품고 온 이에게 임금의 성덕을 칭송하는 대구를 들려주기도 했다. 다 지난 일이었다.

"상으로 받은 게 무려 비단 쉰 필이었다지. 그것도 남의 힘을 빌리지 않고 혼자 가져가라는 명을 받았다고."

"비단은 한 필도 무게가 가볍지 아니합니다. 어린아이가 어찌 그 많은 것을 혼자 가져갈 수 있을까요."

"그걸 해결하지 못하여서야 어찌 신동 소리를 들을까. 내 정확히 기억이 나지 않지만, 비단을 필필이 묶어 허리에 매고 갔다 하였나, 손에 한끝을 쥐고 갔다 하였나."

열경이 생각에 잠겨 있는 사이에도 주인 남매의 입에서는 여전히 그에 대한 이야기가 오가고 있었다. 마치 제 일인 양 흥에 겨워 자랑을 대신하던 거의 말끝이 자신을 향한 것을 느낀 열경이 천천히 대답하며 화제를 돌렸다.

"오래전 일이라 기억도 나지 않네. 그건 그렇고, 마음에 둔 아가씨가 있다 하지 않았나."

"아, 그 이야기를 하고 있었지."

거가 이제야 생각이 난 듯 고개를 끄덕거렸다. 왠지 한풀 꺾여 힘없어 보이는 몸짓이었다. 연이 눈동자만 가볍게 움직여 오라비와 그 벗을 살펴보았다. 거의 성품에 비추어 학문에 대한 깊이 있는 논의 따위가 이루어질 리 없다고 생각하긴 했지만, 그런 이야기로 시간을 때우듯 소일하고 있었다는 사실도 믿기 어려웠다. 신동으로 이름날 정도로 타고난 문인이며 혼인까지 한 사람을 앞에 두고 하는 이야기가 고작 그런 것이라니.

"아까도 이야기하였지만 잘되면 이상한 일이지. 다 누이 덕분일세."

"제가 무슨……."

"꼬장꼬장한 누이는 일언반구도 써 줄 수 없다면서 들은 척도 아니하네. 이만큼 다정하게 구는 오라비는 팔도를 찾아보아도 없을 터인데 고작 몇 줄 글을 쓰는 수고를 마다하니 어찌 매정한 누이가 아니겠는가."

"오라버니, 그건……."

"그래, 누이가 써 주기는 했지. 아주 또박또박한 언문으로 말일세. '저의 오라비께서 아가씨를 사모하신다 하니 부디 가엾이 여겨 얼굴이라도 한 번 보여 주심이 어떠하십니까. 저의 오라비는 풍저창 부사의 장남이요, 전농시 윤의 손자로, 성은 송이며 이름은 거라 하옵니다' 라고 말이네."

연이 눈만 끔벅거렸다. 누가 들어도 흉이 되면 되었지 결코 칭찬이 될 수 없는 상황을 태연하게 말할 줄이야. 제 오라비지만 생각이 짧은 건 부정할 수 없었다. 본인이 제 살 깎아 먹겠다는데 구태여 추어올릴 필요가 어디 있으랴.

"용케도 아셨군요."

"매일 같이 이야기해도 귀를 닫은 것처럼 모른 척하던 누이가 어쩐 일로 순순히 글을 써서 봉해 준다 하였지. 혹시나 싶어 미리 뜯어보았으니 망정이지 창피를 톡톡히 당할 뻔했네."

"얼굴도 제대로 알지 못하는 사이에 거짓된 그리움을 구구절절하게 호소하는 것보다는 솔직하게 말하는 것이 훨씬 낫지 아니하겠습니까?"

연은 거에게 가벼운 핀잔을 건네며 자리에서 일어났다. 먼저 일어나는 것이 실례일 것 같지만, 이대로 더 머물다가는 오라비와 티격태격하는 모습을 여과 없이 보이게 될 것 같았다. 그녀가 버릇없이 보이는 것은 둘째 치고, 과연 있을까 싶은 오라비의 평판을 더 깎아 먹게 되면 곤란한 일이었다. 초면이었던 객을 향해 말없이 정중하게 인사해 보이고 조심스럽게 물러났다.

연이 앉아 있던 자리에 잠시 시선을 던졌던 열경이 가볍게 한 마디 던졌다.

"저런 누이가 있으니 참으로 좋겠네."

"귀엽기는 하나 글월을 아는 처자를 달가워할 이가 어디 있을까 싶네."

"마음을 나눌 수 있는 벗이 아내라면 그보다 기꺼운 일이 없을 걸세."

"아는 것이 지나치게 많은 데 비해 여인다운 맛은 없지. 노리개 따위에 눈길을 주는 일도 거의 없네. 집안일에도 큰 관심이 없어 시집을 보내면 소박이라도 맞지 아니할까 어머니께서 늘 염려하시는 것을."

"검약하고 현명한 것이 어찌 흉이 되겠는가."

열 길 물속은 알아도 한 길 사람 속은 모른다는데, 한 식경이나 될까 싶은 시간 동안 얼굴을 맞댄 게 고작인 어린 소녀를 옹호하고 있었다. 짧은 순간 동안 상대의 모든 것을 파악할 수는 없었다. 그럼에도 저 소녀와 같은 이가 자신의 아내였다면 그의 삶이, 세상에 대한 태도가 달라졌으리라는 확신이 자리했다.

연로하신 아버지와 병약한 계모, 사치스러운 아내.

열경이 길게 한숨을 내쉬었다. 그의 집에는 마음을 붙일 구석이 전혀 없었다. 함께할 날이 그리 많지 않을 부모는 그렇다 치더라도, 함께 살을 맞대고 살아가야 할 아내와 마음이 맞지 아니한 것은 쉽지 않은 문제였다.

그의 아내는 용모가 무척 고왔다. 손끝이 여무니 마음만 먹으면 집안 살림도 잘 꾸릴 것이다. 하지만 그에게는 어울리지 않는 짝이었다. 그가 품은 마음은 알지도 못하고, 이해하려는 노력조차 내비치지 않았다. 국상 기간에 비단옷과 고운 노리개를 장만하고도 뒤따르는 수군거림을 부끄러이 여기기는커녕, 친정보다 훨씬 못한 형편 탓에 사치스러운 계집 취급을 받는다며 날

선 비난의 시선을 보냈다.

과연 그것이 아내의 성품 탓이기만 하겠는가. 눈앞에 있는 벗의 집안도 꽤 유복한 편이니, 아쉬운 것 없이 자란 소녀도 가난한 사내를 남편으로 맞이하면 제 아내처럼 될지도 모를 일이었다.

아니, 그렇지 아니할 것이다. 초면인 소녀를 향해 이름이 운명을 감당할 수 있을지 모르겠다는 말을 던졌다. 이름에 명운이 달렸다는 생각은 터무니없는 것이라는 말을 돌려받았다. 어떤 처지에 놓이더라도 의연하게 헤쳐 나갈 것이다. 여느 사내보다도 더 담대하게, 어느 여인보다도 신중하게.

열경의 마음을 오가는 생각을 알 리 없는 거는 제 누이를 유독 높이 평가하는 것 같은 벗의 말에 고개를 내저었다. 언젠가 연이 선물했던 버선을 찾아 보여 주고 싶을 정도였다. 신자마자 발가락이 비쭉 모습을 드러내는 모습을 보면 저런 말은 할 수 없을 텐데.

"내 누이 같은 이를 맞이하였다가는, 자네가 바느질을 하고 앉아 있는 진귀한 풍경을 매일같이 보게 되었을 걸세."

말로 내뱉고 보니 알지도 못하는 미래의 매제가 안쓰럽게 여겨져 절로 한숨이 새어 나왔다. 짧게 웃음을 터뜨리는 열경의 반응을 무심코 흘려 넘긴 채 자리에서 일어났다.

"쓸데없는 이야길랑은 그만두고 바람이나 쐬러 가세."

"금족령이 떨어졌다 하지 않았던가?"

"자네와 동행한다면 어디가 되어도 흔쾌히 허락하시겠지."

＊　　　　　＊　　　　　＊

"귀한 가르침으로 새로운 세상이 열린 듯합니다."

"황송하옵니다, 저하."

범옹(泛翁)은 공손하게 읍하여 답했다. 소년의 청아한 목소리
에는 나이답지 않은 기품이 어려 있었다. 지니고 있는 학식이나
성품도 그와 비슷하니 후일 장성하여 어좌에 오르게 되면 틀림
없이 성군이 되리라 생각했다. 선왕이 그러하였고, 선왕의 치세
후반부터 청정을 시작하여 지금에 이른 현 임금이 그러하듯.

하지만 아직 성년에 이르지 못했기 때문인가, 소년의 낭랑
한 목소리에는 위엄이 부족했다. 사실 나이의 문제는 아닐 것이
다. 소년의 부왕, 지금의 임금에게서 풍기는 분위기도 썩 다르
지 않았다. 온후하고 현명한 군주였지만 저절로 고개를 조아릴
수밖에 없는 권위가 느껴지지 않았다. 그나마 지금의 왕은 선왕
의 전폭적인 비호 하에 기반을 닦아 나갔지만 이 소년에게도 기
회가 주어질지는 알 수 없었다. 이미 득세하여 요직을 차지하고
있는 이들의 입김을 벗어날 수 없겠지.

이런 생각을 할 때마다 자신의 앞날에 대한 회의감이 고개를
들었다.

어진 임금을 보필하는 충성스러운 신하, 왕이 선정을 펴는 데
뒷받침이 되는 유능한 신료. 범옹은 자신이 그러한 인물이 되리
라는 사실을 믿어 의심치 않았다.

젊은 시절의 그는 당직하는 밤이면 새벽이 밝아 오도록 책을
읽었다. 어느 새벽엔가, 설핏 잠에 빠졌다 깨어나니 용포가 덮

여 있었다. 그의 학구열에 감동한 임금께서 친히 덮어 주신 것이라 하였다. 그 정도로 학문에 탐닉하였으니, 신료 중 누구도 자신만큼 깊은 학식과 식견을 지니지 못하였으리라 생각하고 있었다.

그러나 지금 그의 입지는 썩 만족스럽지 않았다. 조정의 요직을 차지한 자들이 충성스러운 신료들임은 부인할 수 없었지만, 그들이 굳건히 버티고 있는 한 그가 오를 수 있는 자리에는 한계가 있었다. 마음에 품은 야망은 그저 백일몽에 불과한 채 스러지고 마는 건 아닐까.

"더 많은 가르침을 청하고 싶으나 지금은 어렵겠습니다."

"다시 요하신다면 언제든 오겠사옵니다."

범옹은 제법 오래 전부터 저편에서 누군가가 기다리고 있다는 사실을 깨닫고 있었다. 이런 상황에서도 한눈팔지 않고 그와 대면한 동안 온전하게 시간을 내어 준 세자의 태도는 감복할 만한 것이었다. 그럼에도 목소리를 품평하며 자신의 앞날을 재어 본 태도를 속으로 나무랐다.

조심스럽게 물러서는 그의 귀에 듣기 좋은 울림이 꽂혔다.

"저하께서 집의(執義)를 접견하시는 데 방해꾼이 된 느낌입니다."

"그렇지 않사옵니다. 때마침 물러날 시간이었사옵니다."

싱긋 웃은 남자는 범옹의 곁을 스쳐 세자에게로 향했다. 범옹은 세자가 젊은 남자를 반갑게 맞이하는 모습을 보며 발을 돌렸다. 외양으로는 형뻘로 보이는 젊은 남자는 사실 세자의 숙부, 선왕의 막내아들인 대군 염(琰)이었다.

"오랜만입니다, 숙부."

"그간 강녕하셨사옵니까, 저하."

홍위가 염을 향해 미소했다. 손윗누이와 두 살 밖에 차이 나지 않는 어린 숙부는 때로 동기간처럼 가깝고 정답게 느껴졌다. 궐 밖에 기거하는 대군이기에 매일 같이 얼굴을 보지는 못하였으나 입궐하였을 적이면 종종 들러 이런저런 이야기를 나누곤 했다.

"연(宴)이 아직 파하지 아니하였을 것인데 숙부께서는 어찌 오셨습니까."

"대신들 틈에 끼어 있는 건 갑갑한 일이었사옵니다. 저하께서도 비슷한 이유로 여기에 계신 것 아니옵니까."

홍위가 쑥스럽게 웃었다. 때마침 중양절이라 연회가 한창이었다. 흥겨운 분위기는 바라보고만 있어도 빙그레 웃음이 떠오르는 동시에 왠지 낯설고 겸연쩍기만 했다. 빠져나올 틈을 찾다가 우연히 범옹이 자리를 뜨는 것을 보고 따라 일어나 동궁까지 오게 된 것이었다. 이미 선왕 때부터 유명한 그의 식견을 눈앞에서 확인할 수 있었던 건 행운이었다.

고개를 들어 아직도 중천에 걸린 태양을 힐끗 보았다. 남은 해는 한참이나 길었다. 책에만 파묻혀 있기에는 지나치게 좋은 날씨였다. 무심코 편 손바닥 위로 내리쬐는 빛살이 피부를 간질였다. 문득 바위 가운데 앉아 햇살을 두르고 있던 소녀가 떠올랐다. 그곳에 다시 가더라도 그녀는 볼 수 없겠지.

젊은 숙부는 소년의 얼굴에 걸린 아쉬움을 궐 안에 갇혀 있는 답답함으로 해석했다. 나이에 비해 어른스럽다 하더라도 약관에 이르려면 한참이나 남았는데 어찌 자유분방한 아이의 성정이 남아 있지 않으랴.

본디 풍습대로 산에 오르지는 못하겠지만, 제집 후원의 누각에 물들기 시작한 가을의 정취도 운치 있었다. 일거수일투족을 감시하듯 따라붙는 내관과 나인이 없다는 것은 그 어느 것에도 비할 수 없을 장점이었다. 판단을 마친 염이 은근하고 나직한 목소리를 냈다.

"따로 정해진 일과가 없으시다면 소신과 함께 가시는 것이 어떠하옵니까."

"그래도 괜찮을까요."

"찾아 주신다면 더없는 영광이옵니다."

"잠시 준비할 시간이 필요합니다."

짧은 고민 끝에 홍위가 대답했다. 선왕의 총애를 아낌없이 받았던 막내아들, 염의 저택은 궐에도 뒤지지 않을 만큼 잘 꾸며져 있었다. 시문과 글, 그림에도 일가견이 있는 주인의 집을 방문하면 눈과 귀가 즐거운 시간을 보낼 수 있을 터였다. 염이 고개를 끄덕이는 것을 보며 점잖게 몸을 돌렸지만 딛는 발끝에는 숨길 수 없는 설렘이 실렸다.

얼마 지나지 않아 홍위는 유생처럼 차려입고 염과 말머리를 나란히 하고 있었다. 질 좋은 감으로 딱 맞게 지은 옷 덕에 공복 차림의 대군과 비슷하게 지체가 높아 보여 큰 이질감은 없었다. 느긋하게 말 위에 앉아 무심한 듯 스치는 풍경을 바라보고 있었지만 머리꼬리를 길게 늘어뜨린 모습을 볼 적마다 시선이 절로 따라갔다.

"미리 언질도 주지 아니한 손님이니 혹 폐가 되는 건 아닐까요."

"그렇지 않사옵니다. 소신의 집에 객이 드는 것이야 늘 있는 일이옵고, 오늘은 선약이······."

아무렇지 않게 대꾸하던 염이 말꼬리를 흐렸다. 오늘 궐에서 연회가 있었으니 집으로 그를 찾아올 이는 없었다. 그러나 소년의 외로움을 달래 주려는 마음에 그가 일찍 빠져나오려던 진짜 사유를 깜박 잊었다. 노신들 틈에 있는 게 불편하다는 핑계를 댔지만, 사실은 어수선한 날이야말로 남들의 눈에 띄지 않게 움직이기 수월하기 때문 아니었던가.

"약조가 있습니까?"

"잠시 들를 곳이 있는 것을 잊었을 뿐입니다."

"그러면 별궁에 가는 건 다음을 기약해야 하겠군요."

"오래 걸리지 아니하는 일입니다. 송구하오나 저하께서 먼저 소신의 집으로 가서 기다리시면, 금방 처리하고 돌아가겠사옵니다."

홍위는 거듭 당부하는 염의 말에 고개를 끄덕였다. 숙부의 집에 가는 건 처음이 아니니 문지기 노릇을 하는 자가 그를 몰라볼 리 없었다. 주인 없는 집에 먼저 들어가는 건 약간 겸연쩍은 일이지만, 책이나 벽을 면하지 않은 채 오롯이 혼자만의 시간을 보내는 흔치 않은 기회를 얻는 것도 나쁘지 않았다.

나란히 걷던 두 필의 말이 방향을 달리했다.

"말했잖아, 누이. 그저 좋은 풍경을 함께하고 싶었던 것뿐이라니까."

"장성한 오라비를 충동질하는 철부지가 되지 않으려는 것뿐입니다."

"오라비의 마음을 그런 식으로 매도하면 안 돼."

연은 더 입을 열지 않았다. 뒤따르는 발소리가 바짝 따라붙는 걸 모르는 척 더 기세를 올렸다. 집에서 괜한 꾸지람을 들은 탓에 기분이 썩 좋지 않았다. 그 원흉이라 할 만한 오라비가 떠들어 대는 건 더 귀찮고 성가셨다.

구월하고도 아흐렛날, 양이 두 번 겹쳐 있어 태양보다도 강한 양기가 사악한 기운으로부터 지켜 준다는 중양절이었다. 강남에서 찾아온 제비가 돌아가고 겨울을 나기 위해 이 땅을 찾는 기러기가 오는 날이라고 했다. 지금도 하늘에는 시옷 모양으로 줄지어 나는 새 떼가 지나고 있었다.

이런 날 산에 오르면 재앙을 물리치려 벌인 떠들썩한 잔치에 참여해서 연수주를 마실 수 있다지만 연과는 거리가 먼 일이었다. 게다가 이미 본가(本家)에 가기로 약속이 되어 있었다. 그 사실을 모를 리 없는 거가 왜 굳이 그녀를 들먹였는지 알 수 없었다. 연의 입장에서는 단장을 마치고 민 씨에게 인사를 하려다 봉변을 당한 셈이었다.

"네 나이가 몇인데 여덕을 닦을 생각은 하지도 않고 몸 가벼이 나돌아 다니기만 하려는 게야."

어미의 목소리를 떠올리며 얼굴을 찌푸렸다. 부당한 비난이

58

었다. 지금껏 저를 꼬드겨 집을 나선 오라비가 꾸중을 듣는 게 안타까워 제 탓이라 변명하였던 게 이 사달을 불러들였다. 앞으로 두 번 다시 철없는 오라비를 감싸고돌지 않으리라 다짐했다.

약조를 깨뜨릴 수는 없어 집을 나섰지만 이미 기분은 축 처진 상태였다. 거가 미안한 듯 하인들도 물리치고 보호자로 동행을 자처했지만 하나도 고맙지 않았다.

생각에 잠겨 있어도 연의 걸음은 빠르기만 했다. 거가 숨을 헐떡이며 다시 말을 붙였다.

"누이, 그리 서두르지 않아도 괜찮아."

"반가의 규수로 대로에서 남들과 어깨를 스치는 일은 삼가라 들었습니다."

내달리는 듯 급한 걸음은 스스로의 주장과 상반되는 것이었으나 그걸 지적하지는 못했다. 누이에게 돌아올 매몰찬 대답을 되받아칠 마땅한 말이 떠오르지 않았다. 그래도 걸음을 늦추도록 일러 주는 게 옳았을 것이다. 본가 담장을 끼고 도는 길모퉁이에서 갑자기 앞으로 곤두박질치듯 소녀의 모습이 사라졌다. 장애물 따윈 없는 평지였으니 아마 급하게 가다 발이 꼬인 모양이었다.

"누이!"

거가 서둘렀지만 누이는 팔을 뻗어도 닿지 않을 거리에 있었다.

연이 팔을 휘저었다. 손바닥이 벗겨지는 것은 면키 어려울 것이고 치맛자락에도 보기 싫게 쓸린 자국이 남을 것이다. 민 씨가 조신하지 못하였다고 또 나무라겠지. 이것도 오라비의 탓이라고 주장하고 싶은 마음 한구석으로 때늦은 반성이 밀려들었다. 왜 쓸데없이 감정만 앞세웠을까.

"아가씨가 조심성이 부족하군."

다행히도 누군가 어깨를 떠받친 덕에 넘어지지는 않았다. 연이 발에 힘을 주어 앞으로 비스듬하게 기운 몸을 반듯하게 세웠다. 어깨를 지탱하는 것만으로는 부족했던 모양인지 굳게 쥐인 손목이 얼얼한 느낌이었지만, 넘어져 상처를 입는 것에 비하면 아무것도 아니었다.

연이 고개를 숙여 인사해 보이고는 손을 잡아 빼려 했지만 뜻대로 되지 않았다. 눈을 살짝 들어 올려 상대를 확인했다. 관복을 갖춘 남자는 현수와 비슷한 연배쯤 되지 않을까 싶었다. 아무리 보아도 초면인 남자가 그녀의 팔을 계속해서 잡고 있을 이유는 없는 것 같았다. 그에 대해 무어라 말하려는 찰나, 등 뒤에서 익숙한 목소리가 났다.

"누이를 살펴 주신 건 고맙지만, 이만 놓아주시지 않겠습니까."

"오라버니?"

연이 고개를 돌렸다. 늘 실없이 사람 좋아 보이기만 하던 오라비가 의외로 강단 있는 면모를 보이는 게 놀라워 눈만 깜박거렸다.

거는 연의 손목을 쥐고 있던 남자의 손길이 살짝 느슨해진 걸 보고는 얼른 누이의 팔을 잡아당겼다.

그러더니 남자를 향해 정중하게 인사를 건넨 뒤, 대문간 앞으로 마중 나온 이에게 짐짓 위엄 있게 손짓을 하며 얼른 자리를 떴다.

"그러니 내 서두르지 말라 했지."

"그러게 말이에요."

연이 남일 이야기하듯 시들하게 대꾸하며 오라비를 올려다보았다. 분명 상황이 다 해결될 때까지 가만히 구경하다 저 남자와 헤어지고 나면 빙글거리며 그녀를 놀려 대리라고 생각했다. 선뜻 앞에 나서서 그녀를 보호하다시피 행동할 줄은 몰랐다. 짓궂은 아이 같다고 생각했던 오라비에게도 사내다운 면모가 있는가, 새삼 다시 살펴보게 되었다.

남자는 그들이 퍽 다정하게 대문 안으로 발을 들이는 모습을 바라보다 다시 발을 옮겼다. 둘은 같은 부모에게서 났음을 의심할 수 없을 만큼 꼭 닮은 남매였다. 그들이 모습을 감춘 이 집의 주인이 누구인지 떠올리는 데는 오랜 시간이 필요하지 않았다. 그러고 나니 풍저창 송 부사며 전농시 윤의 용모를 고스란히 닮았다는 사실이 한눈에 들어왔다.

"그럴 만도 하지."

범옹이 시큰둥하게 혼잣말했다. 그 집안이라면 자유분방하게 내버려 두는 것도 이해할 법했다. 이태 전, 소박맞은 여인이 저 대문 안에 발을 들였다. 홑몸으로 돌아왔던 여인이 해산한 지 일 년도 채 되지 아니하였다고 했다. 꼬리가 길면 밟히는 법이라는 말도 있지만, 당사자들이 딱히 숨기지도 않았다. 이해하고 넘어갈 만한 속사정이 있긴 해도 꼬장꼬장한 학자나 선비의 눈에 썩 마땅한 상황은 아니었다.

제가 아비인 것도, 장차 시아비가 될 것도 아닌데 걱정하여 무엇하랴. 점잖게 뒷짐을 지고 걷던 범옹은 길모퉁이를 돌기 직전, 저만치 멀어진 담장을 쳐다보았다. 지금은 비어 있는, 조금전 소녀의 손목을 쥐었던 손바닥을 몇 번 감았다 펴기를 반복했다.

찻주전자에 반쯤 담긴 뜨거운 물 위로 바싹하게 마른 찻잎이 둥실 내려앉았다. 송 씨가 나머지 물을 부으며 아쉬운 눈으로 주전자 안을 들여다보았다. 늦더위 탓인지 이제야 들국화가 피어 빛 고운 꽃송이가 뿜는 달큼한 향을 즐길 수 없었다. 잠시 사이를 두었다 마주 앉은 소녀의 잔을 채워 주었다. 은근하게 우러난 빛깔은 고적한 별당의 분위기와 퍽 닮아 있었다.

"그간 무탈하였느냐."

"염려하여 주신 덕분입니다."

다소곳하게 대답하는 연을 향해 송 씨가 미소를 보냈다. 자신의 오라비인 현수와는 스무 살 정도 차이가 나니, 아직 싱그러운 기운을 한껏 머금은 소녀와는 자매라 해도 믿을 만큼 터울이 적었다. 그럼에도 한참이나 어려 보이는 조카를 연장자의 시선으로 평해 보았다. 다감한 어조와 상냥한 미소가 몹시 사랑스러운, 단아한 미인이었다. 올케가 만날 때마다 한숨을 섞어 염려하는 이유를 잘 알 수 없었다. 앉은 자리 옆에 두었던 조그만 주머니를 들어 연에게 내밀며 말을 건넸다.

"거도 함께하면 좋을 텐데."

"할아버님의 장서를 살펴본다 하였습니다."

연의 말이 끝나기 무섭게 송 씨가 웃음을 터뜨렸다. 그럭저럭 서재의 구색은 갖추고 있어도 선비가 관심을 갖고 들여다볼 만한 책은 거의 없었다. 차라리 반대편에 도열해 놓은 검 따위를 들여다본다거나, 망측한 책이 숨겨져 있지는 않은지 탐색 중이라고 한다면 믿어 줄 수 있을 텐데.

바깥에서 희미한 소음이 새어 들어왔다. 어린아이의 울음소리였다. 송 씨가 앉은 자리에서 잠시 움찔했지만, 이내 미소 띤 얼굴로 화제를 돌렸다.

"혹시 거게 혼담이 들어온 일은 없었느냐?"

연이 곰곰이 생각하다 고개를 가로저었다. 안채에 낯모르는 이가 드나드는 일도, 민 씨가 외출을 나가는 일도 거의 없었다. 송 씨가 잠시 생각에 잠긴 동안 연이 문득 떠오른 생각에 고개를 갸웃했다.

자신의 고모, 송 씨는 몇 년 전 혼례를 치렀다. 상대가 상대이니만큼 조혼(早婚)을 피할 수 없었다. 여염의 관습을 따르지도 않아 곧바로 친정을 떠났다가 불과 사 년 만에 소박을 맞아 되돌아왔다. 아이가 있는데 쫓아내는 일만큼이나 그 집의 핏줄인 아이를 데려오는 일도 드물었다. 그적에 아이를 안고 왔는지도 알 수 없는 일이지만, 조금 전 들려온 소리가 조그만 아기의 울음처럼 들린다는 것 역시도 이해할 수 없었다.

연이 찻잔을 들어 가볍게 홀짝이다 씁쓰레한 잔향에 코끝을 찡그렸다. 세상에는 온전히 이해하기 어려운 일이 가득했다. 혼자 고민해 보았자 풀릴 리 없는 수수께끼는 저만치 치워 둔 채 치마폭에 내려놓은 작은 주머니를 만지작거렸다. 곱게 수놓인 천을 사이에 두고 작고 딱딱한 알갱이들을 손끝으로 더듬으며 상념에 잠겼다. 재난을 면하게 해 준다는 피사부(避邪符). 이 안에 든 수유 씨앗이 정말 액땜을 해 줄까.

"오라버니는 매사 너무 느긋하신 게 탈이야. 서두르지 않으면 괜찮은 처녀는 다 시집을 가 버릴 것인데."

"유 판관 댁 따님의 미모가 출중하다던데 사실입니까, 고모님?"

작은 투덜거림을 듣던 연이 무심코 질문하자, 송 씨의 눈빛이 반짝였다. 눈동자에 배어든 장난기는 연이 평소 제 아비나 오라비에게서 발견할 수 있는 것과 비슷했다. 오라비의 비밀을 허락도 없이 누설한 게 마음에 걸렸으나 이내 생각을 바꾸었다. 어린 누이에게 연서 대필을 부탁하던 오라비였다. 성사만 된다면 두 팔을 벌려 환영하리라.

"글쎄다, 직접 보아야 알겠지. 그럼 거의 안목이 어떠한지 알수 있겠구나."

송 씨가 생긋 웃더니 몸을 일으켰다. 성미가 급한 것까지도 똑같아 아마 조금 전 언급된 유 판관 댁 처자를 직접 확인하러 갈 참인 모양이었다. 연이 서둘러 그 뒤를 따르며 생각을 정리했다. 오라비에게 그토록 오매불망 생각하던 처자와 혼담이 오가게 되리라는 이야기를 전하면 즐거워할까.

그 댁 따님은 또 어떤 여인일까. 안목보다는 들은풍월의 영향이 지대할 것이니, 오라비를 마음에 들어 할지가 문제일 뿐 괜찮은 여인일 터였다.

이야기가 잘 되어 혼인을 하게 되면 어찌 될까. 장가를 들자마자 처가로 갈 테고, 다시 돌아올 즈음이면 연의 혼담이 오가거나 혼사가 치러진 후일 것이다. 지금처럼 친밀하게 지내기는 어려우리라는 생각에 괜히 마음이 가라앉았다.

연이 섬돌 위에 놓인 신에 막 발을 들이밀던 그때였다.

"부인."

"나리."

젊은 남자의 목소리 위로 화색이 가득한 여인의 목소리가 포개졌다. 연은 어안이 벙벙한 얼굴로 머뭇거리며 발을 옮겼다. 다정하게 손을 맞잡은 한 쌍의 연인이 안마당 끝에 서서 그녀를 향해 미소를 보냈다.

"연아, 대군 나리시란다."

"인숙(姻叔)*이라 함이 옳소."

"어찌 감히 그리 부를 수 있겠사옵니까."

"내가 아닌 그 누가 가부를 정한단 말이오."

대군, 염이 단호하게 쐐기를 박듯 말했다. 썩 달갑지 않은 현실을 일깨우는 것 같은 그 부름말이 마땅치 않았다. 당혹감을 잔뜩 머금은 소녀의 눈빛을 보고 짧은 한숨을 내쉬었다. 흠을 잡은 쪽이나 책잡힌 쪽이나 서로가 그다지 달갑지 않아야 마땅한데 다정스레 구는 그 모습에 혼란이 오는 모양이었다. 전후 사정을 잘 알지 못하면 그리 여기는 게 당연했다.

"생각보다 일찍 오셨습니다."

"한데 금방 돌아가야 할 것 같소."

염은 송 씨의 부드러운 목소리에 다정하게 화답하다, 연의 존

---

*인숙(姻叔): 고모부.

재를 깨닫고 소리를 낮추어 귓가에 나지막하게 속삭였다.

"당연히 가셔야지요. 어찌 그 길을 막겠사옵니까. 게다가 소
첩에게도 용무가 있사옵니다."

"내가 오기로 하였는데 다른 약조를 했다는 거요?"

"나리께서 일찍 오시지 않았습니까."

"아무리 그렇다 하여도 나보다 더 중한 일은 용납할 수 없
소."

염의 손이 송 씨의 어깨를 다정하게 감싸 안았다. 투정을 부
리듯 불평을 늘어놓는 사내와 나긋한 목소리의 여인은 곁에 사
람이 있는 것조차 잊은 모양이었다. 어쩔 줄 모르고 서 있던 연
은 송 씨의 눈길이 그녀를 향한 잠깐의 틈을 타 얼른 허리 굽혀
인사했다.

"이만 돌아가겠사옵니다."

"벌써 가려느냐. 제대로 다과도 들지 못했는데."

"지금쯤 오라버니도 서재를 다 살펴보았을 것입니다."

송 씨는 자신이 먼저 일어났던 사실도 잊고 아쉬운 표정을 지
었다. 염이 송 씨의 손을 쥔 채 입속으로 무언가를 되뇌다 고개
를 돌렸다.

"오라비랑 함께 왔다 하였지. 무반의 서재보다 내 서가가 더
볼만할 것이니, 나와 함께 가는 것이 좋겠구나."

"오라버니께 그리 전하겠사옵니다."

"아니, 너도 함께 가자꾸나. 여아를 어찌 혼자 보낸단 말이
냐."

염이 단호하게 말을 끊었다. 연이 도움을 청하려 송 씨를 바

라보았으나 오히려 염의 말에 동조하듯 부드러운 미소만 대면했을 뿐이었다. 머뭇거리며 소녀가 멀어져 간 뒤, 송 씨가 의아한 듯 염을 바라보았다.

"아이들을 어찌 데려가려 하십니까."

"이리 해 두면 부인의 소식을 더 자주 들을 수 있지 않겠소."

사랑하는 여인과 함께하는 시간은 비밀스럽고도 짧았다. 직접 만나지는 못해도 근황이라도 알 수 있으면 그리움이 조금이나마 가벼워질까. 우연히 만난 처조카 남매를 그 안타까운 바람의 매개로 삼을 생각이었다.

염이 애틋한 눈길로 송 씨를 바라보았다. 곁에 두어 아끼고픈단 하나의 여인. 기회만 주어진다면 어떤 식으로든 원래대로 되돌리리라.

"이런 날 대군 나리를 뵈올 줄은 몰랐는데. 이게 어찌 된 일이야, 누이."

"전들 알 수 있나요."

연이 심드렁하게 대답했다. 오라비가 책을 다 찾아보았을 것이라는 말에 서가를 보여 주겠다고 답했다는 사실은 차마 전하지 못하고 서둘러 화제를 전환했다.

"오라버니, 유 판관 댁 따님을 제대로 본 적이 있으십니까?"

"연서 쓰는 것도 도와주지 않는 누이가 그건 알아서 무엇하려고?"

"고모님께서 혼담을 넣어 주신다 하였습니다."

"무어라?"

거가 뜻밖의 말에 놀라 커다랗게 되물었다. 지레 움찔해서 딴청을 부리던 연은 염이 걸음을 늦추지 않는 모습을 보며 다시 작게 대꾸했다.

"고모님께서 혼담을 넣어 주신답니다."

"누이가 이야기한 거야?"

"어쩌다 보니 그리되었네요."

거는 누이가 몹시 사랑스럽다는 듯 머리를 쓰다듬었다. 연은 한껏 상기된 오라비의 얼굴을 곁눈질로 살폈다. 꼿꼿한 뒷모습을 빤히 바라보다 좀처럼 풀리지 않았던 수수께끼의 실마리를 잡으려 입을 열었다. 혹시 제 목소리가 저 앞의 남자에게도 들리는 건 아닐까, 목소리를 낮추는 것도 잊지 않았다.

"대군 나리께서도 고모님처럼 홀로 지내십니까?"

"그럴 리 있나. 일 년도 더 전에 혼인하셨지."

"그런데도 고모님을 찾아오시는군요."

"사내의 마음이 가는 것을 어찌 막을 수 있겠느냐."

그제야 누이가 품은 의문을 깨달은 거의 표정이 오묘해졌다. 본디도 높지 않던 목소리를 한껏 죽여 작게 속삭였다.

"고모님이 병이 있어서 그랬다지만 기실 건강하시지 않나. 어명을 어찌 어길 수 있었겠어."

연이 입술만 달싹였다. 어명으로 내쳐야 할 만한 치명적인 단점이 있었을까. 아비의 명을 어기고 사람들의 눈을 피해 찾아들 정도의 그리움은 또 어떤 것일까. 현 부인은 물론이고 전처인 송 씨에게조차 지금의 상황이 행복은 아닐 터인데.

그러나 혼인은 당사자의 뜻만으로 유지될 수 있는 것이 아니었다. 국혼쯤 되면 정치적 이해관계가 얽히는 게 필연이었다. 거는 그 사실을 일깨워 주고 싶어 근질거리는 입을 애써 닫았다. 적당히 대꾸했다가 의문을 잔뜩 품은 질문을 돌려받게 되는 건 피곤한 일이었다. 대신 누이를 놀려 줄 말을 떠올리고 싱글거렸다.

"누이도 소곤거리는 여인네의 성정을 지니게 된 모양이야. 자, 또 무엇을 알려 줄까. 혹 열경의 이름자라도……."

연이 흥미 없다는 얼굴로 코웃음 치며 외면했다.

여름에 접어들던 그날 이후 열경이 종종 거를 찾아왔다. 연이 동석한 날도 꽤 여러 번이었다. 학문과 정세에 관한 토론과 사담이 어지럽게 뒤섞이는 대화에 연이 끼어드는 일은 썩 많지 않았지만, 가끔 던지는 질문이나 대답은 열경의 눈빛에 이채를 돌게 했다. 당연히 그 장면은 거의 눈에 그대로 담겼다.

마주 앉으면 평소와 미묘하게 달라지는 그들의 모습은 흥미로웠다. 그러나 열경의 태도는 담백하고, 누이는 그 자리를 벗어나면 대담 자체를 뇌리에서 지우는 듯 따로 입에 담는 법이 없었다. 그러니 벗과 누이의 관계에는 의심의 여지조차 없었다. 지금도 그가 내뱉은 말에 관심을 보이거나 정색을 하거든 놀려 댈 생각이었으나 누이는 어떤 대꾸조차 없었다.

거가 문득 누이의 팔을 잡았다. 팔을 뻗어 저만치 나타난 담장 너머 불쑥 솟아오른 지붕을 가리켰다.

"다 온 것 같아, 누이."

주인이 없는 대문 앞에 홀로 서 있어도 문은 쉬이 열렸다. 문득 오래전의 기억이 그의 뇌리를 스쳐 갔다.

이 문을 넘어 안내받은 어느 방 안에 백발이 성성한 조부가 길게 누워 있었다. 그때는 잘 알지 못하였으나, 파리한 안색에 주름진 얼굴은 임종이 가까웠음을 나타내는 신호였다. 늘 꼿꼿하게 앉아 있던 할바마마가 왜 누워 계실까, 어찌 다들 하나같이 슬픈 표정을 지을까 궁금했다.

어리둥절하게 눈동자만 굴리던 아이가 부름에 이끌려 곁에 가 앉았다. 약간 떨어진 데서 부복하고 있던 신료도 아이의 곁에 와 앉았다. 염려 가득한 목소리로 무엇인가를 말했던 것 같으나 잘 기억나지 않았다. 소리에 대한 기억은 희미한데 시각은 뚜렷하게 남아 그를 향해 엎드리던 범옹의 얼굴이 지금도 생생했다.

자신의 발길이 이끌리듯 그곳을 향하고 있음을 알아챈 홍위가 멈추어 섰다. 그와 동시에 오래된 기억이 산산이 흩어졌다. 다시 발길을 돌려 그가 초대받은 장소인 후원으로 향했다. 산들바람에 흩날리듯 우아한 필체의 현판 아래를 지나 누각 안에 들어섰다. 손님을 기다리는 듯 상 위에 늘어선 다과상 차림을 보며 평소에 항시 이리 준비하여 두는 것임을 알 수 있었다. 자리에 앉는 대신 그 곁을 스쳐 기둥을 짚고 섰다.

후원 한가운데 자리한 누각에서는 사방에 펼쳐진 고운 풍경을 한눈에 감상할 수 있었다. 연못에는 희귀한 물고기가 유유자적 노닐고 온갖 기화요초가 뽐내듯 자리를 잡고 한들거렸다. 저만치 담장 근처에는 가을빛 곱게 물든 풍경에 어울리지 않게 진초록 빛깔을 자랑하는 늘씬한 대나무가 작은 숲을 이루듯 모여 있었다.

정원을 넘어선 눈길이 누르스름해지기 시작한 벌판과 울긋불긋 물들어 가는 먼 산을 지나 시리도록 파란 하늘에 머물렀다. 얼룩덜룩한 나뭇잎 사이로 바라보던 하늘이 꼭 이렇게 새파랬다. 시린 눈을 쉬게 하고자 고개를 돌렸을 때, 수풀을 가득 메운 물소리로 인해 무뎌진 청각 대신 한껏 예민해진 눈에 담긴 장면이 있었다. 눈 부신 햇살을 머금고 튕겨 나가던 물방울과 그 소요를 일으키던 누군가.

소녀의 모습은 아주 잠깐 엿본 게 전부였다. 선이 고운 용모는 어디에 있어도 시선을 끌만 했지만, 둘도 없을 만큼 미인인 건 아니었다. 성숙한 여인이든 제 또래의 계집아이든 이렇게 줄곧 그의 머릿속에 머문 적이 없었는데, 마치 어디에 새겨 놓은 것처럼 그의 마음을 떠나지 않았다. 그 이유가 뭘까.

어지러운 발소리가 그의 상념 틈으로 난입했다. 하나가 아닌 여럿, 종종거림이 묻어나지 않는 것이 하인을 데려오는 건 아닌 듯했다. 홍위가 미간을 좁혔다. 숙부가 혼자 온다면 조금 더 생각에 잠겨 있어도 괜찮을 것이지만, 손님을 대동하였다면 이렇게 있을 수 없는 노릇이었다.

혹시나 다른 숙부들은 아니겠지. 신료나 학자들도 아니라면 좋겠다. 하지만 그들이 아니면 대체 어떤 이와 함께 오겠는가. 고적한 곳에서 유유자적하게 노닐 듯 머물다 가려던 계획은 처음부터 어불성설이었던 모양이었다.

홍위는 얼굴에 잔뜩 묻어 있을 불평을 지우며 천천히 몸을 돌렸다. 벌써 지척에 다가온 염의 뒤에는 의외의 인물들이 따르고 있었다. 아직 조정에 들 나이도 되지 못한 것 같은 젊은 남자와 머리를 길게 땋아 늘어뜨린 소녀였다. 주변의 풍광에 마음을 빼앗긴 듯 밟아 온 자리만 되돌아보던 소녀가 고개를 들어 누각의 현판을 바라보는 순간, 홍위가 숨을 몰아쉬었다.

"올라오려무나."

홍위는 서둘러 감정을 추스르며 유쾌한 목소리로 객을 불러들이는 염의 곁에 다가섰다. 염이 은근한 미소를 지으며 그의 어깨를 가볍게 두드리고는 처조카들을 쳐다보았다.

"뜻밖의 손님과 동행하게 됨을 미처 전하지 못한 게 혹 실례이지는 않을지."

"관계치 않습니다, 대군 나리."

홍위는 염이 말을 맺기 전에 빠르게 말끝을 잡아챘다. 염이 제 어깨를 두드리며 친밀감을 표현한 것은 그의 정체를 숨기기 위함이었다. 장성하여 일가를 이룬 남자가 그를 향해 공대한다면 더욱 이상하게 여길 것이다. 혹여 실수가 생기지 않도록 먼저 선수를 친 셈이었다. 염이 미소 띤 얼굴로 소개했다.

"서로 초면일 테니 통성명은 내가 돕도록 하지. 이쪽은 내 조카들이고, 이쪽은 예판 이사철 대감의 인척인데 잠시 상경하여 몸을 의탁하고 있지."

"홍입니다."

"아, 저는 거라고 합니다."

거는 언뜻 과해 보일 정도로 깍듯하게 인사했다. 상대의 정체를 알아 그리한 것은 당연히 아니고, 비슷한 또래의 소년이었지만 타고난 듯 기품이 넘쳐흘러 저도 모르게 그리되었다. 연은

72

가볍게 고개만 숙여 보이는 것으로 인사를 대신했다. 자신이 여인인 탓인지 불청객이 된 느낌을 더 강하게 받았다. 있는 듯 없는 듯, 가능하다면 병풍 따위인 것처럼 조용히 머물렀다 가야겠다고 생각했다.

짧은 인사를 마치고 누각 한가운데에 둘러앉았다. 연의 좌우로는 오라비와 대군 나리가, 맞은편에는 초면의 소년이 있었다. 반짝거리는 눈빛이, 해끄무레한 용모에 어울리지 않게 굳게 다문 입술이 퍽 인상적이었다. 그 입술 새로 흘러나오던 청아한 목소리를 떠올리자 손끝에 짧은 떨림이 스쳐 갔다. 상대의 눈길이 그녀의 얼굴을 떠나지 않는 것 같아 모아 쥔 손끝을 문지르며 눈을 내리깔았다. 맞은편에 앉았으니 시선이 마주치는 것은 당연한 일인데도 과하게 의식하는 스스로를 어이없어 했다.

실바람이 살랑대며 지나갔지만 누각 안은 조용했다. 염을 제외하고는 예상치 못한 만남을 갖고 있는 터라, 상대에 대해 잘 알지도 못하면서 먼저 입을 여는 것도 쉽지 않았다.

염이 상에서 조금 떨어져 있던 궤를 곁으로 잡아끌었다. 뚜껑을 열어 필묵을 꺼내어 준비하는 손길이 분주했다. 제가 하겠노라 팔을 뻗던 거가 머쓱하게 손길을 거두어들였다. 은은한 묵향이 가득하게 누각 안을 채울 즈음, 먹을 내려놓은 염이 궤에 다시 손을 넣었다. 무언가 자잘하게 달가닥거리며 부딪치는 소리가 났다.

"다과가 준비되려면 시간이 조금 걸릴 듯한데, 그사이에 정취에 어울리는 시구라도 나누어 봄이 어떠할까."

염이 꺼내어 든 것은 댓개비가 잔뜩 꽂힌 통이었다. 지난여름, 거가 연에게 내밀었던 막대 뭉치와도 퍽 흡사했다. 같은 물건도 누가 쓰느냐에 따라 신빙성 하나도 없는 삿된 점괘를 보게 되기도, 풍류를 즐기며 시문을 논하는 자리에 참예하게 되기도 했다.

무심코 오라비를 바라본 연은 몹시 곤란하고 낙담한 표정을 마주하고는 엷게 미소했다. 그 미소가 놀림처럼 보였는지 거가 인상을 쓰며 연을 향해 입술을 달싹이던 순간이었다. 염의 손에 들린 통이 그녀의 눈앞에 불쑥 내밀어졌다.

"오늘의 시제는 조카가 뽑도록 하지."

"아, 저는……."

"사양치 말고, 어서."

"송구하오나 글을 잘 알지 못해 능력이 미치지 못하옵니다."

"능력을 시험하고자 함이 아니니 염려치 말아라. 흥이 오르는 대로 적어 가든, 성현의 시구를 인용하든 무슨 상관이겠느냐."

염은 전처의 집안이 문리와는 거리가 멀다는 사실을 알고 있었다. 자신이 시흥을 입에 담는 순간 일그러지던 거의 얼굴을 보았으니 그 또한 예외는 아니리라 생각했다. 그러나 같은 말을 듣고도 눈을 반짝이는 연을 보며 언젠가 송 씨에게 들었던 말을 떠올렸다. 오라비보다도 더 책을 가까이한다는 계집아이의 취미는 집안의 풍토나 작금의 경향과 어울리지 않아 장차 현모양처가 될 것이라는 기대감 대신 염려만 잔뜩 받는 것 같았다.

그 말을 들으며 내심 궁금하게 여겼다. 정말로 책에 흥미를 갖고 읽는지, 아니면 여인으로서의 소양을 갖추지 못한 것을 그러한 말로 감추고 있는 것인지.

연이 곤란한 얼굴로 손끝만 옴찔거렸다. 그녀는 그저 자리만 지키고 있으면 되리라 생각했는데 느닷없이 시제를 뽑으라니. 본디대로라면 오라비의 몫이 되어야 할 일이 어찌 자신의 것이 되었는지 알 수 없었다. 힐끗 오라비를 바라보았으나 제게 과제가 주어지지 않은 것에 깊이 안도하고 있는 것 같았다. 아니, 오히려 그 일이 도로 저에게 떠밀려 올까 염려하는 것 같았다고 해야 할까. 거가 연을 향해 수상쩍은 미소를 흘리더니 입을 열어 대화에 끼어들었다.

"염려 마옵소서, 나리. 말만 저러할 뿐 항시 책을 가까이하기에 집안에서 장차 태임(太妊)의 뒤를 밟아 가는 현모가 되리라 기대하는 바이옵니다."

"천부당만부당한 말씀입니다."

연의 얼굴이 달아올랐다. 과찬에 몸 둘 바 모르는 소녀가 얌전하게 얼굴을 붉히는 것처럼 보였지만 실상은 오라비의 발언에 열이 오른 것이었다. 집안의 그 누구도 연이 책을 끼고 있는 걸 마냥 호의적으로 보지는 않았다. 태임이 어쩌니 하는 화제가 오른 일 또한 단 한 번도 없었다. 알지 못하는 남의 귀에는 어찌 들렸는지 모르겠으나 틀림없는 빈정거림이었다.

연은 받아치는 대신 입술 안쪽만 살짝 깨물었다. 지금의 상황은 제집 안에서 오라비의 벗을 만났을 때와는 사뭇 달랐다. 대군 나리에다 정체도 알 수 없는 젊은 선비를 앞에 두고 아웅다웅 다툴 수는 없었다.

연이 짧게 거를 흘겨보았다. 거가 판청을 부리며 조금씩 엉덩이를 뒤로 빼는 모습을 보다 시선을 돌렸다. 시흥을 즐기는 선

비의 흉내를 제대로 내게 된 셈이라고, 이런 기회가 다시 또 있
겠느냐 스스로를 다독이며 하나를 뽑아 들었다.

작게 적힌 글자를 읽으려던 연의 눈에 홍위의 얼굴이 들어왔
다. 관심의 빛을 띤 눈빛이 왠지 낯설지 않아 의아한 마음은 뒤
로한 채 다시 눈앞의 댓개비를 들여다보았다. 잠시 초점을 잡지
못해 흐릿한 시야를 맑게 하려 눈을 깜박이던 중, 지난여름 제
가 뽑았던 세 개의 대오리가 떠올랐다.

弘

앞에 앉은 소년이 소개한 이름과 같았다.

涓

자신의 이름이었다.

風

누각을 휘감아 도는 가을바람이 그들 사이를 스쳤다.

오라비의 점괘는 정말로 오늘을 예견한 걸까. 그럴 리 없다.
허무맹랑한 이야기를 이토록 오래 기억하며 의미를 부여하려는
건 우습지도 않은 일이었다. 쓸데없는 생각에 빠져 있느라 시간
을 지체한 사이, 연의 손가락 사이에 끼인 댓개비가 스르륵 빠
져나갔다. 손끝을 스쳐 가는 까만 흔적을 확인한 연이 다시 눈

을 깜박였다.

竹

여기저기에서 찾아볼 수 있는 쉬운 글자에 안도한 것도 잠시, 머릿속이 텅 비어 버린 듯 아무것도 떠오르지 않아 당황했다. 이 사달을 벌여 놓은 오라비에게 원망의 눈길을 던지려 고개를 돌리니 자리는 이미 텅 비어 있었다. 연의 눈길이 누각 너머를 향했다.

기민하게 자리를 비운 거는 연못가에 쪼그리고 앉아 있었다. 유유자적하게 노니는 물고기를 보며 작살을 든 것처럼 팔을 들어 올리고 물속을 노려보았다. 그 모습을 발견하고 짧은 한숨을 내쉰 연의 눈길이 후원 안을 헤집고 다녔다. 정원 끝 담장에 바짝 붙어선 푸른 대숲을 발견한 후에야 내내 허둥거리던 눈빛이 조금 안정을 되찾았다.

가을빛 곱게 물든 사이에서도 신록을 가득 머금은 듯 푸르게 물든 대나무가 옅게 이는 바람에 한들거렸다. 겨울이 되어 흰 눈에 덮여도 홀로 의연하게 푸른 자태를 자랑할 것이다. 추운 겨울을 보내고 나서야 비로소 소임을 마친 듯 말라 가겠지만 그 누가 손가락질할 수 있겠는가. 충심을 품은 선비이고 뜻을 지닌 군자라면 누구나 그러할 것을.

연이 붓을 들어 벼루 위를 지그시 눌렀다. 밤하늘보다 짙은 빛깔로 물들어 가는 붓촉을 떼어 종이 위로 옮겼다.

마디의 잿빛 가죽은 이슬에 씻기우고,
푸르른 옥빛 가지는 바람에 흔들리네.
의의(依依)한 그 자태 군자와 닮아,
어울리지 않는 곳이 없구나*.

망설임 없이 써 내려간 글귀의 마지막 획 위에서 붓끝이 잠시 머물렀다. 붓을 내려놓으며 고개를 들다 소년과 눈이 마주쳤다. 어쩌면 소년도 장차 이러한 면모를 지닌 장부가 될까. 상대를 향해 생긋 미소를 지어 보였다. 다소 충동적인 행동이었다.

홍위가 헛기침을 하며 고개를 돌렸다. 우연한 재회도, 스스럼없이 붓을 놀리는 모습도 어느 하나 놀랍지 않은 게 없었다. 그를 향한 미소가 피어나리라고도 생각지 못했다. 눈이 마주쳐 의례적으로 건넨 것이라기에는 지나치게 싱그러운 웃음이었다. 소녀가 그를 발견할까 황급히 바위틈에 모습을 감추던 그때와 비슷한, 어쩌면 그보다도 더한 두근거림이 일었다.

염은 연이 시구를 적은 종이를 들고 감상했다. 완성되지 않은 필체에서 제대로 스승을 두고 배운 것이 아님이 표가 났다. 그럼에도 하나하나의 자형이 균형 잡혀 있고 제법 힘찬 모양새가 인상적이었다. 책을 펼쳐 놓고 붓을 쥐기를 즐겨하는 여아가 아들이 아님을 아쉬워하지 않는 게 더 이상할 정도였다.

염이 연의 글씨를 품평하는 동안, 홍위가 말없이 벼루를 옮기고 붓을 들었다. 염이 뒤적이던 궤를 들여다보고는 빈 부채 하

---

*유우석(劉禹錫)의 '정죽(庭竹)'.

나를 꺼내 서안 위에 올렸다. 시제는 다시 확인할 필요도 없이 잘 알고 있었다.

끝만 살짝 적실 정도로 잠시 벼루 위에 머물렀던 붓이 펼쳐진 부채 위를 빠르게 옮겨 다녔다. 단정하고 신중하게 획을 내리긋던 연의 글씨에서 힘이 느껴졌다면, 홍위의 글씨에는 낭창거리고 부드러운 느낌이 있었다. 늘어선 글귀 끝에 잠깐의 사이를 두고 두 자가 더 매달렸다.

붓을 내려놓은 홍위가 부채를 가볍게 흔들었다. 먹물이 흠뻑 스며들지 않은 글씨는 몇 번의 부채질로도 쉽게 말랐다. 아무 일도 없었던 듯 곱게 접힌 부채를 서안 위에 내려놓고 연의 앞으로 밀어냈다. 손끝을 떼지 않은 채 연의 얼굴을 바라보았다. 연이 당황한 표정으로 소년과 부채를 번갈아보다 손을 내밀었다. 집어 드는 손길이 조금 떨렸다.

그 모습을 염이 주시하고 있었다. 부채에 글줄을 적어 선물하는 건 범상치 않다고, 잠시 놀려 줄까 생각하던 그는 마음을 돌렸다. 마음에 봄바람 한 번 일렁이지 않는 이가 어디 있으랴. 간혹 꺼내어 볼 풋정 같은 작은 추억 하나쯤 있으면 또 어떠하랴. 다시 얽힐 일도 없을 것이니 잠깐의 만남 따위는 쉬이 잊히리라. 하지만 만에 하나, 이를 계기로 연(緣)이 닿아도 나쁘지 않다.

"하면 이제 거의 차례인가."

염은 진작부터 텅 빈 것을 알고 있었던 거의 자리에 시선을 던졌다가 비로소 부재를 깨달은 듯 몸을 일으켰다. 누각의 계단을 내려가 아직도 물고기를 모두 잡아들일 기세로 빈 손짓을 하는 거의 뒤에 섰다. 못 안의 물고기 대신, 그의 창고 한쪽에 늘어선 우아하게 치장된 도검 따위를 보지 않겠느냐 충동질했다.

단순한 청년은 누각 위에 누이가, 그것도 생면부지의 소년과 있다는 사실을 잊었다. 기억하고 있다한들 도로 발길을 돌리지는 않았을 것이다. 열경을 대하는 태도로 미루어 누이는 남녀 관계에 대해 호기심을 갖거나 관심을 둘 정도에는 이르지 않았다. 설령 생각이 틀렸다 하더라도 대군 나리 댁에서 무슨 일이 벌어지기야 하겠는가, 태평하게 생각했을 테고.

"저, 이건……."

"소저의 글을 볼 수 있었던 것에 대한 답례라 여겨 주십시오. 다른 뜻은 없습니다."

손에 쥔 부채를 조심스럽게 들던 연이 손을 다시 치마폭 위에 포개어 놓았다. 짧은 한마디를 들었을 때보다 더 맑게 울리는 목소리가 듣기 좋았다. 다른 뜻이 없다는 말에 괜스레 서운함이 밀려들었지만 한두 칸을 펼쳐 보았다 도로 닫기만 반복할 뿐 열어 보지는 못했다.

연이 몇 번이나 의미 없는 행동을 되풀이하는 동안, 홍위는 그 모습을 물끄러미 바라보았다. 진관사 가는 길에 들른 계곡에서 소녀를 본 것도, 여기에서 다시 만나게 된 것도 그저 우연의 일치에 불과했다. 그가 다시 숙부의 저택을 찾더라도 재회할 가능성은 극히 희박할 것이다. 지나치게 앞서 나가는 생각이지만, 누구나 그러하듯 혼인은 자신의 뜻으로 결정할 수 있는 일이 아니었다.

그냥 스쳐 가는 편이 좋았다. 부채를 건넨 것도 불필요한 행동이었다. 그러나 여기서 그냥 흘려보내기엔 아쉬움이 짙게 남았다. 남의 귀에 들릴까 염려스러울 정도로 거센 두근거림이 마음을 뒤흔들었다.

"지난여름, 어느 계곡에서 잠시 쉬어 간 적 있었습니다. 더위를 피하려 나온 사람들로 북적이는 곳이었지요."

연이 예사로 고개를 끄덕였다. 여름에 계곡을 찾는 건 흔한 일이었다. 자신만 하더라도 창랑지수를 인용하던 오라비의 손에 이끌려 도성 밖 계곡에 다녀온 일이 있지 않았던가. 그 덕에 집 안에 발이 묶여 버리긴 했지만, 지금도 가끔 생각날 정도로 그날의 풍광이 마음에 깊이 자리하고 있었다.

별 동요 없는 연의 표정을 살피던 홍위는 얼굴에 떠오르는 실망감을 애써 지웠다. 찰나의 순간이라도 눈이 마주치지 않았을까, 품었던 기대는 헛된 바람에 불과했다. 그래도 시작한 이야기를 중간에 끊을 수는 없었다.

"상류로 올라갈수록 인적이 드물어지는 대신 숲의 기운이 가득히 차오르더군요. 분위기에 취해 있었는데, 어느 결에 보니 사람이 와 있지 않겠습니까. 혹 천녀(天女)가 아닌가 잠시 착각하였지만, 머리꼬리에 댕기가 매달려 있었으니 더위와 인파를 피해 올라온 어느 댁 처자였겠지요."

눈을 반쯤 내리깐 채 무심하게 듣던 연이 살짝 고개를 들었다. 그 여름날, 계곡 위쪽에서 발을 첨벙이다 바위 위에 누운 누군가의 모습을 발견했었다. 재차 확인하려 눈을 들었을 때는 감쪽같이 사라져 있어 헛것을 보았는가 생각했다.

지금 이 소년은 그날 거기에 있었노라 말하고 있었다. 더위에 지치고 공상에 빠져 있다 환영을 본 게 아니었다고, 그녀가 도착해서 물을 건너 발을 텀벙대던 장면을 모두 보았다고.

얼굴이 다시 달아올랐다. 한껏 느슨해져 있던 제 모습을 누가 보았다는 사실이 부끄러운 한편으로, 정체를 궁금해하였던 이를 다시 만나게 된 우연을 신기하게 여기는 마음이 들었다.

"혹시 소저께서……."

그러나 용기를 낸 홍위의 말은 채 끝을 맺을 수 없었다. 앞서 침묵을 지키고 있었던 시간이 지나치게 길었던 탓에, 벌써 누각으로 돌아오는 이들의 발소리가 들려오기 시작한 탓이었다.

연이 서둘러 부채를 소맷부리 안에 감추었다. 말 많은 오라비가 보게 되면 당장에라도 펼쳐 들며 놀리는 말을 떠벌려 댈 것 같았다.

그 노력이 무색하게, 때맞춰 등장한 거는 부채 끄트머리가 소맷부리 안쪽으로 숨어드는 그 짧은 순간을 놓치지 않았다. 티가 나게 누이를 힐끔거렸으나 아무 일도 없다는 듯 태연한 얼굴이 더 수상쩍었다. 짓궂은 오라비의 노릇을 하려 들기 전, 먼저 울리는 목소리가 있었다.

"대군 나리, 이만 가 보아야 하겠습니다."

"벌써 그리 되었나."

"늦어지면 걱정하실 터, 심려를 끼쳐 드릴 수는 없습니다."

홍위가 자리를 떨치고 일어나자 엷은 아쉬움이 깃든 목소리로 중얼거렸던 염이 자세를 갖추어 공손하게 예를 취해 보였다. 성인 남성이 연하의 소년에게 갖추는 예로는 다소 과하여 연이 고개를 갸웃거렸지만 의심을 오래 지속하지 못했다. 그녀에게 인사를 건네는 홍위의 또렷한 눈빛과 잔잔한 미소가 마음에 스며드는 것 같아 서둘러 허리를 굽혀 보였다. 더 이상 눈을 마주칠 생각을 하지 못하고 시선을 돌렸다.

연은 계단을 내려간 발소리가 저만치 멀어진 뒤에야 어렵사리 눈을 돌렸다. 후원을 막 벗어나던 이가 누각을 향해 짧은 시선을 던지는 모습에 까닭 모르게 가슴이 설레었다.

✳　　　　✳　　　　✳

"안에 있는가?"

울림이 좋은 목소리가 저편에서 들려오자 주인 없는 사랑 안에서 새로 들인 책을 뒤적이던 연의 손길이 잠시 멈추었다. 귀에 익은 음성은 가을이 깊어감과 동시에 발길이 뜸해졌던 열경의 것이 분명했다.

연이 닫힌 문을 열고 나섰다. 포롱거리는 작은 새처럼 가볍게 발을 디뎌 열경이 서 있는 작은사랑 앞으로 갔다. 자리에 없는 거를 대신하여 맞아들이는 목소리에는 반가움이 스며 있었다.

"오라버니는 출타 중입니다."

"그러합니까?"

열경의 얼굴에 설핏 아쉬움이 어렸다. 연은 여느 때라면 후일을 기약하는 인사를 남기고 돌아섰을 이에게서 머뭇거리는 기색을 발견했다. 저만치서 눈치를 보고 있던 행랑아범을 향해 손짓하며 객에게 들어갈 것을 청했다.

"잠시 들어가서 기다리시지요."

연이 먼저 섬돌 위에 오르자 행랑아범이 뒤쫓아 와 분주하게 문과 들창을 열었다. 그 일이 모두 끝난 뒤에야 열경이 작은 사랑 안에 발을 들였다. 이미 겨울에 접어들어 문을 열어 놓기에는 퍽 쌀쌀한 날씨였지만 주인도 없는 방에서 다 자란 아가씨와 혈기왕성할 나이의 청년이 마주 앉아 있는 건 오해받기 쉬울 일이었다. 객은 이미 혼인을 치른 남자요, 아기씨는 새초롬하니 신중한 태도를 지니고 있었어도 남녀 간의 일이란 알 수 없는 법이었다.

"오라버니는 금방 돌아올 것입니다."

"긴한 용무가 생긴 모양입니다."

"딱히 그런 건 아닙니다."

연이 고개를 저었다. 엷게 웃음 띤 얼굴을 보아하니 나쁘거나 심각한 일은 아니었지만, 당당하게 사유를 밝히기도 쉽지 않은 일 같았다. 아마 말조심을 하지 않으면 제 오라비의 위신을 깎아내리게 되지 않을까 염려하는 듯싶었다. 지금껏 거가 실없는 농담을 던지면 연이 한숨을 삼키며 외면하는 모습을 본 것도 꽤 여러 번이었다.

"조만간 혼례를 올리게 되리라는 이야기와 연관이 있습니까."

"오늘이 납채일이랍니다."

다 알고 묻는 상대에게 굳이 숨길 이유가 없었다. 연이 방긋 웃으며 대답하자 열경이 고개를 끄덕였지만 무의식중에 눈썹이 찌푸려 들었다. 거가 유 판관 댁 소저의 용모를 궁금해하고, 그 처녀와 혼인을 하게 되었다며 화색이 도는 얼굴로 전하던 일을 기억하고 있었다. 납채일에 신랑이 갈 필요는 없으니, 먼발치서 그 모습이라도 볼 수 있을까 기대하고 나간 게 틀림없었다.

용모가 아무것도 아니라고 할 수는 없다. 하지만 그게 여인의 모든 걸 말해 주는 것도 아니었다. 그의 마음을 전혀 이해하지 못하는 절세가인과 맹광(孟光)과 같은 성품을 천하의 박색 중 하나를 택하라면, 그의 선택은 분명했다. 그의 아내의 품성을 미리 알았더라면 부친의 뜻을 거역하게 되는 한이 있더라도 혼인하지 않았으리라.

열경의 고민을 알 리 없는 연이 친밀하게 말을 건넸다.

"요즘에는 좀 뜸하셨던 것 같습니다만."

"전라 지방에 있는 절 하나를 알아 두었소."

"계유년에 있을 식년시를 준비하려 하십니까?"

아무렇지 않게 되물은 연은 열경의 어조가 평소에 비해 다소 무겁다는 사실을 깨닫지 못했다. 삼 년에 한 번 꼴로 열리는 과거는 전국 방방곡곡에 흩어져 있는 선비들을 한양으로 불러 모았다. 그중에서 대과에 급제하는 이는 서른세 명. 타고난 천재가 아니라면 속세와 연을 끊고 학문에만 몰두해야 이룰 수 있을 성과였다. 박해를 피해 깊숙하게 숨어든 산사는 그들이 찾아낼 수 있는 최적의 장소였다. 열경도 아마 그러한 목적으로 산사를 찾는가 보다 짐작했다.

열경은 뜸을 들이듯 대답을 미뤄 둔 채 연의 얼굴을 바라보았다. 그의 대답에 상대가 어떤 반응을 보일까 생각하다, 마음에 남은 약간의 망설임을 털어 내듯 평온한 어조로 말했다.

"불경에 담긴 석가의 뜻이 나와 크게 다르지 않으면 불가에 귀의할까도 생각하고 있소."

연의 눈이 휘둥그레졌다. 민간에서 친숙하게 여기고 왕실에서 은근히 비호하고 있어도 사대부는 불교를 천시했다. 이전의 왕조에서는 왕자가 불가에 귀의하는 경우도 있었다지만 지금은 어림도 없는 소리였다. 더구나 열경은 어린 시절에 재주를 인정받은 천재로 장래는 오래전에 보장받은 것과 다름없지 않았던가. 그녀의 눈에 떠오른 당혹감을 읽은 열경이 천천히 말을 이었다.

"성상께서는 옥체 미령하시고 세자 저하는 지나치게 연소하시오. 왕후의 자리는 비어 있어 수렴청정을 할 어른도 없는 데다 뒤를 받쳐 줄 세력도 없지요. 과거에 응시하여 급제한들 과연 뜻을 펼칠 수 있을까요."

"성상께서는 선왕의 장자요, 세자 저하는 성상의 장자 아닙니까. 어린 나이여도 군왕의 자질을 갖추고만 있다면 신하들이 충심으로 보필하는 것으로 충분하겠지요. 전하와 대군 나리들의 우애도 무척 좋다고 들었습니다."

"선왕께서 대군에게는 학문을 가르치지 않도록 하는 관습을 깨뜨리신 것이 어떤 결과를 가져올지는 아무도 모릅니다. 아니, 실은 삼척동자라도 짐작할 수 있을 겁니다."

"앎이 병이 되지는 않을 것입니다."

"아는 것이 많으면 욕심도 늘어나게 되어 있소. 조금의 빈틈이라도 보이면 다른 마음을 품지 않겠소? 장성하다 못해 노회하기까지 한 대군들이 일곱이나 되며, 그 윗대에도 둘이나 되는 대군이 남아 있소. 드러내지 못하고 숨긴 욕망을 부채질하는 이들이 그 주변으로 모여들고 있을 거요. 그들이 과연 임금에 대해 얼마만큼의 충심을 지닐 수 있으리라 보오?"

연이 여기저기서 귀동냥으로 얻어들은 이야기를 펼쳐 놓았지만, 열경의 냉소적인 목소리를 막는 데에는 역부족이었다.

야망을 가진 대군들마다 각자의 식견을 지니고 있으니 주변에 모여든 자들이 호시탐탐 기회를 노리고 있었다. 어지러운 판국에 과연 올곧게 학문에만 정진하였던 이들이 설 자리가 과연 생길 것인가. 학문을 익히는 연유가 입신양명에만 있는 건 아니었지만, 사내가 되어 품은 뜻을 펼칠 수 없다면 그 또한 한스러운 일이었다.

열경의 말을 곰곰이 짚어 보던 연이 입을 열었다. 단호하게까지 느껴지는 목소리로 상대의 비관적인 사고를 정면으로 반박했다.

"하면 그대가 충신이 되십시오."

"장원급제를 하여야 말단 관원, 기껏 지방 관원에서 시작하는 것이 보통일 것이오. 이런 시절에 과거에 급제하면 부귀와 영화를 좇는 것 외에 무엇을 할 수 있단 말이오?"

"뜻을 펼 수 없음을 한탄하며 촌으로 숨어들었다면 공자의 이름이 지금까지 전해질까요? 공자가 전국을 떠돈 것은 자신을 알아주는 사람을 찾기 위함이었지 관직에 연연함이 아니었습니다."

"수양산에서 고사리를 캐어 먹다 굶어 죽은 백이와 숙제의 이야기는 지금까지 충신의 표본으로 전해지오."

"황음무도한 군주에 의해 백성이 도탄에 빠져 있을 때 그들이

한 일은 무엇이랍니까? 가진 힘이 미약하다 하여 뜻을 굽히는 것이 과연 선비의 도리입니까?"

"탁류에 휩쓸리느니 고고히 관조하고자 하오."

"그 결정을 눈물로 후회하실 날이 올 것입니다. 어찌 나는 꺾어짐을 택하지 못하였던가."

열경이 대답을 하는 대신 연의 눈을 바라보았다. 단호한 눈빛의 이면에는 무구함이 자리하고 있는 게 분명했다. 어지러운 세상에서는 뜻을 품고 있는 것도 버거웠다. 총명하지만 책으로 세상의 이치를 익힌 어린 아가씨가 현실을 알 리 없어 저렇게 확고한 목소리를 낼 수 있는 것이리라.

사실 이런 이야기는 상대의 집안 내력을 고려한다면 입 밖에 꺼내지 않는 편이 좋았다. 그럼에도 같은 처지에 있는 벗을 만나 허심탄회하게 대화하는 양 속내를 숨기지 않는 연유는 그도 잘 알 수 없었다. 그만큼 상대를 신뢰하기 때문인지, 아니면 어차피 뜻을 펼 수는 없는 여인에 불과하니 아무래도 상관없다고 체념한 것인지.

"누구나 주공이 될 수는 없소."

열경이 불쑥 던진 말에 연이 고개를 갸웃했다. 조카를 성심껏 보필하여 나라의 기초를 확립했던 이의 이름이 어찌 지금 상황에 나오는 것인지 이해할 수 없었다. 설명을 요하듯 열경의 얼굴을 바라보았으나, 그는 조금 전의 충동적인 말조차도 후회하며 굳게 입을 다물고 고개를 저었다. 긴 한숨을 내쉬며 하고 싶은 이야기를 마음 한구석으로 가라앉혔다.

마음을 정리하고 나자 새로운 고뇌가 그의 마음을 잠식했다.

그의 부인과도 이런 이야기를 격의 없이 나눌 수 있었다면 어떠하였을까. 소녀의 말대로 꺾어짐도 두려워하지 않고 세파에 뛰어들 수 있었을까.

지금에 와서는 그 어떤 생각도 부질없었다. 열경은 숨을 들이쉬며 표정을 부드럽게 했다. 충신이 되라는 그 말은 지금의 그에게 너무도 먼 것이었지만, 스스로를 향한 다짐과도 같은 말을 꺼내었다.

"적어도 경개(耿介)하는 이가 될 수 있도록 노력하겠소."

대문간이 소란스러운가 싶더니 활달한 발소리가 점차 가까워졌다. 연이 앉은 자리에서 일어나며 가볍게 묵례를 해 보였다. 열경이 뒤이어 일어나며 소녀와 엇갈려 들어오는 벗을 맞이했다.

"지나치게 격조하지 않았나."

오래도록 찾지 않은 벗을 나무라면서도 썩 밝은 목소리는 소기의 목적을 이룬 만족스러움을 드러내고 있었다. 열경은 마음에 둔 소저에 대한 이야기를 할 적이면 곱절은 더 수선스러워지는 벗의 말을 묵묵히 들으며 미소했다. 이 기꺼움은 과연 얼마나 오래도록 행복으로 이어질 것인지.

앞일을 예측하는 것은 그 누구도 할 수 없는 일이지만 자신의 삶이 흘러갈 방향만큼은 짐작하기 어렵지 않았다. 다만, 조금 전 모습을 감춘 사랑스러운 아가씨에게는 그의 예상이 현실이 되는 법 없기를 바랄 뿐이었다.

⁜ ⁜ ⁜

이따금씩 불어오는 바람이 몹시도 시렸다. 간간이 구름 사이로 고개를 내미는 태양이 마당에 내리쬐는 햇볕은 바닥에 쌓인 눈을 녹이기에는 턱없이 미약했다. 낙엽은 이미 다 떨어진 지 오래, 겨울이 깊었으니 봄도 머지않으리라 말하는 한겨울의 어느 날이었다.

"이만 돌아가심이 어떠합니까."

"요령 없는 행랑아범이 군불도 넣지 않아 방이 냉골이란 말을 전하지 아니하였던가?"

"한 시진이 지났으니 바닥이 절절 끓겠군요."

"안채는 한 시진이면 데워진다는 소리야, 누이?"

누이의 방에 대(大) 자를 그리듯 누워 있던 거가 자리에서 벌떡 일어났다. 그를 바라보는 연의 표정에 명백한 비웃음이 떠오른 것 같아 시들한 얼굴로 도로 자리에 주저앉았다. 거가 미적지근하다 못해 차게 식은 바닥을 톡톡 두드리며 불만 섞인 목소리를 냈다.

"굶어죽을 정도로 가난한 것 같지 않은데 왜 이리 아끼는지 알다가도 모를 일이라니까."

"근검절약이야말로 선비의 미덕이지요."

연이 오라비를 나무랐다. 거가 누운 자리가 윗목이어서 그러할 뿐, 제가 앉은 아랫목은 방석을 겹쌓고도 가끔 엉덩이를 들썩여야 할 정도로 뜨끈했다. 굳이 그 사실을 일러 주지 않은 채 엄숙하다 싶을 정도로 정중한 목소리로 다시 한번 축객했다.

"어쨌거나 너무 오래 계셨습니다, 오라버니."

"동기간에 어울리지 않게 내외라도 할 생각이야?"

"글 읽는 데 방해가 됩니다."

과거도 볼 수 없으면서 글귀 따위 읽어 어쩌려고.

속으로만 툴툴댈 뿐 그 생각을 말로 표현하지는 않았다. 비슷한 말을 내뱉었다가 소견이 좁은 오라비의 비루한 생각이라 폄하당한 게 한두 번이 아니었다. 어쩌면 누이도 매번 그렇게 받아치면 마음 아플지 모를 일이다.

여하간 나가란다고 쉽게 물러나 줄 생각은 없었다. 거는 앉은 자리에서 일어나는 대신 엉덩이를 끌며 누이가 앉은 서안 가까이로 다가갔다. 바닥에 짚은 손끝이 점점 뜨끈해지는 걸 감지하고는 눈을 흘겼다.

"오라비가 냉골 같은 바닥에 구르고 있는데도 매정한 누이는 한마디도 안 해 주는군."

"여태 아랫목, 윗목을 구분하는 법도 익히지 못하셨습니까?"

새침하게 대답하는 목소리에는 어렴풋하게 웃음이 배어 있었다. 거가 대답할 말을 찾지 못한 채 코끝만 찡긋했다. 점잖고 쌀쌀맞던 누이에게 변화가 일기 시작해서 요즘에는 잠깐의 틈만 비치면 그를 놀리려 들었다. 거가 찡그린 얼굴로 연을 바라보았으나, 누이는 어느새 덤덤한 표정으로 돌아가 책장을 넘기고 있었다.

거의 눈길이 바닥에 놓인 책 몇 권을 지나 서안 위로 옮아갔다. 책장을 무심하게 넘긴 연의 손이 무릎 위에 가지런히 얹히는 모습을 바라보았다. 문득 그 소맷자락이 쓸고 간 구석 자리에 단정히 놓인 부채를 발견하고는 눈을 빛냈다. 거의 손이 슬금슬금 부채로 향했다.

그가 부챗살로 손바닥을 몇 번 가볍게 두드리고 호쾌하게 팔을 위로 뻗으려는 찰나였다. 연이 부채 끝을 움켜쥐고 강경한 목소리를 냈다.

"돌려주시지요."

거가 어안이 벙벙해서 눈만 끔벅거렸다. 그가 이런 식의 장난을 치는 것은 흔한 일이었고, 그때마다 연은 힐끗 짧은 눈길만 던졌다 이내 제 할 일을 하기 마련이었다. 지금의 반응은 여태 본 적 없는 것이어서 낯설기만 했다. 그러나 당황하는 것도 잠깐, 거는 만면에 미소를 띠고 능청스레 대꾸했다.

"계절에 맞지 않는 부채가 서안 위에 올라 있을 까닭이 없잖아, 누이. 잘못 놓아둔 것 같아……."

"오라버니."

연의 목소리에 냉기가 서려 있었다. 거가 어깨를 움츠리며 살짝 시선을 내려 부채를 힐끔거렸다. 전혀 특별할 것 없어 보이는 부채가 무엇이기에 정색을 하는지 궁금증이 일었다. 하지만 연이 부채 반대편을 굳게 쥐고 있어 알 길이 없었다. 게다가 자칫하면 지금껏 본 적 없을 만큼 화를 내는 모습을 맞닥뜨리게 될 듯 눈길이 매서웠다.

거가 슬그머니 손을 풀었다. 이후를 장담할 수 없는 장난질을 포기하고 호기심 잔뜩 낀 평화를 택했다. 연이 아무렇지 않은 듯 손을 거두어들였지만, 부채는 빠르게 소맷부리 안으로 숨어들었다. 눈에 띄는 데 내려놓으면 짓궂은 오라비가 또 가져갈 것을 염려하는 것처럼.

"이만 돌아가 보겠어, 누이."

"살펴 가십시오."

거가 머쓱하게 인사를 건네자 평온한 대답이 돌아왔다. 안마당으로 나온 거가 고개를 외로 꼬고 닫힌 방문을 쳐다보았다. 그런 적 없다는 듯 금세 원래대로 돌아왔지만, 평소와 전혀 다른 누이의 모습이 몹시 낯설었다. 조금 전 그의 눈앞에서 벌어진 일은 현실이 아니라 상상 속에서 일어난 일이 아닐까 의심스러울 정도였다.

슬쩍 제 손바닥을 펼쳐 보았다. 부채를 쥔 채 실랑이를 한 탓에 부챗살과 못대가리 자국이 어렴풋하게 남아 있었다. 꿈이 아니라는 것을 실감하자 의문이 다시 고개를 들었다.

부채가, 도대체, 왜.

누이가 부채를 소맷자락에 숨기는 모습을 되새기는 순간 지난 계절의 일이 그 위로 포개어졌다. 염의 초대를 받아 찾았던 누각에서 잠시 자리를 비웠다 돌아갔을 때, 태연한 얼굴로 소맷부리 틈으로 무언가를 밀어 넣던 연의 모습이.

"아아."

거가 득의양양한 미소를 지었다. 보는 사람도 없는데 다 알겠다는 얼굴로 고개를 끄덕거렸다. 나이에 비해 조숙한 것 같아도 이성에는 도무지 관심이 없어 뵈던 누이의 마음에 이제야 누군가 들어선 모양이었다. 구더기 무서워 장 못 담글까, 얼마든 짓궂게 놀릴 수 있지만 오라비의 넓은 마음으로 모르는 척 눈감아 주기로 했다. 콧노래를 부르며 경쾌하게 걸음을 딛는 청년의 뒤로 엷은 눈발이 나풀거리기 시작했다.

작은 눈송이가 어지럽게 흩날리는 밤길을 터벅거리며 걷는 소년의 얼굴에는 수심이 가득했다. 조금 전까지만 해도 자못 유쾌한 척 문답을 주고받았으나 혼자 있는 지금은 숨기지 못한 감정이 그대로 표정으로 내비치고 있었다. 근래의 부왕은 늘 피곤하고 지친 표정을 짓고 있었다. 어의는 어디가 어찌 나쁜지 분명하게 말하는 대신 옥체 미령하다는 말 한마디로 넘겨 버리기 일쑤였다. 이러다 정말 세상에 저 혼자 남게 되면 어쩌나, 더럭 겁이 났다.

산욕으로 이르게 세상을 뜬 어머니에 대한 기억조차 없는 건 당연했다. 영양위에게 시집 간 누이는 궐 밖에 기거하고 있어 속을 터놓고 이야기할 기회가 거의 없었다. 마음으로 의지하고 있는 부왕이 붕어하게 되면……. 홍위는 세차게 고개를 저으며 스멀거리고 올라오는 불길하고도 불경한 생각을 애써 몰아냈다.

걱정을 치워 버린 빈자리에 새로운 감정이 조금씩 쌓여 올라왔다. 부왕의 건강에 대한 염려와는 전혀 거리가 먼, 마음 끄트머리가 나풀대는 눈발처럼 팔랑거리는 느낌이었다.

"소저……."

이름조차 알지 못하는 소녀의 모습을 떠올리며 나직하게 속삭여 보았다. 염은 그들 남매를 무슨 부사 댁 자제라고 소개하고 자신의 조카라 칭했지만 그 말에 크게 의미를 두지 않았다. 숙부는 그를 일러 예판의 인척이라 이르지 않았던가. 어떤 의도로 만나게 하였는지 알 수는 없어도 양쪽 모두에게 진실이 아닌 사실을 일러 주었으리라 짐작했다.

"홍!"

뒤쪽에서 크게 그를 부르는 소리가 났다. 말굽 소리는 빠르지 않았으나 제법 급하게 울렸다. 홍위가 고개를 돌리자, 장난기 가득한 미소를 띤 막내 숙부가 그를 향해 손을 흔드는 모습이 보였다.

"내 이럴 줄 알았지요."

"숙부, 어찌⋯⋯."

"이 날씨를 어찌 견디시려 그리 가십니까."

가볍게 타박한 염이 말에서 뛰어내렸다. 홍위의 어깨에 포를 하나 걸쳐 둘러 준 뒤, 말 위에 올라탈 수 있도록 부축했다. 어안이 벙벙한 표정을 한 소년의 손에 친절하게 고삐까지 쥐어 준 뒤 잔소리처럼 들리는 소리를 늘어놓았다.

"마음이 편치 않으신 건 알지만, 그럴수록 몸도 마음도 단단히 챙기셔야 합니다. 다만 혼자만의 몸이 아님은 잘 알고 계시지 않습니까."

"숙부."

"그래도 모처럼 만에 나오신 길, 그대로 돌아가긴 아쉬우시겠지요. 눈 따위는 털어 버리면 그만이겠지만 너무 오래 지체하시면 안 됩니다. 주변을 경계하는 자들이 따르고 있으니 안위는 염려치 않겠습니다."

염이 싱긋 웃어 보였다. 지금 홍위가 처한 상황을 그라고 어찌 모르랴. 가슴은 터질 듯하고 마음은 한없이 복잡해도, 궐에 들어가면 가면을 쓴 듯 표정을 바꾸고 의연한 척 지내야 하리라. 선뜻 궐로 발길을 돌릴 수 없는 마음도 알 것 같았다. 권력 따위는 바랄 수도 없을 막내로 태어난 대신 아낌없는 사랑을 받으며 자란 그는 여느 가문의 장자보다 훨씬 더 무거운 소임을 짊어진 조카가 안쓰럽기만 했다.

잠시 고민하던 그는 손을 들어 한쪽 길을 가리켰다. 홍위가 그를 찾을 때면 늘 오는 길과는 조금 다른 방향이었다.

"도성 안의 풍광이라야 거기서 거기겠습니다만, 가는 길이 바뀌면 느낌도 새로운 법이옵니다. 오늘은 이쪽으로 한 번 가 보심이 어떠하옵니까. 저쪽 모퉁이를 돌아 서너 집 정도 건너가면 다시 갈림길이 나오는데, 오른편으로 난 길을 끼고 돌면 금방 대로에 이릅니다. 대로에 닿기 전 마지막 집이 조카들의 집인 탓에 종종 다녀 아는 바이옵니다."

손짓을 섞어 가며 설명하는 염은 지름길을 알려 주는 척했지만, 실은 부러 돌아가는 길이었다. 문득 생각난 듯 덧붙인 말은 애초에 염두에 두고 있다 흘린 것이었다. 처음 만난 계집아이에게 글귀를 적은 부채를 내밀던 소년의 풋정은 아직도 유효할까. 어디에 사는지 알려 주면, 호기롭게 대문을 두드리거나 월담을 감행하는 일 따윈 하지 않더라도 그 앞을 서성거리는 일이라도 하려나.

"숙부께서 일러 주시니 한 번 가 볼까요."

소년이 호젓하게 대답했다. 저를 말에 올려놓은 상대는 걸어 돌아가야 한다는 사실에 대한 미안함, 여전히 가시지 않은 근심을 품은 얼굴로 인사를 건네었다. 염은 공손하게 예를 갖춘 뒤 소년을 태운 말이 멀어져 가기 시작하자 미련 없이 돌아섰다. 세자가 어느 길로 갔는지, 어떤 행동을 하였는지는 날이 밝은 뒤 시위들에게 물어도 충분히 알 수 있을 것이다. 혹여 그가 과한 관심을 갖고 있다고 여기면 마음이 있어도 본심을 숨긴 채 그대로 환궁하리라.

확실하게 알고 싶었다. 여전히 일말의 관심이라도 지니고 있는지, 아니면 그 순간이 지나자마자 말끔히 잊어버린 찰나의 설렘에 지나지 않았는지.

어둠이 짙게 스며든 방 안, 연은 이부자리를 펴 놓고도 자리에 눕는 대신 서안 앞에 앉아 있었다. 한껏 예민해진 귀로 바깥에 아무런 기척이 없는 것을 확인하고, 그것으로도 모자라 소리를 죽인 채 문 옆에 다가가 살짝 열어 바깥의 동정을 살폈다. 이따금 달그림자만 일렁대는 밤의 안뜰이 몹시 조용한 것을 확인한 연후에야 자세를 갖추고 앉아 서툰 손놀림으로 심지에 불을 붙였다. 흐릿한 불빛이 어른거렸다. 눈발 흩날리는 소리조차 들려오는 것 같은 고요함이 방 안에 깃들었다.

연이 멍하니 서안 위를 내려다보았다. 여느 때 같으면 한가운데를 차지하고 있을 책이나 필묵 대신, 반듯하게 접힌 부채가 덩그러니 놓여 있었다. 아까 거와 한끝씩 쥐고 옥식각신했던 바로 그것이었다.

짧은 평생을 함께 지낸 오라비의 성품은 익히 알고 있었다. 차라리 펼치게 놓아두었으면 시구가 늘어선 것을 보고 흥미 없는 얼굴로 돌려주었을 것이다. 연은 제 행동이 오라비의 호기심을 부추긴 셈이 되었음을 깨닫고 한숨을 내쉬었다.

부채 위에 가만히 손을 얹었다. 홍이라는 이름을 지닌 이가 그녀에게 부채를 건넬 적에 염이 엷은 미소를 띠고 그들을 바라보았다. 눈치 빠른 오라비는 부채를 빼앗기지 않으려는 그녀를 보며 빙글거리며 웃었다. 그들 중 누구도 직접 말로 표하지는 않았으나, 연은 그 미소의 의미를 조심스레 확신했다.

부채는 더위를 물리치고 건강하게 지내라는 기원을 담아서도 건네었지만, 다른 뜻을 품은 채 손에서 손으로 전해지기도 했다.

부채는 본디 정인에게 선물하는 것이었다.

아직 한 번도 펼쳐 본 적 없는 부채 끄트머리를 만지작거렸다. 이 안에 잠들어 있는 글귀가 있었다. 생면부지인 줄 알았는데 사실은 그렇지 아니하였던 이는 무척 빠르게 붓을 놀렸다. 무어라 썼을까 건너다보려 했을 때 이미 바람을 일으키고 있었고, 그조차도 금방 끝내고는 곱게 접어 그녀의 앞에 내밀었다. 그 안의 내용을 읽을 틈이 없었다.

사실은 그게 아니라 그 소년에게 정신이 팔려 있었는지도 모른다. 이지가 담긴 둥근 이마와 빛나는 눈동자, 오똑한 콧날 따위에. 붓을 쥔 섬세한 손가락과 가볍게 부채질할 적에 보이다 숨어들기를 반복하던 붉은 입술이라든가.

계절이 바뀌도록 그 안에 무슨 내용이 담겼는지 알지 못했다. 어떤 글귀가 적혀 있는지 궁금하게 여기지 않았던 것은 아니었다.

오라비의 능글맞은 표정이 의미한 것처럼 연서일까. 그렇다면 글귀를 눈으로만 더듬어도 귓전에 고운 목소리가 흘러들겠지. 생각만으로도 미묘한 떨림이 몸을 훑어갈 적에 부채를 딱

한 칸 펼쳐 보았다.

아직 아무 글자도 모습을 드러내지 않는 여백을 보니 한껏 설레던 마음이 움츠러들었다. 평범한 시구를 때마침 눈에 띈 부채에 옮겨 놓았을 가능성도 충분한 것이다. 지레짐작으로 들떠 있다 냉담한 현실을 맞닥뜨리느니, 조금 더 단꿈에 잠겨 있는 쪽을 택하며 부채를 얌전히 닫은 게 몇 번인지 헤아릴 수도 없었다.

연의 기억 속에 남은 홍이라는 이는 다감한 눈빛과 상냥한 목소리를 지닌 소년이었다. 그녀를 향한 시선은 물론이고 한 계절 전의 일을 상기시키는 어조에도 수작을 거는 듯 은근한 데가 있었다.

그러나 때 이른 설렘을 억누르며 찬찬히 생각을 정리해 보면 전혀 특별한 의미를 둘 수도 없었다. 상대에 대한 예의 바름은 때로 호감과 혼동되기도 했다. 오라비가 늘 그녀를 놀려 대는 탓에 지극히 심상한 소년의 행동을 정다움으로 착각하였을 것 같기도 했다. 정도의 차이는 있었으나, 오라비의 벗이자 아내까지 있는 열경에게서도 가끔 그러한 따스함을 발견하지 않았던가.

열기를 품은 방 안 공기가 잔뜩 복잡한 머릿속을 더 어지럽게 했다. 연이 부채를 쥔 채 자리에서 일어나 문밖을 내다보았다. 바람 따라 느긋하게 흐르는 구름 사이로 교교한 달빛이 새어 나와 소복하게 쌓인 눈 위에 부드럽게 흘렀다.

멀리서 인정을 알리는 듯 은은한 종소리가 울려왔다. 통행금지를 알리는 종소리에 느닷없이 밖에 나가고픈 충동이 일어났다. 제집 대문 앞 정도야 무어 어떠랴. 발소리를 내지 않도록 조심하며 안마당을 가로지르고 굳게 닫힌 대문의 빗장을 살그머니 풀었다. 문이 삐걱대는 소리도, 숨길 수 없는 기척도 포근하게 쌓인 눈과 이따금 지나는 바람이 처음부터 없었던 듯 지워 주었다.

인적은 없으나 사람이 다닌 흔적이 채 지워지지 않은 거리는 평소에 비해 훨씬 쓸쓸했다. 대문 근처에는 말굽 자국이 어지럽게 남아 있었다. 평온하게 이어져 있어 행선지를 착각하였거나 길을 잃어 망설인 것처럼 보였다. 그 모양을 무심코 바라보던 연은 저 높은 구름 위에서 내려다보면 종이 위에 새겨진 글자처럼 보이겠다고 생각했다.

문득 며칠 전 눈에 담았던 시구 하나가 눈앞에 아른거렸다.

눈빛이 종이보다 희기에
채찍 들어 내 이름 썼네.
바람은 땅을 쓸어 내지 말고
주인 돌아올 때 기다리기를*.

눈에 이름자를 새기어 놓고 가는 운치 있는 벗은 아마도 그녀의 평생에 허락되지 않을 것이다. 아쉬운 대로 오라비를 채근해 볼 수도 있겠지만 엎드려 절 받기 따위는 딱 질색이었다. 차라리 그녀 자신이 풍류를 아는 선비의 역할을 대신하는 편이 더

---

*이규보(李奎報)의 '설중방우인불우(雪中訪友人不遇)'.

빠를 테지만, 굳이 그렇게까지 하고 싶지는 않았다.

연은 눈 위에 남은 말굽 자국이 커다란 붓으로 그은 획이라도 되는 것처럼 천천히 눈으로 짚어 가다 잠시 멈추었다. 말에서 뛰어내려 어디론가 향한 발자국이 새롭게 눈에 들어온 탓이었다. 느리게 발짝을 뗀 것처럼 보이는 그 모양을 뭔가에 홀린 사람처럼 밟아 갔다. 발자국이 끊긴 자리에서 한 발 더 디뎠다가 소스라치게 놀라 얼른 뒤로 물러났다.

하얀 눈밭 위에 글자가 남아 있었다.

弘

그녀가 발을 디뎠다 뗀 자리 바로 옆으로 폭이 몹시 좁은 날 일(日)자 비슷한 흔적이 남아 있었다. 아마 무심코 밟았던 그 자리에 나머지 자획이 있었으리라. 한참이나 말끄러미 눈 위에 남은 글자를 바라보던 연은 지금껏 제대로 펼쳐 본 일 없는 부채를 한 칸씩 펼치기 시작했다. 제 이름을 홍이라 밝혔던 소년이 마지막으로 붓을 떼던 그 자리에, 작게 두 자가 매달려 있었다.

弘暐

붓과 채찍, 종이와 눈은 그 성질이 전혀 다르니 글자도 정확히 같지는 않았다. 그러나 획의 움직임이나 자형으로 미루어 한 사람의 필체임이 분명했다. 연이 멍하니 서 있는 동안 엷게 흩날리는 눈발이 팬 틈을 메우고 이리저리 불어 대는 바람이 조금씩 획 바깥쪽을 깎아 들어갔다. 글자가 제 모양을 잃고 희미한 흔적이 되어 가는 것을 본 연이 정신을 차렸다.

언제까지고 서 있을 수는 없는 노릇이었다. 두껍지 않은 옷 틈으로 추위가 스며들고, 달도 아까보다 훨씬 더 기울어 있었 다. 눈발이 다시 굵어지고 있는 지금 서둘러 들어가지 않으면 대문 바깥을 서성거린 발자국이 남아 야단을 맞을지도 모를 일 이었다.

발끝으로 종종걸음을 치며 서둘러 대문간으로 돌아왔다. 어 깨에 덮인 눈을 털어 내며 글자가 적혀 있던 자리를 힐끔거렸 다. 손끝에 묻은 눈 알갱이가 물방울로 변하자 거짓말처럼 밀려 드는 한기에 몸을 한껏 웅크렸다. 추위에 곱아든 손으로 간신히 빗장을 지르고 서둘러 제 방으로 돌아왔다.

발갛게 달아오른 마음도 추위를 막기에는 역부족이었다. 미 리 깔아 두었던 요 위로 뛰어들며 이불 안으로 몸을 숨겼다. 뼛 속까지 시린 몸을 온통 감싸 어느 정도 한기가 가신 뒤에야 웅 크린 몸을 펴고 이불 안에 바르게 누웠다. 여전히 부채를 꼭 쥔 손을 위로 치켜들고, 결심한 듯 단숨에 펼쳤다. 아직 꺼지지 않 은 등잔불 덕에 글자를 읽는 건 어렵지 않았다.

부채 끝에 단정하게 매달린 두 자를 다시 한번 확인했다. 홍 이라는 외자의 이름을 소개받은 것 같았는데 적힌 건 두 자였 다. 빠르게 말하는 바람에 잘못 들은 모양이었다. 글자의 절반 을 밟는 바람에 정확히 알 수는 없게 되었지만, 남아 있는 모양 으로 짐작컨대 부채에 남긴 것과 눈 위에 적어 놓은 것 또한 같 은 이름이었으리라.

이름처럼 보이던 글자를 어루만지던 눈길은 어느덧 반대편으로 옮아가고 있었다. 의미도 파악하지 못한 채 주인과 꼭 닮은 분위기의 자획을 눈으로 따라 그렸다. 호리호리한 몸매에 부드러운 인상처럼 유려하게 흐르는, 기품과 위엄을 지닌 듯 흐트러짐 없는 모양새를.

그러길 몇 번이나 반복했을까. 비로소 낱낱의 모양이 눈에 들어왔다. 자자이 품은 뜻이 한데 어우러지며 마음에 닿기 시작했다.

누운 채 치켜들고 있는 손이 덜덜 떨렸다. 긴 시간을 들고 있어 그러한가 보다, 부채를 접으며 팔을 떨어뜨렸다. 하지만 마음에도 떨림이 이는 것은 무슨 연유에서일까. 가슴에 손을 갖다 대지 않아도 또렷하게 느껴지는 거센 박동에 눈을 꼭 감았다. 조금 전 눈으로 확인한 글자들이 소년의 낭랑한 목소리로 변해 귓가를 맴돌았다.

"그대를 생각하나 드릴 것이 없어
이제 한 조각 대나무를 드리려 하니
대나무 사이로 맑은 바람 일거든
바람 따라 서로 생각합시다*."

---

*이색(李穡)의 '군상억(君相憶)'.

二

임신년(壬申年)

3
이별의 눈물 더하거늘

"소신이 방해하는 것은 아닌지 모르겠습니다."

"그렇지 않습니다, 숙부. 무료함을 견디려면 무슨 수를 내야 하지 않을까, 생각하던 참입니다."

"하면 지금 이리 찾아뵌 것이 더더욱 실례되지 않겠습니까."

"자꾸 그리 말씀하시니 거리를 두려는 것 같아 서운합니다."

홍위가 싱긋 웃었지만 얼굴에 짙게 드리운 그늘은 쉬이 가시지 않았다. 조카의 얼굴에 수심이 가득한 건 그의 형이자 소년의 부친인 왕의 건강과 관련이 있을 터였다. 그저 피로가 겹쌓여 그러할 것이라기에는 안색이 썩 좋지 않고, 환후가 위중하다고 말하기에는 정무를 무리 없이 수행하고 있었다. 어의도 알수 없는 표정으로 고개만 갸웃거릴 뿐 정확히 짚어 내지 못하는 병증을 어찌 염려치 않을 수 있으랴.

염이 모르는 척 한층 유쾌해진 어조로 말을 건넸다.

"조만간 간택이 있을 것입니다, 저하."

"그렇다고 들었습니다."

"이미 마음에 둔 이라도 있어 간택이 내키지 않으십니까?"

"그럴 리가요."

홍위가 고개를 가로저으며 눈길을 떨어뜨렸다. 두 번의 대답 모두 남 일 이야기하듯 무성의하고 건조했다. 염의 예상과는 사뭇 다른 반응이었다.

눈 내리던 그 밤, 홍위는 그가 일러 준 연의 집 앞에서 짧지 않은 시간 동안 서성거렸다고 했다. 이후로도 종종 그의 집을 찾아왔다. 시일을 두어 약속을 미리 정하고 찾는 것이 아닌 탓에 연과 대면하게끔 일정을 조정하지는 못했으나, 후원에 가면 수풀처럼 모여 선 대나무를 물끄러미 바라보고, 돌아갈 적이면 늘 그가 일러 주는 길을 택하는 것을 보며 조심스레 확신했다. 얼굴을 볼 수 없는 상황이 그리움을 깊게 하여 풋정이 호된 열병으로 번진 것이 분명하다고.

하지만 지금, 고작 한 번 본 계집아이 따위는 안중에도 없다는 듯 무심한 태도를 취하고 있었다. 섣부른 지레짐작은 완전히 빗나간 모양이었다. 아비의 병증에 대한 염려가 깊어 사랑놀음이라는 말 자체가 거창하게 느껴지는 사소한 인연에는 관심을 둘 여유도 없는 걸까.

어느 편이든 그가 바란 방향과는 거리가 멀었다. 소년의 마음에 연정이 싹튼 것 같으면 슬쩍 충동질해 볼 요량이었다. 연은 승하하신 부왕이 친히 내친 송 씨의 조카, 정상적인 절차로는 절대 빈궁으로 간택될 리 없는 아이였다. 그래도 세자가 원한다면 양제로 들이는 것 정도는 허용될 수 있을 터다. 그 연후에 일이 잘 풀리면 중전의 자리까지 오를 수도 있을 것이고, 그리되면 송 씨가 그의 곁에 돌아오는 것도 훨씬 수월해지지 않을까 내심 기대했다.

염은 실망감을 추스르느라 홍위가 낮게 대꾸하는 말을 미처 듣지 못했다.

"군왕의 결정에 사사로운 마음이 개입할 수는 없습니다."

❉   ❉   ❉

"나리께서 너의 외로움을 염려하시더구나."

"허전한 마음이 드는 것은 사실이나 근심하실 정도는 아닙니다."

"홀로 외로운 것은 피차 마찬가지. 너도 이 만남이 괜찮은 시간이라 여기느냐."

자신에게 던져진 질문에 연이 얌전하게 웃어 보였다. 그녀에게 상냥하게 말을 거는 여인은 부부인(府夫人) 정 씨, 연의 고모인 송 씨가 내쳐진 자리에 들어앉게 된 염의 정부인이었다. 아무리 다정하게 말해도 듣고 있는 마음은 썩 편치 않아, 처음 만난 순간에는 어찌해야 할지 알 수 없어 손가락만 꼼지락거리고 있었다.

연이 머쓱한 기분으로 마주 앉는 것 이상으로, 남편의 애정을 움켜쥐고 있는 전처의 조카를 대면하는 정 씨의 마음도 편치는 않을 터다. 그러나 그녀는 진심인 듯 다정하게 대했다. 친조카나 어린 아우를 대하듯 허물없는 태도에도 전혀 거부감이 들지 않을 정도였다.

"동기간의 혼사는 남다르게 느껴지는 법이지. 이제 곧 네 순서가 오겠구나."

"아직 미욱하여 때가 오려면 멀었는가 하옵니다."

"과연 그럴까. 조만간 간택이 있을 예정이란다."

"소녀와는 무관한 일이옵니다."

"칭병하여 내당 깊이 숨거나 시골로 가기로 한 걸까."

"그렇지는 않습니다."

정 씨는 자신도 대군의 부인으로 간택되었으면서 칭병을 입에 담는 데 거리낌 없었다. 그만큼 국구(國舅), 혹은 예비 국구의 자리가 인기가 없다는 방증이었다.

초간에 오르게 되면 격식을 갖추어 단장하는데 비용이 많이 들었다. 삼간에 올랐다 떨어지면 후궁으로 들지 않는 이상은 생과부로 늙어야 했다. 혹 간택이 되어 왕비나 세자빈이 되면 따라야 하는 친영례는 여염의 풍속과 정반대인지라, 혼인과 동시에 남이나 다를 바 없는 사이가 되었다.

그러니 출세욕이 있는 자가 아니라면 지체가 적당히 어울리는 집안과의 혼사를 선호하는 것이 보통이었다. 간택령이 내린다는 소식이 암암리에 전해지기 시작하면 미리 정혼을 하거나, 건강에 흠결이 있다는 핑계를 들어 단자를 올리지 않는 경우가 허다했다. 들키면 삭탈관직도 불사해야 하지만 거기에까지 치닫는 경우가 많지 않기 때문일 터였다.

간택이 저와 상관없다 이야기한 건 그런 흔한 연유 때문이 아

110

니었다. 의외로 고지식한 아비는 틀림없이 단자를 올릴 것이지만, 아마 눈에 띄자마자 바로 제외될 게 분명했다.

"마님, 대군 나리께서 돌아오셨습니다."

바깥에서 들리는 목소리에 정 씨가 미소하며 연을 향해 손짓했다. 다음에 또 만나자는 다정한 인사에 연이 나붓하게 허리를 굽혀 보였다. 그 바람에 밖에서 이어지는 목소리에는 제대로 귀를 기울이지 못했다. 연이 막 문을 나서는 순간, 안으로 들어서던 남자가 그녀의 존재를 예상치 못한 듯 주춤거렸다.

연은 거와 비슷한 또래로 보이는 호남자의 정체를 알아챘다. 짧게 목례하고는 남자와 오래 시선이 부딪치지 않도록 얼른 고개를 숙였다. 마음은 빨리 자리를 벗어나고 싶었지만 급할수록 더 서툴러지는 것인지, 평소라면 단번에 발에 꿰었을 신이 자꾸만 미끄러졌다.

정 씨와 동기간인 남자의 이름은 종(悰)이었다. 왕의 하나뿐인 부마이기도 했다.

"누구입니까, 누님?"

"아우도 짐작한 바 있지 않습니까."

"제가 어찌 알겠습니까?"

"풍저창 송 부사 댁 따님이랍니다."

"저 아이가 어찌 여기에 들어와 누님을 뵙는단 말입니까?"

"나리의 말씀을 듣고 내가 청하였으니 당연한 일 아니겠습니까."

잠시 대화가 끊어졌다. 다시 들려오는 목소리에는 약간의 분기가 어려 있었다.

"그 말씀을 따르는 누님도 누님이지만, 나리께서도 너무하십니다. 저 아이는 그걸 모르고 저런 태연한 얼굴로 여길 드나들만큼 철부지란 말입니까."

"어린 나이에 무엇을 알 수 있을까요. 안다 하여도 대군 나리의 명을 거역하긴 어렵겠지요. 영특하여 귀히 여길 만한 아이이니, 마음을 가라앉히세요."

연은 문 안쪽에서 들려오는 이야기의 서두를 거의 들은 뒤에야 자리를 벗어났다. 남의 속사정을 궁금해하여 얼쩡거리는 고약한 취향이 마음속에 있어 머뭇거린 건 아니었을까.

서재로 향하는 발길이 무거웠다. 그녀를 불러들인 염은 이 상황이 비상식적이라는 사실을 인지하고 있을까. 아마 깨닫지 못하고 있을 테고, 안다 하여도 대수롭지 않게 넘길 것이다. 귀한 대군 나리에, 귀염 받는 막내이기에 남의 감정을 살피거나 자신의 감정을 숨기고 다스려야 할 일은 별로 없었을 테니까.

눌러 딛는 발자국 위로 연하게 물기가 배어 올라왔다. 봄비가 촉촉하게 내린 다음 날, 싱그러운 풀꽃 향기가 엷은 흙 내음과 함께 코끝으로 스며들었다. 대청마루에 주인이 점잖게 서서 기다리는 모습을 확인한 순간, 지금까지의 고민을 말끔히 잊었다. 그 너머에는 서고라는 말이 더 적당할 법하게 방대한 장서를 갖춘 공간이 그녀를 기다리고 있었다. 어디 책뿐이랴, 호방한 기개가 느껴지는 글귀며 유려하게 그려 낸 그림 따위로만 빼곡하게 들어찬 방도 딸려 있었다.

염을 따라 방 안에 들어선 연의 눈이 단정하게 줄지어 늘어선 책등을 훑었다. 주인이라 해도 조금만 관심을 소홀히 하면 어디에 무엇이 있는지 기억하기 어려울 듯 서가가 가득 차 있었다. 염이 망설임 없이 한 권을 뽑아 들었다. 연은 제 손으로 건네어 진 책을 들고 서안 앞에 가 앉았다. 그녀가 책장을 한 장 한 장 신중하게 넘기는 동안, 염은 필묵을 준비하는 데 여념이 없었 다.

연이 책장 넘기기를 멈추고 시구 하나에 눈길을 고정했다. 염 이 까맣게 물든 먹물에 붓을 적셔 글자를 써 내려가기 시작한 때와 비슷한 순간이었다.

염이 붓을 내려놓았다. 자리에 앉은 이후로 서로를 힐끔거리 지도 않았던 둘의 시선이 그제야 마주쳤다. 그는 연이 펼쳐 놓 은 책장을 보고 싱긋 웃었다.

"조카의 뜻도 나와 같았을까."

"그저 시상에 반하였을 뿐이옵니다."

"아직 이별의 아픔을 알기에는 이른 나이이긴 하지. 낭송해 주지 않겠느냐."

염은 같은 시구를 앞에 놓고 있으면서도 굳이 그가 쓴 글을 들어 소녀에게 전했다. 종잇장을 펼쳐 든 연이 낭랑하게 읊어 나가기 시작했다. 눈으로만 읽는 것과 목소리를 내는 것 사이에 도 미묘한 차이가 있지만, 글귀에는 소리 내어 읽는 수고를 감 수할 만큼의 가치가 있었다. 풍류를 아는 대군 나리가 품고 있 는 조예는 소장하고 있는 상당한 장서만큼이나 깊었다.

비 개인 긴 언덕에는 풀빛이 가득한데,

남쪽에서 그대 보내며 슬픈 노래 부르네.

대동강 물은 언제나 다할까,

해마다 이별의 눈물 푸른 물결에 더하는 것을*.

소녀의 맑은 목소리를 듣던 염의 눈빛에 쓸쓸함이 감돌았다. 이별의 아픔이라야 고작 오라비를 장가보낸 게 전부일 소녀의 목소리에는 처연함이나 외로움이 진하게 묻어나지 않았다. 그러나 순진무구에 가까운 담담함이 그의 가슴을 먹먹해지도록 울렸다.

시간이 지나도 이미 간 곳 있는 마음은 돌아올 줄을 몰랐다. 도무지 가라앉을 줄 모르는 그리움은 내당의 여인을 향한 죄책감을 덮어 낼 정도로 강렬했다.

남의 눈을 피해 찾는 것으로도 모자라 때로 짧은 밤 격정이 휘몰아치기도 했다. 물이 위에서 아래로 흐르듯 마음을 누군가의 명으로 강제로 돌려세울 수 없는 건 당연한 일이라고 애써 합리화했다.

마지막 구절을 읽어 나가던 연의 목소리가 점차 흐려졌다. 염이 생각에 잠긴 동안 제가 들고 있는 종이와 펼쳐 놓은 책을 번갈아 바라보았다.

염이 긴 한숨과 함께 시구가 불러일으킨 감정을 겨우 추슬렀을 때, 그를 의아하게 바라보는 소녀의 동그란 눈망울을 마주하게 되었다.

"조금 전 주신 글귀와 소녀가 읽었던 문장이 서로 다릅니다."

---

*정지상(鄭之祥)의 '송인(送人)'.

"아아, 그 책에는 남호(南湖)*가 지은 그대로가 실려 있는 모양이구나. 본디 전하던 구절의 한 자를 중사(仲思)*가 바꾸었다고 전해진단다."

한층 부드러워진 염의 눈매 끄트머리에 설핏한 아쉬움이 어렸다. 그가 건넨 책 안에 같은 시구가 들어 있음을 처음부터 알고 있었다. 별리 따위의 감흥에 젖어 들기 위함이 아니라 상대를 시험해 보고자 시문을 적어 주었는지도 모른다. 조금 전 책에서도 비슷한 구절을 본 것 같습니다, 말하며 책장을 분주히 넘기지 않을까 하는 기대감을 품고.

연이 정확하게 그 장을 펼쳐 놓고 있는 것을 보고 조금 놀랐다. 그저 우연의 일치에 불과할지도 모르지만, 뜻에도 그리 큰 영향을 주지 아니하는 한 글자의 다름을 짚어 내리라고는 생각지 못했다. 예사로 넘기기 쉬운 사소한 차이를 바로 알아보는 것이 보통 눈썰미는 아니었다.

진정 아쉬운 일이었다. 집안에서는 이 아이의 쓸모없는 총명함을 번거롭게 여기는 게 고작이었겠지. 애초에 문사에는 큰 관심이 없는 집안이니 빈약한 서재라도 열어 주고 붓을 쥐는 걸로 묵인했는지도 모른다. 계집아이가 아니었다면 과거 급제로 입신양명을 꿈꾸거나, 산을 유람하고 물을 벗 삼아 일필휘지 적어 내리면 글자로 이름을 남길 수 있을 지도 모를 일이다. 누군가의 아내이자 어미가 되어 재능을 묻어 버리게 되리라는 사실이

---

*남호(南湖):정지상.
*중사(仲思):이제현.

안타까웠다. 하지만 사내가 아니라면 그 모든 일이 허락되지 않는 상황이 불합리하다는 데까지는 생각이 미치지 못했다.

염은 다시 한번 사랑스러운 소녀의 곁에 점잖은 소년의 모습을 붙여 보았다. 홍위는 전혀 관심이 없는 것 같아 보였지만 이 아이는 또 다를지 모른다는 생각도 했다. 소녀의 표정을 살피며 아무렇지 않은 척 질문을 던졌다.

"일전에 보았던 홍이는 어찌 생각하느냐?"

"제 생각이 무어 중요하겠습니까."

"네 오라비의 혼사를 보고도 그리 말하느냐."

염이 소녀의 대답에 빙긋 웃었다. 에두르는 대답 뒤에는 은근한 호감이 깃들어 있었다. 어느 쪽이라도 마음이 있다면 나쁘지 않았다. 연이 상대의 미소를 보며 눈을 내리떴다. 혹여 눈빛이나 표정이 마음을 드러내고 있지 않을까 염려했다. 대답 자체가 소년에 대한 관심의 표명임을 미처 깨닫지 못한 채 그녀가 쥐고 있는 사실을 천천히 상기했다.

가진 것은 부채 하나, 아는 것은 선자지와 쌓인 눈 위에 날아갈 듯 적혀 있던 이름자.

그 외에는 전혀 인연이 닿지도, 알지도 못했다. 그저 잠깐 스쳐 지나가는 바람 같은 인연이라면 마음 따위는 닫아 두는 게 좋았다.

대신 연은 벌써 절기가 지나 버린 오라비의 혼인을 상기했다. 거의 혼인은 송 씨의 빠른 행동과 곧 간택령이 떨어지리라는 소식이 겹쳐 일사천리로 진행되었다. 혼례를 치르던 날의 오라비는 전에 없이 의젓했고, 올케는 조신한 미인이었다. 선남선녀라는 말이 들어맞는 한 쌍의 앞날을 아낌없이 축원했다.

그러나 그 모습에 저를 포개어 보지는 않았다. 복잡하게만 느껴지는 혼례 절차도 머릿속에 거의 남아 있지 않았다. 오히려 또렷하게 기억하고 있는 건 혼례와는 아무 상관없는 두 장면이었다. 왕래가 있는 친척 몇을 제외하고는 잘 알지 못하는 사람이 대다수인 사이에서 발견했던 열경의 굳은 얼굴과 날카로운 인상의 남자에게 아버지가 큰절이라도 할 듯 공손하게 인사를 건네던 모습.

"저, 혼인에 대한 것은 아니지만 여쭤보고 싶은 것이 있습니다."

"여러 번 보다 보니 네가 무언가 묻는 날도 있구나. 무엇이 궁금할까."

"오라버니의 혼례일에 찾아오신 손님 중에서 몹시 높으신 분이 계신 것 같았습니다. 아버지께서 말씀하시기를, 어릴 때 그러하였듯 수지(粹之)라 부르면 그것으로 족하다고……."

"둘째 형님 말이구나. 같은 스승 아래에서 동문수학한 인연이 있다고 들었다."

연이 고개를 끄덕였다. 상대가 누구인지 모를 적에는 현수의 태도가 다소 과하다고 생각했으나 알고 보니 그럴 만했다. 오히려 대군이나 되어서 허물없이 대하는 그의 태도가 더 의외였다. 조만간 회포를 풀기 위해 찾아갈 것이나 절대 과하게 준비하지 말라고 신신당부하던 목소리가 아직도 생생했다. 골똘히 생각에 잠긴 연의 표정을 어떻게 읽었을까, 염이 상냥하게 덧붙였다.

"할바마마의 성정을 유독 많이 물려받아 다른 형제들에 비해

무(武)에 조예가 깊으니 문무겸전(文武兼全)하셨다 할까. 맺고 끊음이 분명하여 어렵게 여기는 사람들이 많지만 속정이 깊으신 분이란다. 장차 뵙게 될 기회가 있다면 너도 그 사실을 알 수 있을 게다."

❉　　　　　❉　　　　　❉

봄빛이 진하게 일렁이는 날이 오자 귀에서 귀로 전하던 소곤거림이 현실이 되어 세자빈 간택을 위한 금혼령이 내려졌다. 칭병이나 조혼으로 피하려 애쓰지 아니하였어도 당연한 듯 초간에도 오르지 못한 연의 나날은 평소와 다름없이 평온했다.

아무도 없는 방 안을 서성이던 연이 문을 열고 안마당을 내다보았다. 때가 되면 알아서 찾아왔다 물러가는 절기마다 주변의 풍광은 늘 비슷한 빛깔로 물들었다.

그러나 늘 유쾌한 목소리로 연을 불러 대던 오라비, 거의 부재가 그 유사성을 압도했다. 실없는 소리를 늘어놓으며 글 읽는 걸 방해하는 오라비가 늘 성가셨다. 쓸데없는 작당에 그녀를 끼워 넣으려는 시도는 귀찮았다. 막상 방해꾼이 온전히 사라지고 나니 생각 외로 짙은 외로움이 몰려와 당황스러웠다. 지금도 저편에서 불쑥 얼굴을 들이밀며 농담을 던질 것 같은 오라비는 혼인을 하여 여기에 없었다.

연이 외로움을 지우려 얼른 방 밖으로 발을 내놓았다. 아주 자연스레 디딘 걸음은 작은사랑에 닿아, 주인이 없는 빈 방 안으로까지 이어졌다. 사날이 멀다하고 쓸고 닦아도 기거하는 사

118

람이 있는 것과 없는 것은 판이하게 달라, 적막감을 두른 먼지 내음이 코끝을 찔러 댔다. 가벼운 재채기가 터져 나왔다.

연은 코끝을 문지르며 방에 놓인 가구의 문과 서랍을 별생각 없이 여닫았다. 거의 텅 비어 있거나, 무언가 있다 해도 보잘 것 없는 잡동사니가 고작이었다. 뭔가 발견하리라는 기대는 전혀 갖지 않은 채 마지막으로 구석의 서랍을 열었다.

단정하게 개켜진 옷 한 벌이 놓여 있었다. 복건에서 버선까지 모자람 없이 갖추어진 옷을 바라본 연의 눈가에 연한 미소가 떠올랐다. 오라비가 어린 시절과는 작별하였다는 홀가분한 마음으로 두고 간 것인지, 아들을 떠나보낸 안방마님이 그리움을 담아 남겨 놓은 것인지는 알 수 없었다. 가만히 그 위에 손을 얹어 본 연이 서랍을 닫고 방에서 빠져나왔다.

마당에 서서 잠시 머뭇거리며 하늘을 올려다보았다. 햇살이 따스하고 하늘이 청명하여 외출하기 더없이 좋은 날이었다. 이제 답청이나 원족을 가지 않겠느냐며 그녀의 손을 잡아끌 이는 없었으나 발길은 저도 모르게 대문 쪽을 향하고 있었다.

✳   ✳   ✳

"스승님, 오늘 주강(晝講)은 없는 것으로 하면 안 되겠습니까?"

늘 마다하여도 꼬박꼬박 들려오는 스승이라는 소리에 살짝 눈살을 찌푸렸던 성원은 이어지는 제안에 눈을 크게 떴다. 병이 나도 몰래 책을 읽었던 조부의 피를 이어받았기 때문인지, 한숨 돌릴 틈 없는 일정에도 지금껏 별다른 불만을 내색하는 법 없었다. 그런 세자가 주강을 없는 것으로 하자니 신기한 일이었다.

"초간이 이루어지고 있다 생각하니 마음이 설레어 그러십니까?"

"가례는 국가의 행사일 뿐입니다."

웃음기 어린 농담을 건넸던 성원은 무감하게 대꾸하며 책을 펼치는 세자의 손길에 머쓱한 표정을 지었다. 주강을 그만두자는 말은 한 적 없다는 듯 바르게 앉아 책장을 넘기는 모습은 세자의 시학을 맡은 관원의 입장으로만 본다면 바람직했다. 장차 그를 섬길 신하의 입장에서 충심을 일으키기에 부족함이 없었다. 성원은 홍위의 무신경한 태도가 오히려 신경 쓰였다.

왕실의 일원, 그중에서 으뜸이라 할 만한 세자로 태어나 짧은 평생을 온통 군왕의 자질을 갖추도록 교육받아 왔다고 해도 과언이 아니었다. 남들보다 훨씬 이른 나이에 성인의 세계에 발을 들인 것은 물론이다. 바깥 걸음을 할 자유조차 없이 책에만 얼굴을 파묻고 잠깐의 일탈조차 포기하는 모습이 안쓰러웠다.

성원이 손을 뻗어 홍위의 앞에 놓인 책을 덮었다. 눈을 들어 그를 올려다보는 소년의 눈빛은 그의 무례를 질책하는 것처럼 보였으나 당당하게 되받았다. 그를 스승이라 칭한 것은 소년이었고, 스승이 제자의 책장을 덮는 게 어찌 문제가 되랴.

"오늘 주강은 마치겠습니다."

"사사롭게 학업을 중지해도 괜찮은 것일까요."

"책에만 길이 있는 건 아니옵니다."

성원이 자리에서 일어났다. 마치 비밀리에 공모한 일이라도 있는 듯 수상쩍은 미소에 홍위가 코끝을 살짝 찡그렸으나 두말 없이 따라 일어섰다. 바깥에서 일렁이는 봄바람에 그의 마음이 함께 나부낀 탓이었다.

"너무 후미진 구석으로 가는 것 아닙니까. 육의전의 규모가 제법 크다 하여 궁금하였거늘."

"그런 곳은 나중에 익위와 함께 나오실 때 가십시오."

성원은 홍위의 불평을 단칼에 잘랐다. 육조 거리에 붙어 있는 운종가의 큰길은 관원들이 자주 지나다녔다. 높은 관리가 지나갈 때면 고개를 조아려 인사를 올리기에 바쁜 백성들은 일부러 뒷길로 다니는 수고도 마다하지 않을 정도였다. 미복 차림으로 나온 데다 호위 하나 없으니 까딱하면 일국의 세자가 신료에게 고개를 조아려야 하는 상황이 올 지도 모를 일이었다.

좁은 골목길을 이리저리 빠져나가는 성원의 뒷모습은 여유로웠으나 뒤따르는 소년의 상황은 그렇지 못했다. 이 길을 걷는 사람들은 비켜 준다거나 잠시 멈추어 기다리는 걸 모르는 것처럼 바쁘고 무신경해서 까딱하다가는 어깨를 스쳐 뒤로 나자빠질 게 뻔했다. 소년은 체중을 앞으로 실어 몸을 약간 기울인 채 뒤돌아볼 생각도 하지 않는 동행자의 모습을 노려보며 발걸음을 빨리했다.

어느 작은 좌판 앞에 서서 철 이른 천도를 흥정하던 성원을 따라잡은 소년이 그의 소매를 움켜쥐었다. 과일 조각이나 쥐여 주고 이만하면 되었다고 돌아갈 길을 재촉할 게 분명한 그의 발언을 미리 막듯 단호하게 말했다.

"가고자 하는 곳이 있습니다."

성원이 미처 대답할 새도 없었다. 몸을 돌려 사람들 사이에 치이듯 위태롭게 멀어져 가는 모습을 보다가 서둘러 천도 몇 알을 손에 쥐고는 그 뒤를 쫓았다. 주강을 그만두자고 말했을 때부터 이렇게 궐 밖에 나오는 상황을 염두에 두고 있었던 모양이었다.

소년을 따라잡는 건 어렵지 않았다. 성원은 묵묵히 그 뒤를 따르며 주변의 풍광이 변하는 모습을 바라보았다. 북적이는 사람이 한층 줄어들고 북쪽을 바라고 선 기와집이 즐비한 거리에 들어섰다. 좌향은 좋지 않아도 경관은 북촌 못지않아 선비들이 많이 사는 남촌이었다.

미심쩍은 눈길로 바쁜 걸음을 쳐다보았다. 바깥 걸음을 하지 않는 세자라도 소문을 통해 사람들의 소식을 듣기는 어렵지 않을 것이다. 뜻을 품은 자들이 두어 명 건너 세자에게 줄을 대려 시도하는 것도 불가능한 일은 아니었다.

설마 벌써 현인이라도 구하시나.

만일 그러하다면 세자가 제 세력을 갖추려는 것으로 의심받기에 충분한 행동이었다. 권력이라는 것은 귀천과 노소를 가리지 않고 때로는 혈족조차도 눈 감고 처단하게 할 정도로 비정한 면모가 있었다. 성원은 어느새 걸음을 멈춘 홍위의 옆에 서서 가만히 상대의 얼굴을 바라보았다. 그 시선을 모르는 척, 저쪽에 닿은 홍위의 눈길이 지그시 머물렀다.

몇 발짝만 더 가면 누군가가 사는 대문 앞에 닿을 수 있었다.

눈 내리는 밤, 채찍 끝으로 이름자를 새겨 놓고 발을 돌렸던 바로 그 집 앞이었다.

염의 누각에서 말을 주고받은 뒤로, 틈만 나면 소녀의 얼굴이 떠올랐다. 자선당 구석에 심겨진 대나무 몇 그루만 보아도 미소가 절로 떠올랐다. 바람이 댓잎을 흔들어 사각거리는 소리가 울릴 적이면 늘 궁금했다.

그가 남긴 시구는 소녀의 눈에 제대로 담겼을까.

소녀도 그를 떠올리는 때가 있을까.

이전까지 겪어 본 적 없는, 아련한 그리움과 같은 감정은 그를 혼란스럽게 했다. 누군가에게 들킬까 두렵기도 했다. 한 번의 만남에 기대어 제멋대로 채색한 기억 속의 소녀와 실제 대면한 모습 사이에 괴리감이 있을까 염려하고, 상대의 마음이 그와 같지 않을까 걱정했다.

모든 것들이 복합적으로 작용해서 염의 초대에도 이런저런 이유를 들어 응하지 못한 날들이 있었다. 가더라도 이른 아침이나 늦은 오후를 택했고, 숙부 외에 그 누구도 만나지 않은 채 돌아오는 길은 안도와 아쉬움이 뒤섞였다.

지금 가서 대문을 두드린들 만날 수 있을까.

만날 수 있으리라는 확신이 있더라도 다가설 엄두가 들지 않았다.

홍위의 시야에 새로 생긴 그림자가 들어왔다. 멍하니 바라보고 있다 갑자기 성원의 소맷자락을 잡아당겼다. 담 모퉁이를 돌아 몸을 숨기고 고개를 돌려 조심스레 내다보았다. 얼결에 그를 따라 담장 뒤에 숨는 신세가 된 성원이 그의 위쪽으로 고개를 빼어 같은 장면을 함께 눈에 담고 있으리라는 사실을 까맣게 잊었다.

성원이 눈앞에 펼쳐진 장면을 살폈다. 몸이 가늘고 체구가 작은 소녀가 이리저리 걸음을 딛고 있었다. 목적한 곳이 있는 건 아닌지, 이내 같은 곳으로 되돌아오는 의미 없는 움직임을 되풀이하며 근처만 맴돌고 있었다.

가족의 귀가를 기다리는 게 아니라면 잠시 바람이나 쏘이려 문 앞을 서성거리는 모양이었다. 아무리 보아도 그뿐, 눈길을 끌 만한 것은 없었다.

어리둥절한 얼굴로 소녀에게서 눈을 떼지 못하는 홍위의 진지한 표정을 살피다 다시 저편을 건너다보았다. 책장에 박힌 깨알 같은 글자를 해석할 때처럼 집중했다.

콩알만큼이나 작아 보이는 얼굴에 오밀조밀하게 자리한 이목구비가 제법 뛰어난 미인의 형상을 그리고 있음을 알아차리고는 더욱 의문이 짙어졌다.

세자가 제 세력을 갖추려고 하는가 의심을 품었던 건 기우에 지나지 않았다. 그러나 정체를 알 수 없는 소녀에게 시선을 빼앗기는 것은 예상의 범주를 벗어나 있었다. 마음에 춘심이 피어오르는 것이야 당연하다 하겠으나 궐 밖 여염의 소녀를 어찌 마음에 담을 수 있었는지는 풀 수 없는 수수께끼였다.

홍위가 몸을 돌렸다. 성원과 눈이 마주치자 그대로 시선을 피하듯 고개를 돌리고 바쁘게 걸음을 옮겼다. 성원은 딱딱하게 굳어 있는 뒷모습을 보며 분위기를 누그러뜨리듯 부드럽게 말을 건넸다.

"인사라도 건네시지요."

"의미 없습니다."

연한 바람결이라도 스쳐 갔으면 귀에 닿지 않았을 정도로 낮은 목소리였다. 여태 한 번도 빼먹지 않은 주강까지 취소하고 나온 길에 부러 이쪽으로 발길을 돌리기까지 했다. 천우신조처럼 소녀를 발견하고도 가까이 다가가기는커녕 뒷걸음질로 달아나듯 몸을 돌리는 태도는 좀처럼 이해하기 어려웠다.

문득, 길을 나서기 전의 대화가 떠올랐다.

"초간이 이루어지고 있다 생각하니 마음이 설레어 그러십니까?"

"가례는 국가의 행사일 뿐입니다."

홍위가 열의 없이 대답한 건 저 처자가 초간에 오른 처녀의 명부에 없었기 때문일까. 성상께서 친히 처녀를 간선하겠다고 나설 정도로 마음을 쓰는 상황에서 제 뜻을 비추어 볼 조금의 여지도 없어 체념을 하였나. 저 소녀는 대체 누구일까.

성원은 다시 한번 뒤를 돌아보며 그가 바라보았던 풍경, 이제 막 몸을 돌려 안으로 사라지는 소녀가 모습을 감추는 대문을 눈에 담았다.

홍위가 혼잣말처럼 중얼거렸다.

"약조할 수 있는 게 아무것도 없으니까요."

✤　　　　✤　　　　✤

"전하의 환후가 좋지 아니한 듯하였습니다."

"곧 자리를 떨치고 일어나시리라, 어의의 말이 그러하니 염려치 않습니다."

홍위는 염의 걱정 섞인 목소리를 의연하게 받아넘겼으나 속내는 그리 시원치 않았다. 이러다 천애고아로 남게 되는 건 아닐까, 방정맞은 걱정을 머릿속에서 지우느라 애쓰는 게 요 근래의 일과라 해도 과언이 아니었다. 그나마 오늘은 기력을 좀 되찾은 듯한 모습을 보고 다소 가벼운 마음으로 염을 찾아온 길이었다.

"어의가 그리 말하였다면 틀림없겠지요."

염이 고개를 끄덕이며 대꾸하자 홍위가 벼루 위에 잠시 얹어놓았던 붓을 다시 쥐고 호흡을 가다듬었다. 봄바람 일렁이는 풍경을 노래한 시구를 공들여 종이 위에 옮기는 홍위의 귓가에 젊은 숙부의 목소리가 감겨들었다.

"아무래도 심상하게 보이지는 않는단 말입니다."

"무엇이 말입니까."

"저하께서 적고 계시는 시구 말이옵니다. 이 더운 날 초봄의 정취를 떠올리는 건 영 어울리지 않는 일이란 말이옵니다. 게다가 자색이 고운 계집아이를 노래한……."

이름 한 자를 적던 붓끝이 살짝 기울었다. 그 바람에 넙데데한 모양새가 된 글자가 못내 마땅치 않아 다음을 이어 가지 못하고 미간을 좁히며 붓을 내려놓았다. 다소 심드렁한 얼굴로 제가 쓴 글귀를 내려다보다 툭 던지듯 대답했다.

"소두(小杜)*가 남긴 글을 옮긴 것에 지나지 않습니다."

"마음에 남은 문장을 되살려 쓰고 계신 것이지요."

염이 장난스레 홍위의 말을 정정했다. 홍위가 동의할 수 없다는 듯 고개를 가로저었지만, 짓궂은 숙부는 그만둘 줄 몰랐다. 먹물이 마른 시구의 글자들을 손끝으로 가볍게 두드리며 빙글거렸다.

"간택에 오른 처자들의 나이가 대략 이쯤이요, 간선이 진행만 되었다면 이 즈음에 빈씨(嬪氏)를 대면하시지 않았겠사옵니까."

"편하실 대로 생각하시지요."

홍위가 체념 섞인 목소리로 한숨을 내쉬었다. 부왕의 환후가 위중한 바람에 흐지부지되었지만, 간택이 제때 끝났다 하더라도 본래 일정대로 가례나 혼약이 이루어지는 건 무리였을 것이다. 아비의 건강을 염려하는 아들의 마음 구석에는 내키지 않은 혼사가 없던 일이 된 것에 대한 안도감도 살짝 깔려 있었다. 다만 틈만 나면 고운 소녀의 이야기를 넌지시 흘려 내는 숙부가 혹여 눈치챘나 싶어 겸연쩍은 마음에 어떻게든 본심을 숨기려 애쓰는 중이기도 했다.

"저, 대군 나리."

저만치 아래에서 약간 다급하게 부르는 목소리에 염과 홍위가 동시에 몸을 기울이고 고개를 뺐다. 하인의 어깨 너머로 익숙한 젊은 관료의 얼굴을 확인하고는 잠시 밝아졌던 얼굴이 이내 흐려졌다. 오늘은 따로 조회나 윤대가 없어 그가 굳이 입궐

---

*소두(小杜):두목(杜牧).

치 아니해도 좋을 날이었다. 그럼에도 공복을 갖춘 건 일에 몰두하는 신료의 바람직한 마음가짐이라 이해하더라도, 그의 얼굴에 드리운 그늘이 심상치 않게 느껴진 탓이었다.

"무슨 일이 있습니까. 혹시……."

"꼭 그러한 것은 아닐 수도 있으나……."

성원이 말을 흐렸다. 어의는 괜찮으리라 말하였다고 했다. 그러나 정작 줄곧 곁을 지키던 내관이 몹시 염려스러운 얼굴이 되어 전하께서 공주 마마를, 세자 저하를 찾으시더라는 말을 전했다. 마음이 급한 대로 함께 책을 읽던 동료 하나와 행선지를 나누어 찾아왔으나, 막상 이렇게 오고 보니 너무 서두르는 것도, 그렇다고 느긋하게 구는 것도 맞지 않아 곤혹스러웠다.

홍위가 서둘러 자리에서 일어났다. 말로 꺼내 놓지도 않은 상황의 심각성을 눈치챈 염도 함께 일어섰다. 정말 위급하다면 따로 사자가 왔을 것이라고, 하루에도 수차례 바뀌는 환후의 정도를 잘 알지 못하였을 신료의 과한 염려를 속으로 탓하는 홍위의 다리가 후들거렸다.

"가야지요."

"말을 준비하게, 어서!"

옷자락을 떨쳐 휘날리는 홍위의 뒤에서 염도 서둘렀다. 그리 되지 않기를 바라지만 어쩌면 마지막이 될지도 모를 순간, 더 깊은 후회를 남겨서는 아니 될 일이었다.

안마당으로 몰래 숨어든 도둑고양이와, 고양이만 보면 날을 세우고 쫓아다니던 강아지도 사이좋게 마루 밑 그늘에 누워 있는 오후였다. 시끄럽게 울려 대는 매미 소리가 더위를 배가시키는 한여름이기도 했다.

위쪽의 방 안에 단정하게 앉은 주인댁 아기씨, 연의 모습은 평소와 딱히 다르지 않아 보였다. 그러나 눈썰미가 좋은 사람이라면 붓이 아니라 바늘을 쥔 채, 책 대신 수틀을 노려보는 모습에 의아함을 품을 것이다. 게다가 눈빛이며 자세는 우아한 여인의 자태라기보다는 평야를 까맣게 덮은 적군을 바라보는 장수처럼 비장한 기운을 풍기고 있었다.

기세에 비해 자신 없는 손길이 천 앞뒤를 느릿하게 오갔다. 그렇게 몇 번 반복하는가 싶더니 길게 한숨을 내쉬며 도로 바늘을 빼내었다.

"역시 안 되겠어."

연이 맥이 풀린 목소리와 함께 수틀을 밀어 놓았다. 겨우 꽃 한 송이를 완성하였는데 그나마 꽃잎의 크기도 모양도 제각각인 기괴한 형상이 눈앞에 나타나 있었다. 민 씨의 목소리가 매미 소리와 섞여 귓전에서 웅웅거렸다.

"이제 곧 너도 혼기에 접어들지 않겠느냐. 혼인은 인륜지대사라, 그를 위해 덕성을 갖추려는 마음을 지녀야 마땅하지. 혼담이 오가기 전에 조금이나마 여인다운 면모를 지녀야 할 것이야."

"계집아이는 혼사를 위해 존재하는 걸까."

시들한 목소리로 중얼거렸다. 오라비가 혼인을 앞두었을 때 그 누구도 사내다운 품성을 갖추라 말하지 않았다. 신중한 성품

을 갖도록 노력하고 학문에 정진하라는 격려는 들었겠지만, 그
것이 혼인과 직접적인 연관을 갖지는 않았을 터다.

어쨌거나 사내에게는 입신양명 이후에도, 혹은 과거에 급제
하지 못하여도 추구해야 할 목표가 얼마든지 있었다. 임금의 곁
에서 간언을 올리는 충신, 백성의 어려움을 살피는 목민관, 학
문에 조예가 깊어 그를 바탕으로 후학을 양성하는 학자, 자연
경관을 완상하며 유려한 시문을 남기는 문필가.

계집아이에게는 오로지 현모양처뿐이었다. 그 역할의 중요
성을 폄하할 수는 없으나 갈 수 있는 길이 하나뿐이라는 것은
몹시 따분하고 지극히 불공평했다.

연이 한숨을 쉬며 수틀을 치우고 그 자리에 서안을 끌어다 놓
았다. 연갑과 지필도 가지런히 정리하여 늘어놓았으나 붓을 쥐
고 싶은 마음이 들지 않았다. 더위와 수놓기 중, 어느 쪽이 의욕
을 앗아 갔는지 미처 파악하지도 못한 채 바닥에 쌓아 놓은 몇
권의 책을 뒤적였다.

반듯하게 접힌 종이 한 장이 맨 위에서 제 존재감을 뽐내듯
팔랑거렸다. 며칠 전 오라비로부터 도착한 서간이었다. 하루하
루가 즐겁다는 자랑을 잔뜩 늘어놓은 끝에 덧붙여 놓은 문장이
모든 감정을 집약하고 있었다. 이런 여인을 몰라볼 리 없으니
단자를 올렸으면 필경 삼간에 올랐을 터, 조금만 늦었다면 자칫
총각으로 남았을지 모른다며 너스레를 떨고 있었다.

문장에서 오라비의 모습이 보이는 것 같아 연이 웃었다. 탁
족을 가자고 채근하던 게 불과 일 년 전인데 아주 오래 지난 일
처럼 흐릿했다. 열경은 거의 혼인날 언뜻 보았던 게 마지막이었

다. 정말 산사로 떠난 건지, 벗이 없는 곳에 드나들 만한 다른 용무가 없었던 것인지.

여하간 혼인을 앞당기지 않았어도 거가 총각으로 늙어 죽는 일은 없었을 것이다. 간택이 결국 흐지부지되어 버린 탓이었다. 왕이 친히 나서 간선을 하였어도 마땅한 처자가 없어 한 달 남 짓 간격을 두고 초간이 치러진 게 두 번, 겨우 닿은 재간에서 일 곱 명의 처녀를 골랐다. 본디 세자빈의 간택이었으나 비빈도 소 생도 단명한 왕을 염려하여 숙원(淑媛)까지 간택하기를 신료들이 청하기도 했다.

그러나 삼간택을 며칠 앞둔 어느 날, 평소에도 병약하던 성 상의 병이 깊어져 자리에서 일어나지 못하게 되었다. 어의의 말 로는 조금씩 쾌차하는 중이라 하였다니 조만간 다시 이어지게 되겠지만 지금은 완전히 중지된 상황이었다. 이런 사정을 소상 히 알고 있는 것은 꾸준히 염의 집에 드나들고 있는 덕이었다.

"오라버니께 답신이라도 보낼까."

연은 자세를 바르게 하고 앉아 붓촉을 가지런히 했다. 날씨에 어울리는 시구를 하나 덧붙이지 않으면 누이의 편지가 아닌 것 같아 의심하였다는 문구가 따라붙을 것이다. 연이 가만히 생각 에 잠겼다.

붓끝이 벼루에 닿은 채 한참을 머물렀다. 떠오르는 시구는 지 금의 상황에도, 오라비에게 건네기에도 전혀 어울리지 않는 별 리(別離)를 노래한 송인(送人)이었다. 풍광을 온통 짙푸르게 물들 인 신록 탓일까, 눈물 같은 빗줄기라도 쏟아지기를 바라게 되는 후텁지근한 공기 탓일까.

시끄럽던 매미 소리조차 그친 정적 틈으로 급박하게 울리는 소음이 끼어들었다. 대문간에서 일어나는 분주한 발소리와 웅성거림이 안채에까지 어렴풋하게나마 전해져 왔다. 연은 편지를 맺는 대신 자리에서 일어났다. 안방 창을 열고 내다보는 민 씨와 눈이 마주쳤으나 개의치 않고 햇볕 따갑게 내리쬐는 안마당을 가로질렀다. 평소라면 발길을 제지했을 민 씨도 궁금증을 품고 있었던 듯 그저 바라보기만 했다.

관복을 입은 낯선 남자가 사랑 대청 앞에, 현수가 그와 살짝 비껴 마주 선 채 마당에 있었다. 신조차 챙겨 신지 못한 버선발이 눈에 설었다. 뙤약볕도 아랑곳없이 북향하여 섰다가 재배(再拜)하는 모습에 왠지 모르게 가슴이 따끔거렸다.

낯선 남자가 사라지고 현수가 사랑으로 들어갔다. 의관을 정제하고 나온 아비의 얼굴에는 엄숙하고 침통한 표정이 서려 있었다. 연은 바쁜 걸음을 딛는 그를 조심스럽게 불렀다.

"아버지."

"성상께서 승하하셨다 한다."

현수의 대답은 몹시 짧았으나 그 말조차 맺기 전에 옷자락을 펄럭이며 대문으로 향했다. 연은 한없이 아득하게만 느껴지는 아비의 뒷모습을 멍하니 바라보았다. 조용히 숨죽이고 있던 매미가 시끄럽게 울어 대기 시작했다.

임신년 오월, 병오(丙午)일이었다.

4
달이 기운 연후에

"퇴청하는 길인가 보오."

범옹은 등 뒤에서 들려오는 목소리에 발을 멈추었다. 몸을 돌리는 것과 동시에 허리를 공손하게 굽혀 보였다. 붉은 조복을 펄럭이고 있지 않아도 상대의 모습을 알아보는 것은 어렵지 않았다. 선왕의 맏아우, 수지였다.

가벼운 차림새는 물론이고 그 누구도 대동하지 않은 단출함이 의아하여 고개를 기울였다. 상대가 품은 의문을 알아챈 듯 수지가 유쾌하게 웃었다.

"이런 시기에는 조금만 처신을 잘못하여도 오해받기 십상이지. 안 그렇소?"

적절한 대답을 찾을 수 없어 범옹이 고개만 조아리다 허리를 폈다.

자신이 누구던가. 책을 읽으며 밤을 지새우다 용포를 이불 삼아 잠들었던 집현전 학사였다. 새 글자를 만들 적에 어명을 받들어 일곱 차례나 요동에 가서 언어를 탐색하고 온 학자였다. 기회만 주어진다면 언제든지 하늘로 비상할 수 있는 용과 다르지 않다고, 자부심을 갖고 있었다. 지나치게 예를 갖추려 들다가는 자칫 비굴한 모습으로 비칠까 염려스러웠다. 그 누구에게도 쉬이 보이고 싶지 않았다.

"하지만 때로 오해를 감수하고서라도 시도하고픈 일이 있는 거요. 이를테면, 내가 이렇게 기주관(記注官)에게 말을 붙여 본다든가."

"미욱한 자와의 대화가 어찌 오해를 불러들일 수 있겠사옵니까."

"내 생각이 너무 앞서갔다 생각하오?"

수지가 다시 한번 웃음을 터뜨렸으나 진심이 담기지 않아 공허했다. 대범하고 호탕해 보이는 언행과 달리 그의 속을 떠보는 듯 훑어보는 눈길이 영 미심쩍었다. 수지가 범웅에게서 눈을 돌렸다. 상대가 그와 보폭을 맞추어 함께 가는 것을 확인하고는 혼잣말처럼 중얼거렸다.

"정녕 그리 생각하는 자들이 있다면, 그건 기주관의 가치를 제대로 알지 못하기 때문일 거요. 형님만 해도 그렇소. 내가 만약 형님이었다면 기주관을 이대로 두지 않았을 거요. 늙은이들에게 의지해야 하는 신세인 어린아이는 더하겠지."

"소인은 분수와 격에 맞는 일을 하고 있사옵니다."

"아바마마께서 그대를 중용하셨던 걸 기억한다면 고작 그 정도 역할만 맡기지 아니할 텐데. 관직이야 그렇다 치더라도 중대

사가 있으면 고견을 청하는 것이 당연한 일. 한데……."

"송구하옵니다, 나리."

범옹이 발을 멈추며 수지의 말을 끊었다.

선대왕이 승하하시기 전, 그의 두 손 잡아 세손을 부탁하였음을 상대가 모를 리 없다. 신뢰에 비해 가벼운 직위에 불만을 품고 있지 않은가 떠보는 것일 수도 있었다. 의심을 불러일으킬 법한 상황을 만들고 가까운 자들을 얽어 넣으면 순식간에 역모가 성립할 수 있었다. 그러한 시도를 사전에 발견하고 처단하였다 주장하며 권력의 끄트머리를 쥐고자 든다면, 그 희생양으로 얽혀 들기 십상이었다.

지나치게 솔직한, 노골적인 욕망과 유혹이 넘실대는 수지의 눈길에 할 말을 잃었다. 믿음을 저버리는 것은 옳지 않다며 위험하다는 경고가 울려 퍼지는 머릿속 너머로 은근한 속삭임이 들려왔다. 너를 알아주는 이야말로 진짜 주인이지 않겠느냐고.

범옹이 꺼림칙한 기분으로 자리를 떠나기에 적당한 작별 인사를 고르던 중에 다시 수지와 시선이 맞닿았다. 수지는 상대가 입을 열 틈을 주지 않고 빠르게 말을 이어 갔다.

"실은 부탁할 일이 있어서 퇴청하기를 기다렸소. 전하께서 즉위하셨으니 당연히 사은사(謝恩使)가 가야 할 터, 그 중책을 숙부 된 이 몸이 맡고자 하오. 다만 서장관으로 누구를 대동하여야 할지 고민이 깊다오."

"중신들이 현명한 이를 천거할 것이옵니다."

"나는 그대가 적임자라 생각하고 있소. 생각이 깊으며 임기응변이 뛰어나고 대국의 말도 내 나라 말처럼 자유자재로 쓸 수 있으니 이보다 더 적합한 이가 어디 있단 말이오."

"조정에는 소인보다 뛰어난 자들이 많습니다. 게다가 말을 전하는 일은 역관의 당연한 책무이옵니다."

"그저 말만 유창하게 할 뿐, 앎이 짧은 자들이 어찌 진심을 전할 수 있을까. 나라를 위한 일이니 거절하지 마오."

수지의 목소리는 몹시 진중했다. 욕망이 이글대는 표정은 처음부터 떠오른 적 없는 것처럼 진지한 얼굴이었다. 고정 관념 탓에 착각한 것이라기에는 너무도 선명하게 남아 뇌리에까지 박힌 인상을 털어 내려 다시 눈을 껌벅거리며 생각을 정돈했다.

다소 위험하게 들렸지만 순수하게 그를 안타깝게 여기며 어린 왕이 현명하게 결정하기를 바라는 충정에서 비롯한 것일지도 모른다.

게다가 어떤 일이든 전환기가 가장 혼란스러운 법, 기회를 찾는다면 지금이 적기였다. 하지만 진정 야욕을 품고 있다면 이런 시기에 사은사 따위를 하고자 자리를 비우는 것만큼 어리석은 결정이 또 없었다.

제 판단에 반박 가능한 허점이 있음을 범옹은 깨닫지 못했다. 알면서도 부러 외면한 것일지도 모르지만, 적어도 스스로는 옳다고 생각했다.

그의 필요성을 논하고 나라를 위한 일이라 설파하는 수지의 말에는 틀린 데가 없었다. 군왕이 필요하다 여긴다면 따르는 것이 신료의 당연한 도리였다.

"어명이 내리는 그대로 따르겠사옵니다."

선을 긋는 듯한 범옹의 말에 수지가 잠시 표정을 굳혔으나 극히 순간이었다. 범옹은 그의 어깨를 유쾌하게 두드리는 다소 과한 친밀감의 표현이 썩 불편하지 않았다. 반 보 쯤 사이를 두고 비껴 선 다소 어정쩡한 모습으로 동행하던 이들은 새로 나타난 갈림길 앞에서 걸음을 멈추었다.

"내 오해를 무릅쓰고라도 그대와 더 담소를 나누고 싶으나 유감스럽게도 오늘은 여기까지인가 하오."

"약조가 있으신 모양입니다."

"벗의 초대를 받고 가는 길이라오. 그대도 알 터인데, 풍저창 부사로 있는 현수와 일찍이 동문수학한 바 있소."

"모처럼 만에 회포를 푸는 자리가 되겠습니다."

"기실 봄에 그 집 자제의 혼사가 있었는데 제대로 인사를 하지도 못하고 미루어 온 게 지금까지 온 탓도 있소. 혼기에 접어들었을 여식은 어떠할까 궁금하기도 하고."

수지는 마치 범옹이 자세한 연유를 궁금해한 양 묻지도 않은 말을 길게 대꾸했다. 범옹은 잠시 미간을 좁혔다. 같은 스승에게 학문을 익혔다거나 만남을 갖는 것 따위는 궁금하지도, 이상하지도 않은 일이었다.

다만 수지의 말을 듣고 있을수록 마음속에서부터 거슬거슬 서걱대는 느낌이 들었다.

"살펴 가옵소서."

범옹이 허리를 굽혀 공손하게 인사를 건네자 수지도 그와 비슷할 정도로 정중하게 답례했다. 제 태도가 지나치게 굽실거리는 것처럼 보일까 염려했던 것이 무색할 정도였다. 당황스러운 마음으로 수지가 멀어져 가는 모습을 바라보던 범옹은 어지간한 목소리는 들리지 않을 정도로 상대가 멀어진 뒤에야 묘한 느낌의 근원을 깨달았다.

풍저창 부사의 여식.

조심할 줄 모르고 걸어가다 넘어지려는 것을 붙들어 세워 주었던 그 아이였다. 벌써 혼인을 생각할 때가 되었나. 아마 본바탕이 투명하게 깨끗한 느낌이라 무심코 어리다고 생각한 것 같았다.

사소한 일을 어찌 아직까지 기억하고 있을까. 범옹이 고개를 갸우뚱했다. 수지가 그 여아에게 관심을 가질 만한 연유가 있을까, 하는 의문은 떠올리지도 못했다. 가졌다한들 벗의 딸에게 좋은 혼처를 마련해 주려는 오지랖이라고 편하게 속단했겠지만.

몇 발 내디디면서 자신과 별로 관계가 없을 것 같은 남의 집 여식에 대한 생각은 깊이 가라앉았다. 대신 그의 거취에 대한 이야기가 떠올라 넘실댔다. 사은사 서장관. 그 일이 앞날에 어떤 계기가 되어 줄까.

온종일 평소에 비해 집이 다소 분주한 느낌이었다. 안채와 사랑을 오가는 발소리에 이어 민 씨의 목소리가 흐릿하게 방 안에 새어 들다 빠져나가곤 했다.

궁금증을 참지 못한 연이 문을 살짝 열어 때마침 지나는 하인 하나를 붙잡아 물었다.

"누가 오시는가?"

"주인 나리의 오랜 벗께서 오신답니다요."

연이 애매하게 고개를 끄덕이며 하인을 손짓하여 돌려보냈다. 국상 중에 손님이라, 접대를 대단하게 하지는 않겠지만 안채가 들썩이는 게 민 씨가 몹시 신경 쓰고 있는 모양이었다.

저와 상관없을 손님을 신경 쓰는 대신 도로 자리에 앉아 연갑을 열어 벼루를 꺼냈다. 뚜껑을 닫으려다 연갑 안쪽에 남아 있는 부채를 발견했다. 손을 넣고 부채를 조금 펼쳐 부챗살을 쓰다듬듯 어루만졌다.

"일전에 보았던 홍이는 어찌 생각하느냐?"
"제 생각이 무어 중요하겠습니까."
"네 오라비의 혼사를 보고도 그리 말하느냐."

염과 마주 앉아 주고받은 소년에 대한 문답이 기억에 선명했다. 무덤덤한 척 대답했지만 소년의 모습도, 목소리도 분명하게 떠올릴 수 있었다. 일 년도 넘는 시간의 흐름이 무색할 정도였다. 가슴 한쪽이 묵직하게 내려앉는 느낌이 들었다.

다정이 지나치면 병이 된다더니. 연이 한숨지으며 연갑에서 손을 뺐다. 연갑 뚜껑이 닫히는 것과 함께 마음이 가라앉았다. 벼루만 꺼내 놓았을 뿐 서안 위는 텅 비어 있었지만 연갑을 다시 열 엄두가 나지 않았다. 대신 조금 전 하인과 나눈 이야기를 되새겼다.

객이 온다 했다. 국상 중에 이렇게 준비하는 정도면 꽤 중요한 사람인 것 같았다. 아까는 미처 솟아오르지 않았던 호기심이 발동했다. 살그머니 자리에서 일어났다.

연은 안채를 벗어나 큰사랑과 이웃한 작은사랑의 벽에 기대어 섰다. 저물기 직전까지 기운 태양이 만든 아주 길고 짙은 그늘에 감싸인 연의 모습은 눈에 잘 띄지도 않았다. 숨듯이 서서 하늘을 올려다보았다. 보름을 지나 그믐으로 내달리는 구월의 스무나흗날, 얼마 지나면 반쯤 이지러진 달이 하늘에 떠오를 터였다.

"달이 기울면……."

호젓하게 중얼거리던 연이 입을 다물었다. 무슨 말을 하고 싶었던 건지 스스로도 잘 알 수 없었다. 매달 차올랐다 기울어 가기를 반복하는 달에 과한 의미를 부여할 필요는 없었다.

대문 근처에서 인기척이 들려왔다. 활짝 열린 대문 너머로 바닥에 내려진 초헌에서 당당한 태도로 내리는 남자의 윤곽이 보였다. 몹시 가볍고 빠른 걸음으로 맞이하는 것으로 보아 현수가 상대를 무척 반기고 있음을 알 수 있었다.

"오랜만일세."

"이제 오십니까, 대군 나리."

"벗에게 대군 나리라니. 우리 사이에 거리낄 것이 무어 있나."

"철없던 시절의 일 아니겠습니까."

대문을 들어선 손님의 얼굴은 마당을 환히 밝히고 있는 횃불에 비쳐 선명하게 잘 보였다. 위에서 일렁이는 불빛이 얼굴 윤곽 안쪽으로 진한 그림자를 만들어 엄격하고 단호해 보이는 인상을 더욱 강하게 했다. 벽에 기대어 있던 연이 무의식중에 발을 살짝 뒤쪽으로 옮기며 어깨를 움츠렸다.

연의 기척을 느꼈는지 남자가 그녀가 있는 방향을 바라보았다. 연의 숨이 순간 멈추었다. 날카로운 눈매 탓에 인상이 엄정해 보인다고만 여겼던 남자에게서 주홍빛 횃불조차 서늘해 보이게 할 정도로 차가운 느낌이 배어 나왔다. 꼼짝달싹하지 못한 채 겨우 치맛자락만 움켜쥐었다. 현수가 다시 남자를 부른 것도 그때였다.

"들어가시겠습니까."

"그럴까."

남자가 현수와 함께 사랑으로 멀어져 간 후에야 연이 크게 숨을 내쉬었다. 굳어졌던 몸도, 잔뜩 얼어붙었던 마음도 그제야 누그러졌다.

"몰래 엿듣고 있는 것처럼 보였을 거야."

연이 자신을 설득시키려는 듯 작은 목소리로 중얼거렸다. 중요한 이야기가 새어 나갈까 염려하여 경계심을 가지는 건 충분히 납득할 수 있는 일이었다. 그러나 날카로운 날붙이만큼이나 매섭던 눈초리가 떠오르면 절로 다리가 후들거렸다. 주변에 내려앉은 어둠처럼 두려움이 연의 마음에 파고들어 나가지 않고 자리를 넓혀 갔다.

연이 겨우 마음을 추스르고 안마당에 발을 들였을 때였다.

"어딜 다녀오는 게야."

"오라버니 방에요."

못마땅하게 그녀를 내려다보는 민 씨에게 연이 작게 대꾸했다. 직접 방에 들어가지는 않았어도 작은사랑 근처를 알짱거리긴 했으니 아주 거짓은 아닌 셈이었다. 애초에 제집 안인 이상 달리 입에 담을 행선지가 없기도 했다.

민 씨가 고개를 흔들었다. 오라비의 빈 방에라도 가 보며 외로움을 달래는가, 안쓰러움은 마땅치 않은 표정 뒤로 감추었다.

"그럼 이만 들어가……."

"아니다. 내 지금껏 너를 기다렸구나."

연이 뜻밖의 말에 고개를 들었다. 안방에 들어가서 더 들어야 할 잔소리라도 있나 생각했으나, 민 씨가 대청을 내려서는 모습에 눈이 동그래졌다.

"네 아버지께서 사랑으로 부르셨단다."

"손님이 오셨는데 어찌……."

"글쎄다, 너에게 좋은 소식이 있을지 모를 일이지."

민 씨가 소녀의 궁금증을 부추기듯 빙그레 웃었다. 연이 난감한 표정으로 신코를 내려다보았다. 잘 알지도 못하는 손님과 대면하는데 좋은 일이 생길 게 무어 있을까. 썩 내키지 않았으나 저를 찾는다는데 가지 않을 도리가 없었다.

어미의 뒤를 따라 느리게 걸음을 떼어 사랑으로 향했다. 평상시와 다르게 상석에 손님인 대군 나리가 있었다. 허리를 굽혀 공손하게 인사하며 자리에 앉았다.

"기억하고 있던 것보다 더 의젓한 아가씨로군."

"황공하옵니다."

연이 조심스레 눈을 들었다. 그녀의 앞에는 사람 좋은 미소를 띤 남자가 앉아 있었다. 조금 전 작은사랑 근처에서 숨죽인 채 받았던 날 선 시선은 떠올릴 수도 없을 만큼 따스한 기운이 가득 감돌았다. 잠깐 연을 바라보던 수지가 시선을 돌려 함께 들어온 민 씨를 향해 인사를 건넸다.

"사사로운 방문에 이리 환대를 받을 줄은 몰랐습니다."

"차림이 초라하여 부끄러울 따름입니다."

"그리 말씀하시면 때를 잘못 맞추어 찾아온 이 몸을 탓하는 것처럼 들립니다."

민 씨가 싫지 않은 얼굴로 미소했다. 근래에 수지의 탄일이 있을 것이라는 현수의 언질에 신경을 쓰려 노력했으나 술 한 잔, 고기 한 점 올릴 수 없는 상이 무슨 때깔이 날까. 신경 쓴 걸 인정받는 것만으로도 나쁘지 않았다. 수지의 목소리가 현수를 향했다.

"후의에 보답하지 않음은 도리가 아니지. 어찌 감사를 표하면 좋을까."

"어린 시절의 정리를 잊지 않고 찾아 주신 것만으로도 충분하옵니다."

"마음 같아서는 수일 내로 찾아 달라 초대도 하고, 그대의 아들에게 혼례 선물도 건네고 싶으나 당분간은 불가능한 일이지. 어린 아가씨에게 약소한 선물을 하는 정도라면 괜찮지 않을까. 이맘때 내 딸아이를 보니 댕기며 노리개 따위에 관심이 많던데."

느닷없이 저로 옮아온 관심에 연이 당황해서 민 씨의 얼굴을 곁눈질로 살폈다. 몹시 만족스러워하는 저 표정을 보면서 필요한 게 없다는 말 따위를 꺼내 놓는 건 몹시 어려운 일이 될 듯했다. 그렇다고 필요도 없고 좋아하지도 않는 장신구를 기꺼이 받아 들고 싶지도 않았다. 머뭇거리는 태도가 그저 삼가는 태도에서 비롯된 것이 아님을 눈치챈 수지가 재차 물었다.

"내 딸과는 성정이 다를 터이니 좋아하는 것도 다를 수 있겠구나. 달리 원하는 게 있느냐."

"어린아이의 마음까지 헤아려 주시려는 대군 나리의 넓으신 아량에 감복하였을 것이옵니다."

"설령 그렇다 하여도 뜻을 명확히 해야 옳지. 상대가 원치 않는 선물을 함은 그릇된 호의를 베푸는 것과 마찬가지, 솔직한 마음을 듣고 싶구나."

여전히 말을 아끼는 연을 대신하여 현수가 웃음으로 넘기려 했으나 수지는 썩 명쾌하지 않다 여긴 모양이었다. 현수의 말을 부드럽게 막으며 연에게 대답을 재촉했다.

연이 고개를 숙인 채 살짝 인상을 썼다. 선물을 내켜 하지 않는 마음을 들켜 버린 것도, 품은 말을 정말 그대로 털어놓아도 좋을지 알 수 없는 것도 문제였다.

대군 나리쯤 되면 계집아이가 떠들어 댄 말을 갖고 앙심을 품고 보복하려 들지는 않겠지. 마음을 정한 연이 어렵게 입을 떼었다.

"대군 나리께서는 성상을 가장 가까이에서 보필하여야 할 막중한 책임을 지고 계신다니, 매사 성현의 말씀을 마음에 새기어 행하시고 계실 것이옵니다. 다만 사사로운 자리에 임하시어 잊고 계신 듯 보여 감히 말씀 올리옵나이다. 공자께서 말씀하시기를, 나라를 다스림에 있어 매사 신중하여 신뢰를 잃지 않아야 하고, 나라의 재물을 아낌으로써 백성을 사랑하며, 때를 가려 백성을 이끌어야 한다고 하시지 않았사옵니까."

잠시 말을 멈추고 그를 응시하는 연을 바라보는 수지의 눈빛에 이채가 돌았다. 논어 학이편에 나오는 구절. 어렵지는 아니하여도 계집아이의 입에서 나올 것이라고 생각조차 하지 않은 내용이었다. 그는 현수가 몹시 당황하여 딸아이를 부르려는 것도, 민 씨가 기가 질린 얼굴로 연에게 손을 뻗는 것도 눈짓으로 제지시킨 뒤 흥미로운 표정으로 연에게 시선을 고정했다.

"막연히 여아가 좋아하리라는 생각에 값비싼 장신구를 선물하고자 함은 신중한 행동도 아니며 시기에도 맞지 않습니다. 국가의 재물이 아니니 감사하는 마음으로 받아야 마땅하다 여길 수도 있겠으나 모름지기 사람은 하나를 보면 열을 아는 법이옵니다."

말을 마친 연이 입술 안쪽을 살짝 깨물었다. 대체 어디에서 이런 용기가 났을까. 매서운 눈매와 대조되는 온화한 미소가 거짓처럼 여겨졌나. 고운 장신구로 여아의 마음을 살 수 있으리라 여기는 섣부른 속단이 마음에 들지 않았던 걸까.

사랑을 감도는 기묘한 정적에 어렴풋한 불안감이 스멀거리고 올라왔다. 혹여 그녀의 충동적인 행동이 불씨가 되어 가족에게 불똥이 튀지는 않을까. 사과하는 게 옳으려나.

연이 긴장된 마음으로 치맛자락을 움켜쥐었을 때, 호탕한 웃음소리가 사랑 안에 울려 퍼졌다. 대소(大笑)가 진심에서 우러난 것인지, 자신의 마음이 넓음을 과시하기 위한 것인지 판단하기에 앞서 일단 안도감이 몰려왔다.

수지가 눈가에 주름을 잡은 채 연을 바라보고 빙긋 웃었다. 감사하다고 고개를 조아려야 할 상황에서 반응이 다소 늦어 반쯤은 놀리려는 마음으로 꺼낸 말이 이렇게 묵직한 대답을 몰고 올 줄은 그도 예상치 못한 일이었다. 이 아이가 사내아이였으면, 만약 이 자리에 벗의 부인이 동석하여 있지 않다면 조금 더 이야기를 이어 가 볼 것인데. 아쉬운 마음이 들 정도였다.

"여아에게서 논어로 훈계를 듣게 될 줄은 꿈에도 몰랐소."

"스승도 없이 저 혼자 떠듬떠듬 읽어 나간 글을 부족한 소견으로 멋대로 해석한 것에 불과하옵니다. 옛정을 보아서라도 어린아이의 철없음을 용서하시옵소서."

"아닐세. 혼자 익혀 그 정도까지 이르렀다니 더욱 귀히 여겨야 할 터, 혼례를 올려 저 자질을 이어받을 사내아이를 낳으면 필시 귀인이 되지 않겠는가."

수지는 현수의 사과에 고개를 가로저으며 눈을 가늘게 떴다. 성품이 과하게 온화한 맏이 장(暲)에게 어울리는 배필은 기실 이렇게 담대함과 과단성을 불어넣어 줄 당찬 면모를 지닌 아이여야 했다.

하지만 아쉬움은 금세 자취를 감추었다. 벗의 여식은 마음에 들지만 그게 전부가 될 수는 없었다. 장은 이미 이태 전에 한 판사의 여식과 혼인을 치렀고, 설령 그렇지 않다 하더라도 권세도, 재력도 보잘것없는 가문은 크게 구미가 동하지 않는 혼처였다. 그가 원하는 대로 종횡무진 활약할 수 있는 차(車), 포(包)가 아니라 기껏해야 졸(卒)로나 써먹을 수 있을 말에 큰 흥미는 없었다. 다만, 그의 며느리가 아니라 다른 곳에서라면 쓸모가 있을 법도 했다.

"책을 몇 권 골라 보내 주도록 하지. 이미 지닌 것 중 일부를 보낼 것이니 사사로이 낭비한다 여기지 말 것이며, 학문을 즐기는 이에게 책만 한 것이 없으니 섣부른 판단도 아니리라 믿네."

❋   ❋   ❋

스산한 바람이 지나는 아침이었다. 잔뜩 흐려 손톱만큼의 햇볕도 들지 않는 하늘 아래의 후원은 계절적 특성과 맞물려 볼 것 없이 황량한 느낌이었다. 삭막한 공간을 생각에 잠긴 듯 느릿하게 움직이며 서성이는 그림자가 있었다. 몹시 조바심 내며 그 모습을 지켜보던 늙은 내관이 막 입을 열려던 찰나였다.

"상온."

"예, 전하."

상대를 부르기만 했을 뿐 아무런 말도 이어지지 않았다. 상온이 고개를 살짝 들어 표정을 통해 속내를 짐작해 보고자 했으나 무덤덤한 표정과 무감한 눈빛을 보고는 아무것도 알 수 없었다. 도로 고개를 떨어뜨리고 그저 말이 이어지기만을 기다렸다.

용포를 두른 왕, 홍위가 천천히 기억을 더듬어 갔다. 과연 출발하는 날이 올까 싶을 정도로 여러 날, 여러 장소에서 전별이 이어졌다. 그중 하루, 그가 친히 궐을 나서서 전별에 나섰던 날이었다.

북적이도록 사람이 많았다. 하나같이 익숙한 얼굴이었으나 썩 편하지는 않았다. 대신들은 물론이고 여느 신료들조차 홍위 자신보다 곱절은 나이가 많으니, 어른들 틈바구니에 끼인 어린아이 같아 자꾸만 주눅 드는 마음을 숨기려 오히려 어깨를 쭉 폈다. 그 행동이 과연 얼마나 효과적인지는 잘 알 수 없었지만 애초에 걱정할 필요가 없었던 것인지도 모른다. 이 자리의 주인 공은 사은사로 가기로 한 숙부였기에 그에 대해서는 크게 신경 쓰지 않는 것 같았다.

홍위가 자리에서 일어났다. 그 변화를 곧바로 눈치챈 이가 거의 없을 정도로 다들 흥에 겨워 있었다. 잠시 자리를 빠져나갔다 돌아올 생각이었다. 누군가 물어본다면 바람을 쐬러 다녀왔다는 핑계를 대면 그만이었다. 그가 막 문을 지나 답답한 공기에서 벗어났다는 안도의 한숨을 쉬고 있던 그때였다.

"너도 이제 어른인데 한잔하지 않고."

그의 어깨를 쥐어 누르는 손길이 제법 묵직했다. 곧 예순이 되는 백종조(伯從祖)였다. 불쾌한 얼굴에 입을 열 때마다 끼치는 술 냄새로 그의 상태를 능히 짐작할 수 있었다. 술잔이 일순하기를 몇 번, 만취하여 실수하는 건 나이를 불문하고 있을 수 있는 일이니 그냥 넘어갈 요량으로 어색한 미소만 지어 보였다.

"네 아비는 원정(元正)의 장자, 너는 그 장손."

노인이 말을 멈추고 홍위를 쳐다보았다. 어깨를 잡은 손에는 더욱 힘이 들어갔다. 가느슴하게 눈을 뜬 채 비꼬는 듯 비틀린 입술을 달싹였다. 말을 거는 상대를 잘 알지 못하는 것처럼 거침없이 하대하는 말투가 예사롭지 않았다.

홍위는 침착함을 잃지 않고 노인의 시선을 받아 내며 말의 의도를 짐작하려 애썼다. 두 사람이 대치하는 듯 묘한 분위기를 만들어 내고 있을 때, 누군가가 나타났다.

"아버님."

"마침 잘 왔구나."

노인은 홍위의 어깨에서 손을 떼고 새로 나타난 이를 자신의 곁으로 바짝 끌어당겼다.

"내 아들이 어찌 고작 군(君) 따위에 머무르고 있을까. 이 아이 야말로……."

"아버님, 취하셨습니다."

"누가 취하였다 그러느냐. 내 평생에 지금만큼 정신이 또렷한 날이 없었거늘."

"전하, 송구하옵니다. 부친의 무례를 용서하옵소서."

노인을 만류하는 남자의 얼굴이 붉게 달아올라 있었다. 어쩔 줄 모르는 표정으로 홍위의 얼굴을 살폈다. 술김에 사석에서야 무슨 말인들 못 할까마는 당사자를 앞에 두고 결례를 범하는 것과는 다른 문제였다. 게다가 상대가 누구인가. 즉위한 지 얼마 안 된 어린 왕이 어찌하지 못하고 모르는 척 넘어갈 가능성 이상으로, 초장에 기선을 휘어잡으려 더 예민하게 반응할 수도 있었다.

정중한 남자의 태도가 노인의 화를 돋운 모양이었다. 노인이 팔을 뿌리치며 제 아들을 쏘아보았다. 고개를 돌리고 한 발짝 더 홍위에게 다가섰다.

"하던 이야기는 끝내자꾸나. 네 아비와 네가 그러하듯, 나와 내 아들 또한 내 아버지의 장자이고 장손이란 말이다. 그런데 내 아들이 너 따위에게 공대를 하여야 한단 말이지. 우스운 일이야. 기가 막혀 통탄할 노릇이고."

노인이 숨을 고르듯 말문을 멈추었다. 홍위는 지금껏 들은 말들을 상기했다. 백종조가 폐세자(廢世子)임을 감안하면, 겉으로는 현명한 아우를 인정하고 결과를 수긍하는 듯 보였던 태도가 본심을 꾹꾹 억누른 결과였음을 깨닫는 데 충분했다. 당연히 제 것이라 생각한 것을 빼앗긴 억울함을 이해 못 할 바는 아니었으나, 사십 년은 족히 지난 일을 직접적인 연관도 없는 소년에게 화풀이하듯 들이미는 것은 상식적이지 않았다.

"원정이 생각한 조선의 순리는 지금 이 모습이겠지만 과연 이게 순리일까. 네가 과연 천명을 타고난 이인지, 어디 한 번 잘 생각해 보거라."

노인이 홍위에게서 한 발짝 물러섰다. 안절부절못하며 그의 곁을 서성이는 아들에게 비틀거리듯 다가가 기대면서도 짐짓 공손하게 홍위를 향해 몸을 굽혀 보였다. 조금 전에 시비조로 말을 건넨 사실 따위는 까맣게 잊은 듯 보였다. 두 부자가 자리를 뜬 후에도 홍위는 그 자리에 못 박힌 듯 서서 저를 향했던 가시 돋친 말들을 떠올렸다. 속이 울렁거렸다.

겨우 마음을 진정시킨 후에야 다시 몸을 돌려 제자리로 돌아 갔다. 몇몇은 그의 부재를 알아차린 듯했으나 한껏 흥이 오른 분위기에는 별 영향을 주지 않은 모양이었다. 남의 일인 듯 느껴지는, 아니 본디부터 그를 위한 자리는 아니었던 왁자지껄한 분위기가 저 먼 데서 일어나는 일인 양 아득하게만 느껴졌다.

저만치 백종조의 모습과 사은사로 갈 숙부, 수지가 그 곁에 있는 게 눈에 띄었다. 노인이 고개를 돌려 홍위를 보고 씩 웃더니 수지의 귓가에 무언가를 속삭였다. 수지가 손사래를 쳤다. 몇 마디 더 나눈 연후에 수지가 그 곁을 떠났다. 홀로 남아 느긋하게 술잔을 기울이는 노인의 모습은 풍류를 즐기던 평소의 모습과 크게 다르지 않았다.

그 모습을 끝으로 생각을 정리한 홍위가 고개를 저었다.

"숙부를 전별하던 날, 별일 없었던가."

홍위가 물음인지, 혼잣말인지 알 수 없게 중얼거렸다. 그날 외에도 전별을 위한 잔치는 여러 번 있었고 그중 몇 번인가는 상온을 보내어 술과 음식을 내렸다. 그가 없는 자리에서 백종조는 어찌하였을까. 정말로 취중이라 수십 년 동안 눌러 두었던 불만을 의미 없이 쏟아 낸 것에 불과할까.

상온이 기억을 더듬어 보았으나 특정할 만한 일은 없었다. 궐에서 잔뼈가 굵은 그가 느끼기에 미묘하게 신경 쓰이는 분위기가 있긴 했지만 그저 어렴풋한 느낌에 불과한 것이어서 무어라 말하기도 곤란했다. 굳이 대답을 요하지 않는 것처럼 보이는 말에 대꾸하는 대신 지금 상황을 일깨웠다.

"전하, 곧 경연이 있을 것이옵니다."

"그렇군."

소년이 천천히 발을 돌렸다. 하루 세 번 열리는 경연은 그가 몹시 중시하는 일과여서 몸이 아파 앓아누웠을 때를 제외하고는 단 한 번도 거르지 않았다. 몸이 나아져 재개한 후로도 마찬가지였다. 그 모습이 염려스러웠던 모양인지, 종친들이 지나치게 학문에 몰두하는 게 병의 원인이라고 아뢰러 오기도 했다. 잘 모르고 하는 소리였다. 그런 시간조차 없다면 몸은 둘째 치고 마음이 견뎌 낼 수 없을 것이다.

무덥던 여름, 부왕의 환후가 나날이 좋아지고 있다 하던 어의의 말을 철썩 같이 믿고 있었다. 고작 하루 만에 상황이 손바닥 뒤집듯 바뀌어 제 세상이 송두리째 뒤집힐 줄은 꿈에도 몰랐다. 아무런 마음의 준비도 하지 못한 채 혼자가 되어 버렸다.

조금만 더 곁에 계셨다면 얼마나 좋았을까. 그리 이르게 떠나실 것이라도 알았으면 지금보다는 더 나을지 모른다. 그러나 이미 지난 일은 어찌할 수 없었다. 희뿌연 하늘이 그의 마음을 대변하듯 무겁게 가라앉았다.

❋   ❋   ❋

"하필이면 오늘일 게 뭐람."

연이 한숨을 쉬며 자리에서 일어났다. 대개는 무료한 시간을 보내는 데 책을 읽는 쪽으로 만족하는 편이었으나 가끔 반드시 붓을 쥐어야 할 것 같은 충동이 일 때가 있었다. 오늘이 꼭 그러한 날이었는데, 하필이면 선지(宣紙)가 바닥났다. 현수의 사랑에서 몇 장 집어 오는 것은 성에 차지도 않겠지만, 그곳이라고 사정이 썩 다를 것 같지도 않았다.

일어나서도 서성거리며 망설이던 연이 서안 서랍 구석에 숨겨 둔 엽전 몇 닢을 꺼내 쥐었다. 손을 꼭 움켜쥔 채로 조심스럽게 방을 나선 연이 향한 곳은 주인이 없는 썰렁한 작은사랑이었다. 들어서기 전까지 머뭇거리던 것에 비해 일단 방 안에 들어선 후의 움직임은 퍽 재빨랐다. 지난번에 보아 둔 서랍을 열어 그 안에 든 것을 차곡차곡 꺼내고는 머리 뒤꼬리를 더듬거려 빨간 댕기를 풀었다.

잠시 후, 헐렁한 옷을 걸친 소년이 된 연이 문을 나섰다. 지금껏 여아의 차림 그대로 바깥에 나가도 문제되는 일은 없었지만, 그녀가 누군가와 동행하거나 집 근처를 서성일 적에나 해당되는 이야기였다. 남복을 하는 취향 같은 건 없어도 혹시 모를 불안감에 떠올린 나름의 고육지책이었다. 화장기 없는 얼굴과 몸에 비해 다소 큰 옷 덕분인지 사내아이라고 해도 믿을 만한 외양이 되어 있었다. 자신을 알아보는 누구라도 만날까 싶어 빠른 걸음으로 집 근처를 벗어났다.

제법 씩씩하게 옮기던 연의 발걸음이 번화가에 닿았다. 단 하루도 잊지 않고 꼬박꼬박 웅장한 울림을 퍼뜨리는 종루 아래로 사람이 분주히 오갔다. 연이 잠시 걸음을 멈추고 주변을 살펴보았다. 집 안에서는 좀처럼 느낄 수 없는 활기에 마음이 들뜨는 기분이었다. 만약 그녀가 사내아이라서 운신이 조금 더 자유로웠다면 거처럼 몸 가벼이 거리를 활보하는 것을 즐겼을까.

연이 다시 걸음을 딛기 시작했다. 흐린 날씨를 무색하게 할 정도로 고운 빛깔의 비단이 눈에 띄었다. 켜켜이 쌓여 있거나 혹은 둘둘 감겨 있는 그 모양을 보며 문득 수지의 얼굴을 떠올렸다. 그가 선물해 줄까 물었던 고운 댕기도, 우아한 노리개도 모두 저 비단으로 만든 화려한 옷에 어울리는 것들이기 때문일 것이다.

몹시 날카롭던 눈매에 대한 기억은 많이 희석되어 이제는 그를 떠올려도 두려움이 함께 찾아오지는 않았다. 그러나 저 자신의 언행에 대한 부끄러움은 기억을 되살릴 때마다 더 짙어져 얼굴을 붉게 물들였다. 자신에게 필요치 않다고 하여 남에게도 그러한 것은 아니었다. 아무도 비단옷을 입지 아니하면 옷을 짓는 이, 비단을 파는 이와 짜는 이, 실을 잣는 이에 이어 종내는 누에치기를 하는 이도 밥을 굶게 되지 않나. 참으로 편협한 이야기를 늘어놓고 우쭐하고 있던 셈이었다.

비단에서 눈을 떼자 저만치에 지전(紙廛)이 보였다. 그저 종잇장 몇 장을 놓고 파는 곳이 아니었다. 멀찌감치 보아도 갖가지 종류의 종이가 한가득 쌓여 있었다. 기껏 몇 푼 쥔 어린아이가 다가가기에는 부담스럽게 규모가 컸다. 과연 이 돈으로 살 수 있는 게 있기는 할까 의심스럽기도 했고. 연이 몇 발짝 다가서지도 못한 채 한숨을 섞어서 중얼거렸다.

"저런 종이에다 글을 써 보면 소원이 없겠네."

"소원이 너무 하찮은 것 아니냐."

혼잣말에 대답이 돌아왔다. 연이 고개를 돌려 답변을 들려준

이를 바라보다 공손하게 고개를 숙였다. 조복 차림이라는 것은 단번에 알아보았지만 옷차림으로 직위를 구분할 줄은 몰라서 가능한 행동이었다. 크게 당황하는 기색 없이 차분한 소년의 모습이 마음에 든 모양이었다.

"소원을 이루어 줄 테니 내 청도 들어주겠느냐."

"대감마님."

"이 정도 시간을 내지 못할 만큼 바쁘지는 아니하네."

노인은 동행하던 이가 주의를 환기시키는 것을 뿌리쳤다. 연의 어깨를 가볍게 두드리고는, 대답을 기다리지 않고 등 뒤에서 가볍게 밀어 지전으로 향했다.

저만치서 훔쳐보듯 바라보던 장소의 바로 앞에 선 연은 손가락만 뻗으면 닿을 거리에 있는 종이들을 홀린 듯이 바라보았다. 도톰하고 광택이 나는 것에서부터 고운 무늬가 아로새겨진 것이며, 그 부드러움이 눈으로 전해질 듯 하늘거리는 것까지 쉬이 볼 수 없던 것들이었다.

연이 종잇장에 눈이 팔린 사이, 가게 앞에 선 나이 든 손님의 얼굴을 확인한 주인이 굽실거리며 다가왔다. 노인이 빙긋 웃으며 낮은 목소리로 필묵을 청하자 곧 점포 안쪽 구석이 정리되었다. 연은 얼떨결에 구경만 하던 고운 종이 앞에 앉아 붓을 쥔 모양새가 되었다. 당혹스러운 마음도 잠시, 허리를 곧게 펴고 자세를 가다듬었다. 장소가 썩 좋지는 않았지만 찾아온 기회가 반가웠다.

노인이 흰 수염을 몇 번 쓸어내리더니 입을 열었다. 나이답지 않게 청청한 목소리에 기백이 담겨 있었다. 그 탓인지 붓끝으로 그려진 획은 평소 그녀의 것보다 훨씬 힘찬 느낌이 있었다.

시구를 매듭지은 연은 쓰는 데 몰두하여 뜻도 제대로 생각해 보지 않았던 글귀를 천천히 눈으로 읽어 내려갔다.

강가에서 객 보내니 이별의 한 길어라.
처연한 곡조는 노래도 되지 못하고 끊어지네.
하늘이여, 풍백에게 일러 출렁 깃발 막아 주소서.
어느 저녁 대동강에 밤물결이 이는구나*.

시선이 마지막 글귀에 닿았을 때, 노인과 동행하고 있던 젊은 남자의 목소리가 들려왔다.

"영상 대감께서 젊으실 적에 지으신 글인 모양입니다."

연의 눈길이 그대로 멈추었다. 쭈뼛거리며 고개를 들어 노인의 얼굴을 바라보았다. 인자한 할아버지 같은 인상에는 연륜이 담겨 있고, 형형하게 빛나는 눈빛과 기상 넘치는 목소리를 지니고 있었다. 일인지하 만인지상의 자리가 지극히 당연하게 어울리는 이였다.

남복을 하고 나와 영의정을 만나, 길가 점포에서 글을 썼다. 평생에 한 번 있을까 말까한 경험의 연속이었다. 그 의외성이 용기를 준 것인지 연이 불쑥 입을 열었다.

"누구나 주공이 될 수는 없으리라 하였사옵니다."

"네 지금 무슨 말을……."

---

*김종서(金宗瑞)의 '남포(南浦)'.

"아닐세."

밑도 끝도 없는 말이었지만 셋 중 그 누구도 말의 뜻을 모르지 않았다. 젊은 남자는 당황한 얼굴로 연을 나무랐으나 노인이 손을 저었다. 눈가와 얼굴에 잡힌 주름이 더욱 짙어질 정도로 만면에 미소를 띠고 연의 머리를 쓰다듬어 주었다. 대답을 돌려주는 대신 연이 적은 글귀의 먹물이 다 마른 것을 확인하고는 종이를 집어 들었다. 노인의 손에서 젊은 남자에게로 옮겨간 종이가 구겨지지 않도록 둘둘 말려 저만치에서 기다리던 구종의 손에 들렸다. 그제야 노인이 천천히 미뤄 둔 대답을 했다.

"그는 어린아이가 걱정할 정도로 대단한 이가 아니란다. 하지만 그 충심만큼은 기특하기 짝이 없구나. 좀 더 자라서 전하를 위해 일하는 자가 되도록 하여라. 군왕을 보필할 인재는 아무리 많아도 부족하니라."

노인이 사라진 자리, 한 아름은 될 것 같은 종이 뭉치를 안은 소년이 남았다. 연이 당돌하게 꺼낸 소리는 제법 오래전에 열경에게 들은 말이기도 했다. 그 이야기를 노인에게 하고 싶었던 마음이 들었던 까닭은 잘 알 수 없었다. 왠지 그래야 할 것 같은 기분이 들었다.

노인은 유쾌하게 웃어넘겼으나 도리어 마음이 무거워진 것 같은 느낌이 들었다.

아마 푼돈 몇 닢으로는 품에 안을 수 없을, 출처를 설명하기 곤란할 종이 뭉치의 묵직한 무게감 때문일 것이다. 구름이 잔뜩 낀 하늘이 금방이라도 제 어깨 위로 내려앉을 듯 느껴지기 때문일지도 모른다.

흐린 하늘에서 먼지처럼 탁한 빛깔의 작은 덩어리들이 흩날리기 시작했다.

겨울의 시작을 알리는 첫눈이었다.

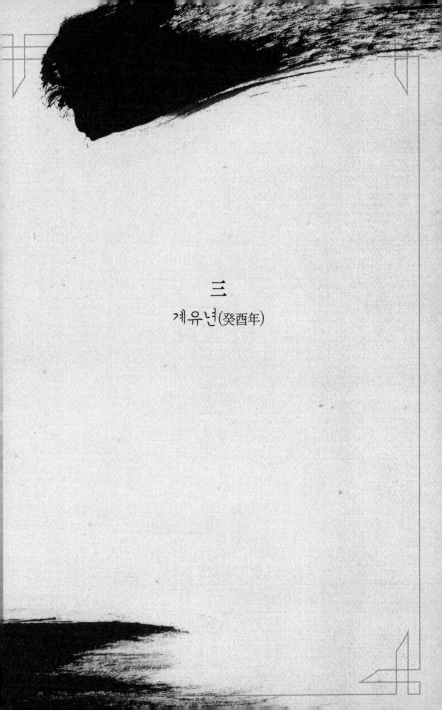

三

계유년(癸酉年)

5
홍사(紅絲) 끝 닿을 줄 모르고

새로 지은 별실에서는 진한 나무 향이 배어 나왔다. 건물에 발을 들이기 전, 홍위는 소매 끝을 꼭 움켜쥔 채 뒤를 돌아보았다. 본디 이 자리에는 연회를 열거나 외국 사신을 접대하던 광연루가 있었던 까닭에 바깥으로 보이는 풍광도 제법 운치가 있었다. 인정전 그림자가 드리울 것 같은 착각이 드는 커다란 연못을 끼고 있어 경회루와 흡사한 풍경이었다.

별실 안에는 먼저 도착한 사람이 있어, 앉지도 못한 채 서 있다가 공손하게 고개를 숙여 보였다. 사헌부 유 지평(持平), 한때 세자 시학을 맡아 스승님 소리를 듣기만 하면 고개를 가로젓던 성원이었다.

홍위가 그를 보고 빙그레 미소 지었다. 성원은 홍위가 약조한 시간보다 늦게 나타난 것도, 그에 대해 변명을 하지 않는 것도 이상하게 생각하지 않았다. 대신들에게 둘러싸여 정사를 보느라 늦어졌음을 잘 알고 있었다. 별실에서 안절부절못하고 서성거린 자신의 불편함 따위를 불평할 수는 없는 처지였다.

홍위가 창가로 자리를 잡고 앉으려던 순간이었다. 퍽 가까이에서 새가 지저귀는 것과 비슷한 소리가 들려 성원이 고개를 갸웃했다. 지엄하신 전하께서 체면도 잊고 어린 성정을 이기지 못해 새소리를 흉내 냈는가 생각하며 엄격한 표정을 했다.

"전하, 여염에서도 아주 어릴 때에나 하는 장난이옵니다."

말이 끝나기 무섭게 파드닥거리는 소리가 났다. 홍위가 조심스럽게 손을 넣었다 꺼냈다. 날아갈 힘도 잃은 듯 작은 참새가 모습을 드러냈다.

"신료들이 도열한 곳에서는 숨소리도 내지 않더니 그대를 보자마자 야단이군요. 미물도 때와 장소는 가릴 줄 아나 봅니다."

"전하, 그것은……."

"새매에게 쫓겨 대전으로 날아들었지요. 내게 지켜 달라는 듯 품으로 파고들더이다. 한바탕 소란 끝에 새매를 쫓아내어 일단 한숨 돌렸지만."

홍위는 참새를 감싼 손을 살짝 느슨하게 풀더니 날개를 접고 온순하게 앉아 있는 새의 잔등을 쓰다듬었다. 어루만지는 손길은 작고 약한 것이 다칠까 두려워하는 듯 다정했다. 새는 저에게 위해를 가하지 않을 것을 아는 듯 그대로 머물렀다. 한데 모으고 있던 손을 풀며 창밖으로 내밀었다. 몇 번 날개를 비비적거리던 참새가 호르르 날아 나뭇가지 틈으로 숨어들었다.

"인사도 안 하고 가는구나. 무정한 것 같으니라고."

"미물이 어찌 은혜를 알겠사옵니까."

"새매나 들짐승 따위를 만나지 아니하여야 할 텐데 말입니다."

"한 번 위험을 겪었으니 조심하겠지요."

"은혜도 알지 못하는 미물이 어찌 조심성을 알까요. 게다가 아무리 조심하여도 피할 수 없는 일이 있지 않겠습니까."

말투에 깃든 쓸쓸함이 왠지 모르게 가슴을 울렸다. 성원이 대답할 말을 찾지 못한 채 머뭇거리는 사이, 홍위가 작게 중얼거렸다.

"새매에 쫓기는 연약한 모습이 낯설지 않았습니다, 스승님."

홍위는 손을 거두어들이며 창밖을 바라보았다. 지난번 찾았을 적에는 이른 봄날이었다. 겨우내 얼어 있었던 연못에 이는 잔잔한 물결이 햇살을 받아 반짝이고 물오른 가지들을 시샘하는 듯 차가운 바람이 불어왔다. 이르게 피어난 꽃을 시들게 하고 피어날 준비를 하던 꽃망울은 숨을 죽이게 할 그런 바람을 맞으며 생각한 적 있었다. 그의 처지가 차가운 바람을 맞고 있는 꽃송이와 별반 다를 게 없다고. 바람을 이겨 낼 수 있을까, 아니면 바람을 이기지 못해 시들어 떨어질까.

지금의 날씨는 그때에 비하면 훨씬 온화했다. 하지만 화창하다하여 마음을 놓고 있으면 아니 되었다. 거센 비바람이 몰아치고 숨 막힐 듯한 무더위가 찾아드는 날이 있으리라. 방비를 하여 재난을 막겠다는 건 오만이었다. 하늘에 구멍이 뚫린 듯 쏟아지는 폭우와 살아 있는 모든 것을 말려 버릴 듯 이어지는 가뭄은 하늘의 도움 없이 이겨 낼 수 없었다.

사람 사는 모습이라고 그와 다를 것인가. 소년의 마음에는 늘 두려움이 내재되어 있었다. 무인을 가까이하는 수지는 언제나 그의 마음에 그늘을 드리웠다. 문사들이 끊이지 않는 용(塔)도 정도의 차이만 있을 뿐 두려움의 대상인 건 마찬가지였다.

홍위의 판단으로 지금 가장 믿고 의지할 수 있는 이는 대대로 충심을 표하는 영상이었다. 그가 조금 더 장성하였다면 타당한 신뢰로 인정받았을 것이다. 그러나 대신의 손자뻘에 그치는 어린 나이 탓인지 의심하는 목소리가 끊이지 않았다.

대체 뭘 어쩌라는 건가.

모든 이를 만족시킬 수 있는 방법 따위는 없다. 그 사실을 체득하는 수준에까지 이르지 못한 소년의 마음에는 두려움과 반발심이 혼재되어 있었다. 눈을 돌려 그의 앞에 단정하게 앉은 성원을 바라보았다.

어쩌면 이이도 자신이 왕의 자리에 올랐기에 충정을 표하는 것에 불과할지도 모른다. 지위 고하를 떠나서 진짜 믿을 만하다고 여길 수 있는 사람이 있다면 좋겠다. 신료가 아니라 일개 내관, 나인에 불과하다 하더라도.

그의 사고가 공복 차림의 관료들에게서 벗어나자 새로 누군가의 모습이 떠올랐다. 분주함으로 잠재운 슬픔보다도 더 밑바닥에 깔려 있던 감정이 조심스럽게 소녀의 그림자를 그려 냈다. 문득, 숙부의 누각에 남겨 두고 온 글줄을 떠올렸다. 꽃가지보다 어여쁜 소녀. 언젠가는 여기에서 함께 더위를 피할 수 있을까. 아니, 다시 만날 수나 있을지.

홍위는 그가 홀로 있는 것이 아니라 누군가와 함께 있음을 깨달았다. 혹여 제 감정을 들키지는 않았을까 얼른 표정과 자세를 추슬렀다. 작은 새가 미련 없는 날갯짓으로 사라져 간, 그리운 이의 얼굴을 그려 내는 커다란 화지 같은 허공을 바라보다 몸을 일으켰다.

"이만 갈까요."

애틋함을 감춘 홍위의 옷자락이 펄럭였다.

✵   ✵   ✵

산사의 하루는 길게 뻗는 첫 햇살보다도, 상쾌하게 지저귀는 산새 소리보다도 먼저 시작되었다. 예불과 공양을 모두 마치고 사람 키만큼 큰 싸리비를 들고 마당을 쓸어 내던 주지승이 잠시 비질을 멈추고 주변을 둘러보았다.

나뭇가지 위에 쌓여 있다 무게를 이기지 못하고 우슬우슬 떨어지는 눈은 이미 볼 수 없게 되었다. 사시사철 푸름을 자랑하던 송백 따위도 모르는 척 조심스럽게 연둣빛의 새순을 밀어 올렸다.

이른 새벽에 산비둘기가 피를 토할 듯 구슬프게 우는 것은 여전했지만 그보다 좀 더 명랑하게 지저귀는 꾀꼬리나 이름 모를 산새들의 소리도 들려오기 시작했다. 모든 것이 만물이 소생하는 봄이 왔음을 알리는 신호였다.

다시 비질을 시작하려 자세를 고치는 승려의 눈에 저편에서부터 일정한 속도로 다가오는 사람의 그림자가 보였다. 몇 발짝 떨어진 곳까지 당도한 이가 멈춰 서더니 합장했다. 손을 모아 인사를 되돌리고 벌써 몇 달이나 절에 머무른 객의 얼굴을 바라보았다. 이른 아침의 산책을 마치고 돌아오던 열경이었다.

"어찌 스님께서 이런 일을 하고 계십니까."

비를 빼앗다시피 하여 시작된 열경의 비질은 힘찼다. 개미 새끼 한 마리도 살생하면 안 된다는 불가의 법도를 무시하듯, 비 끝에 걸린 생명체는 죄다 얻어맞아 사망할 것처럼 보였다.

주지는 그 거친 움직임을 탓하는 대신 물끄러미 바라보았다. 비질을 끝낸 열경은 담벼락에 빗자루를 대충 걸쳐 세우고 주지의 얼굴을 힐끔거리다 입을 열었다.

"어찌 저를 그렇게 쳐다보십니까?"

"올해가 식년(式年) 아닙니까?"

"그렇습니까?"

"거사께서도 알고 계실 터인데 어찌 모르는 척하십니까?"

"속세의 부귀영달에는 관심이 없습니다."

열경이 시큰둥하게 대꾸하자 주지가 부드러이 미소 지었다. 시간이 제법 흘러도 상대의 시선이 자신에게로 돌아오지 않자 천연스러운 어조로 시구를 읊어 나갔는데, 평소 열경의 말투와 상당히 흡사했다.

"나는 높고 그늘진 언덕과 같고
당신은 솟아오른 한 줄기 햇빛이니.
바라노니 한 줄기 아침 햇살을 빌리어
높고 그늘진 언덕에 엉긴 나를 녹이리라*."

---

*김시습(金時習)의 시.

"스님께서는 남의 방을 밤손님처럼 함부로 드나드는 취미를 갖고 계십니까?"

"공수래공수거(空手來空手去)일진대, 암자에 기거하면서 방의 소유를 운운하는 것은 옳지 않습니다. 기실 거사께서 불자가 되겠다는 뜻을 품었다 하신 건 그저 말뿐인 것 아닙니까."

얼굴이 벌겋게 물든 열경의 투덜거림에도 주지는 태연하게 대꾸했다. 궤변이나 다름없는 논리를 펼쳐 놓고서도 모르는 척, 상대가 대꾸할 틈을 주지 않고 다시 입을 열었다.

"지금은 불가에 귀의한 몸이지만 한때는 입신양명을 꿈꾸고 부귀영화를 구하였습니다. 그렇기에 거사의 마음을 안다고 분명히 말씀드릴 수 있습니다. 응달에 햇볕이 들기를 바라는 것은 거사를 알아주는 누군가가 나타나기를 기다리는 것 아닙니까. 태공망처럼 세월을 낚기에는 시간이 많지 않습니다."

열경은 잠잠하니 듣고만 있을 뿐 대답하지 않았다. 말없이 눈을 들어 주변을 감싸고 있는 풍광을 감상했다.

지붕 아래의 처마 끝에 매달린 풍경이 약한 바람에 흔들리며 연한 울림을 만들었다. 그 파장이 공기 중으로 물결을 만들어 사방으로 퍼져 나가고 있었다.

부연 하늘에 떠올라 지붕 한편에 걸터앉은 태양 주변을 감싼 둥그런 고리를 바라보기만 했다.

묵으는 천년을 장수하시고
자식은 만대까지 번영하라.

연은 붓을 휘둘러 가득 차도록 크게 글자를 쓴 종이를 서안
옆에 내려놓았다. 쌓인 종이를 뒤적거려 제가 쓴 게 몇 장이나
되는지 헤아려 보았다. 입춘대길(立春大吉)로 시작하는 가장 흔한
문구부터 조금 전 내려놓은 것까지 꼭 아홉 장이었다.

나무를 해도 아홉 짐, 천자문을 읽어도 아홉 번, 무엇이든 맡
은 일이라면 아홉 번 부지런히 해야 한 해 동안 복을 받을 수 있
다고 했다. 책을 아홉 권 읽기에는 하루가 짧고, 아홉 송이 꽃을
수놓으려면 아흐레는 족히 걸릴 터였으니 입춘첩 아홉 장을 쓴
것으로 타협을 본 셈이었다.

서안 위를 정리하며 제가 쓴 글귀를 내려다본 연이 표정을 구
기며 종이를 꾹꾹 눌러 접었다. 기껏 불쏘시개나 될 쓸모없는
종잇장만 잔뜩 쌓아 놓고 한 해의 복 따위를 바라는 건 우스운
일이었다. 대문이건 기둥이건 사람들 눈이 닿는 곳에는 이미 글
귀가 다 붙어 있을 것이다. 시간이 지났으니 당연한 일이지만,
더 일찍 서둘렀다 하더라도 제가 쓴 글자를 붙이지 못하는 건
마찬가지였을 것이다. 현수는 음양의 조화 운운하는 선비들의
눈길이 닿는 곳에 계집아이가 쓴 글귀를 걸어 둘 정도로 초연한
사람이 아니었다.

연이 불만스러운 얼굴로 방을 나섰다. 대문 안도, 바깥도 바
람은 여적 싸늘하지만 햇살은 따스해서 겨울의 흔적은 좀처럼
느껴지지 않았다. 길을 등지고 대문을 바라고 선 채 팔(八) 자 모

양으로 붙은 입춘첩을 심드렁하니 바라보다 투덜댔다.

"차라리 내가 쓴 게 낫지, 대길(大吉)은커녕 소길(小吉)도 오다 말고 달아나겠네."

"하면 대길이 필요한 내게 소저의 글귀를 주는 것은 어떠하오?"

예상치 못한 목소리에 흠칫 놀란 연이 뒤돌았다. 멀리 떨어진 남녘의 절로 갔던 열경이 눈앞에 나타나 있었다. 그적과 전혀 다르지 않은 모습으로.

갑자기 나타난 반가운 얼굴을 얼떨떨하게 훑어보는 사이, 열경이 다시 말을 건네었다.

"그간 무고하셨소?"

"어찌 오셨습니까."

황망한 얼굴로 묻던 연은 며칠 뒤 대과 시험이 있다는 사실을 깨달았다. 불가에 귀의하는 대신 학문에 정진하여 성과를 얻고자 하산한 모양이었다. 비로소 반가움이 깃든 얼굴로 상대를 향해 활짝 웃어 보였다.

"잠시 들어오시지요. 오라버니는 없지만, 아버지께서 틀림없이 반가워하실 거예요."

"시험장 분위기는 잘 살피셨습니까."

"생진시를 본 것도 아닌데 시험장 구경이라니, 그런 건 예전에 끝낸 지 오래요."

"낙심하셨을까 염려하였더니 부질없는 걱정이었나 봅니다."

"기회가 고작 이번 한 번 뿐일까."

"삼 년이라는 세월의 무게가 그리 가벼운가요."

"모르는 소리. 이번 가을에도 과거가 있을 거라오. 본디 식년 시보다 증광시(增廣試) 쪽이 더 수월하다는 건 삼척동자라도 알 거요."

안타까움을 가득 품고 있던 연의 목소리가 잠시 끊어졌다. 낙담이 과할까 가볍게 말을 건넨 후에는 경솔한 발언에 기분 상할까 노심초사하였으나 부질없는 걱정이었다. 낙방할 것을 예상하고 있었던 것처럼, 어쩌면 오히려 그 편을 더 바라지 않았나 싶게 느긋한 반응이 돌아왔다. 연이 얼굴을 찌푸리며 실없이 웃어 보이는 열경을 나무랐다.

"세 살에 시를 지었다는 신동에게 낙방이 가당키나 한가요."

"실패의 경험 없이 승승장구하는 이는 자만하여 도취되기 마련이오. 그런 자가 어찌 백성의 마음을 이해할 수 있을까. 무릇 고난과 역경을 이겨 낸 이들이라야 자신이 이뤄 낸 일의 가치를 온전히 알 수 있다오."

"그 말은 꼭……."

제 오라비나 할 법한 말이라는 소리가 혀끝까지 맴도는 것을 꾹 눌러 참았다. 열경의 어디를 보아도 고난과 역경을 이겨 낸 사람처럼 보이지 않았다. 지나치게 여유로운 태도는 자신감의 표출이 아니라, 아예 학업에 관심을 두지 않았기 때문인 듯싶었다. 일전에 보아 왔던 그답지 않게 속이 빈 말만 번드르르하게 늘어놓는 게 좀 수상쩍었다.

연의 생각을 알 리 없는 열경이 속이 없는 말을 한마디 덧붙였다.

"대길이 필요하다 일렀는데 입춘첩을 주지 않은 누구 탓인 것 같기도 하오."

"그깟 글자로 운이 트일 것 같으면 하지첩, 입추첩, 동지첩, 절기마다 글자를 쓰고 있겠지요."

연이 퉁명스럽게 대꾸했다. 오라비가 없는 방 안에는 단둘뿐이었다. 문과 창이 활짝 열려 있고 저만치서 하인 하나가 서성거렸지만, 주인댁 어린 아기씨와 젊은 선비가 대면하고 있는 장면을 누구도 이상하게 여기지 않았다. 사이를 두고 점잖게 앉아 대화를 나누는 모습은 의심을 품기 어려울 정도로 단정했다. 한때 신동으로 명성이 자자했던 선비에 대한 믿음도 퍽 깊었다.

그러나 이런 날이 오래 이어질 리 없으리라는 건 둘 다 아는 일이었다. 주인이 있는 날을 골라 찾아오고 혹여 의심받는 일 없도록 사람의 시선이 닿는 곳에서 대화를 나누는 데도 한계가 있었다. 일하는 자들이 아무 생각 없이 꺼낸 말이 와전될 가능성도 있었다. 모든 염려의 근본적인 원인은 연이 점점 나이를 먹어 가고 있다는 데 있을 터다.

잠시 대화가 끊어진 사이, 열경이 생각에 잠겼다. 연에 대한 생각은 예전과 별로 다를 게 없었다. 사랑스러운 누이, 학문을 논하거나 속내를 털어놓아도 이해해 줄 것 같은 벗. 조심스레 하나 덧붙이자면, 이런 사람을 내자(內子)로 맞이하였다면 어땠을까 생각하던 마음까지.

열경은 불필요하게 뻗어 가려는 생각을 서둘러 지워 내며 평소의 진중한 자세로 돌아와 말문을 열었다.

"곧 삼각산으로 갑니다."

"다시 산사로 가십니까? 불가에 귀의할 마음으로 떠나시는지요."

"이번에는 제대로 마음을 먹고 책을 읽을 생각입니다."

"얼마나 계실 생각입니까?"

"배움엔 끝이 없으니 학문에 통달하는 건 죽을 때까지도 이루기 어렵겠지요. 학문의 깊이가 급제하는 것은 물론이고 남 보기에 부끄럽지 않다 여겨질 정도가 되면 내려올 생각입니다. 추장(秋場)이든, 다음의 식년이든, 혹은 그 이후든. 기실 그런 것은 중요치 않소."

"작별 인사를 해야 하겠군요."

시큰둥하던 태도는 간데없이, 연이 아쉬움 가득한 목소리를 냈다. 한양에 돌아오는 건 빨라야 가을, 그들의 만남은 이번이 끝이 되리라는 뜻이 담겨 있었다. 그녀가 사내였다면 벗이라 칭하여도 좋았을 이와의 마지막 대면이었다. 만남도, 헤어짐도 대비할 새 없이 갑작스러웠다.

풀이 죽은 듯 보이는 연을 위로하는 듯, 혹은 놀리는 듯 열경이 싱긋 웃었다. 날카롭고 냉랭한 눈빛 탓에 범접할 수 없는 느낌을 자아내는 그가 이렇듯 진심을 담은 미소를 보일 적이면 마음이 훈훈해진다 싶을 만큼 따스한 느낌이 들었다. 그 사실을 아는 이는 극히 드물다는 게 흠이었지만.

"언제가 될지는 모르나 그때가 오면 급제를 한 내 이름을 듣게 될 것이라오."

"아는 것이라곤 자(字) 뿐이니 급제 정도가 아니라 장원을 해도 그게 지금 제 앞에 앉아 있는 한량인지의 여부를 알 수는 없겠습니다."

"내 이름을 아직 모르시던가?"

장난 섞인 말에 타박하듯 새초롬한 대꾸가 돌아오자 열경이 다시 빙그레 웃었다. 허공에 그려지는 무형의 획을 따라 눈동자가 분주히 움직이고 입술이 달싹였다.

두어 걸음 디딜 때마다 저절로 고개가 돌아갔다. 마지막이라는 생각에 혹여 과한 배웅이나 인사가 오갈까 봐 나오려는 것을 극구 만류한 탓에 조금 전 떠나온 대문간은 휑하기만 했다. 이미 알고 있는 사실에도 마음이 허전했다. 딛는 걸음을 조금씩 빨리하여 자꾸만 감상에 젖어 들 것 같은 감정을 추슬렀다.

아무도 없는 집에 도착하여 미리 꾸려 놓은 행장을 챙겨 나설 때도 마찬가지였다. 세상을 뜬 부모님은 물론이고 쫓아냈는지 스스로 떠난 건지도 분간할 수 없는 아내조차 없으니 배웅하는 이도 당연히 없었다. 그러나 생기발랄한 소녀가 손을 흔드는 모습이 풍경에 겹쳐 보이는 것 같은 착각을, 뻗어 가는 자신의 마음까지는 어찌할 수 없었다.

자꾸만 밀려드는 상념을 털어 내려 자신의 목적지를 상기했다. 삼각산 어느 깊은 골짜기에 숨어들어 있을 산사가 그의 목적지였다. 그곳에도 제 방을 넘겨다보고 시구 따위를 발견하여 그의 마음을 헤아리려 드는 이가 주지로 있을까. 그늘을 밝히는 볕을 받으려면 스스로 그 장소로 향해야 한다고, 온 마음을 다해 충성스럽게 모실 주군을 원한다면 과거를 통해 길부터 찾아야 하지 않겠느냐고 마음에서 우러난 조언을 해 주던 그 노승처럼.

그 말에 수긍하듯 산사를 떠났다. 그러나 정녕 그러하였나.

열경은 처음 산사로 발을 디딜 적에 품었던 마음을 다시 꺼내어 들여다보았다. 이 세상에 그가 쓰일 자리가 있을까. 일전에 연에게 토로한 적 있는 의심이었다. 어찌 꺾어짐을 택하지 아니하였는가 후회하리라는 대답을 돌려받고도 생각에는 변함이 없었다.

과거에 목적을 두었다면 산책하듯 산속을 거닐고 유람하듯 사방을 돌아다녔을 리 없다. 시험을 고작 며칠 앞두고 한양에 도착해서는 여독이 풀리기도 전에 시험장에 들어가게 되는 상황이 됨을 어찌 알지 못하였겠는가. 기대가 없으면 불필요한 노력 따위는 기울이지 않게 되는 법이었다.

그렇다면 왜 굳이 하산을 택하였나. 한양에 돌아오자마자 어느 대문 앞을 기웃거린 까닭은 무엇일까. 과거에 낙방하고 나서도 별반 부끄럼 없이 실없는 소리를 늘어놓은 연유는 어디에 있을까. 비어 버린, 그전에 이미 의미 없어진 그의 옆자리에 곱고 가느다란 형체를 덧씌우기라도 하고 싶었나.

열경은 투명하게 제 마음을 들여다보다 고개를 저었다. 소녀를 가까이할수록 제 처지를 돌아보게 되고 생각할수록 더 이상 다가설 수 없었다. 이성을 대하는 강렬한 감정이 일어나지 않은 건 아마도 그 탓이었을 것이다. 성품에 대한 믿음과 함께 외부인과의 교류가 적은 여인이라는 사실이 얽혀 제 마음을 더 거리낌 없이 말할 수 있었다.

정말 그뿐이었나 묻는 마음의 속삭임에는 대답하지 못했다. 대신 지금까지 자신이 마주했던 현실을 돌이켰다. 겪어 본 적 없는 가난과 무정한 사내를 동시에 감당할 수 없던 여인이 떠나 갔다. 사치를 일삼고 제 뜻을 몰라주는 여인과 홀가분하게 작별 을 고했다. 혼인이나 가족을 부양하는 일 따위는 그와 어울리지 아니했다. 마음에 담을 만한 이를 만났지만, 때가 맞지 않았다.

자신만만하게 단언한 것처럼 정말 그가 급제하는 날이 올까. 설령 그날이 온다 해도 그즈음에는 이미 혼례를 올려 현모양처 로 살아가고 있지, 그와 엮이진 않을 터다. 사심 없는 얼굴로 그 에게 축하 인사를 건네는 날 따위는 오지 않겠지. 처음부터 알 고 있던 사실이 왠지 묵직하게 마음속으로 가라앉았다.

불필요한 사심을 이리저리 치워도 소녀를 생각하면 염려스 러웠다. 성품이 곧고 제 생각을 표하는 데 망설임이 없었다. 마 음에 없는 말로 본심을 감추는 대신 상대를 가리지 않고 고언을 하는 편인 듯싶었다. 어려운 사람이라 하여 그저 눈을 내리깔고 어색한 미소만 입가에 걸고 있는 모습일 리 없었다.

대개 사람은 성품에, 성정에 어울리는 길을 걷게 되기 마련이 었다. 소녀의 앞에 놓인 길 또한 썩 순탄치는 아니할 것 같아 자 꾸만 마음이 쓰였다.

마당을 가득 채운 햇살 위를 조그만 아이가 사뿐히 밟고 지나

다니며 티 없는 웃음소리를 흩뿌렸다. 아이가 넘어질까 유모가 근처를 종종거리며 따라다녔다. 대청에 앉아 사랑스러운 눈길로 응시하는 여인은 아이의 어미였다.

그 광경은 햇볕을 피해 대청 앞 처마에 선 젊은 남자의 눈에도 담기고 있었다. 그러나 마음이 훈훈해질 듯 사랑스러운 광경이 그에게는 도리어 시린 바람을 불러일으키고 있었다. 살짝 미간을 좁히는 남자의 귀에 상냥한 목소리가 들려왔다.

"금일 연회가 있다 들었사옵니다만."

"부인과 함께 보내는 시간을 어찌 연회 따위에 비할 수 있겠소?"

"대군 나리께서 노하지 않으시겠습니까?"

"따로 찾아뵙고 말씀드리면 이해해 주실 거요."

염의 대답은 평소에 비해 흘리듯 나왔다. 마당을 아장아장 걸어 다니는 조그만 여자아이에게 눈길이 쏠린 탓인 듯했다. 송씨가 유모에게 손짓하여 아이를 가까이에 데려다 놓았다. 잠시 망설이던 염이 안아 들자, 아이가 작은 손으로 그의 얼굴을 쓰다듬었다.

"이리 가끔 보아도 내가 네 아비임을 아느냐."

다정한 목소리가 한편으로는 다소 쓸쓸했다. 염의 마음에 소용돌이치는 감정의 정체를 모를 리 없는 송 씨가 그에게서 딸을 받아 안아 도로 유모의 팔에 안겨 주었다. 서둘러 화제를 전환했다.

"연이가 종종 찾아뵙고 있다 들었습니다."

"함께 시간을 보내면 유쾌해지는 아이라오."

"혹 결례되는 행동을 하지는 않는지 오라버니의 걱정이 끊이지 않았습니다."

"부모가 되어 그 아이의 성품을 모르는 건 아닐 테니 겸양의 표현이겠군."

"아무래도 여인다운 모습이 약간 부족하니 신경이 쓰이는가 보옵니다."

"그러한가? 나는 부인이 꼭 그러하지 아니하였을까 생각하였는데."

염이 빙그레 웃자 송 씨가 얼굴을 붉혔다. 다소 자유분방한 가풍 탓에 말괄량이에 가까웠던 그녀가 왕실의 일원에 어울리는 예의범절을 갖추는 데는 다소 시간이 걸렸다. 책을 끼고 산다는 조카는 그녀 자신에 비해 낫겠지만, 꼬장꼬장한 학자들이나 그들에게 둘러싸여 있는 염의 눈에는 여인으로서 지녀야 할 면모가 부족해 보이는가 보다 생각했다. 혼기에 접어든 여아의 앞날을 도모해 보려던 송 씨의 마음이 살짝 불안해졌다. 높이 쳐주지 않는다면 좋은 혼처를 구하는 데 쉬이 나서 주지 아니할 게 아닌가.

"겉보기에 여덕은 부족하게 느껴질지 몰라도 총명한 아이입니다."

"내가 연이를 모르지 않지. 게다가 그런 뜻으로 한 말도 아니라오."

염이 고개를 가로저었다. 본디 성품은 더 활달하였을 것 같은 소녀는 머릿속에 채워 넣은 글줄로 그 기질을 잠재운 듯 보였다. 침착하고 차분하니 집안을 이끌어 가는 데도 별 문제가 없을 터였다. 살림을 잘 알지 못하는 것을 흠잡으려 들 수도 있지만, 여인의 바느질에 기대어 살아가야 할 정도로 빈한한 집안이 아니라면 문제 삼을 리 없었다.

평범한 반가 부녀로 살아가기에는 지닌 재능이 아까웠다. 그런 생각이 들 적이면 염은 마치 월하노인이라도 되는 양 홍위의 곁에 연의 모습을 그려 넣어 보고 고개를 끄덕이곤 했다. 가끔 흘리듯 홍위의 이야기를 입에 올리면 대답이 살짝 늦어지거나 눈빛이 미세하게 흔들리는 것만 보아도 연의 속내를 짐작할 수 있었다. 형님 생전에는 세자빈은 어려우니 양제라도, 이렇게 생각하였으나 지금은 사정이 또 달랐다. 적법한 절차에 따라 중전으로 맞이하는 것도 가능했다.

홍위의 마음만 연에게 있다면 어려울 것은 하나도 없었다. 간택의 결정권을 지닌 이들에게 어심(御心)이 어디에 있는가 살짝 흘리면 뜻을 이루는 건 어렵지 않을 터였다. 집안이 그리 위세 등등하지 아니하니 대신들도 크게 경계치 않으리라.

하지만 홍위의 마음을 확신할 수 없으니 섣부르게 입을 놀릴 수 없었다. 어쩌면 당사자에게 직접 접근하는 건 차선책이고, 가장 큰 영향력을 발휘할 수 있는 주변인을 움직이는 게 최선의 방법일 수도 있었다. 생각을 거듭하던 그의 머릿속에 계산이 섰다.

그 궁리에는 눈앞에서 그를 바라보며 미소하는 사랑스러운 여인도 한몫했다. 모든 것을 제자리에 돌려놓는 것은 혼자만의 힘으로는 불가능한 것이었다.

마음을 굳힌 염이 입을 열었다.

"달포 뒤에 연이를 부를 생각이니 그때 부인 소식을 전해 주오."

＊　　　＊　　　＊

홍위가 상소문을 내려놓으며 지끈거리는 머리를 짚었다. 손가락 끝을 가볍게 부딪치며 날짜를 헤아렸다. 고작 열흘 사이에 같은 내용의 봉장을 세 번이나 받고 있었다.

처음에는 다시 생각해 보겠다는 말로 완곡하게 거절했다. 두 번째 봉장을 받고는 자신의 어린 나이와 상중임을 들어 거절의 의사를 분명하게 밝혔지만 모든 일은 삼세번인 모양이었다. 종친의 이름은 죄 올라간 듯 길어진 연명에 유려한 문장으로 지난번 그의 거절 근거를 반박하고 있었다.

중국의 문왕은 지학(志學)에 불과한 나이에 무왕을 낳았으며, 왕은 사사로운 감정을 품은 사람이기 이전에 곧 나라이므로 대례를 올리는 데는 아무런 문제가 없다고.

"아바마마도 그리 생각하시옵니까."

홍위가 나직하게 중얼거렸다. 일 년이 지나도 여전히 진한 그리움 안에는 납득하지 못한 의혹도 가득했다. 쾌차하리라는 어의의 확언은 오전, 부왕의 붕어는 오후. 정녕 어의가 잘못 진맥한 것에 지나지 않을까.

의혹은 누구에게도 말할 수 없어 가슴 안에만 눌러두었다. 그리 위중한 줄 알았더라면 달리 행할 수 있었으리라는 후회를 지울 수 없었다. 누님과 부마를 불러 행복한 모습을 보여 주고, 아

무 걱정 말라며 환히 웃어 무거운 걸음을 가볍게 해 드렸다면
얼마나 좋았을까.

홍위가 한숨을 내쉬며 낮게 중얼거렸다.

"들어주려 하였다면 처음에 수락하였겠지요. 들어줄 까닭이
어디에도 없는 일인 것을요."

그의 중얼거림이 글자가 되어 종이 위에 늘어섰다. 이렇게 거
절하여도 결국 제 뜻대로 될 리 없음을 내심 확신하고 있었다.
가례(嘉禮)라고 이를 그의 혼인은 전혀 기대되지도, 기다려지지
도 않았다. 체념과도 같은 한숨 뒤로 고운 소녀의 얼굴이 떠올
랐다. 그녀를 곁에 두기를 바라는 건 과한 욕심일까.

마음에 연하게 피어오르는 아지랑이를 깨닫고는 서둘러 자리
에서 일어났다. 그를 국혼으로 떠다미는 이들이 있듯, 소녀 역
시 비슷한 처지에 놓여 있을지 모른다. 어쩌면 이것저것 재어
보아야 할 것이 많은 그보다 먼저 누군가의 아내가 될 수도 있
으리라. 차라리 그리되는 쪽이 덜 가슴 아프리라고, 달아오르려
는 감정을 짓이기고 나니 걷잡을 수 없는 좌절감이 밀려들었다.

자리를 털고 일어났다. 어깨 위에 쌓인 보이지 않는 무게감이
발길까지 무겁게 내리눌렀지만, 걸음이 이어질수록 조금씩 가벼
워졌다. 몸에서 붉은 빛깔이 지워지고 난 후에는 한결 더 경쾌
해진 느낌이었다. 이런저런 번뇌 따위는 잊고 극히 평범한 선비
인 양 태연스레 거리를 활보한 끝에 어느 대문 앞에 닿았다. 목
청을 채 가다듬기도 전에 들려온 분주한 발소리와 함께 열린 문
틈으로 모습을 드러낸 이는 화사한 미소를 머금은 여인이었다.

"오랜만입니다, 누님."

"그간 강녕하셨습니까."

반갑게 인사를 주고받은 둘은 내당에 마주 앉았다. 어릴 때 일찍 어미를 잃고 의지할 데라고는 서로 뿐이었기에 지금까지도 더없이 사이좋은 남매였다. 둘은 사소하면서도 정다운 이야기를 나누었다. 이야깃거리가 떨어질 즈음, 공주가 조심스러운 말투로 홍위가 지금 가장 고민스럽게 여길 만한 질문을 던졌다.

"정무를 처리하는 것이 어렵지는 않으십니까?"

"쉽지 않은 건 당연합니다. 학문으로는 대신을 따를 수 없고 나이가 어려 경험이 부족하니 옳고 그름이나 적합한 해결 방법을 논하는 데 어려움이 따릅니다. 그러나 부족함을 두려워하여 뒷걸음질 치고 배움을 두려워하면 어찌 발전이 있을까요. 선대에 미치지는 못하여도 후대에 부끄럼 없는 이가 되고자 합니다."

어릴 때부터 총명하다는 칭찬이 자자했던 아우는 청산유수처럼 말을 풀어놓으면서 의젓하기까지 했다. 마냥 아이 같았는데 어느새 훌쩍 자라 버린 홍위를 바라보는 공주의 시선에는 대견함과 안쓰러움이 교차했다. 문득, 누구나 품었으나 선뜻 입 밖에 내지 않는 의문을 제기하고자 화제를 돌렸다.

"사은사로 가셨던 숙부께서 돌아오셨다고 들었습니다."

"벌써 달포도 지난 일입니다, 누님."

"숙부도, 영상 대감도 의심의 눈초리로 바라보는 이들이 많지요. 전하의 의중은 어떠하십니까."

"성왕이 주공을 의심하고 무왕이 태공망(太公望)을 믿지 못하는 격이지요, 누님."

181

홍위가 웃어넘기듯 대꾸했지만 속마음은 복잡했다. 손위 누이에게 달포도 지났다 말한 그날, 성대한 연회를 베풀었던 때를 상기했다.

공손하게 치하의 말을 듣는 수지의 태도에는 전혀 이상한 점이 없었으나 괜히 신경 쓰였던 건 몇 달 전에 있었던 일 때문일까. 그와 서장관으로 동행했던 동부승지가 숙부에게 훨씬 더 호의적인 태도를 보인다고 여긴 것도 기분 탓이리라. 자신을 눈엣가시처럼 여기지 않을까, 하는 섣부른 판단으로 충심을 품은 숙부와 능력 있는 신료를 의심하는 건 옳지 않았다. 눈앞의 여인에게 그 마음을 들키는 것은 더더욱 아니 될 일이었다.

"마님, 나리께서……."

"아니다, 내 직접 말씀드릴 테니 그만두어라."

밖에서 들려오는 목소리에 공주의 눈매가 부드러워졌다. 한때는 한사코 혼례를 마다하여 부왕의 시름을 깊게 하였으나 지금의 모습은 의심할 여지없이 신혼의 단꿈에 젖은 젊은 여인이었다. 중전도 없는 외로운 처지에 놓인 아비를 염려한 까닭임을 알면서도 홍위가 놀리듯 빙글거렸다.

"벌써 몇 년이나 지났지만 누님이 고집부리던 모습이 선합니다."

"상황이 그러했던 것이지 사람이 싫었던 건 아닙니다."

남매가 말을 주고받는 사이, 다시금 목소리가 들려왔다.

"부인, 전할 말이 있습니다."

"나가겠습니다. 기다리시지요."

공주가 몸을 일으키기도 전에 문이 열렸다. 종(悰)은 열린 문

밖에서 공손하면서도 제법 위엄 있는 어조로 말을 건넸다.

"잠시 말만 전하면 그만이니 수고로이 나오실 필요 없습니다. 잠시 누님에게 다녀올까 합니다."

"어찌 혼자 가려 하십니까."

"누님을 뵌 지 오래라 안부 인사나 전하려는 것뿐입니다."

"그래도……."

"전하께서 계신데 자리를 비우려 하시면 예가 아닙니다."

둘의 이야기를 듣고 있던 홍위가 끼어들었다.

"혹 춘성부부인을 만나러 가십니까."

"그러하옵니다."

"마침 숙부의 소식이 궁금하던 차인데, 다 함께 가는 것은 어떻습니까."

"그러면 저는 여기 머무르도록 하지요. 채비에 오랜 시간이 걸려 선뜻 엄두가 나지 않고, 나리 혼자 가시게 하는 건 마음 쓰이던 참입니다. 마침 전하께서 동행하신다니 염려치 않아도 되겠습니다."

홍위와 종의 대화 끝에 공주의 목소리가 얹혔다. 다정한 눈빛으로 그녀가 더없이 사랑하는 두 남자를 번갈아 바라보았다. 따스한 시선을 받은 홍위가 다시금 미소했다. 고운 누님의 삶은 아무런 걱정 없이 그저 밝고 맑은 것 같아 적이 마음이 놓였다.

느긋한 말굽 소리만 규칙적으로 울리는 한적한 길이었다. 소원하지도, 그렇다고 썩 친밀하지도 않은 둘 사이에는 침묵이 내려앉아 있었다. 홍위가 무심한 듯 말을 걸었다.

"부마와 부부인 외에도 동기간이 있습니까?"

"부모 슬하에 단둘뿐이니, 다른 동기간은 없사옵니다."

"그렇군요."

몹시 짧은 대화는 순식간에 끊어졌다. 예상했던 대로, 소녀는 숙부의 처조카는 아닌 모양이었다. 왠지 마음이 썩 편치 않았다. 괜한 질문을 하였는가 후회스러운 마음도 있었다.

이름자는 몰라도 어디에 사는지 알고 있으니 마음만 먹으면 정체를 알 수 있을 것이다. 염에게 다시 직접 물어보면 순순히 진실을 이야기할 것 같기도 했다.

굳이 더 알아볼 생각을 하지 않은 건 그의 처지 때문이었다. 매파를 보내 혼담을 주선해 볼 수 있는 평범한 사대부 집안의 자제가 아니었기에 상대의 신원을 아는 것은 무의미했다.

염은 왜 그들을 굳이 인척 관계에 있다고 소개하였을까. 문득 늘 무심코 흘려보내던 사실이 떠올랐다. 손위 누이와 나이가 비슷할 정도로 젊은 막내 숙부는 다른 숙부들에 비해 친근하게 지내는 편이었다.

재주가 많아 그가 하는 양을 바라보고만 있어도 시간 가는 줄 몰랐지만 사담에 가까운 이야기도 유쾌하게 풀어냈다. 그렇게 달변인 이가 유독 부부인에 대한 이야기만 나오면 입을 꾹 다물고 말을 아꼈다.

홍위의 생각이 조금 더 뻗어 가려던 찰나, 말이 자리에 섰다. 정신을 차리자 대문간에 선 하인이 고삐를 건네받을 채비를 하고 기다리고 있었다. 이미 약속된 용무가 있는 종은 홍위를 향해 공손하게 허리를 굽히고 먼저 문 안으로 총총히 사라졌다.

하인이 그를 향해 조심스럽게 입을 떼었다.

"나리께서는 약조가 있어 나가셨사옵니다."

"오래 걸리는 일이라 하시던가?"

"아니옵니다. 곧 다시 돌아오신다고……."

하인이 말끝을 흐렸다. 객이 찾아올 것이며 주인 나리는 또 다른 객과 함께 올 것이라고 미리 전언을 받았으나 그 내용에 이 소년의 존재는 없었다. 오신 걸음 되돌릴 수 없는 건 지극히 당연한 일이지만 세세하게 이야기해도 좋을지는 판단하기 어려 웠다. 홍위가 예사롭게 고개를 끄덕였다.

주인도 없는 사랑 앞에 닿았으나 혼자 들어가는 것은 왠지 껄 끄러웠다. 제법 오랫동안 그 앞을 서성이다 대청마루 끄트머리 에 앉아 보았다. 따사롭다 못해 뜨겁게 느껴지는 햇살을 받으며 하등 쓸데없는 생각에 골몰해 있다가 대문간이 살짝 소란스러워 지는 것을 느꼈다. 염이 돌아온 것일까, 잠시 귀를 기울여 보았 으나 사랑으로 오는 대신 멀어지는 인기척에 긴 숨을 내쉬었다. 멍하니 시간을 보내기는 무료하여 후원으로 발길을 돌렸다.

한 발짝씩 들어설 때마다 녹음이 짙어지고 싱그러운 풀 향이 주변을 둘러쌌다. 궐의 후원에도 계절이 오가고 있을 것인데 어 찌 알지 못하였을까.

저만치 보이는 누각을 바라보다 저도 모르게 한숨지었다. 주 인 없는 곳에 객 또한 있을 리 없으니, 인영이 어른거리기를 바 라는 기대조차 부질없는 일이었다. 어쩌면 이곳이 아니라 소녀 의 집을 찾는 게 나았을지 모른다. 대문을 두드리는 일조차 하 지 못해 서성거리기는 매일반이겠지만.

때로 떠올리는 것조차 사치스럽다 여겨지는 상상이 현실이 되곤 했다. 누각 바로 아래까지 다가가 다시 한번 고개를 들어 올렸을 때, 기둥을 짚고 선 사람의 형체를 발견했다. 엷은 바람에 옷자락이 가볍게 흔들리는 모습에 그의 마음이 함께 일렁거렸다.

홍위가 계단 위에 발을 올리던 그즈음, 연은 책상을 저만치 앞에 두고 서 있었다. 별궁에 올 적이면 안채에서 서재, 누각으로 이어지는 동선을 밟아 가는 게 언제부터인가 정해진 순서였다. 오늘도 그녀를 불러들인 염은 없었으나 때마침 안채에 찾아든 손님 덕에 누각으로 안내되어 홀로 올라선 참이었다.

누각 한가운데에는 항상 바로 글을 써도 좋을 만큼 지필이 잘 준비된 서안이 놓여 있었다. 염과 단둘이 마주 앉음에도 마치 누군가가 더 찾아올 듯 빈 방석이 더 놓여 있는 일이 많았다. 서안 옆으로 가지런히 쌓인 종이 뭉치에서는 늘 묵향이 풍겨 나왔다.

종이 뭉치 틈에, 방석 아래에, 드물게는 서안 위에 단려한 필체로 적힌 시구가 놓여 있을 때가 종종 있었다. 염은 아무것도 아니라는 듯 무심하게 옆으로 밀어 놓고 연과 대화를 이어 갔지만, 연의 시선은 남모르게 종잇장을 맴돌았다. 한 번 펼쳐 볼 적마다 눈에 새길 듯 들여다보던 글자의 주인을 모르는 게 이상한 일이었다. 부채 위로 붓을 내달리던 소년의 모습을 떠올리는 것도 당연했다.

가장 먼저 발견했던, 그래서 기억에 또렷하게 남아 있는 시구는 이러한 것이었다.

어여쁘고 아리따운 열 서너 살은
이월 초 두구 가지 끝 같아,
봄바람이 양주길 십 리 가며
주렴을 걷어 올려 보아도 다 그에 미치지 못하네*.

눈치가 보여 집어 들거나 품에 넣을 수는 없었으나, 낭창거리
는 글자만큼이나 미묘하게 읽히는 시구는 마음에 꽤 오래도록
남았다. 끄트머리에는 두 자도 많다는 듯 단 한 글자, '弘'이 매
달려 그녀를 보고 싱글거렸다. 그것만큼 제 존재감을 뚜렷하게
각인시킬 수 있는 것이 또 있을까.

연이 한숨을 내쉬었다. 생각하기만 해도 마음에 나른하게 아
릿한 통증이 밀려왔다. 소년의 얼굴은 선명하게 떠오르는 것 같
으면서도 막상 하나하나 꼼꼼히 살펴보려 하면 순식간에 지워졌
다.

그럼에도 이토록 강렬한 그리움처럼 남아, 먹물 자국만으로
가슴을 앓게 되는 연유는 알다가도 모를 일이었다. 어쩌다 정인
처럼 마음에 품어 버린 이를 흘러간 시간 한 조각으로 심상하게
여길 수 있는 날은 언제쯤 올까.

연이 자리에서 일어나 난간 옆 기둥을 짚고 섰다. 바람에 실
려 미끄러지는 구름을 바라보다 천천히 숨결을 토해 냈다.

---

*두목(杜牧)의 '증별(贈別) 기일(其一)'.

"뜬구름은 종일 오가는데 떠도는 그대는 오래도록 오지를
않네요."

　"사흘 밤 내내 그대 꿈꾸니 그대 보고픈 마음만 깊어 가는
데*."

　분명 그녀의 목소리로 시작하였으나, 끝을 맺은 건 다른 이의
목소리였다. 연의 몸이 굳어졌다. 발소리가 느리게 다가오는 것
을 들으면서도 숨을 멈춘 채 움직이지 못했다. 몸 안에 가두고
있는 숨을 바깥으로 흘려보내면 백일몽에서 깨어나게 될 것만
같았다. 고개를 돌려 그 모습을 보고자하면 아무것도 없어 환청
에 지나지 않음을 확인할까 두려웠다.

　연의 어깨를 스칠 듯 가까이에 홍위가 멈추어 섰다. 그녀가
파랗게 물든 대숲을 눈에 담고 있는 것을 아는 듯, 낭랑한 목소
리로 절기가 두 번이나 일순하고 난 기억을 되살렸다.

　"대나무 사이로 맑은 바람 일거든 바람 따라 서로 생각합시
다."

　연이 겨우 고개만 조금 움직였다. 떠올리려 애쓸수록 연기처
럼 사라지던 모습이 눈앞에 있었다. 환청이 아닌 울림을 지닌
목소리가, 환상이 아닌 실체가 그녀의 곁에 바짝 다가와 있었
다. 마음 깊이 품은 연정이 불러들인 것처럼, 그리움을 가득 담
은 바람을 타고서.

---

*이상(以上), 두보(杜甫)의 '몽이백(夢李白) 이수(二首) 기이(其二)' 일부.

"제 생각, 많이 하셨습니까?"

연이 반 발짝쯤 물러서며 얼굴 아래쪽을 가렸다. 주춤거리며 물러난 거리만큼 홍위가 다가선 탓에 미소 띤 소년의 얼굴이 그녀의 시야를 가득히 채웠다. 눈머리에 닿은 손끝으로 온기를 품은 물방울이 또르르 굴러 내렸다. 연이 당황하여 몸을 돌렸다. 갑작스러운 만남이 당황스러운 이상으로, 눈가가 젖어 든 사실이 당혹스러웠다. 도도한 아가씨 흉내를 낼 수도 없게 만든 눈물방울을 들킬까 싶어 살그머니 손을 내려 치맛자락에 문지르려 했으나 그 전에 먼저 손목을 쥐여 버렸다.

"이걸로 답을 삼아도 될까요?"

소년의 목소리가 살짝 짓궂었다. 저의 반가움이나 놀람도 상대 못지않았음을, 손바닥으로 전하는 물기가 그의 마음에도 배어들었음을 숨기려 더 의뭉스레 굴었다. 빠져나가려 애쓰는 연의 손목을 살짝 놓아주고는 서둘러 품 안에 손을 넣어 조그만 주머니를 꺼내었다.

어느 정도 감정을 추스른 연이 몸을 돌려 그를 바라보았을 때, 금사로 수놓인 주머니는 이미 옷 안으로 숨어든 대신 한들거리는 술 끄트머리가 손아귀 바깥으로 삐져나와 있었다. 홍위가 다시금 연의 손을 잡아 그 위로 제 손에 든 것을 옮겨 놓았다.

단단하고 매끄러운 돌이 반짝였다. 길게 늘어진 술이 엷은 바람에 가벼이 흔들렸다. 세월의 흔적이 짙게 배어든 모양으로 미루어 오래도록 간직해 온 것처럼 보였다. 연이 고개를 들어 소년의 얼굴을 바라보았다. 다정한 표정 너머에 숨겨진 진한 슬픔이 어렴풋하게 느껴졌다.

"받아 주셨으면 합니다."

"이렇게 귀한 것을 소녀가 받아도 괜찮을까요."

거절의 말이 돌아오면 어쩌나 염려한 것이 무색한 연의 대답에 홍위가 가볍게 고개를 끄덕였다. 모후(母后)의 유품, 부왕까지세상을 뜬 후로는 허허로운 마음을 달래고자 줄곧 품고 다녔다. 우아하지만 화려하지 않은 노리개를 보면 늘 소녀의 모습이 떠올랐다. 주인을 찾은 듯 자연스레 건네었으나 내심 시간의 자취가 남은 것을 거리낄까 염려했다. 그러나 지금의 태도로 미루어모친의 유품이라 말하였어도 싫게 여기지는 아니하였을 듯했다.

연이 한 손에 노리개를 쥔 채 망설였다. 남은 손으로 머리꼬리를 잡아 미끄러뜨리며 검고 얇은 댕기 위를 한 번 더 휘감은붉은 천을 끌러 냈다. 자투리 천을 조각낸 뒤 손끝을 바늘에 수도 없이 찔려 가며 서툴게 만들어 낸 댕기는 지금의 그녀가 줄수 있는 유일한 물건이었다.

아무 말도 없이 내밀어진 댕기를 받아 든 홍위의 얼굴에 엷은미소가 떠올랐다.

아직도 상중(喪中)이었다. 그 슬픔에 짓눌리지 않기 위해 책을파고들었다. 학문과 정사로 눌러놓은 슬픔 아래에 짓눌린 감정이 모습을 드러낼 여유는 좀처럼 없었다. 간혹 이곳을 찾을 때마다 마음에 이는 그리움을 어쩌지 못하고 시구를 남겨 놓았다. 지금까지는 그게 전부였다.

다시 대면하고 나서야 깨달았다. 어느 것으로도 밀어낼 수 없을 만큼 생각하는 마음이 깊었음을, 외로움이 그 깊이를 더하도록 부추기고 있었다는 것을.

홍위가 천천히 입을 열었다. 아직도 현실감이 엷기만 한 만남에 대한 감정을 오래전부터 전하는 시구에 담았다.

"그리운 벗 내 꿈에 들어오니 그대 그리워하는 내 마음 알겠군요."

"물은 깊고 물결은 거치니 교룡에게 붙잡히지 마시기를*."

숨 돌릴 새도 없이 돌아온 대답에 홍위가 저도 모르게 웃음을 터뜨렸다.

연의 뺨이 살짝 붉어졌다. 앳된 기운이 가시지 않은 소년도 그녀와 비슷한 처지에 있어, 사람 만날 일이 많지 않으니 긴 시간 꿈결처럼 그리움을 품고 있을 수 있었던 것이다. 그러나 사내는 나이를 먹을수록 행동반경이 넓어지고, 지금도 고운 용모가 더욱 빛나게 되면 그 주변으로 못지않게 고운 이들이 몰려들 터였다. 그리되면 그의 마음에도 새봄이 깃들겠지. 그 마음이 대구(對句)도 될 수 없는 저 뒤쪽의 구절을 반사적으로 끌어당긴 것이고.

상대의 반응을 보며 다시금 깨달았다. 이 시구 또한 조금 전의 눈물방울만큼이나 분명하게 그녀의 마음을 드러내는 것이었음을.

홍위가 연의 양손을 가볍게 잡았다. 그가 잡은 소녀의 손, 그

---

*두보(杜甫)의 '몽이백(夢李白) 이수(二首) 기일(其一)' 일부.

안에는 그의 마음이 담겨 있었다. 그가 직접 쥐여 준 마음이었다. 그런데 어찌 다른 이에게 건넬 마음이 남아 있을 수 있겠는가.

연이 수줍게 고개를 떨어뜨렸다. 소년에게 잡힌 제 손을 보자 얼굴이 달아올랐다. 역시, 싫다. 소년의 다정한 눈길이 다른 이를 스치는 것도, 마음이 다른 누군가에게로 옮아가는 것도. 그가 이렇게 다정하게 손을 잡아 주는 이가 오로지 그녀 하나이기를 바라는 마음을 눈치채자, 잦아들던 떨림이 오히려 거세어졌다. 상대에게 전할 듯 제 귀에까지 들려오는 박동 사이로 낮고 따스한 목소리가 흘러들었다.

"이미 소저에게 사로잡히지 아니하였겠습니까."

"연회에 참석치 못하여 송구스럽습니다, 형님."

"아우를 볼 수 없음이 아쉬웠던 건 사실이지만, 인사치레에 지나지 않는 자리인데 너무 신경 쓰는구나."

"어찌 마음에 걸리지 않을 수 있겠습니까."

"내가 괜찮다는데 염려가 너무 과한 것도 병이다. 이래서야 오늘의 초대도 의도를 의심할 수밖에 없지."

"형님!"

"이것 보게. 벌써 반응이 이리 과하니."

수지가 빙긋 웃는 모습을 보며 염이 함께 너털웃음을 지었다. 연회에 가지 않았던 건 사랑하는 이와, 제 아이와 함께 한가한 한때를 보내고 싶었던 마음 때문이었다. 수지가 사실을 안다 하더라도 그런 일로 그를 탓하거나 못마땅하게 여기지 않으리라는 점은 잘 알고 있었다.

그럼에도 자꾸만 자세를 낮추며 눈치를 보게 되는 건 수지의 말대로 다른 뜻이 있기 때문일 것이다. 그날의 연회에 참석하지 아니한 건 순간의 충동에 의한 것이었으나 지금의 동행은 명백한 의도에서 비롯한 행동이었다.

의도가 읽히지 않아야 한다. 설령 읽힌다 하더라도 상대가 이득이 되리라고 계산을 세울 수 있는 정도는 되어야 한다. 과연 그 정도로 생각하여 줄까. 염은 자신감이 점점 엷어지는 느낌이었으나 애써 태연함을 가장했다.

저택 근처에 거의 닿았을 때였다. 대문 앞에 멈추어 선 가마에서 젊은 여인이 내리는 모습이 눈에 띄었다. 수지가 눈을 가늘게 떴다. 혼인하지 않은 처녀의 머리채 끝에서 나풀거리는 붉은 댕기는 빛깔이 선명했다. 그들을 향해 시선을 주지도 않고, 미리 약속된 방문이었던 듯 지체 없이 들어가는 모습을 본 건 짧은 순간에 불과했으나 이미 본 적 있는 이이기에 어렵지 않게 정체를 알아챘다.

현수의 딸이었다.

저 아이가 왜 여기에 드나들까.

수지가 깊이 생각하기도 전에 말이 대문 앞에 닿았다. 기다리고 있던 하인이 허리를 깊이 숙여 보였다. 그가 말에서 내리는 사이, 하인이 염에게 방문객의 존재를 알렸다. 뜻밖의 인물들인 탓에 수지가 말없이 귀를 기울였다.

"조금 전 전하께서 영양위 나리와 함께 오셨사옵니다."

"그래?"

"예."

"어디로 모셨느냐."

"영양위께서는 안채로 가셨고, 전하께서는 아마 사랑으로……."

우물쭈물 대답을 흐리는 하인의 등에서 식은땀이 솟았다. 주인 나리를 마중해야 한다는 생각에 소년이 사랑채 쪽으로 가는 모습만 건성으로 보고 직접 모시고 들어가거나 다른 사람을 부르는 행동을 하지 않았다. 세손이고 세자이던 시절에도 종종 찾아왔던 탓에 여느 댁에 찾아드는 일가붙이마냥 예사롭지 않게 생각한 게 실수였다.

염이 대수롭지 않게 고개를 끄덕여 보이고는 발을 옮겼다. 이 자리에 함께 세워 둘 엄두조차 낼 수 없었던 홍위가 스스로 여기에 찾아왔다. 어쩌면 하늘이 그의 편일지도 모르겠다는 생각이 들었다. 머릿속이 바쁘게 움직였다.

보통의 경우라면 주인이 없으면 돌아가거나 귀가를 기다리며 사랑에서 기다리고 있을 터였다. 그러나 홍위라면 후원에 있을 가능성이 더 높았다. 원체 경서에 둘러싸여 지내기 때문인지 서재에 가까운 사랑보다는 후원에서 완상하며 시구를 주고받는 쪽을 더 좋아하지 않았던가. 만약 그리되었다면, 지금쯤 서로 대면하였겠지. 그 모습을 보면 속내를 알 수 있으리라. 지금에 와서는 마음이 있는가가 그리 중요한지도 잘 알 수 없는 노릇이지만.

염이 마음을 굳혔다. 여아만 홀로 오래 내버려 둘 수 없으니 일단 후원에 먼저 가야겠다고 말을 꺼내려고 입을 열었다.

194

"저, 형님."

"송 부사의 여식은 어디에 있을까."

"아마 후원에 있을 것이옵니다. 제가 오늘 그 아이를 불렀던 걸 깜박 잊고 있었습니다."

"아우가 그 아이를 불렀는가?"

"그렇사옵니다. 여아인데도 재간이 뛰어나 함께 있으면 시간 가는 줄 모릅니다."

"현수의 딸이 그 정도였나."

수지가 혼잣말했다. 몇 마디 대화로 여기에까지 이르게 된 사정을 빠르게 꿰뚫을 수 있었다.

아우는 자신의 의사와 무관하게 파경(破鏡)을 맞고 마음에 없는 여인을 새로 부인으로 맞아들였다. 부왕과 맏형의 생전에는 감히 이의를 제기할 수 없었으나 그들이 모두 세상을 하직하고 나니 마음 깊은 곳에 묻어 두었던 바람이 솟아오른 것이리라. 하여 그를 초대하는 날에 맞추어 전 부인의 조카인 소녀를 불러들인 것이다. 그의 앞에 선보이며 칭찬을 늘어놓아 긍정적인 인상을 심어 주면 조만간 치러지게 될 간선에서 유리한 위치에 놓일 것이다. 그리되면 송 씨와의 재결합도 손쉬워지지 않겠는가.

빤히 읽을 수 있는 얕은 수라도 기꺼이 넘어가 주기로 했다. 현수와 어린 시절의 글벗이라는 관계는 접어 두더라도 본디 서반인 집안 내력 탓에 그와 잘 맞는 편이었다. 인척으로 얽히게 되면 마음이 어찌 변할지 알 수 없는 일이지만, 재력이나 인맥을 동원하여 무엇을 도모하는 것이 거의 불가능할 그런 집안이기도 했다.

다만 한 가지 마음에 걸리는 건 그 소녀였다. 또렷한 눈망울로 그를 바라보며 단호한 목소리로 논박하던 모습이 잊히지 않았다. 자칫 범에게 날개를 달아 주는 꼴이 되면 곤란한 일이었다.

혼자 생각에 잠겨 무심코 걷던 중 신 앞코가 앞서가던 염의 뒤축에 부딪쳤다. 수지가 고개를 들어 멈춰 선 아우를 바라보다, 상대의 시선을 따라 눈길을 옮겼다. 가릴 것 없는 누각 위에 한 쌍의 그림자가 어른거렸다. 기껏 한두 발짝 정도 떨어진 채 마주 서서 이야기를 나누고 있는 듯 보였다.

무슨 이야기를 나누는 중이었을까. 소년이 별안간 소녀의 손을 잡았다. 갑작스레 손이 쥐인 소녀는 싫은 내색 없이 그대로 서 있었다. 한눈에 보아도 범상한 사이는 아니었다.

수지의 눈빛이 반짝였다.

"이제야 여인다운 면모가 생기는 것 같구나."

조금 전, 연이 앉은 모습을 보고 반색한 민 씨가 건넨 말이 방 안을 떠돌았다. 연이 자리에 앉은 채 좌경 안을 뚫어져라 바라보았다. 이렇게 보아서는 그 말을 한 연유를 알 수 없었다. 전과 다르게 좌경을 자주 여닫는 걸 보고 외모를 치장하는 데 관심을 갖게 된 모양이라 지레짐작했다고는 깨닫지 못했다.

어제가 오늘 같고, 내일도 오늘 같을 정도로 미미한 나날의 변화를 찾느라 애쓰는 대신 아래쪽의 조그만 서랍을 열었다. 소박한 빗과 무늬 없는 댕기 두어 개. 용모에 관심을 갖기 시작한 여자아이의 물건으로 보기에는 초라할 정도였다.

연이 가지런하게 놓은 댕기 사이를 살짝 벌리고 손가락을 밀어 넣었다. 손가락 끝에 걸린 고리 아래쪽으로 정교한 매듭과 풍성한 술이 딸려 올라왔다. 매끄럽게 세공된 백옥과 자마노를 결합시켜 놓은 것 같은 길쭉한 물건이 달랑거렸다. 언뜻 보면 특이한 돌처럼 보이는 물건은 사실 아주 작은 장도였다. 연이 손 안에 장도를 쥐고 엄지로 마노석을 문질렀다. 정교한 매듭과 풍성한 술은 몹시 낡았으나, 빛깔만큼은 세월의 흔적이 가치를 높여 주는 것처럼 무척 부드럽게 빛났다.

노리개에 달린 장도는 호신용이라기보다는 장식품에 가까웠다. 이건 작은 패도(佩刀)의 크기에도 한참 미치지 못하니 더 말할 것도 없었다. 그러나 크기가 작고 날이 날카롭지 않다 하여 본디 지니고 있는 뜻까지 퇴색되는 것은 아니었다. 제 손에는 노리개가 남았고, 상대에게는 붉은 댕기가 전해졌다. 정표를 나눈 게 아니면 뭔가.

연은 서둘러 노리개를 내려놓고 그 위에 댕기를 살짝 얹었다. 노리개가 흔적도 없이 자취를 감추었는데도 두근거림이 정도를 더하는 것 같아 고개를 들었다. 거울에 비친 제 얼굴이 발그스름하게 달아올라 있었다.

손을 들어 얼굴을 감쌌지만 하필이면 손끝에 댕기 끄트머리가 딸려 올라오는 바람에 도리어 역효과가 났다. 아니, 맨손이었어도 열기를 식히지 못하는 건 마찬가지였으리라. 손에는 아직도 홍위에게 잡혔을 때의 느낌이 남아 있어 몇 번이나 문지르고 털어 내도 지워지지 않았다.

"왜 그랬을까."

연이 시무룩하게 손을 떼었다. 항상 자신이 문제였다. 심상치 않은 선물은 거절해야 했고, 앙큼한 기운을 담은 시구는 못 들은 척 흘려 넘겼어야 했다. 그보다 앞선 어느 눈 내리는 밤에 하필이면 대문 밖에 발을 내놓은 것부터 신중한 행동이라고 할 수 없었다.

생각해 보면 홍위가 그녀를 처음 본 건 장의사 계곡에서라고 했다. 어느 일이든 장소는 죄다 집 밖이었으니 일단 집에서 나가지 않으면 문제가 생길 여지는 전혀 없었다.

하지만 생각의 방향을 어떻게 바꾸어 보아도 홍위의 존재가 뇌리에서 떠나지 않았다.

"이런 게 상사병이라는 건가."

멍하게 중얼거리던 연이 실소를 터뜨렸다. 그럴듯하게 꾸며 아픈 척 자리보전하고 눕더라도 대상이 명확해야 다음을 이어 갈 수 있었다. 그러나 예판의 인척이라는 게 사실이 아닌 이상, 아는 건 부채의 시구 끝에 매달렸던 '홍위'라는 두 글자가 고작이었다. 시인의 이름자나 자호가 아니기에 상대의 이름이지 않겠는가, 편하게 생각하고 있었지만 확신할 수 없었다.

반면 상대는 그녀에 대해 더 많이 알고 있었다. 염이 그녀를 조카라고 소개한 것은 완전히 거짓이라고는 할 수 없었다. 알려 주지 않았는데도 집 앞에 찾아와서 글자를 남긴 일도 있었다. 그녀에 대해 제법 잘 알고 있다고 보아도 좋았다. 만약 혼인할 마음이 있다면 그쪽에서 보낸 매파가 이미 문턱이 닳도록 드나들기 시작했어야 했다. 먼저 움직이는 게 망설여진다면 최소한 자신의 신원 정도는 밝히는 게 옳았다.

이런 생각은 오래 가는 법 없었다. 마음의 방향이 혼사와 직결될 수 없음을 스스로도 놀랄 만큼 냉정하게 인식하고 있는 건 고모인 송 씨의 삶을 보아 온 탓도 있을 것이다. 상대도 비슷한 경험을 지니고 있으리라 생각했다. 그렇지 않다면 제아무리 풋정이라도 이렇듯 명확하게 선을 그을 수 있을까.

좌경을 닫아 치우는 연의 귓가에 민 씨가 던지고 간 말꼬리가 맴돌았다.

"하긴, 내년이면 너도 계례를 올리게 되니까."

사내의 관례와 여인의 계례는 둘 다 혼례에 포함되어 실질적인 의식을 치르지는 않았지만, 그 나이 자체에 성년에 이른다는 상징적 의미가 내포되어 있었다. 혼처를 알아보고 혼사를 진행할 날이 멀지 않았다는 뜻이기도 했다.

연은 오라비가 유 판관 댁 처자에게 관심이 있다는 말에 혼사가 일사천리로 진행되던 일을 떠올렸다. 아마 그녀의 경우에도 그토록 빠르게 진행될 가능성이 높았다. 오라비처럼 마음에 품은 이와 혼례를 올리게 되는 일 따위는 불가능하리라. 제 마음 따위는 아무것도 아닌 것처럼 알지 못하는 누군가의 아내로 평생을 살아가야 하겠지.

차마 말로 꺼내지 못한 생각이, 깊어 가는 가을처럼 마음 한

구석을 서늘하게 했다.

연이 진저리를 내듯 몸을 떨었다. 설렘으로 시작하여 불유쾌한 결론에 이르기까지의 과정을 지우고 싶은 듯 고개를 내저었다. 이깟 자잘한 움직임으로는 불쾌감을 털어 낼 수 없어 자리에서 벌떡 일어났다.

조용한 집 안을 벗어나 대문 밖에 발을 내밀었다. 불과 반 시진도 지나기 전, 모든 일은 집 밖에서 일어났다며 제 처신을 자책하던 것은 까맣게 잊었다.

"전하, 거듭 말씀드리지만 소신은 이 일에 대해 절대 모르옵니다."

"나를 전하라 부르는 그대는 뉘시오? 큰일 날 소리를 하는군요."

"지금이야 그렇다 치고 이후에는 어찌하실 생각이십니까?"

"사헌부 지평 나리께서 시골에서 올라온 나이 어린 친척을 사사로이 집무실에 데려가시겠지요. 한 시진 쯤 뒤가 좋겠군요. 그 아이가 어찌되는지는 지평 어른께 맡기겠습니다."

"어느 안전이라고 감히 거역하겠습니까."

성원이 체념한 어조로 중얼거렸다. 고운 빛깔을 뽐내며 이르게 떨어진 잎사귀와 말라비틀어진 이파리가 함께 뒹구는 바닥을 바라보았다. 한껏 들뜬 모습의 소년과 근심이 끊이지 않는 자신의 모습을 자연물에 비추어 보다 마지못해 대답했다.

"한 시진 뒤에 오겠습니다. 그때 아니 오시면……."

"염려하지 마시오."

공손한 성원의 말에는 으르는 기운이 있었으나 홍위는 태연스레 대꾸했다. 아무렇지 않게 돌아서려는 그의 앞에 성원이 잘랑거리는 소리가 나는 작은 주머니를 내밀었다. 홍위가 싱긋 웃으면서 받아 들었다. 가볍고 유쾌한 걸음걸이로 육조 거리를 지나 운종가 쪽으로, 오가는 사람 틈새를 이리저리 헤치며 사람들의 물결 사이로 사라졌다.

그의 앞에서 미리 길을 터 주는 사람 따위는 없었다. 관복을 입은 신료들이 엄숙하게 도열하고 있지도 않고, 정체를 알고 고개를 조아리는 이도 없었다. 와자지껄한 소리가 울려 퍼지는 공기를 호흡하고, 부딪칠 듯 아슬아슬하게 스쳐 가는 이들을 돌아보았다. 고운 비단옷은 구경하기도 힘들 것 같은 소박한 차림인데도 생기가 넘쳐흘렀다. 늘 심각한 얼굴을 하고 있는 신료들, 미소조차 제대로 짓지 못하는 내관이며 나인과는 딴판이었다.

세자 대신 어느 대군의 아들, 사대부 집안의 자제로 태어났다면 이 분위기가 낯설지 않으리라. 평민이었다면 일상의 고단함은 피할 수 없을지언정 막중한 책임감을 떠메지는 않았겠지.

홍위는 머릿속에 굼실굼실 피어오르기 시작한 생각의 가닥을 단칼에 잘라 냈다. 그는 왕이었다. 어느 저울에다 달아도 이 나라보다 무거운 것은 없었다. 뭇 백성의 얼굴에서 근심을 지우고 만족스러운 나날을 보내게 하는 것은 그의 손에 달려 있었다. 때 이른 추위에 고난을 겪는 북쪽 지방의 백성들을 생각하면 이렇게 비밀스러운 나들이를 나오는 건 옳지 못했다.

그럼에도 이렇게 할 수밖에 없었다.

해가 떠오르기도 전인 새벽부터 날이 저물기까지 신하들의 보고를 듣고 각지에서 올라오는 상소를 읽었다. 경연 때와 자투리 시간을 가리지 않고 경전을 익히며 숨은 뜻을 헤아리고자 애썼다. 그러나 성인군자라도 쉬이 감당키 어려울 일과를 감당하는 그의 수고를 진심으로 이해하고 위로하는 이는 없었다. 어린 나이와 아직 깊이를 더하지 못한 지식을 흠잡아 깎아내리는 수군거림이 진흙 발자국처럼 그의 뒤에 볼썽사납게 남았다.

진한 외로움이 질긴 그리움을 만들어 냈다. 세상을 하직한 혈육에 대한 정은 다시 만날 수 없다는 체념에 조금씩 흐려지는 대신 손 뻗으면 닿을 듯 여겨지는 이에 대한 마음으로 점점 더 자라났다. 두통이 밀려오고 호흡이 버거울 정도로 힘겨워지면 가만히 가슴께에 손을 올렸다. 제 손을 잡던 따스한 체온이 살아나고 답호의 고름에 겹쳐 맨 댕기가 가슴을 누르면 답답함이 한결 누그러졌다. 그제야 비로소 긴 한숨을 내쉬며 다음 이야기에 다시 귀를 기울일 수 있었다.

언제까지 이런 나날들이 이어질까. 아마도 평생토록 그러하겠지.

자문자답이 가뜩이나 답답한 마음을 짓눌렀다. 홍위가 머리를 흔들고는 다시 주변의 어지러운 풍경에 눈길을 주었다. 감흥이 엷어진 탓에 빛이 조금 바랬으나, 그의 것과는 다른 남의 일상은 여전히 그의 시선을 붙잡고 놓아주지 않았다.

어느새 종루를 지나고 대로도 벗어났다. 소박하고 보잘 것 없는 물건들을 팔겠다고 벌여 놓은 좌판을 유유히 스쳐 가다 발을 멈추었다. 비녀며 노리개, 가락지 따위의 장신구가 눈에 들어왔다. 가장 품계가 낮은 나인이 치장할 때 사용하는 게 여기에 있는 것보다는 나을 테지만 새것이 품은 반짝임이 소년의 눈길을 사로잡았다.

고개를 숙인 채 하나씩 찬찬히 훑어보다 몸을 굽혔다. 팔을 뻗으려다 뭔가 이상한 느낌에 몸을 돌렸다. 당황한 탓인지, 반가움이 지나친 까닭인지 입이 떨어지지 않았다. 상대가 먼저 생긋 웃으며 말을 건넸다.

"무얼 사려 하십니까?"

"누이에게 줄 선물을 고르고 있었지요."

홍위가 빠르게 손을 뻗어 조금 전 보아 둔 것을 움켜쥐었다. 내내 한가롭게 앉아 있던 주인이 비스듬하게 몸을 일으키는 것을 보며 서둘러 다가갔다.

혼자 남은 연이 아래를 내려다보았다. 이 작은 좌판의 주인은 가지런하게 정리할 필요성을 느끼지 못하는 모양인지 비슷한 것끼리 뭉치듯 놓여 있어 홍위가 뭘 집어 들었는지 알 수도 없었다.

누이의 선물이라 하였지.

연은 벌써 두 해가 훌쩍 지나 버린 여름날의 일을 떠올렸다. 생일은 벌써 지나 보낸 누이의 방에 와서 허무맹랑한 점사를 늘어놓고는 바깥나들이를 가자고 충동질하던 오라비가 있었다. 점잖게 행동하는 소년도 동기간에게는 그렇게 장난스러운 태도를 보이려나.

홍정도 없이 사소한 거래를 끝낸 홍위가 연의 곁을 스쳐 갔다. 소매 끝을 가볍게 잡아당겨 저를 따라오라는 시늉을 했다. 연이 천천히 뒤따르며 앞서가는 모습을 눈에 담았다. 처음 보았을 적에는 같은 눈높이에 있던 이는 이만큼 거리를 두고서도 살짝 올려다보아야 할 만큼 자랐다. 이다음에는 턱을 한껏 치켜들어야 얼굴을 바라볼 수 있을 정도로 훌쩍 성장한 모습일지도 모른다.

다음이라는 것이 있다면.

연의 마음에 이는 물결을 알 리 없는 홍위는 태연하게 좌판을 기웃거렸다. 이것저것 묻다가 붉게 익은 작은 사과 한 알을 거저 얻는가하면, 돈푼과 기다란 엿가락을 바꿔 들어 연에게 내밀기도 했다. 그 손길을 연이 마다하자 웃으면서 끝을 조그맣게 조각냈다. 거절할 새도 없이 입술 사이로 밀고 들어온 것을 어정쩡하게 우물거렸다. 달콤함이 흔적도 없이 녹아들었다.

홍위는 사과를 던졌다 받기를 되풀이하며 길을 걸었다. 골똘히 생각에 잠겨 있다가도 이따금 고개를 돌려 연과 시선이 마주치면 싱긋 웃어 보였다. 마치 그녀가 다른 곳에 가지 않고 그의 곁에 있는 것을 다행스럽게 여기는 듯이.

어느새 마을 어귀의 야트막한 언덕에 닿았다. 사람의 통행이 적은 이른 오후, 언덕 위 커다란 나무 아래에 앉은 이들의 모습은 나무 그림자에 가려 잘 보이지도 않았다.

연은 나무줄기에 몸을 기댄 채 다리를 쭉 펴고 앉았다. 치맛단 아래쪽으로 수수한 신과 버선목이 보였다. 손가락 한두 개의 폭만큼 발목 위쪽이 드러나 있었다. 연이 살짝 다리를 구부려 치맛자락 아래로 숨기며 홍위를 바라보았다. 의젓하게 앉은 자세와 어울리지 않게 옷자락에 사과를 문지르고 있었다.

반짝이도록 윤이 나는 사과가 반으로 쪼개져 그녀의 앞에 놓였다. 연이 머뭇거리다 사과를 받았다. 조금 전 소년이 그러한 것처럼 쥐고 손끝에 힘을 주었지만 실금조차 가지 않았다. 혼자 애쓰는 연의 귀에 홍위의 목소리가 들려왔다.

"만나면 좋겠다고 생각했지만, 정말 만나게 되리라고는 기대하지 못했습니다."

연이 대답도 못 하고 제 차림을 내려 보았다. 단정하기는 해도 외출에는 어울리지 않았다. 집 밖에 나오면 꼭 일이 생긴다는 생각을 해 놓고서도 여기까지 나와 있는 저를 어떻게 생각해야 할지 알 수 없었다. 소년과의 해후를 반가워해야 할지, 아니면 처신이 가벼워 또 이런 상황을 만든 자신을 탓해야 하는지도 판단하기 어려웠다.

홍위의 눈에는 연이 사과를 물끄러미 바라보는 것처럼 보였다. 곱게 자란 아가씨에게 거칠게 반 토막 난 사과를 먹는 건 꺼려지는 일일까.

저 또한 다르지 않게 자라 왔음에도 이런 일은 익숙한 양 제 손에 든 사과를 크게 베어 물었다. 아삭거리는 소리와 함께 달콤한 과즙이 흘러들었다. 그의 모습이 신호가 된 듯 연이 사과를 입으로 가져갔다.

먼저 사과를 해치운 홍위는 사과 속을 저편으로 던지고는 조심스럽게 옷자락 안쪽을 더듬었다. 한손에는 좌판에서 집어 든 것을 숨겨 쥐고, 다른 손으로 연의 손을 잡아끌었다.

당황스러움에 힘을 주어 벗어나려던 연이 이내 포기했다. 사과를 반으로 조각내던 소년의 악력은 제가 용을 써도 이겨 낼 수 없을 터였다. 내심 이 접촉이 싫지 않기도 했고.

"사실 손아래 누이는 없어요. 위로 혼인한 누님이 있기는 해도."

"그러면 아까는……."

"그런 상황에서 당황하는 건 누구나 마찬가지 아닐까요."

홍위가 연의 손을 잡지 않고 있는 다른 한 손을 위에 포개었다. 연의 손가락에 차가운 금속성 물체가 닿았다. 둥근 고리가 손끝에서 마디를 지나 안쪽까지 밀고 들어왔다. 연의 손이 가느다랗게 떨렸다. 도금된 반지 가운데를 장식한 붉은 돌을 바라보다 고개를 들어 홍위의 얼굴을 바라보았다. 소년의 얼굴에 떠오르는 복잡한 표정을 보며 손을 살짝 잡아 뺐다. 몹시 수월하게 손은 제 치마폭 위로 되돌아왔다. 붉은 빛이 눈에 띄지 않도록 반대쪽 손을 얹어 가렸다. 침묵이 그들 주변을 감싸고 있었다. 한참만에야 연이 먼저 입을 열었다.

"아무것도 묻지 않을 테니, 아무 말씀 마세요."

연이 다리를 구부려 무릎을 안았다. 의도치 않은 만남 이전에 눈에 담았던 이 반지가 정녕 누이의 것이었을지 그녀를 생각하며 집어 든 것인지는 알 수 없었다. 그러나 방구석 어디엔가 놓아두면 가끔 그녀를 떠올리게 될지는 몰라도 직접 전할 계획은 없었음은 자명했다. 제 손가락에 끼워졌다 하여 의미를 부여할 수 있는 물건이 아니었다.

몸을 웅크린 채 마을을 내려다보는 모습이 전에 없이 쓸쓸해 보여 홍위의 마음이 아파 왔다. 아마 외로움에 몸서리치던 그의 표정도 이러하였으리라. 이 장면을 눈에 담으면서도 그 어떤 말도 할 수 없는 제 처지가 서러웠다.

곁으로 다가앉아 팔을 뻗어 여린 어깨를 조심스레 감싸 안았다. 연이 그를 향해 고개를 돌렸다. 까만 눈동자가 물기를 머금고 반짝였다. 창백해진 입술이 살짝 열렸다.

이미 표정이 모든 이야기를 전하고 있는데, 목소리로까지 확인하고 싶지 않았다. 홍위가 충동적으로 연에게 입을 맞추었다. 은은한 사과 향이 났다. 그보다 더 진한 달콤함이 혀끝에 감겨들었다.

홍위가 연의 어깨를 안은 팔에 조금 더 힘을 주었다. 단단히 무릎을 안고 있던 연의 팔이 스르르 풀리더니 잠시 머뭇거리던 손끝이 그의 허리에 닿았다.

6
바람이 그치면

　아침저녁으로 찬바람이 일던 가을을 지나 겨울의 길목에 들어섰는데도 아직 첫눈은 내리지 않았다. 하지만 싸늘함을 넘어서 추위가 밀려오기 시작하여 언제 눈이 내려도 이상하지 않았다. 기거하는 장소가 높은 산 깊은 골짝이라면 더 말할 것도 없었다.

　산사 뒤쪽에서 난데없이 연기가 피어올랐다. 무엇인가를 태우는 듯 매캐한 냄새가 산사로 흘러왔다. 마당에 쪼그리고 앉아 강아지와 장난을 치고 있던 동자승이 코를 킁킁거리다가 고개를 들었다. 저만치 보이는 연기의 빛깔이 제법 흰 것이 기껏해야 나무나 태우고 있는 모양이었다. 조용히 고개를 돌리던 동자승이 고개를 갸웃거렸다. 절간에 붙은 아궁이 외에는 나무를 땔 만한 장소도, 때야 할 이유도 없었다.

　호기심이 인 어린 동자승이 품에 안고 있던 강아지의 머리를 몇 번 쓰다듬고는 자리에서 일어났다. 산사가 집이고 산을 마당이나 다름없이 뛰놀던 아이는 연기의 출처를 쉽게 찾아냈다.

"거사께서는 무엇을 하십니까?"

아이는 서툰 발음으로 큰스님의 말투를 비슷하게 흉내 냈다. 종이 더미를 잔뜩 쌓아 놓고 한 권씩, 혹은 한 뭉치씩 던져 넣고 있던 이가 고개를 돌렸다.

"날이 추우니 들어가거라."

메마른 목소리로 대꾸한 이는 다시 고개를 돌리고 책 한 권을 집어 들었다. 제목도 들여다보지 않고 불길 안으로 던져 넣는 모습이 퍽 이상하여 동자승이 고개를 갸웃거렸다. 몹시 비감해 보이는 한편으로 아무런 생각이 없는 것처럼도 보이는 얼굴이 이상하기는 마찬가지였다.

동자승은 말을 거는 대신 사내의 곁에 쪼그리고 앉았다. 도와주겠다는 듯 책 한 권을 들어 사내에게 건넸다. 무표정하게 책을 받아 든 사내가 긴 한숨을 내쉬었다. 종이를 삼키어 힘차게 피어오른 불꽃이 아스라한 기억 저편에 남은 장면을 어렵사리 되살렸다.

다섯 살 어린아이는 자신의 총명함을 아껴 만나고 싶어 했던 왕의 모습은 볼 수 없었으나 대신 비단을 잔뜩 하사받았다. 돌아오는 길에 먼발치에 서 있는 젊은 남자의 모습을 보며 관복을 입고 있던 사내가 자신에게 일러 주었다.

"장차 네가 모시게 될 미래의 군왕이시니라. 원자 아기씨가 태어나시게 되면 그분 또한 네가 충심을 다해 모셔야 할 것이야. 그

날이 오면 꼭 필요한 인재가 되어 중히 쓰일 수 있도록 열심히 정
진하도록 하여라."

서로 다른 뜻을 지닌 이들이 격돌하는 것은 당연했지만 자신
의 뜻을 관철시키고자 남의 피를 흐르게 하는 것은 옳지 못했
다. 인(仁)이 사라졌다.

조정에 남아 있는 자들은 숨을 죽인 채 엎디어 눈을 감고 귀
를 막고 입을 닫았다. 의(義)가 죽었다.

나라를 위해 신명을 바치던 자들도 칼날을 피하지 못했다. 충
신의 삶을 살았던, 주공을 꿈꾸던 이는 졸지에 반역을 꾀하던
주공의 아우들이 되어 사약을 받았다. 그것은 예(禮)가 아니었
다.

그런 세상에서 지(知)가 설 곳은 없었다.

믿음(信) 따위는 초개에 지나지 않음은 더 말할 것도 없었다.

나는 무엇을 위해 정진하려던 것인가.

"어찌 우십니까."

고개를 숙인 사내의 어깨가 미세하게 떨리는 것을 보며 동자
승이 천진하게 물었다. 그가 고개를 들었다. 가슴으로는 통곡하
고 있을지언정 붉게 충혈된 눈은 젖어 있지 않았다.

"사내는 울지 않는다."

마지막 한 권이 불길 속에서 까맣게 타들어 가는 모습을 보
며 열경이 단호하게 대꾸했다. 자리에서 일어나는 그의 손에는
언제 준비한 것인지 조촐한 봇짐 하나가 들려 있었다. 성큼성큼
걷는 걸음을 동자승이 종종걸음으로 뒤쫓았다.

"어디 가십니까."

"먼 길을 떠날 것이다. 주지 스님께 잘 말씀드려다오."

열경이 낮고 단호한 어조로 말했다.

책을 읽고 사색에 잠겨 있는 와중에도 늘 머릿속을 맴도는 인영이 있어 조만간 산을 내려가려는 생각을 품고 있었다. 아직도 그와 붕우의 예로 만날 수 있는 처지에 있다면 잠시나마 대화를 나누어 보고 싶은 마음이 있었다. 혼약을 맺었거나 혼인을 하였다면, 그 앞날을 축수하며 미련 없이 발을 되돌려 돌아올 셈이었다. 어느 쪽이든, 그가 다시 마음을 다잡고 학문에 몰두하는데 도움이 되리라 생각했다.

그 마음도 지금에 와서는 아무짝에도 쓸모없는 것이 되었다. 세상이 이렇게 어지러운데 책을 읽는 것에 과연 무슨 의미가 있는가. 사덕(四德)과 오상(五常)이 죽어 버렸는데 마음결에 품은 사람의 그림자를 확인한들 무엇을 할 수 있겠는가. 그가 가야 할 곳은 바람이 일러 주리라.

사내의 뒷모습이 빠른 속도로 멀어지더니 숲속으로 숨어들었다. 멈춰 서서 그 모습을 바라보는 동자승의 곁을 강아지가 뛰어다니며 맴돌았다.

❊   ❊   ❊

"다음부터는 대군저에서 너를 보게 되겠구나, 연아."

"감축 드리옵니다, 부부인 마님."

여인의 얼굴은 전에 없이 화사했다. 두어 살 난 여자아이를 무릎에 앉히고 머리를 빗겨 주던 연이 고개를 들어 생긋 웃어 보였다. 그 웃음에 괜히 쑥스러워졌는지, 송 씨가 딴청을 부리듯 말을 돌렸다.

"그래, 오라버니 말씀으로는 또 갈 곳이 있다던데."

"네. 대군 나리 댁에 인사를 드리러 간다 하였사옵니다."

"이렇게 되도록 물심양면 마음 써 주셨으니 어찌 그대로 넘어갈 수 있겠느냐."

송 씨가 고개를 끄덕였다. 연이 말하는 '대군 나리'가 그녀의 남편인 염이 아님은 되묻지 않아도 알 수 있는 일이었다. 아마 인사차 찾아가는 것이리라고 넘겨짚기는 했으나 궁금증이 일었다. 아픈 올케언니는 두고 가는 건 이해가 되었지만 굳이 연을 데리고 가는 까닭은 잘 알 수 없었다. 마침 오늘 염이 들르기로 되어 있으니 넌지시 물어보아야겠다고 생각했다.

"겨울치고는 날이 좋아 다행이구나."

연이 얌전하게 고개를 끄덕였다. 오늘처럼 구름 사이로 이따금씩 태양이 얼굴을 내미는 날의 햇살은 확실히 따사로웠다. 그에 비해 불어오는 바람은 평소보다 매서워 차라리 눈이 펄펄 내리는 날이 더 나을 것 같았다. 아마 행복한 마음이 날씨조차도 왜곡하는 모양이었다.

송 씨에게 일어난 일은 그녀에게, 그리고 가족들 모두에게 더없이 좋은 일이었다. 이제는 배가 불러 있는 모습이나 어린 딸아이의 모습을 들킬까 조바심 내야 할 필요가 없었다. 정인이 드나드는 모습이 다른 사람의 눈에 띌까 염려하지 않아도 되었다. 사랑하는 사람과 함께 지낼 수 있는 것만큼 행복한 일이 또 어디에 있겠는가.

그 호사(好事)를 빛바래게 하는 인물이 둘 있었으니, 그중 하나는 지금 '이렇게 되도록 물심양면 힘 써준' 대군 나리, 수지였다. 반역자를 처단하고 영의정의 자리에 올라 나는 새도 떨어뜨릴 수 있을 정도의 권력을 지니게 되었다고 했다.

그럼에도 반역이라는 생각도 못한 일이 남몰래 준비되고 있었다고 믿기에는 집 근처의 거리도, 어쩌다 가 보는 뒷골목의 상점들도 지극히 평화로웠다. 매일같이 바깥바람을 쐬는 그녀의 아비도, 한 달에 한 번 이상 그녀를 꼭 부르는 염에게서도 어떤 불안감 같은 것을 읽지 못했다. 진짜 혼란이라는 것은 고요함 가운데에서 오는 것이었을까.

게다가 영상 대감이 반역의 주동이라는 사실은 더욱 놀라웠다. 정말 우연하게 마주쳤던 노인, 누구나 주공이 될 수 없다던 연의 말을 허허 웃어넘기던 여유로운 표정이 눈에 선했다. 노인은 수지를 일컬어 그리 대단한 인물이 아니라 말했지만 그에게 목숨을 잃은 지금, 일단 그 판단은 틀렸다고 보아야 옳았다. 답을 얻지 못하고 남은 질문은 어떠할까. 수지는 정녕, 왕을 위협하던 아우를 죽음으로 내몬 주공의 길을 걷고 있는가.

"대군저로 돌아가면 한 번 초대하마. 낮에 몇 번 가 본 모양이지만, 그보다 밤에 훨씬 더 운치가 있느니라. 밤에 도란도란 이야기를 나누고 달빛을 감상하는 것만큼 좋은 일이 또 어디에 있을까."

송 씨의 목소리 너머로 그녀를 찾는 음성이 어렴풋하게 들려왔다. 연은 세상을 다 가진 듯 행복한 표정을 짓고 있는 여인에게는 들려줄 수 없는 이야기들을 가슴에 품은 채 자리에서 일어났다.

좁은 가마 안에 앉아 있으려니 속이 울렁거렸다. 가마꾼들의 키와 체격이 서로 맞지 않아 심하게 흔들리는 탓도 있겠지만, 어머니 없이 간다는 불안감에 속이 들썩이는 것 같기도 했다. 함께 가면 부끄러운 듯 미소만 띠고 앉아 있다 돌아와도 될 것이나 혼자 가게 되면 사정이 달랐다. 무슨 이야기를 듣게 될지도 알 수 없고, 어떻게 행동해야 옳은지는 더욱 알 수 없었다.

예전에 수지를 앞에 두고 버릇없는 소리를 지껄인 건 호탕한 웃음으로 넘어갔다. 이번에도 쓸데없는 말을 늘어놓았다 그의 부인에게 좋지 않은 인상을 줄까 염려스러웠다. 저의 행동거지는 부모에 대한 평가로 맞닿게 되는 것이 필연이었다. 그저 조심해야겠다고 다짐을 거듭하는 수밖에 별다른 도리가 없었다.

가마의 흔들림이 멎었다. 연은 가마에서 내려 자신의 앞을 가로막고 있는 거대한 담과 육중한 문을 바라보았다. 압도당하는 것 같은 기분을 이겨 내려 어깨를 쭉 폈다. 현수의 뒤를 따라 그 안으로 들어갔지만 그녀는 안마당을 가로질러 깊숙이 자리 잡은 안채의 앞으로 안내되었다. 연을 안내한 하인이 목소리를 높였다.

"부사 댁 따님께서 오셨습니다."

"들라 이르게."

예상 외로 소박한 방 안, 부드러운 미소를 지닌 여인이 자리에 앉은 채 연을 맞이했다. 수지의 부인, 윤 씨였다. 연이 머뭇거리며 자리에 앉았다. 남의 집 안채에 혼자 안내되어, 알지 못하는 이와 단둘이 만나는 상황은 처음이었다. 실수라도 할까 불안한 마음을 감추려 고개를 숙이고 앉은 모습이 조심하는 태도로 비친 모양이었다. 윤 씨가 활짝 웃으며 말을 건넸다.

"당돌한 아가씨라 전해 들은 것과는 좀 다르구나. 유순한 여인을 더 높이 치는 것이 작금의 풍조임은 분명하나, 필요할 때에는 결단을 내릴 수 있는 강단이 있어야 마땅하지. 소저의 생각은 어떠할까?"

연은 눈을 들었다. 입가에 떠오른 부드러운 미소에 어울리지 않게 강렬한 눈빛이 그녀를 향하고 있었다. 본디 지닌 강인한 성격인지, 큰 사내를 배필로 두어 품게 된 야망의 빛인지 내심을 헤아려 보려던 연이 살짝 눈을 내리깔았다. 버릇없는 행동이라 책잡힐까 염려스러워진 탓이었다. 윤 씨가 빙그레 웃으며 함 하나를 상 위에 올리더니 손끝으로 밀었다.

"네게 주려 준비한 것이란다."

망설이던 연이 조심스레 손을 뻗어 함을 자신의 앞으로 당겼다. 반질반질하게 윤이 나는 나무의 느낌이 서늘했다. 본디 따스한 느낌을 주어야 할 목재가 차갑게 느껴지는 건 계절의 탓이리라. 금속 재질의 모서리에서 머뭇거리던 연의 손끝이 조심스럽게 뚜껑을 열어젖혔다.

영롱한 빛깔이 눈이 어지럽도록 빛났다. 칠보 나비가 가느다랗게 떨리는 아래로 곱게 세공된 옥판 위를 진주와 산호, 비취 구슬이 화려함을 자랑하듯 반짝였다. 더없이 곱게 만들어진 떨잠이었다. 반가 부인이 예복을 입을 때에나 큰머리에 꽂는 장신구는 혼처조차 정해지지 않은 연에게는 불필요하고, 의례적인 선물로 보기에도 지나치게 화려했다. 도로 뚜껑을 닫는 연을 바라보던 윤 씨의 목소리에 약간 힘이 들어갔다.

"연유가 있어 선물하는 것이니 받아 두어라. 내 뜻인 동시에 대군 나리의 뜻이기도 하니."

"무슨 말씀이시옵니까?"

"길일을 받아 간택일이 정해졌단다. 곧 금혼령이 내릴 것이야."

연은 가물가물해진 것 같은 기억의 한 자락에서 세자빈 간택을 할 때 단자를 올렸던 기억을 떠올렸다. 부부인의 자리에서 내쳐진 송 씨를 고모로 두었기에 있어 참예해도 별다른 일이 없을 것이라고 생각했던 간택은 선왕의 병세로 없던 일처럼 흐지부지되었다. 어린 왕이 보위에 오르고 나서는 삼년상의 기한이 끝나지 않아 혼사를 추진하지 않았다.

"아직 국상 중이지 않사옵니까."

"전하께서 보위에 오르신 지 일 년이 훨씬 넘도록 홀로 계시지 않느냐. 대군 나리께서 대국에 사은사로 가셨을 때도 그것을 가장 염려하셨다 말씀하시더구나. 국상 중이라 하여도 국모의 자리를 오래도록 비우는 것은 당치 않으니 말이다."

"그런 중요한 일을 어찌 말씀해 주시는 것이옵니까. 소녀는 아무것도 알지 못하고 할 줄 모르는 어린아이에 불과하옵니다."

"아마 사랑에 계신 부사께서도 같은 말씀을 듣고 계실 것이다. 이것은 비단 나와 대군 나리만의 의견인 것이 아니라 다른 종친께서도 동의하신 사항이니 더 말할 것 없느니라."

윤 씨가 잠시 말을 멈춘 사이, 연의 마음에 스산한 바람이 불었다. 자애로운 미소를 담뿍 품은 목소리가 그녀의 귀에 닿았다.

"네가 비씨(妃氏)가 될 것이다."

연은 아까 받아 온 함을 한참 동안이나 서안 위에 놓고 바라보았다. 마음을 번잡하게 하는 존재를 감추려 눈에 띄는 대로 연갑 안에 넣으려다 멈칫했다. 몇 번 펼쳐 보지도 못한 부채 끄트머리가 눈에 띄었었다. 함을 연갑 옆에 내려놓고 대신 부채를 꺼내려던 손길은 바깥에서 들려오는 목소리에 다시 한번 멈추었다.

"아기씨, 나리께서 사랑으로 건너오라 이르셨습니다."

안마당이 오늘따라 무척이나 넓었다. 느릿느릿하게 움직여도 목적한 곳에 닿는 것은 금방이었다. 연이 섬돌 위에 가지런히 신발을 벗어 두고 문이 열린 방 안으로 들어갔다.

일렁이는 등잔불에 비친 아비의 얼굴이 전에 없이 심각했다. 연이 자세를 바르게 하고 앉았다. 현수가 딸의 얼굴을 바라보며 몇 번이나 머뭇거리다 어렵게 말문을 열었다.

"혹시 부부인께서 무슨 말씀을 하지 않으시더냐?"

"곧 간택이 있을 것이라 말씀하시었습니다."

"그리고?"

연은 재차 묻는 말에는 입을 꾹 다물었다. 현수가 깊은 한숨을 내쉬었다.

"네 마음은 어떠하냐?"

"제 마음은 중요한 것이 아니지 않습니까, 아버님."

가마를 타고 돌아오는 길에도, 집에 돌아와 제 방에 앉아서도, 하염없이 생각을 거듭했다.

아무리 생각해도 내키지 않았다. 그녀에게 지나치게 버거운 자리는 사양하고 싶었다. 미리 정해진 결과에 필요한 의례적인 절차에 불과하더라도 국왕의 배필이 될 자를 뽑는 자리, 사소한 실수를 저질러 눈 밖에 나면 피할 수 있을까.

윤 씨의 눈빛에 담긴 굳은 의지를 떠올렸다. 수지의 서늘한 눈매와 완고한 입매를 두려워했던 기억도 선명했다. 어떤 행동을 하더라도 정해진 결과를 뒤엎을 수 없을 것이다. 차라리 얌전히 따르는 편이 누구를 위해서든 더 옳은 결정이었다.

설령 초간이나 재간에서 떨어져 집으로 돌아온다 하더라도 오래지 않아 누구든지 간에 혼인을 치르게 될 것이다. 삼간까지 오르면 왕비가 되지 못해도 집으로 돌아오지 못하고 후궁이 되어야 했다.

마음에 품은 정인과의 혼인은 애초에 바랄 수 없는 일이었다. 간택이 되든 떨어지든, 왕비가 되든 후궁이 되든, 연의 입장에서는 크게 다르지 않았다.

"네가 싫다면 단자를 올리지 않으마."

굳게 결심한 듯한 현수의 목소리에 연이 고개를 저었다. 수지는 부왕을 충심으로 모시던 신하도 단칼에 베고, 피를 나눈 혈육도 죽음에 이르게 한 냉정한 사람이었다. 어린 시절의 한때를 같이한 벗은 그에 비하면 보잘 것 없는 존재였다.

수지가 지극히 아끼는 아우인 염의 아내인 송 씨는 현수의 여동생이었다. 그 사실이 송 씨의 안전을 보장할 수는 있어도 현수와 그 가족의 안전까지 책임질 수는 없을 터였다. 대화를 나누고 있는 두 사람 모두 깊이 공감하고 있는 현실이었다. 그들에게 선택권 따위는 처음부터 없었다.

"네 어깨에 무거운 짐이 놓이게 될 것 같아 걱정이구나."

"후대에 길이 남을 가문의 영광일 것이옵니다, 아버님."

두 사람이 미소를 교환했다. 좋은 일을 목전에 둔 이들의 것으로는 다소 어울리지 않는, 체념의 빛이 엷게 깔려 있었다.

연이 방으로 돌아왔을 때에는 이미 밤이 깊어 달도 기울고 있었다. 생각보다 오래도록 사랑에 머물렀던 것인지 자리를 비운 사이에 이부자리가 준비되어 있었다. 조그만 함을 심란한 눈으로 바라보다 아직 뚜껑이 닫히지 않은 연갑으로 눈을 돌렸다.

사각에 있어 그 모습이 직접 보이지는 아니하나, 벼루 옆에 얌전히 접힌 채 놓여 있을 게 분명한 부채의 모양새가 선명하게 떠올랐다. 연이 손을 넣고 더듬거려 부채를 쥐었다. 손바닥으로 전하는 온기에 가슴이 욱신거렸다. 다 같은 나무인데 이 온기가 어째서 저 함에서는 느껴지지 않을까 생각하며 꺼낸 부채를 펼쳤다.

부채는 몇 번 펼쳐 보지도 못했지만 그때마다 박힌 글씨를 모조리 눈에 새길 듯 오래도록 바라보았다. 몹시 흐린 달빛은 방을 밝힐 만큼 선명하지 않았으나 마음에 새겨 놓은 글씨가 눈앞에 선명하게 떠올랐다. 그 위로 소년의 얼굴이 겹쳐지고 맑은 목소리가 귓가에 아른거렸다.

"그대를 생각하나 드릴 것이 없어, 이제 한 조각 대나무를 드리려 하니."

멍하니 앉아 있던 연이 부채를 쥔 채 자리에서 일어났다. 조심스럽게 문을 열자 차가운 바람이 불어왔지만 추위도 느껴지지 않았다. 버선도 신지 않은 맨발로, 신을 신는 것도 잊은 채 벽을 따라 천천히 걸어 부엌으로 이동했다.

군불을 때고 있는 아궁이 안에서 시뻘건 불길이 일렁거렸다. 땔감을 넣은 지 얼마 되지 않은 모양인지 불을 지키고 있는 사람도 없었다.

연이 아궁이 앞에 쪼그리고 앉았다. 손에 쥔 부채를 몇 번이고 꼭 움켜쥐었다가 느슨하게 풀기를 반복했다. 이윽고 연이 천천히 부채를 펼쳐 들었다. 부채 뒤쪽으로 일렁이는 불길이 종이를 향해 일렁거렸다. 먹물로 쓴 글씨가 고집스레 자신의 존재를 연에게 알리고 있었다.

대나무 사이로 맑은 바람 일거든
바람 따라 서로 생각합시다.

한참만에야 연이 결심한 듯 부채를 접어 아궁이 안으로 던져 넣었다. 그것으로도 부족한지 부지깽이로 안쪽으로 깊이 밀어 넣었다. 붉게 타오르는 불길이 얇은 종이를 흔적 없이 집어삼키고는 가느다란 대나무를 향해 입맛을 다셨다. 부챗살이 검게 그

을리고 있었다.

바람이 불지 아니하면 생각도 지워지겠지.

연이 부지깽이를 내려놓고 고개를 떨어뜨렸다. 무릎 위 치맛자락으로 둥근 무늬가 점점이 퍼져 나갔다.

✿   ✿   ✿

"소신은 이만 가 보도록 하겠사옵니다."

"벌써 가십니까, 숙부."

"저녁에 질녀가 찾아오기로 되어 있사옵니다."

설핏 아쉬움이 섞인 목소리에 염이 웃으며 대답했다. 웃음에 담긴 애정을 눈치챈 홍위가 함께 미소했다. 그러나 이내 입꼬리가 경직되었다. 숙부의 행복한 미소 뒤에는 매부의 누이가 감당하게 된 불행이 숨어 있었다. 염이 부인에 대한 이야기를 입에 올리지 않던 까닭은 그이를 마땅치 않게 여긴 탓이었다. 아내를 두고 다른 이에게 한눈을 팔았다고 질타할 수도 없었다. 마음에 품은 이는 처음으로 연분이 닿았던 전 부인이었기에.

홍위가 예사로이 고개를 끄덕였다. 염이 그의 표정을 살피다 고개를 비스듬히 기울였다. 그가 연에게 관심을 갖고 있는 건 분명하니 궁금증을 자극할 만한 말을 은근슬쩍 흘리면 최소한 흥미로운 표정은 지으리라 생각했다. 예상은 완전히 빗나갔다.

혹 물어본다면 낭보처럼 여길 소식을 전하고자 하였으나, 아무런 맥락도 없이 불쑥 꺼낼 수는 없었다. 도리어 더 잘된 일일지도 모른다. 예상치 못한 순간에 맞닥뜨리는 길보는 기쁨을 몇 배는 더 크게 부풀리게 될 터였다.

염이 생각에 잠긴 동안, 홍위는 그의 얼굴을 가만히 바라보았다. 부모는 물론이고 동기간에도 아낌없는 사랑을 받은 막내 숙부. 지금은 수지의 지극한 총애와 신뢰를 받고 있었다. 그를 멀리하기에는 동기간처럼 친밀하게 여기던 시절의 기억이 선명했다. 변함없이 대하다 이따금씩 밀려드는 불안감이 홍위를 고뇌하게 했다. 그를 믿어도 되는 것일까, 저 다정한 모습 뒤에 감추어진 잔혹함이 있지는 않을까. 마치 수지가 그러하였던 것처럼.

홍위가 고개를 저었다. 야망을 품은 수지의 눈빛은 그저 온화하기만 한 염의 것과는 판이하게 달랐다. 하지만 설령 그들이 비슷하다 하여도 어쩔 수 없이 눈감아야만 했다. 잠깐이나마 기댈 수 있는 온기를 잃지 않기 위한 최선의 방책이었다.

염이 고개를 조아리고 물러났다. 그가 과연 믿어도 좋을 사람인가. 거듭하여도 아무짝에도 쓸모없을 생각을 줄곧 붙잡고 있느라 대화의 처음부터 끝까지를 세세하게 곱씹던 홍위가 중얼거렸다.

"질녀가 온다 하였지."

틀림없이 그 소녀를 이르는 것이 분명했다. 왜 조카라 말하였는지 알 수 없다고 생각했던 그 시점에서 사고가 멈추었기에 생각이 뻗어 나가지 않았다. 아마 촌수를 따지기 어려울 정도로 가물가물한 먼 인척이라 편의상 그리 소개했겠거니, 생각하고 말았다. 애초에 인연이 깊이 닿을 수 없으리라 체념하였기 때문에 더욱 그러할지도 모른다.

간절히 원하여도 결코 이루어지지 못하리라 생각했다. 그러나 그토록 마다하던 가례가 손에 잡힐 듯 가까워 오자 마음이 더 무거웠다. 이제 더는 만날 수도, 만남을 기대해서도 안 되었다.

그녀는 그가 나타나기를 기다릴까. 집 앞에 올지 모른다고 생각하며 늦은 밤 위험을 무릅쓰고 서성이면 어쩌나. 우연한 만남을 바라며 정처 없이 배회하게 되면.

그렇게 만들 수는 없었다. 먼저 혼례를 치르는 것이 꼭 제가 버리고 떠나는 것 같아 마음이 아프더라도 알려 주어야 한다는 생각이 들었다. 풋정에 불과한 인연은 여기까지, 한때의 꿈도 이제 그만.

저도 모르게 왼손을 오른편 가슴 아래에 살짝 얹었다. 손끝에 감각을 집중했다. 답호의 고름을 맨 위에 다시 겹쳐 매어 둔 소녀의 댕기가 옷 사이에 숨어 있었다.

두 겹의 천을 바느질한 뒤 뒤집어서 완성했어도 바늘땀이 달려간 모양을 숨기지는 못했다. 한눈에 보아도 비뚤거리는 그 모양새는 그것을 만들어 낸 사람이 바늘을 쥐는 데에는 손톱만큼도 소질이 없음을 고스란히 드러내 보이고 있었다. 시문을 안다 하여 모든 것에 통달하지는 못했다. 적당한 빈틈이 사람다움을 드러내는 것 같아 오히려 더 정답게 느껴졌다. 하지만 이 감정은 이제 묻어 버려야 하는 것이 되었다. 품에서 떼어 보이지 않는 곳에 치워 버려야 하겠지만, 지금은 그 생각만으로도 가슴이 아파 조금 미루기로 했다.

홍위가 천천히 생각을 가다듬었다. 저녁에 찾아온다니 하룻밤 머무를 테지만, 별궁 후원의 정취를 사랑한다 해도 밤 깊은 시간에 나타나지는 않을 것이다. 날이 밝으면 한 번쯤 누각에 올랐다 돌아가리라. 그곳에 어떤 식으로든 마지막 인사를 남겨 둘 셈이었다. 그가 아직 그 누구에게도 얽매이지 않은 상태일 적에, 마음을 다해서.

✻   ✻   ✻

대문이 삐걱대는 소리와 사랑을 드나드는 발소리가 안마당까지 조금씩 새어 들어왔다. 흥이 오른 듯 한껏 높인 목소리에 이어 왁자하게 울리는 호탕한 웃음소리는 사랑을 넘어 안마당을 지나 연의 방문 앞까지 전달되고는 했다.

대개 중요한 손님은 본가에서 맞이하기 마련이었고, 현수는 번잡스러운 것을 썩 좋아하지 않아 집에 사람을 들이는 일이 많지 않았다. 그것이 일종의 집안 분위기로 굳어져 민 씨도 누군가를 만나러 나갈지언정 집으로 불러들이는 일은 극히 드물었다. 어쩌면 그런 것은 다 허울 좋은 핑계로, 사실은 굳이 시간과 노력을 들여 만나러 오기에는 현수의 격이 과히 높지 않기 때문일지도 몰랐다.

곧 간택이 있으리라 전해 들었던 말은 빠르게 현실이 되었다. 금혼령에 의해 봉단령이 내려진 상태였다. 조건에 부합하는 여식을 둔 집에서 단자를 올리는지 감시하는 눈길도 꽤나 날카로운 것이 보통이었으나 이번에는 의외로 조용하고 또 빠르게 진행되고 있었다. 이미 정해진 바가 있기 때문이었다.

그것이 연의 집 사랑에 손님이 북적이는 까닭이 되었다. 찾아오는 이들은 권력의 정점에 오른 수지가 어린 시절의 벗인 현수를 자주 만난다는 점에 주목했다. 현수가 딸의 단자를 올렸다는 사실만으로도 이미 그 딸이 중전으로 간택되리라 예상했다. 권력의 근처에서 얼쩡거리면 하찮은 부스러기라도 떨어질까 기대하여 몰려드는 이들의 웅성거림을 들으며 연이 냉소했다. 만약 그녀가 간택되지 아니하여도 저치들이 지금처럼 뻔질나게 드나들까.

"아기씨."

문밖에서 연을 부르는 목소리가 들렸다. 연이 문을 열었다. 댓돌보다도 아래에 선 또래 소녀의 동그란 두 눈이 그녀를 향하고 있었다. 본디도 집에 계집종이 있었으나 간택에 내정되었다는 이야기가 전해진 뒤로는 연에게도 시중을 드는 몸종이 생겼다. 교전비도 없이 입궐할 수는 없다는 것이 중론인 모양이었고, 연이 그것을 마다할 수는 없었다.

지금 연을 바라보고 있는 소녀가 바로 그 몸종이었는데, 그렇다 하여 연의 곁에 계속 붙어 있지는 않았다. 서툰 손이라도 있는 것과 없는 것의 차이가 클 만큼 집안이 분주한 탓이었다.

"마님께서 잠시 안방으로 건너오라 하십니다."

연이 눈썹을 찡그렸다. 며칠 잠잠한가 싶더니 또 시작인 모양이었다.

현수의 사랑에 손님이 늘어나는 것과 때를 같이 하여 민 씨가 기거하는 안방에 드나드는 사람들도 늘어났다. 수지가 보낸 물건을 전하러 오는 이들을 비롯해 아파며 장사치들이 온갖 고운 빛깔의 비단과 명주, 장신구 따위를 들고 나타났다. 그렇잖아도 파리가 낙상할 정도로 매끄러운 대청이 더욱 반질반질하게 윤이 났다.

민 씨는 방물장수가 들고 오는 것 중 마음에 드는 것이 있거나 결정이 어려울 때면 일각이 멀다하고 그녀를 불러 댔다. 연이 장신구 따위에 관심을 둔 적 없어 가치를 가늠할 줄도 모르고 피곤하여 싫다는 기색을 노골적으로 드러내도 민 씨는 굴하지 않았다.

안채 대청 앞에 선 연이 의아한 눈으로 낯익은 신만 놓인 섬돌 위를 바라보았다. 기척을 내고 안방으로 들어서자 민 씨가 심각한 얼굴로 혼자 앉은 모습이 보였다.

"별궁에서 기별이 왔단다. 바깥에 가마도 준비되어 있으니 서둘러 준비하도록 하여라."

연이 눈썹을 살짝 추켜올렸으나 까닭을 묻지는 않았다. 민 씨가 애매한 표정으로 말을 이었다.

"네가 하루 머물렀으면 하는 말씀을 전하시더구나. 본디 법도에 어긋나는 일이지만, 너를 딸처럼 아끼시는 부부인 마님의 청이니 거절할 수 없었다. 혹여 실수하는 일이 없도록 각별히 조심하여야 할 것이야."

방으로 돌아온 연은 기다리고 있던 몸종이 내미는 대로 옷을 걸쳤다. 몇 겹이고 껴입은 것으로도 모자라 두꺼운 포(袍)도 빠지지 않았다. 추위가 한가득 몰려온 늦은 겨울인데다 날이 저물어 가는 시간이었다.

방 한가운데에서 몇 발짝 발을 옮긴 연이 문득 걸음을 멈추었다. 문을 열고 바깥에서 솜을 넣어 누빈 신발을 정돈하던 몸종은 아기씨가 나오지 않는 것을 궁금해하며 들여다보았다. 연은 문을 등지고 좌경 앞에 앉아 있었다. 마지막으로 차림을 점검하는가 보다 고개를 주억거린 몸종은 차가워진 손끝을 손바닥 안쪽으로 말아 넣고 입김을 불었다. 기다림은 그리 길지 않았다.

"날이 추우니 들어가도록 하여라."

연이 몸종을 향해 다정하지만 엄격한 목소리로 말하고는 빠른 걸음으로 대문간으로 향했다. 간택에 대해 생각하는 것만도 머리가 복잡했지만, 대문을 나서자마자 한동안 애써 잊고 있던 것들이 슬금슬금 떠오르기 시작했다. 아궁이 속에서 한 줌 재가 되어 버린 부채, 노리개에 달린 작은 장도, 붉은 돌이 박힌 가느다란 반지. 그리고 그것들이 가리키는 단 한 사람.

"일전에 대군 나리께 소식을 듣고 너를 부르려 하였으나 좀처럼 짬이 나지 않았단다."

대문간에서 기다리고 있던 가마를 탄 기억은 있었으나 그 이후는 어슴푸레했다. 정신을 차려 보니 방 안이어서, 마치 한가위 보름달마냥 환하게 웃고 있는 송 씨의 얼굴이 눈앞에 있었고 자신은 그 앞에 단정한 자세로 앉아 있었다.

"나리께서 무어라 말씀하셨는지 아느냐."

송 씨의 질문에 연이 엷은 미소를 머금고 고개를 저었다. 송씨가 장난스러운 표정을 짓더니 목소리를 가다듬었다.

"형님께서는 사람을 쓰는 데 있어 몹시 까다롭고 엄격하게 판단하신다오. 형님께서 다른 고관대작의 여식 대신 연이를 고르신 것은 그만큼 인정받았다는 뜻이 아니겠소이까."

여인이 사내의 목소리를 흉내 내는 것이 얼마나 비슷할까마는, 어딘가 점잔 빼는 듯 차분한 말투가 제법 그럴듯하게 재현되었다. 연이 송 씨를 향해 가볍게 미소 지었다.

송 씨가 그 웃음을 의아하게 바라보았다. 기뻐하는 기색도 없고 힘이 없는 것처럼 보이는 게 이상했다. 하지만 갑작스레 닥친 일에 경황이 없고 낯선 환경에 적응할 일이 두려울 것이라 생각하면 이해 못 할 바도 아니었다. 송 씨가 연의 손을 잡아 자신의 무릎 위로 당겨 놓고 손등을 쓰다듬었다.

"손이 차구나."

연이 살짝 미소를 지으며 손을 뺐다. 가마 안에서 모아 쥐고 있던 손이 시리다는 느낌은 없었으나, 훈훈한 방에 머무르고 있던 여인의 손이 품은 열기에는 비할 수 없었다. 퍽 시간이 흘렀는데도 차가운 손끝이 왠지 멋쩍어 치마폭 사이에 숨기듯 무릎 위에 얌전히 얹었다.

"날이 추워서 그렇습니다."

고개를 살짝 기울이며 미소를 짓던 연의 눈앞이 잠시 흐려졌다. 이전까지 별궁을 방문할 때면 늘 이 방 안에 앉아 있던 여인이 떠올랐다. 잔잔한 미소를 지은 채로 그린 듯이 앉아 있던 정 씨의 자태가 송 씨의 모습 위에 포개어졌다.

그분은 어찌 되셨을까.

연은 정 씨를 누님이라 부르던, 그녀를 향해서는 고개 한 번 돌리지 않은 채 굳은 자세로 서 있던 남자의 모습도 떠올렸다. 그들은 자신을 어떻게 생각했을까. 지금은 어떻게 생각하고 있을까. 생각이 꼬리를 물고 이어졌다. 곧이어 들려오는 송 씨의 목소리가 연을 일깨웠다. 온화한 목소리를 내며 우수가 담긴 눈빛으로 그녀를 맞이하던 여인이 아니라, 활달하고 유쾌한 성품을 지닌 고모의 모습이 선명하게 시야를 채웠다.

"몸이 어디 좋지 않은 건 아닌지 걱정이구나."

"부부인 마님께서는……."

망설이며 꺼낸 연의 목소리는 곧장 천진난만하게까지 느껴지는 목소리에 가로막혔다.

"마님이라니, 너무 거리감이 느껴지는구나. 조만간 고모님 소리를 듣지 못하는 날이 올 것인데, 그전까지는 그리 불러 주면 아니 될까?"

연이 눈을 몇 번 깜박이며 자꾸만 흐릿해지는 것 같은 시야를 애써 맑게 했다. 송 씨의 티 없이 환한 미소와 밝은 안색을 보며 제 머릿속에 떠오른 생각을 입에 올릴 수는 없었다. 연은 하려던 말 대신 예의 바른 언사를 내놓았다.

"고모님께서 염려해 주시니 어찌 좋아지지 않을 수 있겠습니까."

애써 대답을 했지만 입 밖에 꺼내지 못한 질문은 계속 입안을 맴돌고, 그 질문을 만들어 낸 상황이 눈앞에 어지럽게 명멸했다.

이 방에 앉아 있었던 또 다른 여인도 남들이 부부인 마님이라 불렀다. 그 눈에 어려 있던 우수는 자신의 존재가 다른 여인의 불행을 불러들였기 때문이리라. 전 부인만을 생각하기에 바빠 그녀를 내팽개치다시피 한 남편에 대한 원망도 깃들어 있었으리라. 그녀 역시 원치 않았을 상황에 처하게 된 서글픔도 포함되어 있었을 것이다.

전 부인의 조카를 안방에 들이는 것은 범상한 일이 아니었다. 그것을 싫은 기색 하나 없이 감내할, 오히려 즐거운 듯한 태도를 취할 정도로 정 씨는 스스로를 자제했다. 그러한 노력의 결과는 결국 내쫓김을 당하는 것이었다. 그녀가 혼인하여 별궁에 머무른 햇수보다 더 어린아이를 품에 안고 있는 전 부인에게.

송 씨가 남편인 염 앞에서 수줍은 미소를 짓고 사랑스러운 태도를 취하는 것을 거짓이라 말할 수는 없었다. 자신이 정 씨와 같은 처지에 놓였다면 그대로 넘어가지 않고 단호하게 대처했을 것이다. 눈물 바람으로 호소하든, 다부지게 엄포를 놓듯 이야기를 하든.

아마도 염은 그러한 점을 더 사랑스럽게 여겼을 것이다. 자유분방한 기질을 지닌 데다 귀한 신분, 헤아릴 수 없이 많은 재산을 지닌 염에게 전형적인 사대부 집안의 여인인 정 씨는 숨이 갑갑하게 느껴질 정도로 재미없는 사람이었을 것이다.

그 모든 것에 앞서 사실 이 자리는 본디 송 씨의 것이었다. 마땅히 있어야 할 자리로 돌아온 것이라 하더라도 누군가의 눈물을 근간으로 만들어졌음에는 변함이 없었다. 그럼에도 사랑하는 이와 함께할 수 있음이 행복한지를 묻고 싶었다.

묻지 못하여 대답을 들을 수는 없었으나 빛나는 얼굴에는 이미 답이 들어 있었다. 연의 손에는 결코 쥐어질 수 없는 답이기도 했다.

"가례를 앞두고 있어서 그런가, 벌써 어른스러워졌구나. 때가 되면 이리 변하는 것을, 오라버니도 괜한 걱정을 하셨지."

유쾌하게 결론을 내린 송 씨가 말을 이어 갔다. 그녀도 대군과 가례를 올린 여인이었다. 대군과 임금의 혼례가 완전히 같을 수는 없지만, 기본적인 절차는 크게 다르지 않았다. 간택의 절차와 삼간 이후에 겪게 될 일련의 일들, 혼례식 장면과 궁궐에서 지켜야 할 법도 등을 아는 대로 풀어놓고 있는 송 씨의 목소리에 연이 건성으로 고개를 끄덕였다.

오래도록 이어지던 이야기의 말미에 송 씨가 상냥하게 덧붙였다.

"궁인들이 소곤거리기를, 전하께서 조금만 더 장성하시어도 눈을 뗄 수 없을 만큼 옥골선풍(玉骨仙風)을 자랑하리라 한다더구나. 잘난 사내는 인물값하기 마련이라 하지만 상대가 지엄하신 지존이니 그 정도는 감수할 수밖에 없지 않겠느냐."

안채보다도 더 안쪽, 조만간 송 씨의 어린 딸이 기거하게 될 별당을 하룻밤 차지하게 된 연은 어두운 방 안에서 잠든 척 숨을 죽이고 있었다. 하지만 이불 안에 있는 대신 방문 바로 옆의 벽에 기대어 앉아 무릎을 모으고 몸을 웅크렸다. 염이 귀가하여 연이 사랑에 잠시 불려 갔던 것도, 인경을 알리는 종소리가 울렸던 것도, 하룻밤 머무르기 위한 방으로 안내되었던 것도 제법 오랜 시간 전의 일이었다.

문살에 발려진 창호지를 뚫고 은은하게 달빛이 새어 들어왔다. 엷거나 두꺼운 구름 조각은 달을 숨겼다 내보이는 짓궂은 장난을 지치지도 않고 계속했다. 그때마다 짙거나 흐린 그림자가 생겼다 사라지는 일도 되풀이되었다. 그를 따라 연의 생각도

231

같은 곳을 맴돌았다.

보통의 여자아이처럼 지냈다면 혼례를 앞두고도 이렇게 마음이 복잡하지는 않았을까.

그 생각이 가장 중요한 것을 빠뜨리고 있다는 사실은 스스로도 알고 있었다. 글 읽기 좋아하던 여자아이인 것은 맞았지만, 앎을 펼칠 수 있는 것을 한스러워할 정도의 기상은 갖지 못했다. 간혹 입바른 소리를 참지 못하는 성격 탓에 걱정을 사긴 했지만, 나이를 먹으면서 대범함을 잃은 것처럼 입을 꾹 다물고 있을 때가 더 많았다. 그녀의 마음을 가득 채운 것은 계집의 과한 식견을 무시하는 처사에 대한 염려가 아니라, 도무지 어떻게 몰아내야 할지 알 수 없는 누군가를 향한 그리움이었다.

연은 깊은 한숨을 삼키며 몸을 움직였다. 치맛자락 틈에서 방바닥으로 떨어진 무언가가 달그락거리는 소리를 냈다. 소담하게 부푼 조그만 주머니가 바닥에 뒹굴고 있었다. 힘없는 손길로 주머니를 집어 들었다. 꼭 조인 입구를 풀고 검지와 중지를 안으로 밀어 넣었다. 풍성한 술과 길쭉한 돌조각이 매달린 매듭이 손가락 끝을 따라 올라왔다. 그중에도 무언가가 데굴데굴 굴러 어두운 방구석으로 숨어들었으나, 그쪽으로는 눈길조차 주지 않았다.

연이 팔을 높이 들어 손끝에 매달린 노리개가 눈높이에 오게 했다. 흐릿한 달빛으로는 물체의 본디 빛깔을 식별하기 어려웠으나, 연의 눈에는 몹시 선명하게 보였다. 백옥 아래 붉은 마노석과 부드러운 금빛으로 빛나는 술은 물론, 그것을 살짝 쥐어준 뒤 따스하게 감싸던 손의 섬세한 모양까지도.

연은 더 견디지 못하고 손을 말아 쥔 채 하얀 침의 위에 입고 온 두꺼운 포만 걸쳐 몸을 감싼 뒤 방문을 나섰다. 솜을 누벼 넣은 신에서 배어 나오는 한기에 발가락 끝을 움츠리고 조심스레 안마당을 가로질렀다. 차라리 눈이라도 내리면 포근한 것 같은, 청명하게까지 느껴지는 남빛 하늘 아래 불어 드는 바람이 매서웠다.

익숙한 길을 한 걸음 디딜 때마다 떠오르는 얼굴이, 마음에 차오르는 그리움이 가슴에 사무쳤다. 스쳐 지나는 연못 위에는 하늘에 떠오른 것과 다름없는 달이 둥실 떠올라 있어, 바람이 일렁이면 조각조각 흩어져 흘렀다가 바람이 잦아들면 다시 모여들어 온전한 모양을 그려 냈다. 온유한 달빛에 젖어 든 나무 기둥 앞에 서자 눈시울이 뜨거워졌다. 처음 그 목소리를 듣고 글귀가 적힌 부채를 건네받은 곳이었다.

연이 눈을 내리깔았다. 계단을 따라 천천히 올라간 눈길은 현판 아래에 선 그림자를 발견하자 그대로 멈추었다. 달빛에 잠긴 형체가 낯설지 않아 연이 말없이 그 모습을 바라보았다. 계단을 딛고 내려와 연의 앞에 사람이 멈추어 서는 데는 긴 시간이 걸리지 않았으나, 그녀에게는 몹시도 길게 느껴졌다.

손이라도 대면 그대로 사라질 것 같은, 환영 같은 그림자가 그녀의 앞에 있었다. 그저 꿈처럼 그려 낸 모습이거든 마지막 기억 그대로가 떠올랐어야 옳았다. 가을의 문턱에서 우연히 마주쳤던 다섯 달쯤 전보다 조금 더 자란, 얼굴을 마주 바라보기 위해서는 그때보다 더 고개를 들어 올려야 하는 소년의 모습이 꿈일 리 없었다.

"홍위."

연이 저도 모르게 중얼거렸다. 시린 손을 호호 부는 몸종을 밖에 세워 두고 조그만 주머니에 소중한 노리개를 넣었다. 지금도 그것을 손에 감추어 들고 있었지만, 그저 단순한 충동이었을 뿐이지 소년을 만날 수 있을 것이라고 기대한 것은 아니었다.

감히 품지도 못했던 바람이 현실이 된 지금, 어찌해야 좋을지 잘 알 수 없었다. 혼인을 앞둔 처녀의 조심성을 잃지 말고 지금이라도 발을 돌려 피해야 하는 것일까. 아니면 이런 날이 오도록 앞날을 약조하지도, 인연을 끊어 내지도 않은 어중간한 태도에 대한 원망이라도 내비쳐야 할까.

당혹감을 느끼는 것은 홍위도 마찬가지였다. 밤 깊은 시간, 집주인의 눈까지 피해 누각 위에 올랐으나 그 이상 할 수 있는 일이 없었다. 찬바람이 불어 대는 맑은 밤의 누각은 텅 비어 있어, 그적처럼 이름자를 새겨 넣을 눈송이조차 깔려 있지 않았다. 그 아쉬움이 마음 가득 차오르기도 전에 소녀가 모습을 드러냈다. 마치 그가 기다리고 있음을 알고 있었던 것처럼.

"소저."

전에 비해 좀 더 깊어진 목소리가 연의 마음을 울렸다. 소년다운 천진함에 당당함까지 묻어나던 이전과 달리, 우수에 찬 표정이 떠오른 창백한 얼굴과 물기를 가득 머금은 것 같은데도 건조한 눈빛에 파문이 일었다. 애써 아무렇지 않은 척 눈을 들어 섬세하게 조각된 관자와 촘촘히 짜인 갓의 모양새를 더듬어 보던 연이 입을 열었다.

"그간 강녕하셨습니까."

"여기서 뵙게 될 줄 몰랐습니다."

동시에 울린 한 쌍의 목소리는 약속이나 한 듯 잠잠해졌다. 연은 제 손에 쥔 것을 감추듯 모아 쥐었으나, 실은 갑작스럽게 울렁인 충동을 참기 위함이었다. 눈앞에 선 소년의 목에 매달려 그 귓가에 대고 간절하게 속삭이고 싶었다.

나를 데리고 가 주세요. 누구의 눈에도 띄지 않을 먼 곳으로.

연이 혀끝을 깨물어 제멋대로 튀어나오려는 말을 막았다. 애초에 이루어질 수 없는 바람이었다. 민 씨가 '실수하는 일이 없도록 조심하라'고 이르던 것이 떠올랐다. 행동거지를 조신하게 하여 책잡히지 않도록 주의하라는 뜻을 가진 말이었으나, 마치 지금 상황에서 이런 마음을 가질 것을 예상한 것은 아닐까 하는 의심이 들 정도였다. 연이 고개를 숙였다.

자신을 말간 눈빛으로 바라보던 소녀가 시선을 떨어뜨리자 홍위의 가슴이 시려 왔다.

"내 그리움이 소저를 불러들인 것일까요."

평범한 사내일 수 없었기에 마음에 품은 연정을 제대로 고백조차 할 수 없었다. 어린 소년의 사사로운 감정으로 혼사를 결정하는 것은 불가능했다. 그가 자신의 뜻을 피력할 수 있는 나이에 이르더라도 그때는 이미 늦어 소녀는 다른 사람의 여인이 되어 있을 터였다. 그러니 언젠가는 헤어지는 날이 올 것이요, 긴 인연을 이어 갈 수는 없을 것이라 예상하고 있었다.

다만 이별을 말하는 이가 자신이 되리라고는 생각하지 못했다. 그가 부친의 삼년상을 치르는 동안 그와 나이가 비슷한 소녀의 혼인이 먼저 이루어지리라 짐작한 탓이었다. 소녀가 어느 날 이별을 고하거나, 혹은 작별 인사조차 건네지 못한 채 볼 수 없게 되어 그렇게 그녀를 보내면 되리라 믿었다. 장래를 약속하지 못하는 비겁한 사내가 그나마 지킬 수 있는 마지막 예의라고 생각했다. 그러나 현실은 생각과는 다른 방향으로 흘러갔다.

"조만간 혼례를 치를 것이니, 이리 만나는 것도 오늘이 마지막입니다."

쓸쓸한 목소리에 가슴이 덜컥 내려앉아 가벼운 현기증이 일었다. 얼른 한쪽 발을 살짝 뒤로 빼어 자세가 흔들리는 것을 보여 주지 않으려 애썼다. 겨우 마음을 진정시키고 눈을 들었을 때, 홍위는 몸을 돌려 연못을 바라보고 있었다.

"부모님께서 고르고 고른 참한 규수를 만나실 것이니 어찌 기쁜 일 아니겠습니까."

마음에도 없는 축하 인사가 연의 입술 사이로 흘러나왔다. 그녀가 손에 감추고 있는 것은 틀림없는 정표였다. 쓸쓸한 기운이 깃든 서늘한 인사를 건네는 입술의 온기도 선명하게 기억하고 있었다. 그런 이에게 혼인을 축하하는 말을 전하는 것은 어울리지 않았다.

그녀가 입을 먼저 열었더라도 같은 이야기를 전하게 되는 것은 마찬가지였을 것이다. 그럼에도 가슴이 조여들고 머리가 하얗게 비었다. 마치 연인에게 배신을 당한 듯한 느낌이었다. 자신이 그런 생각을 할 수 있는 처지가 아님에도.

홍위의 입가에 미소 비슷한 것이 어렸다. 달빛을 반사해 내는 눈빛과 얽혀 든 미소는 차가운 비웃음 같기도, 제 신세를 서러워하는 일그러진 표정 같기도 했다.

"부모님은 곁에 계시지 않습니다. 남은 혈육이라고는 시집간 누님뿐."

그가 세자이던 시절에도 간택의 절차가 진행되던 때가 있었으니, 아바마마의 뜻이라면 차라리 받아들이기 쉬웠을 것이다. 그러나 이번 간택은 온전히 수지의 독단이었다. 홍위가 어린 나이를 들어 마다해도 수지는 고금의 예를 들어 혼인을 재촉했다. 눈엣가시 같은 반대 세력을 제거하여 거칠 것이 없어지자 어린 조카의 뜻 따위는 거들떠보지도 않았다.

간택령이 내리기 전부터 초간 날짜가 정해져 있었다. 처녀의 수에 비해 올라오는 단자의 수가 적은 것은 언제나 마찬가지라 그때마다 날짜를 연장하는 것이 관례에 가까웠으나 이번에는 그렇지 않으리라는 뜻이었다.

가례를 치르게 되는 날짜도 그리 멀지 않아, 비씨로 간선된 처녀가 별궁에 머무르며 교육을 받는 기간도 몹시 짧았다. 그 사실이 의미하는 바는 단 하나였다. 이미 정해져 있는 일에 그가 관여할 수는 없다는 것.

"송구하옵니다."

본의 아니게 아픈 상처를 건드리게 된 연이 조그맣게 사과의 말을 입에 담았다. 굳은 표정을 한 옆얼굴이, 힘없이 늘어뜨린 어깨가 안타까웠다. 손을 들어 어깨를 다독이고 싶은 충동이 들어 모아 쥔 두 손을 더욱 세게 맞잡았다. 어깨에 대충 걸치기만 한 포가 가볍게 팔락였다.

"마음으로 의지할 수 있는 이들은 제 곁에 머무르지 못합니다."

홍위가 눈을 감았다. 궐 앞을 붉게 물들인 핏자국은 몇 날 며칠이 지나도록 지워지지 않았다. 진한 피비린내가 대전까지 새어 들어오는 것 같아 숨이 막히는 날이 한참이나 이어졌다. 그 와중에 용을 사사하도록 명을 내려야만 했다. 삼대에 걸쳐 충성을 바치려던 늙은 신하의 요청을 거절하지 못한, 문사와 함께 풍류를 즐기는 것을 낙으로 삼던 이는 조카의 명으로 죽음에 이르렀다. 강하지도 현명하지도 못한 어린 왕을 섬겼던 많은 신료가 이슬처럼 스러졌다. 그 핏물이 그의 손에 배어 있었다. 수많은 죽음은 오롯이 그의 책임이었다.

"소저도 마찬가지로군요."

홍위가 고개를 돌려 연의 얼굴을 바라보았다. 어린 마음은 비겁하고 나약했다. 그의 곁을 지켰다는 이유로 목숨을 잃은 이들이 있었음에도 제 목숨 부지하고 있는 것을 다행스럽게 여겼다. 연정에 눈이 멀어 사랑스러운 소녀를 떠나보내야 하는 것이 마음 아팠다.

소녀도 혼사를 앞두고 있습니다.

연은 몇 번이나 망설인 말을 꺼내지 못하고 도로 고개를 숙였다. 굳게 모았던 손을 풀어 손바닥을 들여다보았다. 달빛을 받은 자마노석이 뭉그러지듯 울렁거렸다.

연이 그 손을 앞으로 내밀었다. 홍위가 말없이 연의 손에서 노리개를 받아 들어 소맷부리 안으로 감추었다. 소녀를 향해 발을 디뎠다.

그녀가 좁은 보폭으로 몇 발짝 물러섰지만, 성큼 다가와 바짝 다가선 소년의 팔 안에 그대로 갇혀 버렸다. 연이 몸을 뒤틀자 그녀를 감은 팔에 힘이 실렸다. 숨을 쉬는 것도 버거울 만큼 꽉 죄어 오는 힘에 연이 저항하기를 포기했다. 자연스럽게 관자놀이에 닿은 입술은 서늘하면서도 가칠했다.

"잠시, 아주 잠시만……."

숨소리와 구분되지 않을 만큼 미미한 속삭임과 함께 홍위의 팔이 느슨해졌다. 연의 어깨에 아슬아슬하게 걸쳐져 있던 포가 미끄러져 흘렀다. 연이 가볍게 비틀대다 홍위에게 살짝 기대었다. 온전히 안기지도, 그렇다고 밀어내지도 아니한 채로 시간이 제법 오래 흘러 얇은 옷자락 사이로 새어 드는 한기에 몸이 가느다랗게 떨리기 시작했다.

홍위가 팔을 풀고 떨어진 포를 주워 들어 연의 어깨에 얹었다. 다시 떨어뜨릴 것을 염려하는 듯 앞섶을 모으고 연의 손을 끌어당겨 쥐여 주었다.

"오늘 밤만큼은 결코 잊지 않겠습니다."

도포자락을 펄럭이며 빠른 걸음으로 후원을 벗어나는 모습을 바라보던 연이 눈을 감았다. 오래도록 기억에 남을까 감은 눈에 힘을 주고 도리질해도, 더욱 선명해지는 서러운 뒷모습에 눈가가 젖어 들었다. 아렴풋하게 파루를 알리는 종소리가 울려왔다.

달은 기울었으나 해가 떠오를 기미는 없어 사위가 어둡기만 했다. 연이 느릿한 발걸음으로 방 안에 들어섰다. 딱딱하게 굳은 손가락을 풀어 포를 떨어뜨린 채 방 구석에 몸을 숨기듯 스르르 주저앉았다. 무심코 짚은 손바닥에 딱딱한 것이 박히듯 파고들었다. 익숙한 촉감을 알아채자마자 손을 오므려 감싸 쥐고는 가슴으로 가져갔다.

유려한 필체로 마음을 전한 부채는 불길에 던져 버렸다. 어머니의 유품이라던 귀한 물건은 돌려보냈다. 그러나 작고 보잘 것 없는 반지는 생각도 하지 않았다. 길가 좌판에 놓인 조악한 반지의 가치는 굳이 따져 볼 필요도 없을 정도였다. 어린 사내아이가 제 누이에게 주기 딱 알맞은 정도의 물건이기도 했다.

이 변명이 진심일까. 방구석으로 데굴데굴 굴러가는 모습을 보면서도 도로 집어 오지 않았다. 지금도 아무데나 던져 버리는 게 아니라 두근거리는 가슴 위에 얹어 놓고 있었다. 그리움이라 확신할 수 없었던 것은 태워 버리고, 다른 이와의 소중한 추억이 깃든 것은 돌려보냈다. 그러나 온전히 마음을 담아 준 반지는 남겨 두었다.

"오늘 밤만큼은 결코 잊지 않겠습니다."

떠오르는 목소리에 다시 눈시울이 젖어 들었다. 슬픔이 지나쳐 건조해졌던 눈빛, 외로움이 묻어나던 등, 전에 없이 강하게 휘감아 오던 팔과 의도하지 않게 이마에 맞닿아 있던 입술이 생생하게 떠올랐다.

연의 몸이 엎어지듯 꺾이고 바닥으로 물방울이 굴러떨어졌다. 그럼에도 꼭 쥔 손만큼은 풀지 않았다.

四

갑술년(甲戌年)

7
선연(善緣)이 악연(惡緣) 되어

　설은 항상 즐겁고 풍요로웠으나 이번에는 그 흥겨움이 더했다. 모처럼 찾아온 거가 퍽 점잖은 말투로 제 아내에게 태기가 있다는 소식을 전했다. 장가든 아들은 곧 후사를 볼 것이고, 혼인을 앞둔 딸은 여인으로서 오를 수 있는 가장 높은 자리에 앉게 될 예정이었다.

　혼인할 때 그러하였던 것처럼 곧 아비가 되리라는 소식을 전하는 거의 표정은 세상 모든 행복을 품에 안은 것처럼 보였다. 그 모습에 마음 구석이 따스해져 엷은 미소를 머금던 연은 곧 다가올 제 처지를 상기하고는 표정이 흐려졌다. 능글맞은 목소리로 누이를 불러 대던 오라비가, 톡톡 쏘아 대듯 대꾸해도 빙긋 웃음 지어 주던 그 시절이 몹시 그리웠다.

　간택과 입궐 준비는 착실하게 진행되고 있었다. 연의 치장을 위한 온갖 물목은 물론이고 가마에 교전비와 유모까지도 격이 떨어지면 안 된다고 한껏 준비를 하고 있는 모양이었다. 속된 말로 '기둥뿌리가 뽑힌다'고 할 만큼의 비용을 충당하는 건 당연히 그들의 집안이 아니었다. 수지의 부인이 대부분 준비를 맡아서 하는 데다 송 씨도 호화로운 비단이며 장신구를 보내왔다. 권력의 정상에 선 수지의 재력은 말할 것도 없고, 염이 워낙 사랑받는 막내아들이었기에 선왕이 왕실 보물의 대부분을 보내 주었다고 하니 그 정도는 아무것도 아닐 것이다.

하지만 호의가 지속될수록 연의 마음은 불편해지기만 했다. 그들이 지극하게 위해 줄수록, 제 지아비가 될 자는 그녀를 마땅치 않게 여기리라는 마음이 드는 탓이었다.

심란한 기분으로 사날 지낸 정월 초나흗날 이른 아침이었다. 연이 며칠이 지나 회상해 보아도 그녀가 겪은 일에 대한 기억은 몹시 단편적이었다. 마치 깊은 잠에 빠져 꾸었던 꿈을 상기해 보려 노력해도 점점 흐려지기만 하는 것과 비슷했다.

다홍치마에 연두 빛깔의 견마기는 지금껏 입어 본 옷 중 가장 화사했으나 마음을 설레게 하지는 못했다. 떠나면 다시 돌아올 수 없을, 그녀가 떠나면 더욱 쓸쓸해질 집 안을 생각했다. 그녀를 만나기 위해 부모가 길을 나서야 할 것이고, 격이 달라 여느 부모 자식 간처럼 편안하게 대화할 수도 없을 터였다.

돌연 목이 메어 와 아무런 말도 하지 못하고 고개만 숙여 보인 뒤 곱게 단장된 가마 위에 올랐고, 내린 뒤에는 궐 안으로 안내되었다. 가마에서 내린 문의 모양새가 육조 거리 안쪽으로 보이던 것과는 달라 법궁이 아니라는 것만 어렴풋하게 눈치챘을 뿐이었다.

이른 새벽에 나서 아침 시간에 도착했으나 간택의 준비에는 시간이 오래 걸리는 모양이었다. 저만치 앞이 문으로 가로막힌 넓은 마루에서 스무 명 남짓의 규수가 앉아 기다리는 동안 정오가 되었다. 간단한 다과상을 들여온 나인들이 처녀들의 법도를 점검하기라도 하는 듯 예리한 눈초리로 바라보았다. 마음 불편한 식사가 끝나자마자 앞쪽의 문이 활짝 열렸다.

안에는 예복을 입은 일곱 명 정도의 여인이 앉아 있었다. 서로를 날카로운 눈길로 쏘아보거나 미심쩍은 얼굴로 뜯어보고, 혹은 다정스러운 눈빛으로 바라보았다. 그중에는 수지의 부인도, 오라비 또래나 될 것 같은 젊은 여인도 있었다. 이것저것 하문하는 목소리에 일일이 대답을 하였음은 분명하나 무엇을 들었는지, 무어라 대꾸했는지는 전혀 기억나지 않았다.

그들이 앉아 있는 뒤쪽으로 둘러쳐진 붉은 발이 있었다. 촘촘하게 짜인 발 너머의 모습이 비치지는 않았지만, 다만 한 번인가 들려왔던 가벼운 헛기침 소리로 그 뒤에 남자가 있음을 짐작할 수 있었다. 아마 종친이나 백관 중 그들을 관찰하고자 몸을 숨긴 이가 있었으리라.

이틀 뒤의 재간택 날에 있었던 일도 큰 차이는 없었다. 첫날에는 정해진 거처로 바로 들어가서 아무도 만나지 아니하였으나, 그날은 나인 하나를 대동한 채 궐 안을 돌아다니다가 한 신료를 만났다. 예를 갖추어 인사를 나눈 뒤 자리를 뜨려는 연을 향해 그가 말을 걸었다.

"송 부사 댁 따님 아니십니까."

연이 몸을 돌렸다. 말투가 꼭 그녀를 만난 적 있다는 것처럼 들려 상대를 빠르게 훑어보았다. 남자는 위엄 있고 온화한 표정을 짓고 있었다. 날카로운 눈매는 열경과도 비슷한 데가 있어 학자나 문인의 풍모를 지니고 있는 것 같다고 생각했다. 그러나 곧 시선을 살짝 내리며 자세를 정돈했다.

사람을 오래도록 빤히 쳐다보는 것은 실례였고, 아무리 보아도 기억에 없는 사람이었다. 아마 그녀가 내정되어 있음을 알고 있어 미리 알은체하는 모양이었다. 저렇게 중후한 면모를 지닌 사람도 혹시나 몰라 줄을 대어 놓으려고 하는 걸까. 혼자 생각하다 저도 모르게 실소를 흘렸다. 왕의 처지가 외로운 만큼 그녀 역시 아무것도 아니었다. 차라리 그녀가 힘이 되어 줄 수 있는 누군가를 물색하는 편이 더 이치에 맞는 생각이었다.

"더 전하실 말씀 없으시다면 이만 가 보겠습니다."

예의 바르게 서서 속으로 잠시 수를 헤아리던 연이 건조한 목소리로 말을 건네고는 돌아섰다. 그가 오래전, 할아버지 댁 앞에서 발이 꼬여 넘어질 뻔한 그녀를 잡아 준 이라는 사실은 그 이후로도 알지 못했다.

"전하."

"불당 철거는 이미 의정부에서 의논하고 있으니 시일을 기다리오."

접견을 마친 성원이 물러나지 않고 다시 부르는 목소리에 담담하게 대꾸한 홍위는 대답이 돌아오지 않자 의아한 눈초리로 상대를 내려다보았다.

"달리 하고자 하는 말이 있소?"

"창덕궁에서 삼간이 이루어지고 있사옵니다."

성원의 목소리에 살짝 웃음기가 어렸다. 이틀 전, 창덕궁에서 좌승지가 처녀 중 하나와 잠깐 말을 나누는 모습을 보았다. 여느 규수와 비교하여 다른 점을 찾기 어려웠으나 그의 예리한 눈썰미는 피해 갈 수 없었다. 남촌의 어느 담장 뒤에서 보았을 때보다 성숙하였으나 둥근 이마에서 오뚝한 콧날까지 이어지는 선은 변함이 없었다. 그날 들은 이야기가 옳다면, 비씨로 간선될 예정인 처녀이기도 했다. 우연이라 해도 이쯤 되면 천연이라 해도 될 법했다.

홍위의 반응은 성원의 예상과는 사뭇 달랐다. 어떤 기대감도, 아니 관심조차 실려 있지 않은 무감한 얼굴로 그를 빤히 바라보다 고개를 돌렸다. 마치 예전에 세자빈 간택이 진행되다 말았던 그때, 나랏일에 사심 따위는 담을 수 없다 말하던 그적과도 퍽 흡사했다. 아나나 다를까, 이어지는 말도 크게 다르지 않았다.

"그저 당연한 일이 진행되고 있을 뿐인데, 장령(掌令)은 어찌 중요한 듯 일깨우려 하오? 과인은 아직 아바마마의 삼년상을 다 치르지 못하였소. 가례가 과연 이름처럼 기쁘고 경사스러운 일이 될 수 있다 생각하오?"

성원은 막 열려던 입술을 굳게 닫았다. 곧 중전마마가 될 소녀의 존재가 어린 왕의 외로움을 달래 줄 수 있으리라 믿었다. 그러나 소년의 생각은 소녀 자체가 아니라 그 바깥의 것을 염두에 두고 있었다.

억지로 치러지는 혼인, 수지의 뜻에 의해 맞이하는 여인. 그 상대가 누구인지는 중요하지 않아 관심조차 두지 않았다. 오히

247

려 정체를 알면 더 마땅치 않게 여길지도 모를 일이었다.

안타깝다는 생각이 들었다. 그 생각도 잠시뿐, 그가 할 수 있
는 일은 없었다.

✳   ✳   ✳

"감축 드리옵니다."

동별궁 별당 안, 활짝 피어오른 미소로 인사를 건네는 송 씨
너머로 궐의 예법을 가르칠 상궁들이 보였다. 연이 어색하게 고
개를 끄덕이자 이번에는 옆에 앉힌 어린 딸을 향해 다정하게 일
렀다.

"이제 곧 중전마마가 되실 거란다."

"마마?"

옹알거리듯 송 씨의 말을 따라 하는 어린아이에게 부드럽게
미소를 지어 보인 연이 자신의 머리를 살짝 만져 보았다. 사람
한 명을 숨길 수 있을 것처럼 소매가 넓은 원삼이 팔을 따라 부
드럽게 흘러내렸다. 이제껏 하나로 땋아 길게 늘어뜨렸던 머리
는 양쪽으로 갈라 어깨 위에 드리워지도록 땋아 올렸다. 모든
게 낯설기만 했다.

"고모님."

"사가의 연으로 그리 부르시는 것은 예법에 맞지 않습니다."

송 씨가 고개를 저으며 손사래를 치자 연이 한숨을 내쉬었다.
아직 책비는 이루어지지 않았지만, 송 씨는 연이 이미 중전이
된 것이나 다름없이 생각하고 있었다. 그녀가 알지 못하는 순간

에도 납채며 납징, 고기(告期) 따위가 이루어지고 있을 터였다. 순조롭게 진행되는 절차와 별개로, 누군가는 내키지 않는 혼인에 질질 끌려오고 있으리라.

하필 이곳에 머무르게 된 것이 몹시 마음 쓰였다. 후원에는 갈 시간도 없을 것이고 발을 들일 생각도 없었지만, 기억이라는 게 그 장소에서만 유효한 것이 아니었다. 후원이 있는 방향만 쳐다봐도 마지막으로 헤어지던 순간이 자꾸 눈앞에서 아른거렸다. 혼인을 앞두고 있는 상황에서는 몹시 껄끄러운 일이었다.

"부족한 점 많아도 모쪼록 옛정을 기억하시어 너그러이 이해하시옵소서."

웃음을 담뿍 머금은 송 씨가 자리에서 일어났다. 그녀가 방문을 나서는 것과 엇갈려 바깥에서 기다리던 상궁들이 들어와 연에게 고개를 조아렸다.

그렇게 시작된 예법 교육은 날이 밝기도 전에 시작하여 저물고도 한참이 지나야 끝났다. 가례의 절차, 궐에서 지켜야 할 법도, 내명부의 수장으로서 해야 하는 일 등 알아야 할 것들이 끝도 없이 많았다. 몇 번씩 되풀이해도 쉬이 익혀지지 않아 가례를 며칠 앞두고 연을 만나러 온 민 씨가 딸의 얼굴을 확인할 시간조차 없을 정도였다.

날이 흘러 정월 스무이튿날이었다. 전일, 책비를 준비하기 위해 포막과 막차를 설치하느라 별당 앞에서 대문간에 이르기까지 온 집 안이 북적였다. 상궁들이 빠져나가 모처럼 만에 호젓해진 방을 찾은 어머니와 고모를 마음껏 환대할 수도 없었다. 정중한 공대에 반가움이 흐려져 데면데면하게 굴었다. 그렇게 긴 하루를 보내고 맞이한 아침조차 별다르지 않았다.

무늬 없이 고운 빛깔의 적의가 걸쳐지고 곱게 장식된 칠적관이 머리 위에 얹혔다. 좌우로는 상궁이 그녀를 부축하고 있었다. 연이 바깥으로 나서자 상궁 하나가 그 앞에 꿇어앉아 내시가 건네는 책봉서가 든 교명함과 옥책이 든 책함을 받았다. 연은 상궁이 이끄는 대로 네 번 절하고 단정히 자리에 앉았다. 낭랑한 목소리가 울렸다.

"······아아, 그대 송 씨는 성품이 온유하고 덕이 유한한 데에 태어나 진실로 중궁의 자리를 차지하여 한 나라의 국모로 임하여야 마땅하겠으므로······."

연의 입술이 가느다랗게 한일자를 그렸다. 본 적 없으니 알수도 없는 것들에 대한 의례적인 표현에 손톱만큼의 진심도 깃들어 있을 리 없었다. 허울뿐인 관계의 앞날이 그려지는 것 같아 숨을 들이쉬었다. 저 바깥쪽 어딘가에 그녀와 삼간에 오른 처녀들이 있을 것이다. 성품과 용모, 그 어느 것도 그녀보다 못하다 여기지 않을 다른 이들은 교명 내용을 어찌 생각할까.

들려오는 목소리에 맞추어 바닥에 이마가 닿도록 엎드리고, 혹은 절하고, 건네는 물건을 받아 들고 다시 절하는 절차가 꽤 여러 번 반복되었다. 마치 남이 하는 일을 바라보는 듯 멍한 느낌으로 따르던 연은 내시 하나가 그녀의 앞에 꿇어 엎드리는 것을 보며 비로소 현실임을 실감했다.

"예를 모두 마쳤사옵니다."

상궁들이 좌우에서 연의 팔을 잡았다. 연이 몇 번 눈을 깜박여 눈앞에 떠오르는 사람의 그림자를 몰아내며 자리에서 일어났다. 진눈깨비라도 내릴 것처럼 흐린 하늘 아래, 습기를 머금은 바람이 매섭게 불어왔다.

✽   ✽   ✽

왕비를 맞아들이는 일은 신료들의 청에 쫓겨서 한 일이다. 그러나 오히려 마음이 편안치 못하니, 이를 정지시키라*.

이른 아침에 내려졌다는 왕명이 연의 귀에까지 닿는 데에는 긴 시간이 필요치 않았다. 봉영(奉迎)이 미루어진 사유를 눈치채지 못할 만큼 신경이 무디지도 않아, 이미 짐작하고 있던 일이기도 했다.

그 대상이 자신임도 잊고 일이 벌어지는 상황을 들여다보았다. 아직 국상이 치러지는 중이고 왕의 나이가 어려 혼인이 시급한 상황은 아니었다. 자신의 뜻에 반하는 이들을 모두 처단한 수지가 국혼을 추진하는 이유는 명백했다. 그의 행동이 권력욕에 의한 것이 아니라 충정에서 비롯된 것임을 온 세상에 알리기 위함이었다.

그러나 저녁나절도 지나 잠자리에 들기 직전에 모든 것이 예정대로 행해지리라는 이야기가 전해져 왔다. 결국은 뜻을 굽힐 수밖에 없는 무력한 왕에 대한 동정심이 일었다.

연은 키 작은 장 위에 올려놓은 함 뚜껑을 열었다. 떨잠의 나

---

*단종실록 10권, 단종 2년 1월 23일 을해(乙亥) 두 번째 기사.

비가 가늘게 떨렸다. 지아비가 될 왕이 알든 모르든, 수지가 준 물건으로 그의 앞에서 치장하고픈 생각은 없었다.

연이 한참이나 머뭇거리다가 저고리 안쪽으로 손을 넣었다. 치마가 흘러내리지 않도록 단단히 매듭짓고도 바깥쪽에 다시 겹쳐 묶어 놓은 여분의 매듭을 조심스레 풀어냈다. 동그란 고리 하나가 끈에서 미끄러져 연의 손바닥으로 내려왔다. 솜씨 좋게 숨겨 놓았다가 시중드는 이들이 없는 틈에 매달아 놓은 가느다란 반지였다.

연은 반지를 물끄러미 바라보다 떨잠 옆에 내려놓았다. 지극히 외로운 처지에 있을 왕에게 힘이 되어 주어야 할 그녀가 다른 이를 향한 마음을 품고 있으면 안 될 일이었다. 여전히 그 고운 얼굴이 뇌리에서 떠나지 않아 가슴이 시려 왔지만.

함 뚜껑을 굳게 닫았다. 나비의 떨림도, 붉은 돌의 반짝임도 뚜껑 바깥으로 새어 나오지 못했다.

❉   ❉   ❉

연은 방 안에 앉아 바깥의 동태에 귀를 기울였다. 혼례의 모든 순간에 그녀의 존재가 필요하지 않을 터, 그녀가 방을 나가는 것은 절차가 어느 정도 진행되고 난 다음이었다. 그제와 다를 바 없는 치렁치렁한 옷자락과 예장용 수식(首飾), 그 위에 얹은 관까지 만만치 않은 무게가 온몸을 내리눌렀다. 절로 움츠러들 것 같은 목과 어깨를 애써 펴고 턱을 살짝 추켜들었다.

방 안에서 연의 손을 꼭 잡고 손가락을 더듬던 민 씨는 바깥에서 주부(主婦)를 찾는 소리가 들려오자 먼저 방을 나섰다. 수지가 보낸 나이 지긋한 여인이 있지도 아니한 유모를 대신하여 부모(傅姆) 역할을 하고 있었다. 그녀가 연의 팔을 잡아 부축하자 상궁들이 앞장 서 문을 열었다. 남쪽을 바라보고 선 연의 앞에 관원들이 일제히 네 번 절하고 꿇어앉았다.

"좋은 달, 좋은 날에 교서를 받들어 직책을 다하여 봉영합니다."

연은 상궁이 이끄는 대로 걸음을 내디뎠다. 정해진 자리로 옮겨 가 네 번 절하니, 현수가 연의 곁으로 다가왔다. 가까이서 본 현수의 머리칼에서 몇 가닥의 흰머리를 발견하자 가슴이 먹먹해졌다.

"경계하고 공경하여 이른 아침부터 밤늦게까지 명령을 어기지 말지니라."

"힘쓰고 공경하여 이른 아침부터 밤늦게까지 명령을 어기지 말지니라."

두 목소리가 시차를 두고 울렸다. 그녀가 싫다면 단자를 올리지 않겠다던 결연함도, 딸이 귀한 자리에 오른다는 설렘도 사라진 부모의 얼굴에는 온통 염려와 서운함이 가득했다. 연의 입매가 느슨해졌다. 간택이 결정된 이후로 한 번도 보인 적 없는 환한 미소를 띠었다.

내시들이 걸쳐 멘 여(輿)에 올라 대문간으로 향한 연은 적의 위에 현수와 민 씨가 주는 경을 걸쳐 입었다. 가마 뒤로 줄지어 선 말이며 사람들이 그녀의 뒤를 따를 것이었다. 그녀를 기다리는 연(輦) 위에 오른 뒤 마지막으로 딱 한 번, 자신이 나온 문을 들여다보았다. 그 안에서 처음 만난 단정한 소년은 어린 소녀의 마음에만 남겨 둔 채 작별을 고했다.

연이 탄 가마는 광화문 안, 사정전 문 앞에 멈추어 섰다.

가마에서 내린 연은 어둠이 깔리기 시작한 풍경을 바라보았다. 일산이며 큰 부채를 든 사람이 한 줄, 촛불을 잡은 사람이 또 한 줄로 길게 늘어서 있었다. 하나같이 눈을 마주치지 못하고 고개를 조아린 모습에 숨이 막혀 왔다. 조금 더 먼 곳을 바라보았다. 사정전은 어둠 속에서도 위용을 자랑했다. 다시 한번 목이 조여 왔다.

의연함을 가장한 호리호리한 그림자가 천천히 다가오기 시작했다. 일렁이는 그림자를 따라 계단을 반쯤 오른 연이 자신의 앞에 놓인 한 쌍의 발을 보고 걸음을 멈추었다. 허리를 굽혀 인사한 연이 조심스레 눈을 들었다. 두 쌍의 눈이 마주쳤다.

면복을 갖추어 입고 그녀를 내려다본 얼굴을 확인한 순간, 연이 호흡을 멈추었다. 마음에 있는 줄도 모르도록 깊이 묻어 놓으려던 이가 거짓말처럼 눈앞에 나타나 있었다.

정체를 숨긴 것을 원망할 생각은 없었다. 그녀를 찾으려 하고 마음 조각을 드러낸 자체도 용기가 없이는 불가능한 행동이었다. 오래도록 지켜야 할 비밀이라면 처음부터 함구하는 편이 더 현명하기도 했다. 지아비가 될 이의 얼굴을 보기도 전부터 냉대받아도 감내하려 마음을 굳게 먹던 것이 어리석게 느껴질 정도였다.

연의 마음 구석으로 조그맣게 피어오르던 행복감은 홍위의 차가운 표정 앞에서 흔적도 없이 사라졌다. 반가움을 표하려 살짝 올렸던 입술 끝이 어색하게 굳어졌다. 미소를 되돌리기는커녕 불쾌감 가득한 얼굴로 돌아선 뒷모습을 보자 눈가가 아려 왔다. 멍하니 서 있다가 성큼성큼 멀어지는 발길을 좇으려 허둥댔다.

정인을 만나고도 기뻐하지 않음은 상대방이 더 이상 정인이 아니기 때문이었다.

아니, 정인일 수 없기 때문이었다.

썰렁한 복도를 지나 열린 문 앞에서 걸음을 멈춰 선 홍위는 상궁의 뒤를 따라오는 연의 모습을 바라보았다. 그가 이 가례에 아무 힘도 발휘하지 못한 것처럼 혼사에 계집아이의 의사가 반영될 수 없음을 알고 있었다. 그럼에도 억지에 지나지 않는 원망의 감정이 마음 가득히 소용돌이쳤다.

신원도 알 수 없는 소년 따위는 미련 없이 버릴 수 있을 만큼 중전의 자리가 탐이 났나. 아프게 이별을 고하는 그에게 아무렇지 않게 노리개를 돌려준 것도, 마지막으로 그녀의 온기를 품어 보려던 팔을 매정하게 풀어내려던 것도 그 탓이었겠지. 이제 와서, 그의 정체를 알고 나서야 짐짓 반가운 듯 다정히 굴려는 저 위선이라니.

오늘 처음으로 그리운 정인을 만나는 순간이 즐겁지 않을 수 있음을, 사랑스러운 소녀가 반갑지 아니할 수 있음을 깨달았다. 그가 마음을 준 사람이 하필이면 숙부가 정해 놓은 사람이라니. 붉게 물들어 대전까지 피비린내를 전하던 궐문 앞이 떠올랐다. 더는 볼 수 없게 된 충신들의 얼굴이 하나하나 그려졌다. 홍위가 주먹을 굳게 쥐었다. 입가에 조소가 떠올랐다.

그 표정을 마주한 연이 눈을 내리깔았다. 과장된 정중함으로 그녀에게 인사하고는 실(室) 안으로 사라지는 뒷모습에 가슴이 시려 와 잠시 눈을 감은 채 마음을 정리했다.

"마마."

상궁이 조심스럽게 채근하는 목소리에 눈을 떴다. 조심스레 발을 옮겨 방에 들고 그의 맞은편에 앉았다. 찬안을 사이에 두고 상궁이 올리는 잔을 받아 땅에 제사를 지내는 예를 취하던 연은 표주박 하나를 둘로 쪼갠 모양을 보며 입술 안쪽을 깨물었다. 상대의 태연한 표정을 채찍 삼아 자꾸만 무너질 것 같은 마음을 다잡고 평정을 가장하느라 무슨 일이 일어나고 있는지도 제대로 알 수 없었다.

상이 치워진 뒤 상궁을 따라 다시 다른 방으로 안내되었다. 내내 연의 어깨를 무겁게 짓누르고 있던 적의에서 벗어났다. 관과 머리 장식은 여전히 머리에 얹혀 있고 삼작 저고리와 몇 겹의 치마에 치렁치렁하게 감싸인 채였지만, 그만해도 제법 몸이 가벼웠다.

그림처럼 앉아 있는 연의 방문 앞으로 발걸음 소리가 가까워져 왔다. 열린 문 사이로 들어온 무거운 발걸음이 그녀 앞에 멈추어 섰다.

"다들 물러가라."

항상 청아하여 아름답다고 생각하던 목소리가 아니었다. 낮고 메마른, 감정이 실리지 않은 목소리였다.

"하오나……."

반론을 표하려던 상궁은 날카롭게 쏘아보는 눈빛에 움츠러든 듯 고개를 숙여 보이고는 뒤로 물러났다. 그녀의 주변에 완전한 침묵이 깃들고 난 뒤도 연은 고개를 들지 않았다. 보지 않아도 알 수 있는 일, 굳이 확인하여 마음에 더 깊은 상처를 내고 싶지 않았다.

얼마만큼의 시간이 흘렀는지도 알 수 없었다. 아무런 말도, 행동도 없이 그저 단정하게 앉아 있는 연의 앞에 홍위가 털썩 주저앉았다. 연의 머리에서 관을 벗겨 내고 떨잠과 장식 비녀를 풀어내는 손길은 몹시 조심스럽고 부드러웠다. 땋아 올린 머리채가 등 뒤로 늘어뜨려지자 손을 거두어들인 홍위가 처음으로 그녀를 향해 목소리를 냈다. 조금 전의 손길과는 판이하게 다른 날선 목소리였다.

"숙부가 몰래 드나들면서 아이가 생겼으니 다시 불러들여 달라고 간청하던 부부인의 조카였군."

연이 조심스레 눈을 들었다. 차가운 표정과 매정한 말투로 숨긴 상처가 눈빛으로 고스란히 드러났다. 겉으로만 강한 척하지, 실상은 연약한 소년이 그녀의 앞에 앉아 있었다.

어째서 눈치채지 못했을까. 여느 벼슬아치의 시골에 사는 인척이라면 대군의 별궁에 자유롭게 드나들 수 없었다. 우연인 듯 아닌 듯 드문드문 만남을 이어 갔으니 실은 시골에 살고 있지 아니한 게 당연했다. 쉬쉬하고 있어도 소문은 흘러 나가기 마련이라, 어지간한 사람은 다들 알고 있었을 간택령을 코앞에 두고 혼인을 운운할 수 있는 사람이 이 나라에 있을 수 없었다. 단 한 명, 간택령을 내린 당사자가 아니라면.

"홍위……."

"감히 국왕의 이름을 함부로 입에 올리는 여인이 있다니. 아무리 비(妃)라 하여도 용납할 수 없는 일 아니겠소."

"송구하옵니다."

"송구? 무엇이? 이름 따위에 의미가 있을까? 어차피 한때의 꿈이고 아무런 미련 없이 혼인을 치를 수 있는 정도의 무게감에 지나지 않는 것을."

"그렇지 않사옵니다."

"하면 혼사를 파하기라도 할 생각이었나, 국혼인데. 아니지, 국혼이라는 것 따위는 중요치 아니하지. 나는 새도 떨어뜨린다는 영상 대감의 명이었을 텐데?"

홍위가 주변을 둘러보았다. 조금 전 상궁이 두고 간 표주박잔과 함께 술병이 놓여 있었다. 지금껏 술을 제대로 접한 적 없었음을, 자신의 말과 행동을 제대로 다스리지 못하는 상황을 신경 쓰지 않았다. 술병을 대충 기울여 잔을 채워 입술에 갖다 대었다가 신경질적으로 잔을 집어던졌다. 병풍에 그려진 도끼 무늬에 보기 싫은 얼룩을 그린 잔이 금침 위에 나동그라졌다. 몇 방울의 술이 어지럽게 튀었으나 잔은 깨어지지 않고 형체를 유지하고 있었다.

"내정된 이가 그대인 줄 알았더라면 그렇게 어리석은 소리는 지껄이지 않았을 것인데."

홍위가 쓴웃음을 지었다. 시간을 되돌릴 수 있다면 추운 겨울 밤, 동별궁에는 결단코 가지 않으리라. 아니, 그 이전으로 시간을 되돌려야 마땅하다. 달콤하게 입 맞춘 가을과 시구를 건넨 여름을 지나 처음으로 눈에 담은 봄, 제 책무를 잊지 않고 바로 진관사로 향했어야 옳다. 그러했다면 소녀와 얽혀 드는 일 따위는 없었을 것이니.

"단지 나를 섬겼다는 이유로 사람이 죽어 나간 것을 되새기기도 전에, 하찮은 계집아이에게 장래를 약조할 수 없음이 서러웠던 어린아이였지. 그리 어리석었으니 이런 처지에 처할 수밖에."

연의 앞에 앉아 있던 홍위가 벌떡 일어나자 붉은 띠 한 조각이 흘러내렸다. 교룡에게 잡히지 마시라 새초롬하게 속삭였던 그 밤에 끌러 주었던, 서툰 솜씨로 바느질한 댕기였다.

연은 고개를 들어 그의 얼굴을 바라보았다. 분노로 타오르는 눈빛이 데일 듯 뜨거웠다. 그녀에게 두려움을 불러일으킨 바 있는 수지의 차가운 입매와 몹시도 비슷한 표정을 바라보며 마음이 무너져 내렸다. 그의 곁에 머무른다는 것은 허울만 뒤집어쓴 무감각보다도 못한 고통이 되리라.

"이만 가시오. 어차피 이 밤, 함께 보내지 않아도 그 누구도 관계치 않소."

어느새 분노에 찬 소년에서 냉담한 왕의 모습으로, 홍위는 짧은 옷자락이 펄럭이도록 매몰차게 돌아섰다. 그의 등 뒤로 따스한 체온이 닿고, 그의 허리를 가느다란 팔이 휘감았다.

"무례하오."

호리호리한 소년이라 해도 사내는 사내였다. 체력을 단련한 적 없는 가녀린 소녀의 팔을 풀어내는 것쯤은 어렵지 않았다. 연은 손쉽게 그녀의 품에서 벗어난 소년의 소맷자락을 움켜쥐었다. 팔을 떨쳐 내려 휘젓는 대로 그녀의 몸이 같이 흔들렸다.

"부디 이 순간만큼은 여기에 머물러 주세요."

가냘프게 떨리는 연의 목소리에 홍위가 움직임을 멈추었다. 금방이라도 문을 열고 나갈 기세는 간데없이 소매를 붙잡힌 채로 굳어졌다. 연이 소매를 꼭 쥐고 홍위의 앞으로 움직여 갔다. 그와 얼굴을 마주 바라볼 수 있는 곳에 서서 간절한 목소리를 냈다.

"일각만이라도 곁에 계신다면, 이후로는 결코 억지로 뵈려 하지 않겠습니다."

그토록 다정하던 소년이 냉담하게 굴었다. 다정하던 모습은 간데없이 빈정거리며 매정한 말을 쏘아붙였다. 그 심정을 이해할 수 있다. 이해해야만 했다. 그러나 마음의 준비를 할 시간이 필요했다. 그녀의 마음을 가득히 채우고 있었던 사랑스럽고 온유한 소년을 이런 식으로 잃을 수는 없었다.

연이 홍위의 소매를 살그머니 놓았다. 그가 그녀를 놓아두고 나가지 아니하리라는 흐릿한 확신을 얻었다. 조심스레 손을 뻗어 그의 손등을 감쌌다. 그녀의 것보다는 조금 크지만 부드럽고 유약한 손을 어루만지다가 손바닥 위에 손가락으로 천천히 글자를 썼다.

"부디 기억해 주옵소서. 소녀의 이름은 연이라 하옵니다."

홍위의 머릿속에 골짜기를 흐르는 조그만 냇가에서 발을 찰 방거리던 어린 소녀가 떠올랐다. 봄 햇살처럼 따스한 기운을 머금고 있던 사랑스러운 소녀의 모습을 어찌 잊을 수 있을까.

연이 손을 놓고 홍위의 얼굴을 올려다보았다. 손을 들어 그 얼굴 위에 올리고는 천천히 윤곽을 따라 쓸어내렸다. 단정하게 앉아 유려하게 써 내려가던 글귀처럼 매끄럽고 머뭇거림 없이 획을 긋던 붓의 움직임처럼 나긋했다. 자꾸만 기억을 되새기는 연의 손길에 홍위가 굳게 주먹을 쥐었다. 이 이상 허용해서는 안 되었다.

"그만……."

"아직 보내 드릴 수 없사옵니다."

연이 홍위의 얼굴을 감싼 손을 놓으며 작게 속삭였다. 뒤꿈치를 살짝 들어 그녀를 피하지도, 그렇다고 반기지도 않는 얼굴에 조금 더 다가갔다. 이런 상황에서 대담하게 먼저 다가드는 여인을 어찌 여길지 굳이 말할 것 있으랴. 이것이 마지막이라 생각하면 두려울 것도 없었다. 연홍빛 입술 위로 붉게 물들인 입술이 포개어졌다.

몹시 부드러운 피부가 맞닿는 느낌에 홍위의 가슴이 내려앉았다. 거절의 말을 입에 담았던 것도 잊고 굳게 쥔 주먹을 풀어 조심스럽게 연의 허리를 감싸 안았다. 단 한 번, 지금처럼 제 팔 안에 감싸고 있었던 그때의 느낌이 지금도 또렷했다. 마음의 혼란을 드러내듯 어정쩡하게 버티고 있을 적과는 달리 온전히 몸을 기대어 오는 느낌에 저도 모르게 더 세게 끌어안았다. 불과 얼마 지나지 아니하였는데 훨씬 가늘어진 것 같은 몸태에 마음이 아려 왔다.

가엾은 비를 향한 자신의 비난에는 근거가 없었다. 그저 감정에 치우친 투정에 불과함은 스스로도 잘 알고 있었다. 그가 권력 따위 지니지 못한 허울뿐인 왕이라는 사실을 소녀라 하여 모를까. 부귀영화를 기대하며 기꺼운 마음으로 이 순간을 맞이하였을 리 없다. 알지 못하는 상대와 원치 아니하는 혼사를 치르게 된 것은 둘 다 마찬가지였으리라.

대범한 척 다가든 입술은 수줍음을 감추지 못하여 굳게 다물린 채였다. 그나마도 오래 맞닿지 못해, 메마른 온기가 떨어진 자리에 진한 물기가 어린 눈빛이 머물렀다. 그 시선을 견디지 못한 홍위가 몸을 굽혀 연의 허리를 강하게 끌어안았다. 연의 어깨가 가볍게 짓눌리고, 목덜미에 연한 호흡이 닿았다.

"그리워할 수도 없도록 어찌 내게로 왔단 말입니까."

차라리 다른 이의 여인이 되었더라면 좋았을 것이다. 시간이 마음을 퇴색케 하여 간절함이 줄어든 자리에 희미한 미소가 덧붙어 소중한 추억으로 간직할 수 있었으리라. 평생토록 지녀도 안타깝기만 할 그리움에 덧씌워야 할 감정이 진저리 났다.

서러운 목소리를 들은 연의 눈동자에 윤기가 돌았다. 떨리는 눈망울이 커다랗게 부풀어 오르는가 싶더니, 투명한 물방울이 볼을 타고 흘러내리다 뺨에 닿은 소년의 머리칼 사이로 흘러들었다. 가물거리던 촛불이 제풀에 지쳐 스러진 방 안, 첫정의 설렘도 초야의 두려움도 없는 그저 온전한 고요를 품은 암흑이 무겁게 내려앉았다.

8
그리움은 쌓여 가는데

"중전마마, 무엇에든 지나치게 몰두하시면 해롭사옵니다."

조심스레 부르는 목소리에 연이 책에서 눈을 들었다. 예전에도 태도나 자세는 단정하다는 평을 들었지만, 지금은 앉아서 눈을 맞추었을 뿐인데 기품과 위엄이 배어났다.

"오월이 네가 나를 잘 알지 못하여 그리 말하는구나."

"사가에 계실 적에는 나들이라도 하실 수 으셨을 텐데요."

오월에 태어났거나 오월에 주인댁에 들어왔거나. 둘 중 하나의 까닭으로 손쉽게 지어진 이름을 지닌 교전비의 안타까운 목소리에 문밖을 지키는 상궁의 눈썹이 미미하게 움찔거렸다. 그러나 오월이가 연의 곁에서 물러 나와도 그 무례를 다시 언급하거나 제재를 가하지는 않았다. 본방나인은 처음부터 궁인이 될요량으로 들어온 이들에 비해서는 격이 낮았고, 예법에 있어서도 조금 더 너그럽게 보아주는 편이었다. 물론, 주인도 급히 입

궐하여 예법을 온전하게 안다고 보기 어렵다는 점과 누구의 입
김으로 중전의 자리에 올랐는가도 무시하지 못하는 요소일 터였
다.

"너야말로 이 궐 생활이 답답하진 않으냐."

오월이가 생긋 웃었다. 입궁한 지 얼마 되지 않아 연이 그녀
의 의사를 물은 적 있었다. 원한다면 출궁시켜 주겠다는 말에
얌전히 고개를 저은 건 자신이었다. 숨도 편히 쉬지 못할 갑갑
한 궐 생활을 안쓰럽게 여긴 제안이었으나, 주인을 섬기며 그
눈치를 살펴야 하는 노비 신세가 고단한 것은 어디든 마찬가지
였다.

집에서 데려온 몸종은 그 의사를 존중하여 곁을 내어 주었으
나, 유모라고 함께 왔던 여인은 강경하게 주장하여 궐 밖으로
내보냈다. 지난 가을 이후로 대전과 내전, 그 외의 곳을 가리지
않고 궐에서 기거하는 상궁이며 나인이 다들 행동을 조심하고
있다고 했다. 그런 상황에서 수지가 보낸 생면부지의 여인을 주
변에 두고 싶은 생각은 없었다.

"궐 안이라도 구경하면 갑갑증이 조금 나아지겠지. 조만간 꽃
이 흐드러지게 피는 때가 오거든 기화요초를 보러 가자꾸나."

연이 부드러운 목소리로 이후의 어느 날을 약조하고는 책을
덮었다. 손을 올려 풍성한 머리를 매만지는 모습을 본 오월이가
얼른 일어나 서안을 치우고 연의 앞에 좌경을 갖다 놓았다. 한
올 흐트러짐 없는 머리 모양과 완벽한 화장으로 단장한 여인이
거울 안에서 연을 무표정하게 바라보고 있었다.

본디부터 내전에 갖추어져 있던 좌경은 연이 집에서 쓰던 것

보다 훨씬 좋았으나 혼수품으로 가져온 것에 비해 월등 좋지는 아니했다. 오히려 섬세한 수공이 보태어진 혼수품 쪽이 더 우아한 면모를 지니고 있을 정도였다.

연은 입궐하자마자 혼수품에 이런저런 명목을 붙여 내외명부의 품계에 오른 이들, 심지어는 나인에게까지 선물해 버렸다. 출처를 생각하면 지니고 있는 것조차 거북스럽게 여겨지는 탓이었다.

다만 화려한 나비가 팔랑이는 떨잠만은 어찌하지 못하고 장안 깊숙한 곳에 넣어 두었다. 그러나 그쪽을 의식하기만 해도 마음이 무거워져 조만간 더 깊은 곳으로 치워야겠다고 마음먹고 있었다.

연이 좌경 아래의 서랍을 살짝 당겨 열었다. 몇 개의 노리개와 장신구, 장식용 빗이 놓인 사이로 가느다란 고리가 보였다. 약간 촌스러운 붉은 돌을 물고 있는 고리는 금도금마저 군데군데 벗겨진 초라한 모양이라 그 사이에 놓여 있는 것이 어색하기만 했다. 활짝 열리지 않아 제대로 들여다보이지 않는 안쪽으로 바느질 선이 서툴게 비뚤거리는 붉은 댕기 끄트머리도 눈에 띄었다. 언뜻 눈길이 닿은, 거울에 비친 여인의 표정이 처연했다.

연이 서랍을 닫고 손을 무릎 위로 내려놓았다. 거울 안에는 아까와 꼭 같은 생기도, 표정도 없는 여인이 그린 듯 머무르고 있었다. 좌경을 치우는 오월이에게 연이 아무렇지 않은 얼굴로 물었다.

"아버님 소식을 더 들은 것은 없느냐?"

"일전에 마마께 말씀드린 이상은 알지 못하옵니다."

연이 고개를 끄덕였다. 오월이는 성품이 무던하여 다른 이들과 관계를 원만하게 잘 유지하고 있었다. 곳곳에서 일하는 나인들이 속삭이는 이런저런 이야기를 귀에 담았다가 연의 앞에서 풀어놓았다. 부지런한 작은 새처럼 끊임없이 소식을 물어 오는 교전비의 입이 가벼울 것은 걱정하지 않았다. 아침저녁으로 왕에게 문안 인사를 올리고, 함께 입궐한 두 숙의에게 문안 인사를 받는 것 외에는 별다른 일도 없어, 기껏 외로운 처지에 대한 속삭임 말고는 새어 나갈 말도 없었다.

오월이가 전한 소식은 그녀도 이미 알고 있는 것이었다. 현수는 한 달 반쯤 전에는 일백 결의 밭을 하사받았고, 그로부터 보름 정도 지나서는 동지돈녕부사에 봉해졌다고 했다. 두 소식 모두 부원군에 대한 예의를 갖추는 정도로 치부하고 넘어갈 수 있는 일이었다.

연은 그 소식을 전하는 현수의 표정을 보고 그저 짧게 대답하며 진심인 듯 다정한 미소를 보냈다. 밭의 본 주인은 모두 선왕이 아끼던 신하이자 그녀의 낭군이 힘없이 떠나보낼 수밖에 없던 이들이었지만, 그를 거절하지 못한 아비를 원망할 수는 없었다. 왕명을 거역할 수 있는 신하는 없었고, 외척에게 의례적으로 주어지는 형식적인 관직을 마다할 명분도 없었다.

"오늘도 날이 좋구나. 굳이 더 기다릴 게 아니라 지금 바람을 좀 쐬고 올까."

연이 자리에서 일어났다. 오랜 시간 앉아 있었는데도 흉한 주름 하나 잡히지 않은 매끄러운 치맛자락이 가볍게 나풀거렸다. 두어 발짝도 옮기기 전에 닫혀 있던 방문이 활짝 열렸다. 중전마마의 일거수일투족을 주시하며 귀 기울이는 이들은 사뿐한 걸음 소리만 들어도 그것이 방 안을 맴돌기 위한 것인지, 문밖으로 나서기 위함인지를 구분해 냈다. 이전까지는 겪어 본 적 없었을 감시에 가까운 상황이 버거울 법한데도 연이 답답한 마음을 드러내는 적은 없었다.

건물 밖에 나선 그녀가 가벼운 감탄의 말을 입에 담았다.

"햇살이 참 좋구나."

가례가 끝나고도 좀처럼 따스해지지 않아 시린 날이 제법 오래도록 이어졌다. 이후 어느 틈엔가 물을 머금은 듯 싱싱한 연초록빛 봄으로 바뀌더니 이내 햇살이 따가워지기 시작했다. 연은 얼굴 위로 그늘을 드리우려는 일산도 고집스레 치운 채 내리쬐는 햇볕을 즐기듯 걷고 있었다. 그러면서도 그녀의 뒤를 따르는 이들에 대한 배려는 잊지 않아 곱게 피어난 후원의 꽃을 완상하는 시간은 이각을 채 넘기지 않았다.

내전 근처에는 중전마마께서 나서기를 기다리던 그림자가 하나 있었다. 연이 건물을 벗어나 저편으로 사라지자마자 곤전 안으로 숨어들었다가 일각의 절반도 되지 않는 아주 짧은 시간 만에 다시 나타난 그림자는 대전 쪽으로 총총히 사라졌다.

"분부 받들고 왔사옵니다."

홍위가 허리를 숙이는 승전내시를 향해 고개를 끄덕였다. 아침나절에 보낸 이가 정오가 지나서야 온 걸 보면 그의 비가 내전을 잘 나서지 않는다는 이야기가 사실인 모양이었다.

아침마다 잔잔한 목소리로 안부를 묻는 목소리를 들으면 마음이 시려 왔다. 온화한 표정으로 자신을 바라보는 여인에게 잠깐 눈길을 준 뒤 외면하는 것도 편치 않았다. 하지만 사랑하는 이에게 다정한 미소를 보내는 것은 꼭 그를 위해 신명을 다하는 이들에 대한 배신인 것처럼 느껴졌다.

홍위가 엄지와 검지 끝을 맞대어 가볍게 문지르다 검지를 엄지 안쪽으로 미끄러뜨려 둥근 고리 모양을 만들어 냈다. 자신도 의식하지 못하는 듯 작게 중얼거렸다.

"기억은 틀림없으나, 그때에 비하면 많이 상하였던데. 구중궁궐에 산다는 것은 그리도 힘겨운 일일까."

승전색이 고개를 살짝 틀어 홍위의 눈치를 살폈으나 대답을 요하지 않는 가벼운 혼잣말임을 눈치채고 도로 눈을 내리깔았다.

짧은 외출을 마치고 방에 들어온 연이 다시 자리에 앉았다. 오월이가 저편 구석에 앉아 바늘귀에 고운 색실을 꿰었다. 본디도 바느질하는 손끝이 야물었으나 허드렛일에 종종거리던 계집종은 기껏 속옷 빨래나 하고 중전마마의 말벗이나 하면 그만인 한가한 처지가 되자 그 솜씨가 일취월장했다.

오월이가 막 섬세한 꽃잎을 만들어 내려 바늘을 천 위로 통과시키던 순간이었다.

"밖에 누구 있느냐?"

연의 목소리가 제법 크게 울려 오월이가 눈을 들었다. 문이 열리자 부복하고 있는 상궁을 향해 엄격하게 시선을 던졌다. 근엄한 표정으로도 감추지 못한 당혹스러운 빛을 발견한 오월이의 얼굴에 의아함이 떠올랐다. 목소리를 좀처럼 높이는 법 없는 연의 얼굴에 이토록 노골적으로 감정이 드러난 적은 없었다.

"혹시 내가 나간 뒤에 누가 다녀갔느냐?"

연의 목소리에 상궁이 고개를 옆으로 돌렸다. 날카로운 눈빛에 잔뜩 주눅이 든 얼굴을 한 궁녀 하나가 작은 목소리로 무엇인가를 속삭였다. 눈을 가늘게 뜬 채로 주의 깊게 듣고 난 상궁이 자신이 들은 이야기를 전했다.

"대전에서 승전색이 잠시 다녀갔다 하옵니다. 혹여……."

"자리를 비운 때가 많지 않아 잠시 예민했을 뿐이네."

연이 더 이상 말할 것 없다는 듯 단호하게 말을 맺었다. 상궁이 물러나고 난 방 안에는 깊은 정적만이 감돌았다. 연이 책 위에 놓인 손을 미끄러뜨리듯 몸 앞으로 당겼다. 손이 무릎으로 내려앉기 직전, 무엇인가가 먼저 치마폭 위로 떨어졌다. 오월이가 아무것도 보지 못한 척 바늘 끝에 시선을 고정했다. 곧 소담한 꽃송이가 피어나기 시작했다.

한참의 시간이 흐르도록 책장은 펼쳐진 그대로 넘어가지 않았다. 연의 무릎 위에 놓인 손이 망설이듯 치마폭 위에 얹힌 것을 톡톡 두드리다 물러나기를 반복했다. 손끝의 망설임이 어느 정도 지워지고 난 뒤에야 연이 조심스레 시선을 떨어뜨렸다. 금박의 용무늬가 입혀진 작은 주머니를 확인하자 두근거림이 더욱 거세어졌다. 이 문양이 새겨진 물건을 지니거나 보낼 수 있는 이는 오직 하나였다.

연은 억지로 보려 하지 않겠다는 말을 지키려 따로 그를 찾아가지 않았다. 홍위는 줄 마음이 없음을 드러내듯 밤에 찾아오는

269

법이 없었다. 표면적으로는 지나치게 일찍 색에 눈을 떠 조숙해지는 것을 경계하기 위함이라 하였다. 정을 나누지 아니함은 마찬가지이되, 종종 숙의의 처소에는 밤에도 불이 밝혀지곤 했으니 색사 운운하는 것은 그저 핑계에 불과했다.

그런 이가 보내온 것이 그녀의 손에 들어와 있었다. 두근거림은 잦아들기는커녕 주체할 수 없는 떨림을 손끝으로 흘려보냈다. 덜덜 떨리는 손으로 조여진 주머니 위쪽을 살짝 벌렸다. 안으로 밀어 넣은 손가락 끝에 서늘한 감촉이 전해졌다.

검지와 중지 사이에 위태롭게 매달린 조그맣고 매끄러운 고리가 모습을 드러냈다. 말간 하늘처럼 시원스런 빛깔의 옥지환 한 쌍은 단오 무렵부터 추석 전까지의 여름에 패용하는 것이기도 했다. 때마침 단오가 지난 지 며칠 되지 않았다.

몇 번이나 더듬거리며 자리를 잡지 못하던 푸른 고리가 연의 손가락으로 미끄러져 들어갔다. 연이 새로 손가락을 감싼 한 쌍의 가락지를 쓰다듬었다. 약간 헐거운 고리가 연의 손길을 따라 빙글거리며 돌았다.

⁜ ⁜ ⁜

이따금씩 서늘하게 불어오는 바람과 함께 더위가 물러가는 여름의 끝자락이었다. 경회루에서는 풍정(豊呈)이 열리는 때, 청연루에서는 중전이 베푸는 잔치가 한창이었다. 정갈하게 음식이 차려진 큰 상에 둘러앉은 우아한 자태의 귀부인들이 담소를 나누고 있었다.

선왕은 형제가 무척 많아 잔치에 초대받은 부부인이며 군부인만도 열 명이 넘을 정도였다. 그에 더해 왕의 하나뿐인 동기간인 공주와 두 숙의, 봉보부인(奉保夫人)까지 합류한 자리는 북적이는 느낌마저 주었다.

중전은 그 여인들 중 가장 연소했다. 그린 듯한 미소를 짓고 앉아 있을 뿐 분위기를 주도하려 하지 않았고 이야기에 참여하는 일도 적었지만, 도도한 표정으로 꼿꼿하게 앉은 자세는 그녀가 좌중을 주시하고 있음을 은연중에 드러냈다. 하여 그녀보다 훨씬 나이가 많은 이들도 제 발언을 한 번쯤 돌아보며 자세를 고쳐 앉게 하는 힘이 있었다.

수지의 부인, 윤 씨의 곁에는 염의 부인이자 연의 고모인 송 씨가 앉아 있었다. 그들은 다정하게 담소를 나누었으나 송 씨가 귀한 조카를 흐뭇한 눈으로 바라보느라 대화가 끊기는 일이 종종 있었다. 그리 되면 윤 씨의 눈길도 그녀를 따라 자연스레 옮아갔다.

상석에 앉은 중전은 이따금씩 물이 담긴 잔을 입술 끝에 살짝 갖다 댈 뿐 젓가락 한 번 들지 않았다. 자리를 마련한 이의 그런 태도가 사람들을 불편하게 할 법도 하건만 은은한 미소를 띠고 고루 눈을 맞추거나 가벼운 담소를 건네는 것만으로도 분위기가 훨씬 부드러워졌다. 윤 씨가 힐끗 고개를 돌려 건너편에 앉은 숙의를 바라보았다. 불안감을 감추지 못한 눈빛과 자신만만한 척 애쓰는 입매에서 딱 그 나이의 소녀에게 어울리는 면모가 묻어났다. 중전이 과히 성숙한 것이지, 숙의가 미숙하다 할 수는 없었다.

윤 씨가 연의 얼굴에 시선을 고정한 채 생각에 잠겼다. 그녀는 아홉 달 전쯤, 거사를 앞두고 심란해하는 남편의 옷을 손수 갖추어 준 바 있었다. 조선이 신하의 나라가 되도록 내버려 둘 수 없다며 굳은 각오를 표하던 남편을 격려했다. 용맹한 모습은 타고난 문사였던 부왕이나 선왕과는 판이하게 달라, 그녀는 단 한 번도 본 적 없는 태조대왕과 무척 닮아 있다고 했다. 혼례를 치르기 전에 이미 서거하시어 실지로 그러한지는 알 수 없었으나.

하여간 그때만 하더라도, 남편이 지나치게 비대해진 신료의 힘을 경계하고 있다 여겼다. 본심은 나이 어린 왕을 보필하는 데 있어 정세를 안정시키기 위해 국혼을 서두르며 제 벗의 딸이기도 한 총명한 소녀를 중전으로 점찍었다고 생각했다.

생각에 잠긴 윤 씨의 귀에 연의 부드러운 목소리가 꽂혔다.

"국대부인(國大夫人)께서 얼마 전 손을 얻으셨다지요. 경하하는 마음으로 삼가 한 잔 드릴까 하오니 거절치 마소서."

"곧 원자 아기씨의 소식을 듣기를 바라옵나이다."

윤 씨가 공손히 잔을 받아들며 축하의 말에 화답했다. 자신의 눈길이 지나치게 오래도록 머무르지는 않았을지, 혹시 얼굴에 감정이 드러나지는 않았는가 염려하였으나 도리어 처음으로 연의 눈에 일말의 당혹감이 스치는 것을 보았다. 그러나 곧 침착하고 원만한 대답이 돌아왔다.

"아직 전하께 어울리는 덕을 갖추지 못하였으니 어찌 감히 그를 논할 수 있을까요. 염려하시는 뜻을 받들어 더욱 정진하겠습니다."

"중전마마의 혜안을 알지 못하여 심기를 어지럽게 해 드렸습니다."

성년에 이르지 아니한 왕에게는 동뢰 이후에 첫날밤을 치르는 것을 강요하지 않는 원칙을 상기했다. 왕이 동뢰연 직후 상궁을 물리친 것은 물론, 다음 날 이른 새벽에 침전을 나와 경연에 참여했다던 이야기를 들은 기억도 떠올렸다. 중전이 내전으로 옮겨 간 것도 그와 비슷한 시간이었으며, 이후로 왕이 단 한 번도 왕비의 침전에 드는 법 없다는 풍문도 실려 오지 않았던가. 어쩌면 아무것도 모르는 그대로일지도 모를 일이었다.

저만치 밀어 두었던 의문이 윤 씨의 머릿속에 피어올랐다. 의정부를 장악하고 있던 신료들을 몰아내고 난 뒤 남편은 요직을 차지했다. 중전으로 세운 소녀의 본가는 아무런 권세가 없어 한미하다 하여도 무방할 정도로 그 위세가 미약했다. 남편의 뜻이 다만 어린 왕을 보필하는 것만이 아님을 깨닫는 데에는 제법 시간이 필요했다.

사실을 깨닫는 순간, 마음에 두려움이 밀려왔다. 장차 어떻게 될 것인가. 자신의 아들딸과 비슷한 또래의 왕과 중전에게 어찌 대하는 게 옳을까. 걱정과 달리 스스로 명확하게 알고 있는 사실이 있었으니, 때가 되면 두려움 따위는 처음부터 없었던 것처럼 사그라지리라는 점이었다.

단정히 앉은 중전의 곁에 나인 하나가 다가오더니 몹시 작은 목소리로 무언가 속삭였다. 연이 고개를 끄덕여 나인을 물리쳤다. 그러고도 제법 오래도록 담소가 이어졌다. 사람들의 머릿속에 나인이 찾아왔던 사실조차 잊힐 즈음, 연이 입을 열었다.

"잠시 자리를 비우게 됨을 이해하십시오."

여태까지의 위엄 가득한 표정에 비하면 쑥스러움이 깃든 미소는 그맘때의 소녀의 것으로 어울렸다. 아무리 어른스러워도 어린 나이는 속이지 못하는 것이라, 긴장이 과했는가 보다 생각하면 사랑스럽기까지 했다. 일제히 일어나 기품 있게 걷는 그 뒷모습을 배웅했다.

"전하께서 편찮으신 듯하다 하옵니다."

연이 조금 전 오월이로부터 들은 귀띔을 생각하며 근심 어린 표정을 지었다. 그녀의 뒤를 줄줄이 따르려는 궁인들을 청연루 근처에 세워 두고 오래도록 궐에 머물렀다는 상궁 하나만을 대동했다. 조용한 걸음이 건물 사이를 이리저리 가로질렀다.

모란 연못을 사이에 둔 저 먼 누각에서 울려오는 사내들의 걸걸한 웃음소리가 연의 걸음을 붙잡았다. 은은한 음률에 맞추어 나비처럼 배회하는 무희의 사뿐한 움직임이 고왔다. 가늘게 눈을 뜨고 살펴보았으나, 얼핏 스치기만 해도 단번에 알아볼 수 있는 정인의 모습은 없었다. 몸이 좋지 아니한 것 같다더니 결국 연회도 견디지 못하고 들어간 모양이었다.

연이 어깨를 축 늘어뜨리고 힘없는 걸음을 디뎠다.

"중전마마."

낯선 목소리가 뒤에서 울렸다. 연이 뒤를 돌아보자 공손히 허리를 굽혔다 펴는 남자의 모습이 보였다. 예를 갖추어 인사를 되돌렸으나 누구인지 알 수 없었다. 제 곁을 따르던 상궁이 예의를 갖추어 반가이 인사하는 모습을 보고, 상대의 얼굴에 깃든 낯익은 분위기를 발견했다. 홍위의 여러 숙부 가운데 한 명임이 틀림없었다. 가례 때에는 보았을 것이나 기억이 나지 않아, 그녀가 아는 대군들의 모습과 이제껏 들은 이야기를 짜 맞추어 갔다. 상대가 자신을 소개하기 직전에야 가까스로 그 정체를 알아챘다.

"이렇게 가까이에서 중전마마를 뵈오니 비로소 형님께서 적극 추천하신 까닭을 알겠습니다."

"본디 가진 것보다 귀히 여겨 주셨으나, 부덕하여 전하를 잘 모시고 있지 못합니다."

연이 겸양의 말과 함께 고개를 숙여 보였다. 그녀의 표정이 살짝 흐려졌다. 활달한 목소리를 지닌 남자는 유(瑜), 선왕의 다섯째 아우이자 여섯 번째 대군인데, 수지의 뜻으로 간택된 여인이라는 사실이 홍위와 연의 사이에 넓고 깊은 골을 만들어 냈음을 알지 못하는 모양이었다. 알고 꺼낸 말이라 하여도 무어라 탓할 수도 없었다.

연의 표정 변화를 유가 의미심장한 눈길로 바라보았다.

다시 한번 허리를 굽혀 돌아가겠다는 뜻을 표한 연의 걸음을 유의 목소리가 붙잡았다.

"한 달 뒤 칠월 스무사흘이 전하의 탄일이옵니다."

연이 반쯤 돌아선 몸을 다시 돌리더니 정중하게 인사했다. 아무런 말없이 미미한 미소만을 남겼으나, 미처 깨닫지 못한 사실을 넌지시 전한 것에 대한 감사의 뜻이 담겨 있었다.

유가 그 뒷모습을 물끄러미 바라보았다. 고작 반년 만에 구중

궁궐에서는 감정을 감추어야 살아남을 수 있다는 사실을 깨달은 듯 태연하게 멀어지는 모습이 왠지 애처로웠다. 수지가 고른 여인이라 하여 자질을 의심하였으나 그럴 필요가 없었다. 몇 마디 나누지 아니하였으나 눈빛과 태도로 미루어 내면을 짐작하는 것은 어렵지 않았다.

왕비라고 하는 이의 책무는 다만 후사를 생산하는 데에만 있는 것이 아니었다. 저런 이가 중전이라면, 믿어도 좋았다.

"전하를 뵈러 왔네."

연이 문 앞에 나타난 승전색을 향해 당당한 목소리를 냈다. 홍위가 정말로 침전으로 돌아왔는지는 알지 못했다. 그가 없다면 내관은 계시지 아니하다 대꾸할 것이고, 있다면 무어라 반응이라도 보일 것이다. 그녀의 예상대로 내관이 허리를 깊이 숙이며 대답했다.

"아무도 들이지 말라는 명을 내리셨사옵니다."

"하면 내가 뵙기를 청하였다 말씀을 올려 주게."

지금은 홍위의 몸 상태가 어떠한지 알 수 없지만, 그녀의 말을 내관이 안으로 전하면 알게 될 터다. 십중팔구 매정한 대답이 돌아오겠지만 홍위의 몸이 괜찮다는 뜻으로 받아들여 위안 삼을 수 있으리라. 혹 정말 많이 아프다면 약해진 마음으로 그녀를 곁에 불러들여 줄지도 모른다는 지극히 이기적인 바람도 마음 한구석에 있었다.

"이미 침수에 드셨사옵니다."

"내 눈으로 직접 확인하여야겠다. 비키도록 하라."

연은 위엄 있게 발을 내디뎠지만, 당의 아래 감춘 손은 서로 꼭 움켜쥔 채였다. 입궐하여 이 날이 오도록 발휘한 적 없는 용기였다. 내관이 크게 당황한 얼굴로 망설이는 틈을 타서 재빠르게 건물 안으로 몸을 들여놓았다. 일단 연이 긴 복도에 들어서자 내관은 소란이 일 것을 염려하는 듯 종종거리며 쫓아올 뿐 제대로 막아서지는 못하였다. 아니, 오히려 뒤쪽에서 눈짓하여 연을 막아서려는 궁인을 물리치고 있었다. 그 사실을 알 리 없는 연의 발걸음이 조금씩 빨라졌다.

복도의 끝에서 문이 활짝 열렸다. 문 너머로 고요하게 잠든 이의 모습이 보였다.

연이 잠든 홍위의 옆에 다가앉았다. 가쁜 숨소리가 위태로웠다. 얼굴에는 엷은 홍조가 떠올라 있었다. 잠에 취하여서도 고뇌에서 벗어나지 못한 것인지 잔뜩 인상을 쓰고 있었다. 연이 찡그린 눈썹 사이에 손가락을 얹어 부드럽게 어루만졌다. 손끝으로 열기가 전해졌다. 손을 펴 손바닥을 이마 위에 얹었다. 뜨겁게 느껴질 정도로 열이 높았다.

어의를 들도록 일러야겠다.

연이 조심스럽게 손을 떼어 내는 순간, 치마폭 위에 손이 하나 얹혔다. 무릎 위의 치맛자락을 움켜쥐는 손길에 움직임을 제지당했다. 그녀가 당황한 기색이 역력한 얼굴로 아래를 내려다보았다. 가늘게 뜬 눈길을 마주하는 순간 그대로 굳어졌다. 가냘픈 목소리가 들려왔다.

"아무도 들이지 말라 일렀는데."

"전하."

숨소리와 크게 다르지 않은 가느다란 목소리를 낸 연이 입술을 깨물었다. 그녀를 멀리하는 감정의 근원을 알고 있음에도 자꾸만 다가서고 싶은 마음을 억누르지 못했다. 누구도 들이지 말라는 명을 내렸단 소리를 듣고도 억지로 비집고 들어왔다. 그녀를 여기에 들여놓은 이들이 곤란에 처하게 될까 두려웠다.

"그대가 여기 있음은 꿈일까, 생시일까."

잠에 취한 듯 희미한 목소리로 중얼거린 홍위가 눈을 깜박였다. 열에 달뜬 눈빛은 초점도 흐릿했다. 몽롱한 눈을 뜨고 있는 것도 힘에 부치는 모양이었다. 느릿하게 눈을 깜박거린 홍위가 다시 눈을 감았다. 연은 자신의 치맛자락을 쥔 손을 부드럽게 감싸며 대꾸했다.

"어명을 어찌 거역하겠사옵니까. 꿈에서 뵙고 있음이 분명하옵니다."

"아, 꿈인가."

아득한 목소리로 대꾸한 홍위가 몸을 뒤척였다. 열기에 취한 소년의 머릿속은 어지럽기만 하여 귀에 들려오는 말을 단순하게 믿어 버렸다. 몸을 돌리며 자유로운 손으로 그녀의 손목을 잡아당겼다. 무방비 상태로 앉아 있던 연의 몸이 그대로 앞으로 넘어지듯 그의 몸 위로 포개어졌다. 깜짝 놀라 몸을 일으키려 애썼으나 홍위의 팔은 어느새 그녀의 허리를 단단하게 안고 있었다. 어떻게든 그 품에서 빠져나가고자 꼼지락거리던 연의 귓가에 아련한 목소리가 들려왔다.

"꿈이라면 이렇게 안아도 괜찮겠지."

연이 동작을 멈추었다. 그녀가 달아날까 두려운 듯 맞잡은 손에 힘이 더해졌다. 그녀의 몸에 깔린 홍위의 팔은 더욱 거세게 허리를 조여 왔다. 머뭇거리던 연이 낮게 속삭였다.

"꿈에서라도 곁에 머무르겠습니다."

홍위의 힘이 약간 느슨해졌다. 놓아줄 생각은 없는 것 같았으나 빠져나갈 생각도 없었다. 연이 불편하게 구부린 다리를 펴며 그에게 몸을 기대었다. 몇 겹을 겹쳐 입어도 여름철의 얇은 옷감은 상대의 열기를 고스란히 전했다. 몇 달 만에 맞닿은 체온이 지나치게 뜨거워 연이 한숨지었다. 약해진 마음으로 그녀를 안아 준 것에 도취되어 병이 덧들도록 내버려 둘 수는 없었다.

"어의를 들도록 이르겠사옵니다."

"이대로 떠나도 아무도 설워하지 않을 터인데, 구태여 그럴 필요가 있을까."

체념조의 목소리가 울리는 것과 동시에 연의 허리를 감싸고 있던 손이 풀렸다. 치맛자락을 움켜쥔 탓에 구겨진 천 위로 머뭇거리듯 움직였다. 그에게 어정쩡하게 기대어 있는 여인의 당의 위를 타고 올라 훤히 드러난 목덜미와 부드러운 턱선, 붉게 물들인 입술을 다정하게 어루만졌다.

당황한 연의 몸이 미끄러졌다. 어쩌면 갑작스레 당긴 그의 힘을 이기지 못하여 쓰러진 것일지도 모른다. 홍위의 팔 위에 머리를 얌전히 얹어 놓은 채로 그의 품 안에 파묻히다시피 했다. 마음고생이 심했던 탓인지 가늘어진 몸은 몇 겹이나 되는 옷자락에 감싸여 더욱 작게 느껴졌다. 훌쩍 자라난 소년의 성장 속도에 미치지 못하는 소녀의 작은 체구가 몹시도 연약하게 느껴져 홍위가 제 아픔도 잊고 한숨지었다.

죄책감을 피하려는 비겁한 행동이 여린 소녀의 몸과 마음에 영향을 주고 있었다. 이리 마르고 약해질 정도라면 필시 마음 역시도 원망에 물들었을 것이라. 당연한 일이었다. 그럼에도 품 안의 소녀를 놓아줄 수 없었다. 꿈이라면 더더욱.

　"이러고 있어야 나을 것 같아."

　홍위의 숨결이 연의 이마에 닿았다. 가쁜 호흡이 닿는 곳이 뜨겁고 아렸다. 왕이 이토록 힘겨운 하루하루를 견뎌 내고 있을 때 가장 위안이 되어야 할 이는 중전이어야 마땅할 것이었다. 그러나 그녀는 제 역할을 제대로 수행하지 못하는 것으로도 모 자라 그에게 가장 큰 고민을 안겨 주고 있는 사람이었다.

　"모두 신첩의 탓이옵니다."

　연이 머리를 들어 뜨거운 소년의 입술 위에 자신의 입술을 겹 쳤다. 뜨겁고 메마른 입술에 닿은 서늘한 감촉이 마음에 들었던 것인지, 혹은 그리워하던 이의 느낌을 알아챈 것인지. 그녀를 끌어안은 팔에 더욱 힘이 들어가 호흡이 불편해진 연이 살짝 한 숨을 내쉬었다.

　소년의 입술이, 이어 부드러운 혀끝이 갈급하게 그 사이로 파 고들었다. 연은 매무새가 흐트러지는 것 따위는 모두 잊은 채 오직 자신의 입술을 구하는 소년에게 온 정신을 집중했다. 감로 를 구하는 성급한 움직임을 부드럽게 달래며 열이 올라 자꾸만 말라 가는 입안에 달콤한 이슬방울을 흘려 넣었다. 아픈 마음으 로, 간절한 기원을 전했다.

　마음의 번뇌도, 옥체를 괴롭히는 병마도 모두 제게 주십시오.

이각이나 지났을까, 연이 다시 건물 바깥으로 그 모습을 드러
냈다.

옷차림이 미묘하게 흐트러진 듯 보였으나 눈썰미가 날카로
운 상궁이나 그 차이를 발견할 정도라 다시 잔치가 열리는 곳에
돌아가도 손색이 없었다. 눈망울이 살짝 젖어 있는 듯 보였으나
좀처럼 명랑하게 구는 법이 없었던 만큼 크게 눈에 띄는 것도
아니었다.

연이 딱딱한 목소리로 그녀의 뒤를 따라 나온 승전 내관을 향
해 말을 건넸다.

"어의를 불러 진맥을 하도록 함이 옳겠네."

내관이 허리를 구부렸다. 다시 돌아가려 발을 떼던 연이 문득
걸음을 멈추고 고개를 돌렸다.

"전하의 명을 어기고 안에 들었던 이는 아무도 없는 걸세. 알
겠는가."

내관이 조금 전과 마찬가지로 말없이 허리를 구부렸다. 그들
사이로 불어온 가벼운 바람에 얇은 옷자락이 펄럭였다. 엷은 바
람에도 쓸려 갈 듯 위태로운 몸이 걸음만큼은 의연하게 왔던 길
을 되짚어 돌아갔다.

✳   ✳   ✳

오월이는 바늘을 수틀에 꽂아 놓은 채로 멍하게 눈을 껌벅거
렸다. 지금 그녀의 눈앞에서 펼쳐지고 있는 장면을 의심하여 제
살을 꼬집어 보기도 하고, 눈을 비비적거리기도 했으나 보이는

광경은 변함이 없었다. 그 누구도 본 적 없다는 주인 아기씨, 아니 중전마마의 수놓는 모습을 보게 되리라고는 상상조차 하지 못했다.

"수놓는 법에 대해 말씀 올리지 않아도 괜찮겠사옵니까?"

오월이가 연의 마음을 거스르지 않도록 매우 조심스럽게 말을 건넸다. 연의 곁을 지키는 몸종이 된 건 가례가 며칠 남지도 않은 때의 일이었으나 그전에도 집안에서 허드렛일을 하는 계집종이었다. 직접 아기씨를 대면할 일은 많지 않아도 어떤 이인지는 들어서 알고 있었다. 오라비인 작은 나리와 무척이나 사이가 좋고, 책 읽기와 글쓰기를 즐겨 하는 진중한 성품을 지닌 아가씨라 하였다. 여인다운 면모가 적다고 안방마님의 근심이 끊이지 않았으니 집안일에는 요만큼도 소질이 없다는 사실도 익히 들어온 것이었다. 실과 바늘 따위에 관심을 가진 적이 있었다면 그것이야말로 집안에 파란을 몰고 올 만한 소식이 되었을 것이다.

"손이 마음을 따르지 못할 뿐 방법은 알고 있네."

확신에 찬 목소리와는 달리 손길은 몹시 느리고 조심스러웠다. 손가락을 찔릴까 걱정스러운 듯 반대쪽 손을 멀찌감치 잡고 바늘을 폭 찔러 넣는 모양을 보던 오월이가 방긋 웃었다.

"그리 잡고서 어찌 곱게 수를 놓으실 수 있겠사옵니까."

"핏방울이 배어드는 쪽보다는 이게 낫지 않을까."

조금 전의 점잖은 말투를 까맣게 잊은 듯 중얼거리는 연을 바라보던 오월이가 제 앞에 놓여 있던 것을 치우고는 살그머니 연의 곁으로 다가와 앉았다. 아무리 문이 닫혀 있어도 바깥에서 그 기척을 느끼지 못할 리 없지만 어지간한 일이라면 제약을 두는 법 없음을 지금까지의 일들로 알고 있었다. 밖에서 부르는 소리가 들리거든 재빠르게 움직이면 적어도 눈에 띄어 들키지는 않을 것이고 기껏 싫은 소리 몇 마디를 감내하면 그만일 터였다.

오월이의 눈이 손수건이 될 것 같은 작은 천 위를 빠르게 훑었다. 몹시 엉성한 자세만큼이나 비뚤거리는 실을 보며 방법을 안다는 말이 진실인지를 의심했다. 연하거나 진한 초록빛 색실이 그려 내고 있는 것은 아마도 대나무인 것 같았는데, 곧게 뻗어 있어야 할 마디가 약간 휘어진 것은 아무래도 솜씨가 부족한 탓이리라 생각했다.

"상감마마의 탄일에 드리고자 하시옵니까."

정곡을 찔린 연이 얼굴을 붉혔다. 영락없이 사랑에 빠진 소녀의 얼굴 같아 오월이가 웃었으나 저 지극한 마음을 보답받지 못할 것 같은 안쓰러움에 한숨이 새어 나올 것 같아 입을 꼭 다물었다.

유가 홍위의 탄일을 알려 주고 오래지 않아 오월이도 같은 이야기를 전해 왔다. 다만 날짜만 이른 유에 비해 오월이는 여기저기서 얻어들은 소상한 이야기를 늘어놓았다. 신료와 종친이 올리는 물품을 모두 물리치고 약소한 것들만 겨우 허락했다는 것이었다. 처음부터 거창한 것은 생각지도 못한 연이었으나, 어느 정도가 되어야 홍위가 떨떠름하게라도 받아 줄지 고민스러웠다. 결국 생각이 미친 것이 서툰 솜씨로 수를 놓는 것이었다. 가뜩이나 마음에 들지 않는 이가 전하는 형편없는 물건을 내칠 가능성이 매우 높았지만 글을 읽고 쓰는 재주 밖에 없는 그녀가 달리 마음을 전할 수 있는 방법도 없었다.

연의 작품을 품평하던 오월이가 의아한 목소리를 냈다.

"대나무는 가을에 어울리는 것이 아니라 들었사옵니다."

양반 댁에서 일하다 입궐까지 하게 된 계집아이의 머릿속에는 잡다한 지식들이 아무렇게나 쌓였다. 한학은 알지도 못하지만 사군자에는 제각기 어울리는 계절이 있다는 소리는 분명하게 기억하고 있었다.

"이것이 사군자 중 하나를 의미하는 것은 아니니 관계치 않느니라."

연의 모호한 대답에 오월이가 고개를 외로 꼬았다. 연이 모르는 척 다시 바늘을 집어 들었다.

"감축 드리옵나이다, 전하."

"작황이 좋지 않아 백성들이 곤궁할 것인데, 왕이 된 자는 하례나 받는 것이 과연 옳은 일일지 모르겠소."

연의 말이 마음에 들지 않는 듯 입술을 비뚜름하게 다물고 있던 홍위가 시큰둥하게 대꾸했다. 말투는 몹시 점잖았으나 내용은 힐난에 가까웠다. 붓을 놀리는 사관이 저 뒤쪽에 자리하고 있지 않았다면 틀림없이 '감축?'이라 되물었을 게 분명한 표정이었다.

홍위의 냉대에도 연은 미소를 지우지 않았다. 마음이 비수에 베어지는 것 같더라도 표정을 무너뜨릴 수는 없었다. 말 한마디에 일희일비할 정도로 약한 모습을 보여서는 안 되었다. 곁을 제대로 지키려면 본디의 자신보다 더 강인해져야만 했다.

연은 지금 그녀의 면전에서 펼쳐진 홍위의 쌀쌀함 대신 시일이 지난 일을 마음속으로 불러들였다. 몸과 마음에 지친 이가 스스로 어떤 행동을 하는지도 알지 못한 채 몽롱하게 남긴 속삭임이 있었다.

"꿈이라면 이렇게 안아도 괜찮겠지."

그의 마음에 그녀가 다정하게 남아 있으리라고는 기대하지 못했다. 차마 바라지도 못한 마음을 전해 들었다. 그것으로 족했다. 혼인하게 되면 다시는 볼 수 없으리라 마음 아파했던 날에 비한다면, 이렇게 매일 볼 수 있음은 감사하고 또 감사해야 할 일이었다. 그의 표정이 서늘하다하여 불평을 늘어놓는 것은 과거를 잊은 처사였다.

의례적인 대화가 몇 마디 오갔다. 둘 사이에 침묵이 흐르기 시작하자 연이 공손히 인사하고 자리에서 물러났다. 방 안에 홀로 남은 홍위가 팔꿈치로 책상을 괴고 손을 눈 위에 얹은 채 한숨을 삼켰다. 연에게 날 선 목소리를 낸 것이 못내 마음에 걸렸다. 당연히 해야 할 축하 인사를 건네었을 뿐인데 새벽부터 비아냥대는 말을 듣고 하루를 시작하게 되다니.

얼굴에서 손을 뗀 홍위의 눈에 이전까지 없던 무엇인가가 보였다. 조용히 일어나 방 가운데로 걸어갔다. 연이 앉아 있던 방석 바로 앞에 손수건 한 장이 얌전하게 접힌 채 놓여 있었다. 그 놓인 모양새에서도 삼가는 자세가 떠올라 애틋해진 마음으로 손수건을 집어 들고는 다시 자리에 와 앉았다.

"누가 가져가거나 내가 헷갈리기라도 하면 어쩔 생각이었을
까."

책상 위에 손수건을 내려놓고 펼쳐 보던 홍위가 빙그레 웃었
다. 예전에 받았던 댕기의 바느질 선이 비뚤거렸던 것이 기억났
다. 그에 비하면 조금 나았으나 침방나인의 솜씨에 훨씬 못 미
치는 것은 물론이고 제대로 교육받은 규수라면 감히 내어놓을
생각도 못 할 허술한 모양새였다. 남의 것이라고 착각할 수도
없고 누군가가 탐내어 가져갈 리도 만무했다. 여느 여인이라면
차라리 다른 이가 수놓은 것을 제 것인 양 가져갈 것이지, 이렇
게 서툴게 만든 것은 반짇고리 구석에도 놓지 아니할 터였다.

홍위가 어딘가 엉성한 실오리에서 눈을 떼고 시야를 확장했
다. 살짝 휘어진 대나무와 그 휘어진 방향으로 댓잎 몇 장이 흩
날리는 모습을 손끝으로 어루만지자 자신도 모르게 눈시울이 붉
어졌다. 그의 차가운 태도에 차마 말하지 못하고 글로도 적지
못한 이야기가 서툰 실낱 가닥가닥에 담겨 있었다.

홍위는 손수건을 집어 소맷자락 틈에 숨긴 채 자리에서 일어
났다. 지금이라면 말할 수 있을 것 같았다. 여인이 수줍은 마음
을 내보인 지금이라면. 억울하게 죽임을 당한 숙부와 신료에 대
한 죄책감이 일어나기 전에 서두르면.

바람이 불어오지 않아도 언제나 그대가 그립노라.

그 약조, 어찌 잊을 수 있겠는가.

지금껏 숨겨 온 그 마음을 전하고자 하였다. 그러나 문밖에서
들려오는 상궁의 목소리에 홍위가 발도 떼지 못한 채 그대로 멈

추었다.

"전하, 숙의마마께서 인사 올리러 오셨사옵니다."

"들라 이르라."

그가 자리에 앉았다. 소매 안에 아무렇게나 넣어 감춘 손수건을 꺼내어 곱게 접은 뒤 서랍 안에 넣었다. 화사한 미소를 띤 여인을 보며 의례적인 미소로 답하다 문득 떠오르는 생각에 입매가 굳어졌다. 이런 무의미한 웃음조차 비친 적 없는 무정한 자신을 그녀는 어찌 생각할까.

대전을 나서는 길, 희끄무레하게 밝아 오는 하늘 아래로 멀리 보이는 사람의 형체를 알아본 연은 그들과 마주치지 않도록 걸음을 서둘렀다.

예전에는 이보다 늦은 시간에 문안을 올렸으나 지금은 날이 채 밝기도 전에 준비를 마친 뒤 가장 먼저 처소를 나섰다. 연유가 있었다. 풍정이 있던 그다음 날 아침, 숙의 김씨에게 다정하게 말을 건네는 홍위의 목소리가 문틈으로 새어 나오는 것을 들었다. 저도 모르게 마음이 아파 와 가슴을 꼭 눌렀다.

연이 입궐한 지도 퍽 시간이 흘렀다. 할 일은 잊지 않되 의욕적이지 않고, 꼭 필요하다면 사람을 만나기는 하나 딱히 남과 교류하는 것을 즐기지 않았다. 굳이 의식하지 않으면 떠올릴 일이 없을 정도로 존재감도 두드러지지 않았다. 그렇게 지내는 연의 귀에 궐에서 떠도는 이야기가 들어올 리 없었다. 그녀가 알지 못한다 뿐이지 온갖 이야기가 흘러 다니고 있을 터였다.

적어도 그녀에게 냉담하게 구는 그의 모습을 숙의에게 들키고 싶지 않았다.

그녀의 눈앞에서 다른 이에게 다정하게 구는 모습을 보는 일은 없었으면 했다.

지금도 멀리서 다가오는 그들과 마주치면 어떤 얼굴이 될 것인지. 아무리 표정을 감추는 데 익숙해져 있다 하여도 그것만큼은 자신이 없었다.

바쁘게 딛는 걸음이 살짝 흔들렸다. 가벼운 현기증이 일어 잠시 발을 멈추었다. 한쪽으로 기울어 가는 것 같던 주변의 풍광은 본디대로 돌아왔으나 다시 발을 떼는 게 약간 두려웠다. 갑자기 멈추어 선 그녀가 의아한 듯 나인이 표정을 살폈다. 연이 억지로 발을 옮기며 태연함을 견지하기 위해 애썼지만 걸음은 자꾸만 느려졌다.

주인이 없는 방 안에 앉아 옷가지를 가지런하게 정리하고 있던 오월이가 문을 힐끔거렸다. 돌아올 시간이 지났는데도 아직 감감무소식이었다. 사이가 좋아 이야깃거리를 나누느라 문안이 길어진다면 모르겠지만, 전하와 중전마마가 그리 다정한 사이가 아니라는 건 모든 사람이 다 아는 일이었다. 그러고 보니 전날부터 몸이 과히 좋지 않은지 혈색이 좋지 않았다. 조금 전에도 시든 꽃송이처럼 축 처진 모습으로 방을 나섰으나, 복도를 지나는 모습은 평소처럼 당당하여 걱정을 지웠다. 지나칠 정도로 자제심이 강한 여인임을 잊은 경솔한 판단이었다.

혹여 밖에서 무슨 일이라도 생긴 건 아닐까. 오월이가 몸을 들썩거렸다. 그와 때를 같이 하여 연이 돌아오는 소리가 났다.

288

안도하는 마음도 잠시, 문을 닫고 난 뒤 연이 자리에 무너지듯 주저앉았다. 오월이가 깜짝 놀라 곁으로 다가갔다.

"중전마마!"

"목소리를 낮추어라. 바깥에서 들으면 큰일이라도 난 줄 알겠구나."

어조는 엄격했지만 금방이라도 쓰러질 듯 위태하게 바닥을 짚은 모습과 마찬가지로 기운이 하나도 없었다. 오월이가 정리한 이부자리를 도로 깔았다. 평소라면 극구 말려야 마땅할 행동을 바라만 보는 모습에 더 서둘렀다. 부축을 받아 요 위에 몸을 눕힌 연이 변명하듯 중얼거렸다.

"금일은 앉아 있지 못하겠구나."

"말씀 올려 하루쯤 새벽바람을 쐬지 아니하는 편이 더 낫지 않았겠사옵니까."

"오늘 같은 날 사소한 일로 전하께 걱정을 끼쳐 드려서는 안 될 일이지."

오월이가 연의 손을 잡았다. 날에 비해 몹시 차가운 손을 잡아 마음을 다독이듯 어루만지다 얼굴이 살짝 상기된 게 의아하여 이마를 짚어 보았다. 흠칫 놀랄 정도의 열감이 손바닥에 스며들었다.

"조금 늦게 가시는 편이 낫겠사옵니다. 여명이 밝아 오기 직전이 가장 어둡고 또 추운 법이옵니다. 항시 이른 시간에 채비를 하여 처소를 나서시니, 어찌 병이 나지 않으실 수 있을까요."

"전하께서도 용안을 가장 먼저 뵙는 게 나이길 바라진 않으시겠지."

몸이 아프면 마음도 함께 약해지는 모양이었다. 넋두리 비슷한 이야기도 꺼내 본 적 없는 연이 한숨 섞인 목소리를 냈다. 오월이가 가만히 연의 손을 어루만졌지만, 바깥이 순간 소란스러워지는 것 같아 그쪽으로 신경을 곤두세웠다. 그 사실을 알지 못하는 연이 말을 이었다.

"순전히 내 이기심으로 어심을 불편케 하고 있음을 모르지 않아. 남을 마주치지 않아도 좋으니 초라한 모습을 들킬까 염려하지 않아도 좋지. 그럼에도 굳이 고집을 부리는 건, 전하의 본심을 알 수 있기 때문이야. 무엇을 고민하고 계시는지, 어떤 점이 불편한지를 틀림없이 말씀해 주시니. 가장 먼저 그 이야기를 들어 액운을 받아 올 수 있지 않을까. 비록 그러한 능력을 지녔을 리 없으나, 전하께서 강녕하신 모습을 뵈 오며 남몰래 그런 소망을 품어 보는 것이지."

지난여름, 정신을 잃듯 앓아누운 이의 처소에 몰래 들어가 그 곁을 잠시나마 지켰던 날을 떠올렸다. 입가에 희미한 미소가 피어올랐다.

그다음 날, 홍위가 앓은 적 없다는 듯 건강한 모습을 되찾은 것은 사실 어의가 지어 올린 탕약의 덕분이겠지만, 왠지 그녀가 곁에서 열과 시름을 나눈 것이 도움이 되었을 것 같은 기분이 들었다. 비록 숙의에게 다정하게 대하는 모습을 보며 가슴이 내려앉는 것을 피할 수 없었지만.

연의 목소리가 아스라하게 잦아들었다.

"전하께서도 꿈인 듯 찾아와 주시면 좋겠구나. 그러면 상냥한 미소도 보여 주실까."

바깥에서 이야기에 귀를 기울이고 있던 이가 비틀거리며 뒤로 물러섰다. 벽에 등이 닿은 것도 깨닫지 못하고 움직거리던 발뒤꿈치까지 부딪치고 나서야 멈추었다. 얼굴이 해쓱해졌다.

전하지 못한 말이 마음에서 떠나지 않았다. 상냥하기만 하던 미소가 못내 마음에 걸렸다. 숙의의 치하를 건성으로 들어 넘기고 빠르게 자리를 정리하고는 충동적으로 내전 쪽으로 발을 옮겼다. 시간이 제법 흘렀으니 이미 내전 안에 들었으리라. 꼭 그 안에 들어갈 생각을 한 건 아니었다. 아마 중간쯤에 마음을 고쳐먹고 돌아오게 되리라, 스스로도 이미 알고 있었다.

그런데 뜻밖에도 아직 건물 밖에 있는 모습을 보게 되었다. 종종 가까이, 혹은 멀리서 볼 적에 비해 현저하게 느린 걸음이 신경 쓰였다. 흔들림 없이 딛는 발길이 왠지 위태로워 보여 그대로 내전까지 들고 말았다.

단 한 번도 찾아온 적 없는 왕을 맞이하는 상궁은 예법조차 잊은 듯 허둥거렸다. 홍위는 그녀가 정신을 되찾기 전에 입술 위에 손을 갖다 대었다. 때를 놓쳐 중전마마께도 아뢰지 못한 상궁이 넙죽 엎드린 옆을 표표히 지나 굳게 닫힌 문 앞에 섰다. 얇은 종잇장 너머로 아련하게 울려오는 목소리에 귀를 기울였다. 조금만 소란스러워도 그대로 지워질 것 같은 낮게 깔린 목소리는 조금 전의 또렷한 목소리와 몹시 대조적이었다.

중전이 그의 앞에서 미소를 잃은 적은 없었다. 단아하면서도 꼿꼿한 자세를 유지하지 못한 적도 없다. 그런 이가 저리도 심약한 모습을 보이는 것이 안타까웠다. 그러나 문을 열까 망설이

던 마음은 마지막으로 속삭이는 목소리를 들으며 뒷걸음질 쳤
다.

"전하께서도 꿈인 듯 찾아와 주시면 좋겠구나."

지나간 어느 날엔가 자신 또한 비슷한 말을 품었던 적이 있
었다. 그 마음을 아는 것처럼, 자신 또한 그녀에게 찾아왔으면
좋겠다고 했다. 기억이 날을 거슬러 올라갔다. 숙부의 제안으
로 풍정을 열었던 그날, 내키지 않는 연회에 대한 부담과 심란
한 마음이 얽혀 병을 불러들였다. 연회가 매듭지어지기도 전에
달아나듯 자리를 떴다. 열에 취해 까무룩 잠이 들고서야 비로소
마음에 품은 고운 여인을 곁에 데려다 놓을 수 있었다.

마음 깊이 파고든 여인은 하필이면 그를 외롭게 한 숙부가 정
해 놓은 이였다. 재촉도 하지 않고 그의 마음이 돌아보아 줄 순
간을 기다리고 있음을 알고 있었다. 그러나 그녀를 가까이하는
것은 불의와 다르지 아니한 것 같아 자꾸만 솟아오르는 연정을
억눌렀다. 그리움의 깊이만큼 매정한 말을 내뱉고 사랑하는 마
음만큼 조소를 보냈다.

그런다고 해서 연모의 정이 수그러들지는 않았다.

실재하지 아니하는 꿈의 힘을 빌려 그 마음을 토로했다. 다
정하게 어루만지는 손을 잡아끌고, 단정히 앉은 몸을 끌어당겼
다. 온전히 품에 잠긴 가느다란 여인을 감싸며 부드럽고 서늘한
입술을 탐했다. 열기를 앗아 간 자리에 깃드는 안온함이 너무도
선명하여 도리어 꿈이 분명하다 여긴 기억이, 기실은 꿈이 아니

었던가. 그 주인공이 꿈이 빚어낸 허상이 아니라 형체를 지닌 여인이었는가.

"전의를……."

문이 열리며 모습을 드러낸 황망한 목소리의 주인이 그를 멀뚱하게 바라보았다. 상궁이 나무라듯 옷자락을 잡아챘다. 그제야 비로소 홍위의 정체를 알아챈 듯 서둘러 꿇어앉았다. 모든 일이 바로 눈앞에서 벌어지고 있는데도 오래된 꿈을 떠올리는 것처럼 아스라했다. 그러나 그 너머로 보이는 살짝 솟아오른 이불은 몹시도 선명했다. 반쯤 닫힌 문에 가려진 얼굴에는 병색이 완연히 떠올라 있을까. 가슴이 내려앉았다.

연이 앓아누운 모습은 상상해 본 적 없었다. 늘 의젓하여 은연중에 깊이 의지하고 있던 이의 위태로움이 불안하고 두려웠다. 그는 늘 조마조마한 마음으로 지내는데 의연하기만 한 그녀가 마음에 들지 않아 싸늘하게 대하며 투정을 부렸던 것 같기도 했다. 지금이라도 사과해야 했다.

마음은 이미 그녀의 손을 잡고 있었지만 벽에 부딪쳐 바닥에 딱 달라붙은 발이 떨어지지 않았다. 꿈에서라도 다정함을 구하는 그 마음이 서러워서 오히려 다가갈 수가 없었다. 벌어지지 않는 입을 열어 나오지 않는 소리를 억지로 쥐어짰다. 아무런 의미도 지니지 못할 말 한마디만 남겨 두고 몸을 돌렸다.

"어의를 불러 진맥케 하라."

五
을해년(乙亥年)

9
달빛 스러지니 햇살 시리어라

"스승님과 이리 함께 거니는 것은 또 얼마만인지요."

"소신과 함께 소요하는 것을 즐거워하심은 옳지 않사옵니다."

"그건 또 무슨……."

아무렇지 않게 받던 홍위의 말이 끊어지는 것과 함께 그의 걸음도 멈추었다. 자연스레 따라 멈추어 선 성원이 홍위의 표정을 살피다 조심스레 말을 이었다.

"소신보다도 더 전하를 기다리는 분이 계시지 않사옵니까."

"지극히 사사로운 일에 관심을 갖는 것이 불쾌하오. 그 저의를 의심할 수밖에 없소."

어른을 대하는 소년에서 신하를 대하는 왕으로 돌아오는 것도 한순간의 일이었다. 홍위의 딱딱한 어조에 성원이 짧게 숨을 들이쉬었다. 부부지간의 일이야 당연히 사적인 것이지만 왕과 왕비라면 마냥 그들만의 일이라고 볼 수도 없었다.

"전하께서 왜 중전마마께 그리하시는지 모르는 바 아니옵니다. 하오나⋯⋯."

"알면서도 돌아보라 말씀하고 싶으십니까, 스승님."

평온을 가장하고 있던 소년이 흔들렸다. 눈가에 윤기가 묻어나고 목소리에 울분이 섞이자 성원의 마음도 착잡해졌다. 당연히 안다. 홍위가 왜 그리 무심하게 연을 대하는지 모르면 사리 분별이 삼척동자만도 못한 꼴이었다. 제 마음이 기꺼워서가 아니라 다른 이의 강권으로 받아들인 여인이었다. 소년이 마음으로 의지하던 이를, 방해가 될 것 같은 형제를 죽인 자가 억지로 끌어다 놓은 배필이었다. 철모르고 품은 마음이 어떠하였든 사정이 이리되었으면 꼴도 보기 싫은 건 당연지사였다.

하지만 이 상황을 원치 않았던 건 상대방도 마찬가지였다. 내관들을 은근슬쩍 떠 보아도 말할 게 없다는 듯 고개를 젓기만 했다. 그녀를 그 자리에 올려놓은 자들과 가까운 사이를 유지하려 들지도 않았고, 내명부의 누구든 제 편으로 만들려는 노력을 기울인 흔적도 없었다. 부원군에게도 그저 관직명이 더 얹혔을 뿐 수지와의 친교, 딸의 위세를 이용하려는 낌새도 비치지 않았다. 집안을 어깨에 메고 있는 야심만만한 여인이 보일 수 있는 행보가 아니었다.

"사람에게는 각자의 입장이 있어 그 시비는 함부로 속단할 수 없습니다."

"기회만 엿보다 제 영달을 도모하는 부류에게 어울리는 발언이지 않습니까. 스승님께서 그런 실망스러운 말씀을 하실 줄은 몰랐습니다."

"소신도 그 일을 생각하면 마음이 무겁습니다. 하나 감정을 앞세워 잘못이 없는 이에게 죄를 덮어씌워서는 아니 될 일이옵니다, 전하. 그 모든 일이 중전마마의 탓이었사옵니까."

성원의 질문에 홍위가 입을 다물었다. 연에게는 잘못이 없다. 굳이 잘못이라고 할 게 있다면 염의 처조카라는 것, 그녀의 아비가 수지와 한때 글벗으로 얽혔다는 정도겠지. 어느 것도 연의 탓이라 할 수 없었다.

매일 아침, 그의 기분을 거스르지 않으려 애쓰는 여인의 모습을 떠올렸다. 어떤 말을 하고 어떤 표정을 보여도 그저 온화한 미소로 넘기고자 노력하는 애달픈 얼굴이 시야를 가득하게 채웠다.

"언젠가 내치실 요량이시라면 더 말씀드리지는 않겠사옵니다. 하오나 그렇지 아니하다면 통촉하옵소서. 언제까지나 그런 처지에 놓아두는 것은 예가 아니옵니다."

서편 하늘에 걸려 있던 태양이 산등성이로 숨어든 지도 제법 시간이 흐른 깊은 밤이었다. 짜인 일과에 맞추어 생활하며 정해진 때가 아니면 나서는 법 없는 중전마마의 침실 문이 열렸다.

하얀 침의 위에 그리 두껍지 않은 포를 한 겹 덧입은 것에 불과한 연의 차림을 본 상궁의 표정이 굳어졌다. 산과 들에 봄빛이 찾아들기 시작하였으나 꽃망울을 시샘하는 바람이 세차게 부는 절기였다. 해가 넘어가고 나면 겨울과 그리 다르지 않을 정도의 매섭게 찬 공기가 스멀거리듯 스며들어 이불을 여며 덮지 않으면 추위에 오들오들 떨어야 했다.

　그러니 가을을 지나 겨우내, 새벽에 잠깐 문안 인사차 처소를 나서는 것 외에는 줄곧 방 안에 틀어박혀 있었던 중전마마의 거동이 탐탁할 리 없었다. 본디도 날씬하던 몸은 말랐다는 표현이 어울릴 정도로 가늘어져서 건강이 염려스럽기도 했다. 이끌어 줄 만한 어른도 없이 내명부의 일을 여린 어깨에 짊어지고 감당하는 것이 쉬울까마는, 그렇기에 더욱 강건해야 했다. 중전은 그저 왕의 부인으로만 머무르는 존재가 아니었다.

　"잠시 소요하고자 함이니, 곧 돌아올 것이네."

　상궁의 망설임을 눈치챈 듯 연이 조용히 대꾸했다. 상궁은 그 뒤를 따르는 본방나인의 팔에 한 벌의 긴 겉옷이 걸쳐진 것을 보았다. 건물 밖으로 나서면 어깨 위에 걸쳐질 옷의 두께를 가늠하여 보고는 고개를 돌렸다. 중전마마의 뒤를 따를 나인을 고르기 위함이었다.

　"번잡해지는 것은 원치 않으니 그만두게. 본방나인 하나로 족하네."

　"마마."

　"고작 후원에나 갈 것인데 무엇이 그리 복잡할까. 궐의 경계가 그토록 허술할 리 없거늘. 내 마음을 편케 하는 것 역시 그대들의 책무임을 잊었는가."

　전에 없이 완고하고 고집스러운 말투에 상궁이 할 말을 잃었다. 선뜻 그러하라 대답할 수 없는 망설임을 알지 못하는 척 연이 그 옆을 스쳐 지나갔다. 오월이가 상궁에게 인사를 해 보인 뒤 종종걸음으로 연의 뒤를 따랐다.

밤공기는 생각보다 훨씬 써늘했다. 어깨를 잔뜩 옹크린 오월이가 마치 유람하듯 유유히 걷는 연의 뒷모습을 걱정스럽게 바라보았다. 지난겨울부터 오늘에 이르기까지, 찬바람을 맞고 나면 여지없이 열이 올랐다. 새벽 문안을 제외하고는 바깥출입을 삼가는 까닭이었다. 문안 시간도 해가 어느 정도 떠오른 후로 늦추었으면 했지만, 그것만큼은 양보하지 않는 고집스러움에 두 손 들었다.

기억을 아무리 더듬어 보아도 사가의 아기씨가 병약하다는 이야기는 들은 적 없었다. 궐 안의 생활이 그토록 힘에 겨웠던 걸까. 부군의 마음을 얻지 못해 고단한 여인의 마음은 아무렇지 않게 이겨 내던 병마에게도 쉬이 덜미를 잡히는 모양이었다.

오월이가 남모르게 연을 안쓰럽게 여겼으나 그 기색을 내비치지 않기 위해 몹시 조심했다. 동정 따위는 바라지도 않을 것이지만, 감히 그럴 마음을 품어도 좋을 만큼 유약한 이도 아니었다.

"여기서 잠시만 기다리겠느냐."

후원의 초입에 도착한 연이 오월이를 향해 말을 건네었다. 잔잔한 목소리였으나 명령조에 가까워 오월이가 그저 고개를 조아렸다. 몹시 염려하는 눈길로 천천히 멀어져 가는 연의 뒤를 좇았으나, 저만치 사라지고 난 후에도 근처를 서성거리기만 했다.

출입하는 사람도 없는 밤중에 시간의 흐름을 가늠하기는 몹시 어려웠다. 환히 떠오른 달이 기울어 가는 모습을 물끄러미 바라보았지만 몇 번 고개를 돌려 여기저기 살펴보고 나면, 본디 어디에 붙어 있었는지 기억조차 나지 않았다. 제법 두터운 옷 안쪽으로 한기가 스며들기 시작하여 오월이가 잔뜩 움츠린 몸을 더 작게 말고 발을 동동거렸다.

"이 시각에 여기서 배회하는 자는 누구냐."

기척도 없이 들려온 목소리에 오월이가 소스라치게 놀라 몸을 돌렸다. 한미한 선비나 입을 만한 직령 차림에 초라한 갓을 쓴 남자의 존재는 이 장소에 전혀 어울리지 않았다. 오월이가 찬찬히 상대의 얼굴을 들여다보았다. 목소리가 낯설지 않음도 깨달았다. 얼른 허리를 깊이 숙였다.

"상감마마."

미복잠행에서 돌아오는 길, 밝은 달이 이끄는 대로 후원 입구에 다다른 홍위는 날카로운 제 목소리가 채 끝나기도 전에 상대의 정체를 알아챘다. 연의 뒤를 따라 내전에 들었을 적에 그 방 안에서 나와 전의를 청하던 나인이었다.

"중전의 본방나인이 어찌 홀로 여기에 있느냐?"

밤이슬을 견디기 적합지 아니한 옷을 입은 나인이 옷 한 벌을 소중하게 받쳐 든 모습을 본 홍위가 눈썹을 찌푸렸다. 눈앞의 여인이 홀로 나온 것이 아니라 상전과 함께 나왔음을 알게 된 까닭이었다. 겨우내 탕약을 달고 살았다는 중전이 추위가 채 가시지도 아니한 밤에 바깥에 나와 있다는 사실이 마음에 걸렸다.

오월이가 조심스럽게 입을 열었다.

"후원 안쪽에 계시옵니다."

"놀아가라."

홍위가 오월이의 손에 들린 옷을 빼앗다시피 걷어들고는 성큼성큼 멀어져 갔다.

때 이른 봄의 정원에는 아직 들풀조차도 돋아나지 않았다. 황량하기까지 한 정원을 거닐던 연은 앙상한 가지를 뻗은 나무 사이사이를 지나 조그만 연못 위를 가로지르는 다리 위에 발을 얹었다. 다각거리는 발소리가 다리를 지나 작은 정자 앞에 섰다. 섬돌 위에 신을 가지런히 벗어 두고 마루에 오르는 연의 발에 서늘한 기운이 스며들었다.

새까만 하늘에 박혀 하얗게 빛나는 달이 흩뿌려 낸 듯한 조그만 물방울들이 반짝였다. 이미 깊어 새벽으로 달려가는 밤, 공기에 섞인 한기가 내려앉아 이슬로 화하는 때였다. 연은 얇은 버선 바닥이 이슬에 젖어 드는 것도 아랑곳하지 않고 정자 안을 걸었다. 배회하던 발길이 반대편 난간 앞에서 멈추었다.

"옥섬돌에 흰 이슬 내려 긴 밤 내 비단 버선에 스며드네*."

연의 목소리가 고요를 뚫고 후원 안을 퍼져 갔다. 풍광에는 어울리나 계절에 맞지 않는 후구는 입에 올리지 않은 채로 멍하니 생각에 잠겼다. 달빛 아래에서 시구를 떠올리고 소리 내어 시를 읊은 게 얼마 만인지도 알 수 없었다. 시문을 외는 사유가 남에게 있어서는 아니 될 일이지만, 글을 읽어도 혼자만의 마음에만 담아 두어야 하는 상황에서는 아무래도 감흥이 일지 않았다.

---

*이백(李白)의 '옥계원(玉階怨)' 일부.

겨울이 채 저물지 않은 듯 싸늘한 봄밤, 추운 날씨에 얼어붙은 마음은 쓸쓸하기만 했다. 비단 버선이 젖어 들도록 기다려 보았자 말없는 달빛 한 조각만을 맞이할 수 있을 뿐이었다. 그조차도 새벽이 찾아오면 밝아오는 햇빛에 가려 스러질 것이었으니, 고독만 더욱 짙어지리라. 연이 기둥에 몸을 기대었다. 시린 달빛을 피하려 눈길을 떨어뜨렸다.

저만치서부터 발소리가 들려왔다. 연이 고개를 돌렸다.

나무다리 위를 건너 정자 앞에 멈춘 이가 허리를 굽혀 섬돌 위에 놓인 신을 집어 들었다. 이슬이 내려앉은 마룻바닥을 바라보고는 신도 벗지 않은 채 마루에 올라 성큼성큼 다가왔다. 연이 다시 고개를 숙였다.

작은 정자를 순식간에 가로질러 이미 그녀의 앞에 선 이의 옷자락이 그녀의 치맛자락 옆에 멈추었다. 빈한한 선비의 것으로 어울릴 지극히 소박한 차림을 바라보다가 동별궁 후원에서의 겨울밤을 떠올렸다. 그날과 다르지 않은 차림으로, 비슷한 느낌의 장소에서 맞닥뜨렸다. 그들 앞에 어떤 일이 놓여 있는지도 모르는 채 이별을 맞이하던 순간이 떠올라 눈가가 아려 왔다.

"날이 차오."

홍위가 들고 있던 작은 신을 난간에 비스듬하게 얹어 놓고, 팔에 걸치고 온 겉옷을 연의 어깨 위로 둘렀다. 연의 정수리와 살짝 드러난 이마를 거쳐 서서히 미끄러져 내려간 시선이 상대의 손에까지 닿았다. 그녀를 향해 손을 내밀었다.

"전하."

연이 그녀의 앞에 펼쳐진 손을 바라보았다. 손 위에 손가락이라도 얹고 싶은 마음을 억누르려 두 손을 꼭 모아 쥐고는 입술을 깨물었다. 안쪽에 놓인 손등 위를 누르는 가락지의 감촉을 느끼자마자 서둘러 손을 고쳐 잡았다.

홍위가 그녀를 가까이하지 않는 이유는 잘 알고 있었다. 조심스럽게 내비친 마음에 대한 화답을 받지 못하였으니 이미 그리움 따위는 그 마음에서 사라진 것이라. 그가 그녀를 찾아온 것은 그저 우연일 뿐, 그 이상의 의미를 부여해서는 안 되었다. 그의 마음을 어지럽히고 싶지도 않았다. 섣부른 그리움이라도 표현하였다가 거절당하게 되면 지금보다 더 견디기 어려우리라는 생각도 있었다.

내민 손을 맞잡지도 않고 불안스레 움직이는 모양을 바라보던 홍위가 손을 뻗어 양손을 꼭 잡았다. 가느다란 손가락에 맞지도 않은 헐렁한 푸른 가락지가 손가락 마디 근처에서 헛돌았다. 추석은 오래전에 지났고 여름이 찾아오려면 한참 남은, 절기에 맞지 않는 장신구를 몸에 지니고 있는 마음이 의미하는 바는 명확했다.

연이 어쩔 줄을 모르고 손을 꼼지락거렸다. 손을 빼내려 노력하는 만큼 더해지는 힘이 당황스러워 저도 모르게 뒷걸음질을 쳤다. 어깨에서 미끄러진 겉옷이 발에 걸려 휘청거렸다. 그 모습을 보는 홍위의 가슴이 아파 왔다.

장의사 계곡에서 발끝으로 물을 튀기고 있던 소녀의 모습은 내리비치는 햇살 그 자체인 것 같았다. 숙부의 후원에서 만난 소녀는 살랑이는 바람에 실려 그의 마음에 들어왔다. 교룡에게 잡히지 말라 이르던 소녀의 눈빛은 별처럼 반짝였다. 그런 이가 창백한 달빛만큼이나 서글픈 표정을 짓고 그를 피하려 애썼다. 그의 탓이었다.

홍위는 더 이상 망설이지 않았다. 팔을 벌려 돌처럼 굳어진 여인을 품에 안았다. 입술에 닿은 여인의 이마가 몹시 차가웠다.

"어리석은 사내를 품어 그 마음이 아프지 않습니까."

부드럽게 책망하는 목소리가 연의 이마에 열기를 흘려 냈다.

"어심을 불편케 하는 신첩의 부덕이옵니다."

숨결 같은 목소리가 가늘게 떨렸다. 홍위의 손이 찬 이슬이 내려앉은 머리칼을 가볍게 쓸었다. 복숭아처럼 부드러운 볼을 쓰다듬고 갸름한 턱을 조심스레 들어 올렸다. 제 의도와 상관없이 마주 선 이의 얼굴을 올려다보게 된 연이 그녀를 응시하는 눈동자를 들여다보았다. 여명 직전의 밤하늘보다도 깊고 까만 눈동자에 자신의 얼굴이 가득 차올라 있었다. 아직 소년다운 수줍음과 상냥함을 잃지 않은 손길이 핏기 없이 창백한 입술을 어루만졌다.

연의 입술을 가볍게 눌러 훑고 간 손끝이 떨어졌다. 그를 아쉬워할 새도 없이 따스한 입술이 다가와 그녀의 입술 위에 머물렀다.

잠시 후, 아무 일 없었다는 듯 홍위가 돌아섰다. 연은 자신의 행동을 의식하지도 못한 채 조금 전까지 남의 체온이 닿아 있던 입술 위에 손가락을 올렸다. 차가운 손끝이 델 듯이 뜨거웠다.

홍위가 정자 난간으로 팔을 뻗었다. 난간에 걸쳐 놓은 신을 들고 연의 앞에 무릎을 꿇고 앉았다. 치맛단을 들어 올려 얇은

306

버선에 감싸인 발목을 단단히 쥐었다. 한쪽, 이어서 반대쪽. 곱게 수놓인 신이 연의 발을 감쌌다. 뒤꿈치에 밟혀 있던 겉옷을 쓰개처럼 연의 머리 위로 덮어씌웠다. 그의 팔이 여인의 가느다란 허리를 감싸 안았다.

"전하."

연이 몹시 당황한 목소리를 냈으나 홍위는 아랑곳하지 않고 그녀를 안아 들었다. 전에 비해 가늘어져 안타까움을 자아냈던 몸은 짐작하고 있던 것보다 훨씬 가벼워, 홍위의 마음이 아렸다. 그 마음을 감추고 미소를 띤 채 품 안의 소녀를 바라보았다. 당황스러움이 과한 탓인지 발버둥도 치지 못하고 얌전히 안긴 채 눈을 꼭 감고 있는 모습이 무척 사랑스러웠다. 어찌 지금껏 이 모습을 외면할 수 있었을까.

정자를 내려와 연못 위에 놓인 다리를 건너 한창 봄맞이 준비에 바쁜 나무 사이를 지나는 동안, 홍위가 시구 하나를 즐거운 노래인 듯 흥얼거렸다.

"물 건너 또 물 건너, 꽃구경 또 꽃구경. 봄바람 이는 강가 언덕 위를 지나*."

후원 입구에는 아직도 몸을 잔뜩 움츠린 오월이가 서성거리고 있었다. 홍위는 돌아가라는 명을 받들지 않은 나인을 책망하는 대신 빙그레 웃으며 곁을 스쳐 지났다. 어리둥절한 얼굴로

---

*고계(高啓)의 '수호은군(壽胡隱君)' 일부.

그 모습을 한참이나 바라보던 오월이는 홍위가 저만치 멀어진 뒤에야 허둥거리며 뒤를 따랐다.

홍위의 걸음이 멈춘 것을 느낀 연이 살짝 눈을 떴다. 내전 앞이었다. 그녀가 늦어지는 것을 염려하였는지 상궁이 건물 앞까지 나와 있었다. 미복을 한 왕의 품에 안기어 들어오는 잠옷 차림의 중전마마라. 연이 붉어진 얼굴로 조그맣게 속삭였다. 홍위의 귀에나 간신히 들릴 것 같은 작은 목소리였다.

"내려 주십시오."

그러나 들려오는 대답은 생뚱맞았다.

"내가 어디까지 말했는지 기억하고 있습니까."

의미를 알 수 없어 잠시 고민하던 연은 곧 홍위가 정다운 노래인 양 읊던 시구를 떠올렸다. 홍위가 빙그레 웃으며 발을 움직였다. 여전히 연을 품에 안은 채 확신이 깃든 걸음걸음을 디뎠다.

"걸음이 느리고 마음이 미혹하여 계절이 일순하고 난 뒤에야 도착했습니다. 그럼에도 그대가 나를 기다리고 있지 않았습니까. 어찌 지나칠 수 있을까요."

마치 예전의 소년과 소녀로 되돌아가기라도 한 것처럼 애정이 담뿍 담긴 목소리였다. 연이 시구의 마지막 구절을 떠올린 것과 동시에 귓가로 다정한 목소리가 흘러들었다.

"어느새 그대의 집에 이르렀네."

걸음 끝에 마주한 굳게 닫힌 문이 활짝 열렸다가 홍위의 발이 문턱을 넘어서자마자 도로 굳게 닫혔다. 주인 없는 방을 외로이 밝히고 있던 촛불은 주인의 귀가와 함께 소명을 다한 듯 스러졌으나, 진하게 물든 봄빛이 문틈으로 새어 나왔다.

❊　　　❊　　　❊

이슬비가 소리 없이 내리는 밤이었다. 메마른 흙바닥에서 엷은 흙냄새가 피어올라 살짝 열린 창틈으로 새어 들었다. 미풍이 스며든 방 안, 서안 위에는 글자 가득한 책장이 펼쳐져 있었으나 글을 읽어야 할 주인은 그 자리에 앉아 있지 않았다.

"이 날씨, 이 시간에 오시리라고는 생각도 하지 못하였습니다."

문가에서 빗방울에 젖어 든 겉옷을 받아드는 연의 목소리가 따스했다.

새봄 이후로, 왕이 중전의 침소에 드물지 않게 찾아들었다. 몇 년이나 쓸쓸하게 비어 있었으며 주인을 찾고도 일 년 남짓한 시간 동안 빈 처소인 듯 고요했던 중궁전에도 활기가 돌았다.

그 활기라 하는 것은 연의 목소리가 한층 밝아지고 가끔 작고 맑은 웃음소리가 새어 나오는 정도에 그쳤을 뿐 사람의 드나듦이 늘어나는 번잡스러움과는 거리가 멀었다. 사람을 반기지 아니하는 연의 성품에서 기인하는 것인지, 외로운 왕의 처지를 비추어 내는 것인지는 판단하기 어려웠다.

"밤이슬에 버선이 젖어 들도록 기다리는 쓸쓸한 모습이 떠올라 잠을 이룰 수가 없다오."

그녀가 봄날 후원의 정자에서 읊조렸던 시구를 짓궂은 목소리로 재인용하는 홍위에게 연이 살짝 눈을 흘겼다. 힐난하는 기색은 요만큼도 없이 웃음만을 담뿍 머금은 눈길에 그가 다정한 미소로 화답했다.

옆에서 기다리던 상궁이 연의 팔에 걸쳐진 옷과 손에 들린 관을 받아 들고는 뒷걸음질로 문을 나섰다. 늦은 시간까지 곁을 지키고 있던 오월이가 눈을 몇 번 비비며 입을 가리고는 몹시 송구스러운 표정으로 고개를 조아리더니 날쌔게 방을 나섰다. 어둠이 깃들었지만 평소라면 묵묵히 일에 몰두할 시간이었다. 자리를 피하기 위한 방법으로는 눈에 띄게 서툴다 생각하며 연이 살포시 미소했다.

연은 무심결에 머리를 만져 보다 얼굴을 찡그렸다. 막 잠자리에 들 채비를 하는 중에 홍위가 찾아왔다는 소리가 복도를 울렸다. 얇은 치마저고리 차림인 것은 어찌할 수 없고, 분칠하여 치장하는 게 더 이상한 시각이었으니 그를 부끄러워하지는 않았다. 그러나 헝클어진 머리로 그의 앞에 있었다는 사실은 또 달랐다. 적어도 밝은 빛 아래에서 정인의 눈에 보이는 모습만큼은 단정하고 조신하였으면 했다.

흐트러진 머리로 앉아 있는 것과 머리를 다시 단장하기 위해 빗질을 하는 것 중, 어느 쪽이 나을까. 연이 마음속으로 신중하게 저울질했다. 잠기운 하나 없이 또렷한 홍위의 눈동자에 아마 밤늦도록 대화가 이어지리라 짐작하고는 후자를 선택했다. 쑥스러운 미소를 짓고는 좌경 앞에 가 앉았다. 홍위의 웃음소리에 연이 얼굴을 붉혔다.

"전하께서는 여인의 마음을 알지 못하십니다."

"지금 중전과 과인이 한 해 동안 보아 온 중전을 같은 이라 보기도 어렵지요."

웃음 어린 목소리가 왠지 가라앉은 듯 들렸다. 연이 거울에 비치는 그녀 뒤쪽을 살폈으나 앉은 위치 때문인지 그의 모습이 보이지 않았다. 어떤 표정으로 그 말을 했는지 알지 못하면서 목소리만으로 속단하기는 어려웠다. 연은 대답하는 대신 댕기를 끄르고 머리카락 사이로 손가락을 넣어 땋인 머리를 풀어냈다.

연의 뒷모습을 물끄러미 바라보던 홍위가 문득 말을 뱉어 냈다.

"간절하게 원하는 것을 얻으면 마음이 만족스러울까요."

"사람의 욕망이란 끝이 없으니, 하나를 얻으면 다른 것을 원하게 되는 게 인지상정이옵니다."

연이 가볍게 대꾸했다. 당장 그녀만 해도 그러했다. 홍위가 냉대할 적에는 쌀쌀한 목소리를 내더라도 말을 걸어 주는 것에 만족했다. 하지만 사람의 마음은 갈대 같아서 지금은 그의 다정한 눈빛이, 정다운 목소리가 오롯이 그녀만을 위한 것이면 좋겠다는 바람을 품었다. 차마 입 밖으로 낼 수 없는, 중전이 품어서는 아니 될 치졸한 투기와 다름없는 감정이었다.

"단 하나뿐인 것을 얻게 되어도 그러할까요."

등줄기를 타고 내리는 섬뜩한 느낌에 연이 손을 멈추었다. 간절하게 원하는, 단 하나뿐인 어떤 것. 사람에 따라 다르니 심상한 것일 수도, 특별한 것일 수도 있겠으나 왕의 목소리에 실려 나오면 그 의미가 사뭇 달라질 수밖에 없었다. 어좌야말로 유일

311

무이한, 귀하디귀한 것 아니겠는가. 연이 짐짓 깨닫지 못한 척 대답했다.

"신첩이 아둔하여 전하의 의중을 알지 못하옵니다."

"모든 것을 다 가졌으나 단 하나, 원하는 것을 얻지 못한 이가 있소. 그의 원하는 바를 이루어 준다면 마음이 뿌듯하여 더는 욕심을 내지도 않고, 더 얻기 위해 남을 곤경에 처하게 하는 일도 없을 것 아니겠소."

"하나를 가진 자는 남을 가엾이 여겨 그 하나를 반으로 쪼개어 나누어 가질 수 있으나 아홉을 가진 자는 하나를 빼앗아 열을 채우고자 합니다. 욕심을 가진 자는 만족을 모릅니다. 열을 얻으면 스물을 원할 것이고, 백을 쌓아 천까지 소유하고자 구할 것입니다. 원하던 하나를 얻은 처음에는 만족할지 모르겠으나 곧 부족한 것을 발견하게 되어 더욱 탐욕스러워질 것이 분명하온데 어찌 그리 생각하시옵니까."

홍위는 연의 말에 잠시 말을 멈추고 생각을 가다듬었다. 직접적인 말로 표현하지 아니하였어도 영민한 비는 그의 뜻을 짐작하고 있음이 분명했다.

과인이 무력하여 수많은 신료들과 숙부를 죽음으로 이끌었소. 이 자리에서 벗어난다면 더는 궐에 혈흔이 남는 것을 두려워하지 않아도 되지 않겠습니까.

차마 그 말을 입에 담을 수는 없었다. 그들이 애써 묻어 두고 있는 사실, 연이 '모든 일의 원흉인 수지가 간택한 중전'임을 새삼 일깨우게 될 것 같았다. 사랑스러운 여인에 대한 마음은 물론, 그가 올라앉은 옥좌에 대한 마음도 분명히 정하였으나 아직

312

소녀의 마음을 지니고 있을 그의 여인이 다시 자신을 피하려 들 것이 분명했다.

제 것이 아닌 죄책감을 짊어진 불쌍한 여인.

홍위가 입을 열었다.

"가진 것이 없는 이는 다리를 뻗고 잠들지만, 많이 가진 이는 곳간을 지키기 위해 웅크리고 잔다지요."

"주인이 있는 것을 빼앗아 차지한 자가 후환을 막기 위해 할 수 있는 가장 확실한 방책이 무엇일 것이라고 생각하십니까."

다소 딱딱한 어조로 물은 연은 빗질하는 손을 멈추지도 않고 옆을 돌아보지도 않았다. 태연한 척해도 긴장감을 감추지 못한 목소리가 홍위의 귓가에 울려왔다.

"원주인을 없애 버리는 것입니다, 전하."

"설마요."

홍위가 웅얼거리듯 대답하며 눈을 감았다. 글 읽기를 좋아하니 장차 훌륭한 왕이 될 수 있으리라 칭찬해 주시던 할바마마의 목소리는 이미 희미해졌다. 항상 정무에 파묻혀 바쁘기만 하던 아바마마의 세자 시절도, 그 모습을 지켜보던 철없는 세손이던 때도 아스라한 꿈결 같았다.

지난봄, 연과 함께 수지의 집을 찾아 그곳에서 열리는 연회에 참석했다. 종일 가시방석에 앉아 있는 것 같은 불편함에 목이 타 들어가던 느낌이 아직도 선명했다.

다섯째 숙부인 유가 주변에 자꾸 무사를 불러들이니 모반을 꾀하는 것이 분명하다는 소가 들어오기 시작한 지 꼭 한 달쯤 되었다. 그가 허울뿐인 왕이라는 것은 상소를 올리는 이들이 더 잘 알고 있을 터였다. 이미 전권을 쥔 수지는 무엇이 부족하여 자꾸만 피바람을 일으키려 드는가. 아마 자신이 앉아 있는 자리가 탐이 난 것이라, 하루라도 빨리 그 자리를 내어 놓으라는 압박임이 분명했다.

몸도 마음도 고단했다. 그대들의 뜻대로 하라며 인장이나 찍어 주는 자신을 일러 왕이라 해도 좋을지 의문을 품은 건 오래전부터의 일이었다. 그가 물러선다면 모두가 평온해질 것이라고, 홍위는 자신에게 최면을 걸기라도 하는 것처럼 몇 번이고 마음으로 되뇌었다.

"전하."

"중전이 염려할 필요는 없소."

홍위가 조심스러운 연의 목소리가 이어지려는 것을 막으며 부드럽게 대꾸했다. 눈을 뜨고 빗질을 멈춘 연의 뒤에 가 앉았다. 매끄러운 머리칼을 손가락으로 훑어 내리며 질문했다.

"이제 어찌할 생각이오?"

이대로 이야기를 끝내기에는 마음에 불편한 기운이 남았다. 방 안을 겉도는 분위기와 다르게 심각한 이야기를 한 적 없다는 듯 태평한 홍위의 표정을 본 연이 얕은 한숨을 내쉬었다. 귀 막아 아무 이야기도 듣지 못하고 눈감아 아무것도 보지 못한 척 넘어가기로 했다.

홍위를 마음에 품었던 것은 꽤 오래전, 비로소 맞이한 온전한 행복의 순간이었다. 장래를 이야기하지 않는 소년, 원치도 않는 가례를 앞둔 가슴앓이, 수지가 선택한 여인에 대한 불신과 냉담한 태도. 그 어느 것이든 머릿속에 떠올리기만 해도 손끝이 저

릿해 올 정도로 가슴이 아팠다.

"혼자 머리를 땋아 본 적이 없어 어찌해야 할지 알 수 없으니 나인을 불러야 하겠습니다."

연은 복잡한 마음을 숨긴 채 아이처럼 천진한 표정으로 미소 지었다. 그저 분위기를 가볍게 하기 위한 거짓이었다. 철이 들고 나서는 저 혼자 머리를 땋은 적도 제법 있었다. 처음에는 엉성하고 비뚤기만 했으나 이내 그럴듯하게 땋아 내릴 수 있게 되었다. 중요한 자리에 가야 할 때에는 민 씨나 하인의 손을 빌렸으나 집에 있을 때에는 제 손으로 머리를 매만졌다.

"굳이 다른 사람을 부를 것이 무엇이오."

홍위가 손가락 사이로 부드럽게 흘러내리는 머리를 어림짐작으로 갈라 잡고 서툴게 손을 움직였다. 뒷머리에 닿고 목덜미를 스치는 손가락의 느낌이 오묘하여 연이 어깨를 움츠렸다. 제법 긴 시간이 흘러서야 땋은 머리 끄트머리에 엉성한 모양새로 댕기가 매달렸다. 정성껏 빗은 보람도 없이 오히려 더 엉망이 된 것 같은 머리 모양에 연이 배시시 웃었다.

"역시 사람을 부를 것을 그랬습니다."

"첫술에 배부른 일은 없으니, 다음번에는 더 그럴듯하게 해 주겠소. 약조하오."

"신첩은 다만 전하의 뒤를 따를 뿐이옵니다."

연은 좌경을 닫으며 조심스레 입을 열었다. 홍위가 아까 중단한 이야기에 대한 대답이었다.

홍위가 연의 등 뒤에서 팔을 감아 안았다. 섶이 풀리고 저고리가 미끄러져 내렸다. 백옥처럼 흰 어깨가 드러났다.

"그대만큼은……."

홍위는 말을 맺지도 않고 드러난 어깨 위에 입술을 올렸다. 감히 돌조각 따위에 비할 수 없는 부드러운 온기를 품은 피부를 머금었다. 타고난 목소리도, 귓가에 닿는 숨결도, 맞닿은 피부에 배어드는 열기가 몹시도 달콤하여 연이 나지막한 한숨을 흘렸다. 그의 입술이 지나는 자리에 맴도는 아릿한 느낌에 꼿꼿하게 세우고 있던 허리의 힘을 푼 뒤 그에게로 기대었다.

이슬인 듯, 안개인 듯 흩날리던 미세한 빗방울이 가랑비가 되어 바닥을 흠뻑 적셨다. 희미하던 빗소리는 어둠 속에서 더욱 또렷해져 방 안으로 흘러들었지만, 아른하게 피어오르는 열기에 감싸인 연인의 귀에까지는 닿지 않았다.

✳   ✳   ✳

"오늘도 날씨가 이러한가."

평소와 다르지 않은 이른 새벽, 교태전을 나선 연이 주변을 돌아보다 미간을 좁혔다. 공기가 차가운 새벽이면 경회루 연못에서 피어오르는 희끄무레하고 잔잔한 연기와 같은 움직임은 심상한 것이었다. 그러나 벌써 닷새 째, 깊은 밤부터 피어오르기 시작한 안개는 새벽이 되면 한 치 앞도 분간할 수 없을 정도로 자욱하게 들어찼다. 도성 전체를 이렇게 두꺼운 안개가 휘감는 것은 드문 일이라 하였다.

평소 같으면 뒤따르던 상궁과 나인들이 연보다 먼저 길을 나섰다. 중전마마께서 혹 누군가와 부딪치지 않도록 하기 위함이었다. 짙은 안개는 사람의 형상을 감추는 것은 물론 소리마저도 흡수하는 모양이었다. 이른 아침부터 바쁜 걸음을 옮기는 궁인과 태의 등을 예상치 못하게 맞닥뜨려 서로 당황스럽게 인사를 나누는 일이 많았다. 갑자기 튀어나오는 인영과 충돌을 간신히 면하는 일도 있을 정도였다.

연은 사뿐한 걸음걸이로 상궁의 뒷모습을 바라보며 움직였다. 먼저 종종걸음으로 출발하여 이미 안개에 반쯤 묻혀 있던 상궁이 별안간 걸음을 멈추었다. 가까이에 가서야 상궁이 걸음을 멈춘 연유를 알 수 있었다.

아직 정무가 시작되지 않은 이른 시간, 대전승전이 그들의 발길을 붙잡았다.

"금일은 문안 인사를 받지 않겠다 하교하시었습니다."

"어찌하여? 삼복에는 경연을 정지하라는 전교가 내린 것으로 알고 있는데?"

당황스러운 마음에 윗사람 같지 않은 말투가 튀어나왔다.

홍위는 탄생과 동시에 장차 왕이 될 것이 정해져 있었다. 그를 염두에 두고 교육을 받아 온 탓에 밤이 깊어야 잠들고 몹시 이른 새벽에 눈을 떴다. 남들보다 먼저 하루를 시작해도 다시 날이 저물 때까지 산더미 같은 일에 파묻혀야 하는 이가 왕이었다. 하여 예정에 없던 일과가 끼어들기라도 하면 문안을 생략하는 경우도 종종 있었다.

그러나 연이 문안을 드리러 가는 시간은 몹시 일러 다른 절차에 영향을 주는 일이 거의 없었다. 무더위가 기승을 부리는 한여름이기도 하고 경연을 중지한 탓에 일과에 다소 여유가 있을 터인데 어찌 그 짧은 만남을 마다하는 걸까.

승전내시가 그 마음을 눈치채지 못한 척 허리를 굽히고 공손하게 대답했다.

"대국의 사신을 모시어야 하는 탓으로 상참 시간을 앞당기신다 하옵니다. 중궁전 뿐 아니라 다른 곳에도 같은 말씀을 내리시었습니다."

"알겠네."

연은 마음을 가다듬고 위엄을 찾아 엄숙하게 대꾸했다. 다시금 깊은 안개 속으로 사라지는 내관의 뒷모습을 아득한 기분이 되어 바라보았다. 정인이 머무르는 전각은 손을 뻗으면 닿을 듯 지척에 있었지만 짙은 안개 속에 파묻혀 보이지 않았다.

연에게는 그의 마음이 꼭 그러했다. 가장 가까이에 있는데도 그가 무슨 생각을 하는지 알 수 없었다. 온전히 믿지 못하기 때문인지, 그녀의 마음이 여릴 것을 염려하기 때문인지 말을 아끼고 입을 다물었다. 그 사실이 서글퍼 마음이 무거웠다.

어림짐작으로 대전의 위치를 가늠하며 몸을 움직였다. 아무것도 보이지 않는 앞쪽을 향해 허리를 굽혀 문안을 대신했다.

"오늘 당직은 누구라 하던가?"

"직전(直殿)이 남아 지킨다 하옵니다."

"또 스승님이신가."

호젓하게 중얼거린 홍위가 자리에서 일어났다. 문을 나서 긴 복도를 지나는 그 발걸음이 몹시도 가벼웠다.

남아 있는 사람은 성원 혼자뿐이었다. 그때와 마찬가지로.

홍위는 예를 갖추는 성원의 모습은 보는 둥 마는 둥 하고 소매에 감추어 모은 상대의 손을 잡아당겨 꼭 쥐었다. 성원이 당황스러운 마음으로 앞에 선 이의 얼굴을 바라보았다. 왕을 똑바로 바라보는 시선이 법도에 어긋난다고 탓하기도 전에 이미 꼭 잡힌 두 손이 법도에 우선하는 친밀감을 표현하고 있었다.

"전하."

홍위가 성원의 눈을 바라보았다. 지금 그가 꺼내야 할 말은 용기가 필요한 일이었다. 천천히 누명을 쓴 숙부의 모습을 그려 보았다. 사사된 숙부와 꽃잎처럼 붉은 핏방울을 흩뿌린 신료들이 눈앞에 아른거렸다. 어진 임금이었던 아비를, 성군이었던 할아비를 떠올렸다. 반드시 지켜 주고픈 고운 연인의 모습이 그 모든 것을 덮어 낸 후에야 비로소 목소리를 냈다.

"스승님."

성원이 세자의 시학이었던 것은 짧은 한때였으나 그적부터 지금까지 홍위는 틈만 나면 그를 '스승님'이라 불렀다. 한사코 마다하고 질색하는 모습에 더욱 놀리려 드는 소년의 장난이었지만 그만큼 깊은 믿음의 표현이기도 했다. 늘 투덜대면서도 마음 한편으로는 즐거움이 있었다. 그러나 오늘 홍위의 목소리는 진중하고 깊어 마음이 불안해졌다.

"명일 교서를 내리고자 합니다."

"사소한 명은 내관을 보내어 주시면 되옵니다. 어찌 번거로운 걸음을 하셨사옵니까."

문득 일 년 반 전의 일이 성원의 뇌리를 스쳐 지나갔다. 이해할 수 없는 왕명에 모든 학사들이 자리를 박차고 나갔으나 교리였던 성원은 그 자리를 벗어날 도리가 없었다. 할 수 없다 완강하게 버티던 그의 소식을 들은 것인지, 홀연히 나타난 홍위가 엄한 목소리를 냈다.

"어명을 받들지어다."

성원이 잡힌 두 손을 뿌리치며 뒤로 물러났다. 고개를 숙여 허리를 굽힌 채 시선을 들지 않았다. 그 고집스런 등을 보면서도 홍위는 아무렇지도 않은 듯 말을 이었다.

"선위와 즉위의 교서를 내릴 것이니, 초(草)하여 줄 것을 부탁하오."

스승님을 부르던 소년의 목소리는 위엄을 갖춘 왕의 그것으로 바뀌어 있었다. 이 말투는, 그때의 목소리와 꼭 같았다.

"어명을 받들지어다."

다시 그날의 기억이 되살아났다. 준엄한 목소리와 어울리지 않는 창백한 입술이며 충혈된 눈동자를 본 성원은 자리에 앉아 붓을 들 수밖에 없었다. 마음에 없는 글자를 천천히 그려 냈다. 어린 왕을 제대로 모시지 못하는 처지가 한심하여 제집 사랑에 돌아가 가슴을 부여잡고 통곡했다. 그 울음소리가 사랑 밖으로 새어 나가 영문도 모르는 부인이 문밖을 서성였다.

"소신은 그 명, 받들 수 없사옵니다."

"어명이거늘."

"제아무리 어명이어도 불편부당치 못한 명까지 따라서는 충신이 될 수 없사옵니다. 뜻을 굽히는 것은 한 번으로 족하옵니다, 전하."

"스승님, 조만간 할마마마와 숙부님께 유배형을 내려야 하는 날이 오겠지요. 그다음에는 아마도 사약을 내리고, 어쩌면 참수를 명해야 할지도 모릅니다. 나로 인하여 누군가가 죽음을 맞이하는 상황을 더는 보고 싶지 않아요."

"소신은 아무것도 듣지 못하였습니다."

소년으로 돌아온 듯 성원을 스승님이라 칭하는 홍위의 목소리는 아이를 달래듯 부드러웠으나 성원의 대답은 변함없이 강경했다. 홍위는 짐작했다는 듯 고개를 끄덕이며 웃었다.

"스승님의 글이라면 물러나는 마음이 조금 편안할까 하였으나 제자의 욕심이 과하였습니다."

가벼운 몇 마디의 치하를 남기고 홍위가 등을 돌려 사라졌다.

자꾸만 눈가가 젖어 드는 것을 어찌하지 못하여 성원이 감은 눈을 옷자락이 덮은 팔로 지그시 억눌렀다.

그 밤, 보름으로 달려가는 날에 맞추어 살짝 배가 부른 달이 하늘 위에 둥실 떠올랐다. 달빛이 들어찬 못 한가운데의 정자 안에는 다과상이 차려져 있었다. 두 그림자가 상을 사이에 두고 마주 앉았다. 본디대로라면 곁을 시위해야 할 궁인들이 엄명으로 연못 바깥쪽의 조금 떨어진 거리에서 그들의 모습을 지켜보고 있을 따름이었다.

"문안을 드리지 못하여 하루 종일 마음이 불편하였습니다."

"과인도 중전이 그리웠소."

홍위가 잔 주둥이를 손끝으로 문지르며 미소를 되돌렸다. 그

육한 목소리에 연이 얼굴을 붉히며 눈을 내리깔았다. 평소보다 더 점잖아진 말투에, 늘 생략하던 과인이니 중전이니 하는 말이 낯설었다. 잠시 망설이는 듯 머뭇거리던 홍위가 결심한 듯 연을 바라보았다.

"금일이 과인이 그대를 중전이라 부르는 마지막 날이오."

주전자를 내려놓던 연의 손길이 살짝 떨렸다. 주전자 바닥이 상 위에 부딪치는 소리가 정자 바깥까지 튀어 나갔으나 떨어진 높이는 손가락 한 마디만큼도 되지 않았다. 소리만 요란할 뿐 아무 일도 일어나지 않아 궁인들도 다가오지 않았다.

냉궁에 유폐되어 다시 외로운 생활을 시작하게 되는 상황에 서부터 폐비까지의 가능성을 짧은 순간 동안 그려 본 연이 홍위의 얼굴을 바라보았다. 얼굴 어디에서도 그녀를 향한 냉기는 손톱만큼도 존재하지 않았다.

그녀를 향한 그의 마음이 변한 것은 아니다. 그렇다면.

문득 이슬비가 내리던 그 밤이 떠올랐다.

"간절하게 원하는 것을 얻으면 마음이 만족스러울까요."

"단 하나뿐인 것을 얻게 되어도 그러할까요."

홍위가 손끝으로 쓰다듬던 잔을 든 채 일어났다. 연이 그 뒤를 따라 정자의 계단을 내려갔다. 난간 위에 비스듬히 기대어 선 홍위의 시선이 연을 떠나 저 먼 하늘과 바람 한 점 없어 거울처럼 잔잔한 연못 위를 떠돌았다.

연이 안타까운 마음으로 그의 소맷자락을 붙잡았다. 그녀에게서 멀어져 버린 것 같은 그를 어떻게든 붙잡아 두고 싶은 간절한 마음에는 격식 따위가 들어설 틈이 없었다. 홍위가 잔을 들지 않은 한 손으로 연의 손을 잡아 자신의 가슴 위로 가져갔다. 옷자락 위로 미약하게 울려오는 평온하고 규칙적인 울림에서 불안감 따위는 찾을 수 없었다. 연이 고개를 들었다. 손을 잡은 뒤 줄곧 연의 얼굴에 꽂혀 있던 홍위의 눈길이 그녀의 시선과 얽혔다. 사선으로 내려오는 달빛이 연의 피부를 타고 흘러 옷자락까지 스며들었다.

홍위는 달빛이 잘 드는 방향을 찾아 팔을 내리며 잔을 감싸 쥔 손바닥을 위로 향하게 했다. 하늘에 뜬 달이 술잔 위에 슬쩍 고개를 들이밀었다.

"일전에 누군가에게 전해 들은 이야기라오. 달이 밝은 맑은 날, 강릉 경포대에서는 다섯 개의 달을 볼 수 있다지요. 이곳의 운치도 틀림없이 그곳 못지않으리다."

연이 알 듯 말 듯 미소를 머금었다. 어지러운 마음을 들키지 않으려 입가에 떠오른 미소가 더욱 진해지도록 입꼬리를 올렸다. 알아도 알지 못하는 척, 몰라도 이미 알고 있는 듯. 그들이 마주하게 될 상황은 그저 심상한 것에 지나지 않는 것처럼 태연하게, 뜬금없는 이야기에 장단을 맞추듯 고개를 끄덕이며 대답했다.

"달은 하늘에 하나뿐이옵니다."

"중전에게만 특별히 알려 드릴까하오."

홍위는 여전히 자신의 가슴팍에 놓인 손을 꼭 쥔 채로 입을 열었다.

"중전의 말씀대로 하늘에 박힌 하나."

하늘에서 연못으로, 홍위의 시선을 따라 연의 눈길이 옮아갔다.

"흐린 거울에 비추어 보는 양 연못에 어른거리는 하나."

홍위가 고개를 돌리기 전 연이 먼저 시선을 끌어 올리며 손가락을 잔 주둥이 위에 올렸다.

"이 하나는 신첩이 먼저 찾았사옵니다."

손바닥 위에 놓인 찰랑이는 잔 안에는 아까 고개를 들이민 달이 여전히 떠나지 않고 흔들거리고 있었다. 연이 작게 속삭였다.

"나머지는 어디에 숨겨 두셨사옵니까?"

홍위가 난간 사이로 잔을 살짝 올려놓으며 연의 눈을 이윽히 바라보았다. 반쯤 달을 등지고 선 그의 눈동자에는 연의 모습만이 가득 담겨 있었다. 연이 수줍게 눈을 감았다.

"그대가 그리하면 달도 숨어들지 않습니까."

홍위가 나지막하게 속삭였다. 자유로워진 손으로 연의 허리를 감아 자신에게로 바짝 당겼다. 여전히 가늘어 불면 날아갈 듯하고, 쥐면 스러져 버릴 듯 연약한 여인. 그에게 남은 유일한 존재. 적어도 그녀만큼은 지킬 수 있기를.

마음 가득 기원을 담아 달을 숨겨 둔 곳을 일러 주듯 한쪽, 이어서 다른 한쪽의 감은 눈꺼풀 위에 입술을 올렸다.

✳   ✳   ✳

그를 위해 신명을 다한 이들을 간신으로 몰아붙이고, 도움을 주고자 했던 이들을 역신으로 모는 것도 이번이 마지막이리라. 홍위가 깊은 숨을 몰아쉬며 인장을 깊이 눌러 찍었다. 소리 내어도 듣지 못할 이들을 향해 마음으로 변명했다.

뜻을 이루면 너그러워질 것이니 잠시의 고달픔만 참으면 제자리로 돌아올 수 있을 것이오.

건성으로 두루마리를 말며 허공을 응시하는 홍위의 눈앞에 오늘 오간 글귀가 어지럽게 명멸했다. 영의정의 자리에 있는 숙부에게 왕위를 물려주겠다는 의사를 표하자 짐짓 사양하는 소가 올라왔다. 진심으로 착각하면 곤란할 내용에 답할 말은 단 하나였다. 이미 정한 마음, 다시 고칠 수 없노라고.

곧 그들이 몰려올 것이다. 얼굴에 기쁨을 가득 담고, 목소리는 놀람을 가장하여 침통한 양 사양하는 이를 시위하며 드디어 때가 왔음을 기뻐할 것이다. 어쩌면 찔러도 피 한 방울 나지 않을 것처럼 냉철한 얼굴을 한 이가 눈물을 떨어뜨리는 진풍경을 볼 수 있을 지도 모르겠다.

자신을 음으로, 양으로 점차 심하게 죄어 오던 것이 대국의 사신이 도성에 도착해 있는 것과 무관하지 않음도 알고 있었다. 그들의 나라에서도 비슷한 선위가 있었다 하니, 그의 편이 되어 주기는커녕 경하할 일이라 칭송할 것이었다.

아바마마, 소자 부덕하여 이제 더는 소임을 감당치 못하겠사옵니다.

미련 따위는 없었다. 그런데도 까닭을 알 수 없는 눈물방울이 그의 눈가에 맺혔다.

※　　　※　　　※

　햇볕이 투명하게 내리쬐는 날, 가마에 오르던 연은 고개를 돌려 전각을 바라보았다. 끝없이 이어질까 두려웠던 기나긴 외로운 나날도, 그의 숨결이 피부를 스치고 체온이 맞닿던 기억도 남겨 둔 채 떠나는 마음이 무거웠다.

　웅장한 위용을 바라보는 것 또한 마지막이리라. 연이 전각의 모습을 눈에 담고 가슴에 새기며 다시 고개를 바로 했다.

　여전히 더위가 기승을 부리던 윤유월 스무날이었다.

10
살얼음 딛고 서서

두 해 전 봄에 세운 누각의 기둥에서는 여전히 나무 향기가 진하게 배어 나왔다. 더위를 피하기 위해 세운 누각이었으나, 날이 좋은 가을 오전에 머무르기도 나쁘지 않았다. 들어 올린 창 너머로 다정한 연인이 마주 앉은 모습이 보였다. 홍위와 연이었다. 그들 사이에는 바둑판이 놓여 있었다. 죽죽 그어진 선이 씨줄과 날줄처럼 얽혀 있는 교차점 위에 까맣고 흰 돌들이 늘어서 있었다.

홍위가 실권이 없는 무력한 왕이던 시절에도 이렇듯 한가로이 노닐지는 못했다. 이른 아침부터 시작된 경연에 조회, 윤대까지 치르고 나면 해가 중천에 떠올라 있었고, 호위병의 점호와 숙직하는 학사의 확인이 있을 즈음이면 날이 저물었다. 낮 동안 밀린 정무까지 보태어지면 깜깜한 하늘에 떠오른 달이 저만치 기우는 일도 허다했다.

그가 상왕이 되어 창덕궁으로 이어한 뒤부터는 사정이 달라졌다. 가끔 누군가가 알현하러 오거나 연회에 불려 갈 때 외에는 모든 시간이 오롯이 그의 것이었다. 한가로이 걷다 대비의 거처 앞에 발을 멈추면 길지 않은 기다림 후에 연을 만날 수 있었다. 반 발짝 정도의 사이를 두고 후원을 거닐다 누각에 오르는 것이 보통의 일과였다.

"이리 두면 어찌 되옵니까."

"비의 총명함은 익히 아는 바인데 바둑만큼은 예외인가 보오."

백돌 하나가 바둑판 위의 어느 점에 자리를 잡자마자 승부가 끝났다. 연이 갈 곳 잃은 까만 알을 하나하나 골라내고 홍위는 남은 하얀 돌을 쓸어 담았다. 연이 막 바둑돌을 정리하려던 찰나, 갑자기 홍위가 바둑돌을 한 움큼 집어냈다. 그중 몇 개가 바둑판 위에 자리를 잡기 시작했다. 무미건조한 어조로 말을 건네었다.

"고조부에게는 아들이 여덟 있었소. 먼저 맞이한 향처에게서 여섯, 나중에 들인 경처에게서 둘. 그중 다섯째가 증조부, 증조부의 사남(四男) 중 셋째가 조부, 부친은 조부의 장자로 아우가 일곱이나 있지요. 그리고 나는 부친의 장자."

홍위의 손길이 둘째 줄에 놓은 돌 주변을 맴돌았다. 그가 증조부를 언급하며 놓았던 줄에는 흰 돌이 여섯 개, 까만 돌이 두 개 있었다. 여섯 번째에 놓인 흰 돌에 이어 첫 번째 돌도 그의 손 안으로 도로 빨려 들어갔다.

"여섯째는 단명하고, 장자는 개국을 선택한 부친을 용납하지 못했소. 가만히 있었으면 그의 차지가 될 옥좌를 돌아도 보지 않고 홀연히 떠났지요. 하여 누구를 세자로 삼아야 할 것인가, 논쟁이 끊이지 않았다 하오. 그 결과로 선택된 건 장자를 대신해야 할 둘째도, 가장 공이 컸던 다섯째도 아닌 막내, 장자보다 두 살 어린 경처의 소생이었소."

홍위의 손끝이 이제는 가장 끝에 놓인 검은 돌을 톡톡 두드렸다. 손바닥 안에 넣지도 아니한 채 손톱 끝으로 튕기듯 판에서 밀어낸 돌 두 개가 바닥에 떨어지며 작은 소음을 만들었다.

"그 사실에 분노한 다섯째가 이복 아우들과 그 도당을 처단했소. 골육상쟁을 눈앞에서 목격한 고조부는 함흥으로 떠났고, 소생도, 욕심도 없던 둘째는 자신에게 떨어진 자리를 서둘러 다섯째에게 넘겼지요. 조금 전에도 말했지만, 그렇게 왕위에 오른 이가 내 증조부요."

서툰 바둑이 끝난 뒤 이어지는 가계 설명은 당혹스러울 법도 하지만 연은 끈기 있게 경청했다. 개국한 지 오래지 않아 혼란스럽던 시기의 일들은 얄팍한 책과 얻어들은 이야기들을 통해 어느 정도 알고 있었다.

어딘가 공허하게 울리는 홍위의 목소리가 그 말에 끼어들 수 없게 했다. 무언가 그녀에게 들려주고자 하는 이야기가 있는 게 분명했다.

홍위가 까만 돌을 한 움큼 집어 맨 처음 놓았던 돌 근처에 우르르 쏟아 놓았다. 흰 돌로 하나씩 건드려 떨어뜨리면서 다시 말을 이어 갔다.

"증조부는 함흥으로 떠난 고조부의 마음을 돌리려 끊임없이

329

사람을 보냈지만, 젊은 시절 뛰어난 무인이었던 고조부는 그들을 모조리 처단했소. 그러나 마지막으로 찾아간 오랜 벗이 죽음을 맞이하자 그 뜻을 굽힐 수밖에 없게 되었지요."

홍위가 이야기를 맺으며 어지럽게 널린 돌들을 정리했다. 텅 빈 바둑판 위로 서늘한 바람이 스쳐 갔다. 짧은 침묵 후에 홍위가 입을 열었다.

"나는 무인도 아니고 세력도 없소. 고조부는 차사의 목을 벨 수 있었으나, 나는 그런 자들의 털끝만 건드려도 무사할 수 없겠지요. 그리되더라도 비, 그대만큼은 무사하리라 믿습니다. 주상이 지극히 귀애하는 숙부의 처조카 아닙니까."

마지막 문장이 연의 가슴을 후벼 파듯 아프게 찔러 들었다. 아무것도 없는 제 처지를 비관하면서도 그녀만은 괜찮으리라 안도하는 목소리가 서러웠다. 무어라 대답하는 대신 엷은 미소를 보냈다.

홍위가 바깥을 향해 목소리를 내자 내관과 나인이 모습을 드러냈다. 무거운 바둑판을 저만치 치운 후, 서안과 문방사우를 가지런하게 정리해 놓고 물러났다. 언뜻 단둘만의 오붓한 시간처럼 보였으나 전과 다를 바 없이 누군가가 그들의 일거수일투족을 지켜보고 있는 건 마찬가지였다. 굳이 달라진 점을 찾자면 인원이 줄었고, 살펴보는 눈길이 감시에 가깝게 여겨진다는 정도일까.

차붓한 손길로 먹을 가는 연을 물끄러미 바라보던 홍위가 붓촉에 먹물을 듬뿍 묻혀 글귀를 써 내려갔다.

샘이 깊은 물은

가뭄에 마르지 아니하기에

내를 이루어 바다에 가나니*.

"진서와 전혀 닮지 아니한 이것 또한 글자라니 신기하기 짝이 없지. 그렇지 않소?"

연이 가만히 글귀를 들여다보았다. 글의 내용 때문인가, 늘어선 글자 주변으로 번져간 물기에서 오히려 나름의 운치가 느껴졌다. 하지만 오래전부터 전하는 시가도, 경구도 아닌 것 같은 글을 그녀에게 보여 주는 까닭을 알 수 없어 고개를 갸웃거렸다.

"할바마마께서 새 글을 만드신 연후에 그를 시험코자 지어진 시구라오. 대개는 고사(古事)에 기대어 있지만, 이 장만큼은 오롯이 그 자체만으로 이루어져 있어 더 마음에 닿는다고 할까."

뿌리 깊은 나무는 풍성한 결실을 맺는다.

깊은 샘은 가뭄에도 시내가 되어 바다로 간다.

조상이 창건한 나라가 그토록 유구한 역사를 지니고 오래도록 번영하기를 바라는 간절한 마음이 담긴 시구는 정작 손자인 홍위에게는 유독 다르게 읽혔다. 첫 구절을 저의 위태로운 처지로 읽어 냈던 소년은 두 번째 구절에 제 마음을 담았다. 제가 쓴 글귀 왼편으로 정인의 이름을, 이어 제 이름을 적으며 중얼거렸다.

---

*용비어천가(龍飛御天歌) 2장 1절.

"만약 간택이 있기 전에 그대의 혼인을 서둘렀다면……."

"그런 말씀 마옵소서."

연이 고개를 가로저었다. 그녀의 곁에 다른 이가 있는 것은 상상할 수 없었다. 그러고 싶지도 않았다. 홍위가 붓을 내려놓고 조금 전 그가 쓴 글자를 톡톡 두드렸다.

"잊지 마오. 시내(涓)가 흘러드는 바다 끝에서 태양(弘暐)이 떠오른다는 사실을."

홍위가 서안을 옆으로 밀어 치웠다. 그가 움직이기 전에 연이 먼저 몸을 반쯤 일으켜 다가왔다. 연의 입술이 홍위의 입술 위를 가볍게 스쳤다. 이내 달아나듯 몸을 뒤로 뺐지만, 등 위에 따스한 손이 얹히자마자 움직임이 멈추었다. 힘을 전혀 싣지 않은 가벼운 접촉에도 꼼짝하지 못한 채 굳어 버렸다. 그의 손이 움직여 목덜미까지 올라왔다. 홍위가 연의 이마 위에 자신의 이마를 가볍게 맞대었다.

연이 엷은 한숨을 내쉬었다. 어떤 의미로든 그녀가 한숨짓는 것을 보고 싶지 않아 홍위가 이마를 떼고 천천히 숨을 내쉬는 입술 위를 부드럽게 눌렀다. 가만히 눈을 감자 벌써 아득해진 아련한 추억이 피어올랐다. 조그만 언덕 커다란 나무 아래에서 소녀가 품은 사과 내음을 머금던 그때도 금방이라도 눈물을 떨어뜨릴 것 같은 얼굴을 하고 있었다. 그적보다 훨씬 짙어진 향을 음미하듯 부드럽게 빨아들였다.

달콤한 순간은 길지 않았다. 눈치 없는 목소리가 그들의 다정한 한때를 방해했다.

"전하, 세자 저하께서 알현을 청하시옵니다."

홍위가 아쉬운 듯 입술을 떼고 자리에서 일어났다. 연이 미소 지으며 함께 일어나 누각을 벗어나 인정전으로 발길을 옮기는 그를 배웅했다. 환관은 혼자 밖으로 나가는 대신 새로운 사실을 알렸다.

"대비마마, 상감마마께오서 내전에서 기다리고 계시옵니다."

세자와 왕이 동행하여 찾아오는 일은 드물지 않았지만 왕이 이렇게 그녀를 따로 찾는 일은 처음이었다. 연유를 알 수 없는 방문객을 만나러 가는 길, 오래전 품었던 두려움이 되살아났다. 이내 마음을 무겁게 하는 객이 상대가 아닌 자신을 찾아 다행이라는 생각도 들었다. 홍위는 수지를 만나는 날이면 평소보다 더한 우울감을 드러내곤 했다.

"기다리게 할 수는 없지요."

연이 몸을 돌렸다. 꼭 다문 가느다란 입술 선이 그녀의 얼굴을 차갑게 만들었다.

주인이 없는 방 안에 좌정하고 앉아 있던 수지가 연을 반겼다. 몹시 공손한 인사말을 입에 올렸다.

"대비마마를 뵙습니다."

"무슨 일로 이 외로운 전각까지 찾아오셨는지요."

"대비마마의 안부를 알지 못하니 군왕의 도리를 다하지 못하는 것 같아 늘 송구하였사옵니다."

"예법을 잘 알고 도의를 중시하는 주상의 말씀을 어찌 믿지 않을 수 있겠습니까."

연이 수지를 멀뚱하게 바라보다 빈정대듯 대꾸했다. 혼인 전

아비의 벗이라는 대군 나리를 만날 적에는 상상도 할 수 없던 처신이었다. 지금도 표면적으로는 왕과 대비의 관계였으나, 나이로도 촌수로도 연이 아랫사람이었으니 썩 예의 바른 태도라고는 할 수 없었다.

수지는 지어낸 거만함을 탓하지 않았다. 목소리에 깃든 빈정거림을 알아채고도 태연스레 굴었다. 쥐도 궁하면 고양이를 문다 하였나. 쥐가 깨무는 것쯤은 고양이에게 어떤 위해도 가하지 못해, 배부른 고양이는 사냥한 쥐를 잡아먹는 대신 갖고 놀았다. 버릇없는 어린 계집의 반항 따위는 귀엽게 볼 수 있었다. 서툴고 무능한 자들이나 감정을 드러내는 법이었다. 게다가 눈앞의 소녀는 잔뜩 겁먹은 얼굴로도 그의 면전에서 검약을 논할 수 있던 아이였으니, 어리석은 만용을 부리는 것을 이상하게 여길 필요도 없었다.

연이 등을 곧게 폈다. 어린 소녀일 적에 곁눈질로 바라보기도 어려웠던 눈빛은 여전히 날카로웠다. 그 앞에서 두려움을 표출하고 싶지 않았다. 열린 문밖에서 그들을 지키고 있는 상궁 하나를 불러 침실의 낮은 장 위에 놓인 함을 가져오도록 시켰다. 곧 상궁이 연의 침실에서 함을 들고 왔다. 연이 함을 받아 서안 위에 놓고 엄한 목소리로 일렀다.

"그만 물러가도록 하라."

상궁이 망설였다. 연의 얼굴에 가벼운 분기가 서렸다. 망설이는 연유가 자신을 걱정하기 때문이 아님을 아는 까닭이었다.

대비가 되어 교태전을 나오고 나서 많은 것이 바뀌었다. 본디 번잡스러운 것을 좋아하지 않아 곁을 지키는 이들이 줄어든 것은 관계치 않았다. 주변인에게 마음을 주지 않았으니 사람이 바뀌는 것도 크게 개의치는 않았다. 지금 그녀의 곁에 있는 이들은 친정에서 데려온 교전비를 제외하고는 모두 새로운 얼굴이었다. 대답을 망설이는 상궁도 마찬가지였다.

"혹 내가 주상에게 위해라도 끼칠까 저어하는 것인가."

상궁이 수지의 눈치를 살폈다. 그가 미미하게 고개를 끄덕이자 문을 활짝 열어 둔 채로 상궁과 나인이 뒷걸음질로 멀어져 갔다. 비소를 품은 연이 손끝으로 함을 밀어 수지의 앞으로 보냈다. 힐끗 함을 내려다본 수지가 연의 얼굴에 시선을 고정했다. 무표정한 얼굴에 감춘 감정을 가늠하며 연이 침착하게 말을 이었다.

"중전에게 전할 물건을 주상께 부탁코자 합니다. 본디 주상께서 잠저에서 지내던 시절에 중전께서 친히 전한 것이지요. 간택을 앞둔 처녀에게 꼭 필요할 것이라 하여 사양치 못하고 받았으나, 이제는 내가 아니라 중전에게 필요하지 아니하겠습니까?"

수지가 함의 뚜껑을 열었다. 나비가 흔들리고 있는 모양이 눈에 익었다. 국대부인 시절의 중전이 마치 제 딸의 혼인을 준비하듯 정성껏 골라 놓고 자랑하던 떨잠이었다.

"나이를 먹어도 되바라진 성정은 변하지 않는군요."

"말씀 삼가시지요. 사람을 물려 놓았다 해서 그들이 정말 없는 것은 아니지 않습니까. 지금도 무슨 이야기가 오가는지 귀를 세우고 있는 자들이 도처에 있겠지요. 주상께서 주공에 비견되는 성군이라 굳게 믿는 이들이 지금 그 발언을 들으면 놀라지 아니하겠습니까."

연이 짐짓 눈을 동그랗게 떠서 놀란 표정을 지었다가 무척 염려스러운 듯 훈계조의 말을 건넸다. 함의 뚜껑을 닫는 수지의 손마디가 하얗게 변했다.

든든한 배경이 되어 줄 수 없는 그저 그런 가문에서 태어난 여아. 권세 따위와는 거리가 멀고 그를 바라지도 아니하는 어린 시절 벗의 딸. 아끼는 막냇동생의 처조카. 조카의 배필로 삼은 처녀는 그런 위치에 있는 소녀였다. 그의 뜻을 거스르지 않고 고분고분하게 굴 것이니 조만간 자리에서 끌어내릴 소년의 곁에 붙여 두기에 그만큼 적당한 아이도 없으리라 여겼다.

셈이 틀렸다. 마음 약한 큰아들의 배필이 되어도 좋았으리라 생각했을 정도로 당찬 구석이 있는 아이였다. 다른 꿍꿍이를 품고 있긴 했어도 아우가 직접 간선에 올리기를 청했었다. 저 계집아이가 마음 약한 조카를 부추겨 사람을 모으려 든다면 곤란한 지경에 처하게 될 지도 몰랐다.

수지의 입꼬리가 비뚜름하게 치켜 올라갔다. 그 상황이 어찌 위기가 될 수 있겠는가. 오히려 그때야말로 모든 것을 쓸어버릴 절호의 기회가 되리라.

연은 수지의 머릿속을 채운 생각 따위는 괘념치 않는 듯 여유롭게 웃었다. 아니, 그의 마음을 꿰뚫어 보고 있는 것 같기도 했다. 자세를 정돈하고 마치 전장에 나가는 장수가 시구를 읊듯 비감한 어조로 중얼거렸다.

"아아, 경은 주공의 훌륭한 재질이 있으며 또 주공의 큰 공을 겸하였고 나는 성왕처럼 나이 어림으로 또 성왕의 다난함을 만났다. 이에 성왕이 주공에게 책임하는 것으로써 숙부에게 책임하였으니 마땅히 주공이 성왕을 돕는 것으로 과궁을 도와 위와 아래가 서로 닦으면 무슨 근심을 구제하지 못하랴. 그대의 충성과 공렬을 돌아보니 의지함이 실로 깊구나*."

수지의 평정이 무너졌다. 꽉 쥔 주먹이 부들부들 떨렸다. 연이 상냥하게 웃으며 덧붙였다.

"역신을 처단한 주상의 충심에 감읍하여 상왕께서 주상에게 내린 전교였습니다. 기억하고 계십니까."

"어린 계집이 모르는 게 없구나."

"말씀을 삼가라 일러 드리지 않았습니까?"

"네 감히……."

서안을 내리치는 소리가 방 안을 가득하게 울렸는데도 연은 그 소리에 움찔하기는커녕 다시 말귀를 못 알아듣는 이를 탓하듯 부드럽게 일렀다. 수지가 말을 잇지 못하도록 그의 말을 막고 제 이야기를 계속했다.

"주상께서는 주공의 전례에 따라 눈물을 머금고 혈육을 처단하셨지요. 한데, 어린 조카를 대신하여 친히 옥좌에 오르신 분역시 주상이십니다. 주상이 알고 있는 주공과 제가 알고 있는 주공은 다른 모양입니다. 그대의 손을 타고 흐른 피의 대가는 장차 그대의 후손이 치르게 되지 않겠습니까. 어쩌면 세자나 대군이 될 수도 있겠군요."

"존경도, 존중도 그 가치가 있는 사람에게나 주어지는 것이지. 네게는 가당치도 않구나."

---

*단종실록 13권, 단종 3년 1월 24일 경오(庚午) 2번째 기사.

온유한 어조임에도 비난을 넘어 마치 저주와 같은 기운이 서려 있었다. 등골이 오싹해진 수지가 자리를 박차고 일어났다. 그의 등에 나긋나긋한 목소리가 꽂혔다.

"잠저에서의 생활이 지나치게 길어 대비전을 대하는 태도도 잊으신 모양입니다. 내 아직 연소하여 남은 시일이 많으니, 주상께서 예법을 기억하실 때까지 천천히 기다려 드리리다."

거칠게 돌아선 수지가 둔중한 발소리를 내며 사라졌다. 연은 여전히 상 위에 놓인 함을 발견하고는 상궁을 소리쳐 불렀다. 그들의 목소리가 닿지 아니할 만큼 먼 데로 사라진 것 같았던 상궁이 득달같이 나타났다.

"두고 가신 물건이니 전해 드리도록 하여라."

상궁이 함을 받쳐 들고 물러났다. 이제 연이 가진 것 중 수지에게서 온 것은 단 하나도 없었다. 그렇게만 되어도 마음이 훨씬 가벼워지리라 생각해 왔다. 그러나 두려움에 잠식된 마음은 그 가벼워진 무게를 미처 깨닫지 못했다.

연은 상궁이 사라지고도 한참 지난 뒤에야 비로소 손을 올려 가슴을 꾹 눌렀다. 심장이 두근거렸다. 식은땀이 밴 손바닥이 끈적거렸다. 태연을 가장하는 것은 몹시 어려운 일이었다. 대범하고 당돌한 말을 쏟아 내면서도 밀려오는 공포와 맞서 싸워야 했다.

몇 달 전까지도 마음 여린 낭군이 대전에서 매일같이 그를 대면하고 그의 입장을 대변하는 신료들에게만 둘러싸여 있었을 것을 생각하니 마음이 아팠다. 가슴을 누른 손을 떼지 못한 채 자리에서 일어났다. 문을 활짝 열어젖히고 바깥으로 나가자마자 익숙한 그림자와 마주했다. 쏟아져 내리는 햇살을 등진 채 저만치서 연을 기다리듯 서 있는 이를 향해 미소를 보냈다. 사랑할 이가 곁에 있다. 그에게 사랑받고 있다.

다른 것은 아무래도 좋다.

"전하."

연이 사뿐한 걸음걸이로 팔랑거리며 뛰어갔다. 그들을 지켜보는 시선 따위는 생각도 않고 한달음에 그의 품으로 뛰어들었다.

✳   ✳   ✳

모처럼 만에 지필을 앞에 둔 연이 허리를 곧게 펴고 침착하게 붓을 들었다. 잠시 망설이는가 싶더니 거침없이 써 내려가고, 벼루 위에 붓촉을 올린 뒤 고민하다 다시 붓을 들어 글을 적는 일을 여러 번 반복했다.

그러는 사이 서편으로 해가 뉘엿뉘엿 넘어가 저녁 어스름이 깔렸다. 촛불을 밝히는 것으로 방 안까지 스며든 어둠을 약간 밀어냈다. 연이 자기가 쓴 글을 바라보다 옆에 내려놓고 새 종이를 서안 위에 펼쳐 놓았다. 다시 고민 섞인 글쓰기가 시작되었다. 그러기를 몇 차례, 서안 옆에 몇 장의 종이가 쌓이고 서안 위에 놓인 종이의 절반 이상이 다시 까만 글자로 채워졌을 즈음이었다.

"전하께서 드셨사옵니다."

들려오는 목소리에 연이 붓을 내려놓고 몸을 일으켰다. 낮 동안에 인정전에 잠시 머무르긴 해도 늦은 오후부터는 내전 안, 연의 침전 반대편에 마련된 침소에 머무르는 것이 보통이었다. 그리고 날이 저문 지금은 잠자리에 들어도 이상하지 않을 시간이었다.

야장의 차림이리라 예상한 홍위는 상복을 입고 들어섰다. 관과 어깨 위에 채 녹지 않은 하얀 결정이 몇 조각 남아 있는 것을 보고는 다가가 옷자락을 털어 냈다.

그사이 홍위는 눈으로 방 안을 훑어보았다. 책상 위에도, 옆에도 글씨가 빼곡하게 들어찬 종이가 펼쳐져 있었다.

"날이 추운데 어찌 이리 늦게 드십니까?"

홍위는 대답 대신 어디에 감추어 두었던 것인지 천 조각 하나를 불쑥 내밀었다. 연이 뾰로통한 표정을 지으며 몸을 돌렸다. 토라진 척 돌아선 뒷모습을 싱긋 웃으며 바라보던 홍위는 등 뒤에서 한 팔로 감아 껴안은 뒤에도 다른 손으로는 천 조각을 쥐고 연의 앞에서 흔들어 보였다.

"어찌 신첩을 희롱하려 하시옵니까."

"정인에게 받은 정표를 자랑하고 있을 뿐인데 희롱이라는 말은 당치 않습니다."

초록의 실이 달려가는 모양은 아무리 좋게 보아 주려 애써도 서툰 솜씨가 한눈에 드러났다. 낯익은 모양을 바라보던 연이 새초롬한 표정을 풀지 않고 고개를 돌렸다. 홍위가 더 놀리지 않고 팔을 풀며 질문했다.

"후원 안쪽에 조그만 대숲이 있음을 알고 있소?"

"본 적 있습니다."

홍위의 팔에서 풀려난 연은 그의 옷시중을 들며 나직하게 대꾸했다.

엷은 바람이 불 적이면 가느다란 대나무가 낭창거렸다. 그 모습을 볼 때마다 동별궁에서 만난 소년에게 건네었던 시구를 떠올렸다. 매번 생각은 했지만 단 한 번도 입에 올린 적은 없었다.

"대나무 사이로 맑은 바람 일거든 바람 따라 서로 생각합시다."

낭랑한 홍위의 목소리는 그때처럼 청아했다.

오라비와 함께 대군저에 방문했던 그날, 곁눈질로 소년의 모습을 바라보는 순간부터 정해진 인연이었다. 누각 안을 울리는 맑은 목소리에 가슴이 설레었다. 부채를 건네받았을 때 이미 그 답례로 마음을 준 것이나 다를 바 없었다.

대문간 옆 눈 위에 흐릿하게 남아 있던 이름자, 많이 생각하였느냐 묻던 목소리, 눈발인 듯 가볍게 닿아 오던 따스함을 떠올리면 아직도 가슴이 두근거렸다. 붉은 사과를 베어 문 뒤 이어진 입맞춤의 달콤함은 그때의 서글픔과 맞물려 미묘한 아릿함을 동반했다.

처음에는 부채, 그다음에는 노리개, 조그만 반지에 푸른 옥지환까지 받았다. 옥지환은 계절에 따라 연의 손가락을 감싸거나 경대 안 가장 잘 보이는 자리를 차지했다. 도금이 벗겨진 반지는 돌려받은 댕기 위에 얌전히 놓여 있었다. 정절을 지킬 수 없다고 생각했기에 장도가 매달린 노리개는 홍위에게 도로 돌려주었다. 그것까지는 그도 알고 있었다.

그러나 부채가 어찌되었는지는 도무지 알 수 없었다.

"혹 그 행방을 물어도 좋을지요."

"그적에는 제가 지니고 있으면 아니 되는 마음이었사옵니다."

연은 미안함과 애달픔이 뒤섞인 마음으로 그날 밤을 떠올렸다. 단자를 올리면 비씨로 간선될 것이라는 이야기를 전해 듣는 순간, 소년과의 인연은 끝이라고 생각했다. 만에 하나, 그녀와 가례를 올릴 이가 그라는 사실을 미리 알았더라면 부채를 태우지 않았을 것이다.

그렇다 해도 마음에 품은 사람과 혼인한다는 사실에 들떠 있다가 그의 냉담한 태도를 대했더라면 그녀의 마음도 함께 식어 버렸으리라 짐작했다. 그러면 지금처럼 함께 있음에, 사랑하고 사랑받음에 그저 감사하는 날 따위는 오지 못하였으리라.

"매정한 사람 같으니라고."

들어올 때보다 훨씬 간소한 차림이 된 홍위는 한마디를 끝으로 입을 다물었다.

그에게는 한없이 사랑스러우며 더없이 여린 여인이었지만, 당차고 꼿꼿한 성품을 지니고 있는 이가 연이었다. 홍위가 연상의 사촌, 세자를 만나던 순간에 숙부가 대비전을 찾았다고 했다. 그들이 벌인 언쟁은 벽을 넘고 돌 틈으로 스며들어 인정전까지 들려왔다. 나비가 꽃을 향해 날아들 듯 그의 품에 안겨 들던 연의 몸이 가늘게 떨리고 있었던 것은 그 때문이었으리라.

대비라는 건 그저 허울에 지나지 아니하여, 무소불위의 권력을 지닌 왕에게 저항하는 행동은 안위를 담보로 한 모험이었다. 그럼에도 마음에 품은 생각을 입 밖으로 꺼내는 것을 망설이지 않았다. 그런 이가 혼인이 결정된 이후 옛정인의 물건을 어찌했을지는 굳이 듣지 않아도 불 보듯 환한 일이었다.

홍위가 연이 앉아 있었던 책상 앞에 앉았다. 한시를 적었던 필체가 단려하였듯, 익숙하게 써 내려간 정음은 소녀다운 부드러움에 곧은 성품까지 더해져 흐트러짐 없이 나열되어 있었다. 서안 위에 놓인 것에 이어 그 옆에 내려놓은 것들까지, 글의 내용을 빠르게 눈으로 훑어가는 홍위를 발견한 연이 부끄러운 듯 종이를 옆으로 치웠다.

"여인의 좁은 소견이 담긴 서찰에 불과하옵니다."

특별한 내용은 없었다. 잘 지내고 있으며 가족의 안부가 궁금하다는 평범한 내용이 담담하게 적혀 있었다. 그리움이 살짝 묻어나기는 했으나 그조차도 절제하고 있어 언뜻 보기엔 매정하다 느껴질 정도로 무미건조했다. 대동소이한 내용을 여러 장 쓰고 치우기를 반복한 의도를 알 것 같아 홍위가 한숨을 내쉬었다.

왕비가 되어야 했기에 친정에 머물지 못하고 궐에 입궐해야 했다. 짧은 평생을 함께한 가족은 같은 한양 하늘에 있어도 천리만리 떨어진 것처럼 그 얼굴을 보기도 쉽지 않았다. 정인의 곁에 있어도 가족에 대한 그리움은 켜켜이 두텁게 쌓여 갔다. 서간은 마음을 표현할 수 있는 몇 안 되는 수단 가운데 하나였다.

얇은 서간조차 누구의 손을 거치고 어떤 이의 눈을 통할 것이다. 하지만 그조차도 과연 본디 목적한 이의 손에 닿게 될 것인지, 연은 확신할 수 없었다. 수지를 따르는 이들은 상왕으로 물러난 홍위의 존재 자체를 눈엣가시처럼 여겼다. 평범한 표현도 역도의 증좌가 되는 것이 현실이었다. 아무렇지도 않게 적은 문구에서 역심을 발견한 양 호들갑을 떨어 대면 그들의 처지가 어찌 될지 알 수 없었다. 그러니 이 서간 역시 같은 신세일 터다.

연은 말없이 서안 주변을 정리하며 부질없는 상념을 머릿속에서 말끔히 치웠다. 서안 아래쪽으로 종이 뭉치를 쌓아 놓는 연의 손목을 홍위가 부드럽게 잡아 안쪽에 가볍게 입을 맞추었다. 연이 움찔하여 제 쪽으로 손을 잡아 빼려 했지만, 그가 손목을 꼭 쥔 채 제 무릎 위로 끌어당기는 힘을 이겨 내지는 못했다.

"무정한 정인이 정표를 없애 버린 것 같아 마음은 아프지만."

퍽 침울한 듯 목소리를 냈지만 부드럽게 휘어진 눈매에는 미소가 가득 담겨 있었다. 연이 눈을 내리깔았다. 더 이상 채울 수 없을 만큼 마음 가득 품은 연인이 건넨 첫 마음을 없앤 건, 어떤 핑계를 대더라도 합당하다 우길 수 없었다.

홍위가 가볍게 쥔 주먹을 연의 손바닥 위에 올려놓았다. 연의 손 위로 무엇인가가 옮겨 왔다. 홍위가 반대편 손을 뻗어 연의 손가락을 쓸며 손바닥 위를 덮게 했다. 낯설지 않은 감촉이 그녀의 손 안에 남았다. 그가 나지막하게 속삭였다.

"다시는 돌려주지 마시오."

연이 고개를 떨어뜨렸다. 손바닥을 펼쳐 그 위를 바라보았다. 처음 홍위의 손에서 연의 손으로 전해질 때, 달빛을 머금은 눈발이 휘날렸다. 아까 그가 작은 별 모양 결정을 매달고 들어왔던 사실을 기억해 내고는 자리에서 일어났다.

밖으로 통하는 긴 창을 활짝 열어젖히니 까맣게 물든 풍경 위로 하얀 눈이 흩날리고 있었다. 홍위의 손으로 되돌아간 노리개가 다시 연에게로 왔다. 그때처럼 눈 내리는 밤에.

소담스럽게 눈이 내리는 모습을 바라보는 연의 옆으로 홍위가 나란히 섰다. 연의 어깨를 붙잡고 돌려세우자 속삭이듯 낮은 대답이 들려왔다.

"신첩은 가진 게 없어 전하의 마음에 답할 길이 없사옵니다."

"그대가 있는데 더 필요한 게 무엇이란 말입니까?"

홍위는 평소 그녀의 모습을 흉내라도 내듯 눈을 동그랗게 뜨고 되물었다. 전에 없이 맑은 웃음소리가 열린 문밖으로 퍼져 나갔다. 연이 홍위의 목을 끌어안으려 까치발을 들었다. 손가락에 매달린 노리개의 매듭 아래로 붉고 길쭉한 돌과 길게 늘어진 술이 하늘거렸다.

六
병자년(丙子年)

11
용오름 한가운데

"금일은 어떠하셨사옵니까."

"다른 때와 다를 것이 없었소."

중얼거리듯 대꾸한 홍위는 정갈하게 차려진 밤참에는 시큰둥하니 눈길도 주지 않았다.

매섭게 몰아치던 겨울이 완전히 물러가고 봄이 깊어 오자 수지가 사냥을 간다하며 그를 청하는 일이 잦아졌다. 처음에는 매사냥을 구경하자 하더니 세 번째엔가는 활이며 창을 든 무사들이 산짐승을 사냥하는 모습을 보여 주었다.

홍위는 사냥터가 몹시 불편했다. 앉아서 책이나 읽고 후원에서 꽃이나 구경하는 편이 마음 편했다. 궐을 나선다 하여도 경치를 감상하고 사람 사는 모습을 둘러보는 게 좋았다. 매에게 낚아채인 작은 토끼와 꿩, 화살을 맞은 채 피를 흘리는 노루 따위를 보고 싶지 않았다. 어떻게든 살아 보겠다고 버르적대어도 제대로 된 반항조차 하지 못한 채 눈에서 빛이 서서히 사그라지는 모습을 보는 건 끔찍했다.

게다가 오늘 수지는 친히 사냥에 나섰다. 잡은 동물을 들고 득의양양 만면에 미소를 띠고 홍위에게로 다가왔다. 홍위는 불쌍한 짐승에게 눈길을 주지 않으려 애쓰며 그를 향해 치하를 내렸다. 사냥당한 가엾은 짐승이 무엇이었는지는 생각도 나지 않았다. 그랬으면 했다. 그 노력이 무의미하게 피에 얼룩진 작은 토끼가 떠올라 몸서리 쳤다. 토끼의 모습은 조만간 다가올 그의 최후이고, 수지의 미소는 그에 대한 조소인 것 같아 입술이 하얗게 질리고 욕지기가 밀려왔다.

홍위가 연의 손을 잡아끌었다. 그대로 당겨 품에 안았다. 얼굴을 파묻은 목덜미에서는 달짝지근한 향이 감돌았다. 꼭 껴안아 맞닿은 몸으로 따스한 온기가 전해 왔다. 불안한 마음이 누그러지는 것을 느끼며 웅얼거렸다.

"그대를 지켜 주어야 하는데, 그럴 수 있을까."

"전하?"

입안에서 웅얼거린 불분명한 발음은 연의 귀에 제대로 닿지 않았다. 연이 되물으며 몸을 살짝 떼어 내려 하였으나, 도리어 더 세게 감아 오는 느낌에 순순히 몸을 기대었다. 팔을 뻗어 등줄기에도 채 닿지 못한 손끝으로 조심스레 쓰다듬었다. 미약한 떨림이 전해 와 안쓰러운 마음이 더욱 깊어졌다.

그는 아직도 여린 소년이었다. 굳건하게 자랄 틈도 주지 않고 수많은 일이 몰려왔고 지금껏 홍위의 목을 조이고 있었다. 어찌 사내답지 못한가 책망하기에는 그가 견뎌야 했던 현실이 너무도 무거웠다. 차라리 심정을 사실대로 토해 내고 마음 가득히 품은 번뇌를 나누어 준다면 좋으련만, 사내이고 지아비라는 자각이 그조차도 방해하고 있었다.

연은 아무것도 알지 못하는 척, 느릿하게 토닥였다.

⁂ ⁂ ⁂

한양에서 한참 벗어난 작은 마을에 들어섰다. 어울리지 않게 늘어선 고래 등 같은 기와집 몇 채를 지나쳤다. 작년에 새로 베어 낸 짚단으로 단정하게 지붕을 얹은, 혹은 벽으로 삼은 나무가 다 드러나도록 엉성하게 흙을 바른 초라한 초가집이 즐비한 곳도 지났다. 그러고도 한참을 더 간 외로운 길 끄트머리에 소박하면서도 깔끔한 집 한 채가 자리하고 있었다.

외양은 깔끔해도 속은 황량하고 썰렁하기 그지없는 방 안에 주인과 객이 앉아 있었다. 방의 주인인 유의 눈빛에는 객을 흥미롭게 여기는 기색이 가득했다. 그가 지학에 이르렀을 무렵, 하사받은 수십 필의 비단을 묶어 질질 끌고 간 어린아이의 이야기를 들었다. 줄곧 잊고 있던 신동의 존재가 생각난 건 이미 정난이라 하는 것이 끝난 뒤였다. 그 후로 한참을 수소문한 끝에야 삼각산 어느 절에 머무르다 다시 길을 떠났다는 소식을 전해 들었다. 바람처럼 떠돌아다닌다는 이의 안부를 알기는 퍽 어려웠으나 때마침 그자가 유배지 근처를 지나고 있었다. 천우신조라 할 만한 일이었다.

"누추한 곳으로 불러 미안하오. 유람을 온 것이 아니니 이해해 주리라 믿소."

"불민한 몸을 어인 일로 찾으셨사옵니까."

"아바마마께서 부르신 신동이 어찌 성장했는지 궁금하던 차에, 때마침 그대의 소식이 들려오지 않았겠나."

"배움이 깊지 못해 과거에도 급제하지 못하였습니다. 불초한 몸을 과대평가하시었습니다."

"책상 앞에서 권세나 논하는 이들이 채점하는 게 소위 과거라는 것 아닌가. 그들이 능력을 올바르게 평가하고 있다는 보장도 없다오."

"소인이 부족한 것을 남에게 미루어 핑계 대고 싶지는 않습니다."

열경이 단호하게 대답했다. 권력에 눈이 멀어 혈육을 베고, 가진 걸 빼앗기는 것이 두려워 남의 것을 탐하는 세상이었다. 정도가 남지 않은 세상에서 무의미한 학문에 뜻을 버리고 나니 신경 써야 할 일은 아무것도 없었다. 유배당한 대군의 말 따위는 무시해도 좋을 것이건만, 미묘하게 그의 신경을 건드리는 내용이 있어 마지못해 발을 돌린 참이었다.

"대개 재주를 부여받은 이는 옥골선풍이라 하여 내 잠시 그대의 용모를 보고 의심하였거늘."

유가 엉뚱한 소리를 입에 담으며 놀리듯 빙긋 웃었다. 그러나 열경의 표정에는 아무런 변화가 없었다. 악의 없는 농담을 웃어 넘기는 것도, 정색하고 따져 묻는 것도 그의 성향에는 맞지 않았다.

그사이 유는 날카로운 눈길로 상대를 평가했다. 기실 신동의 성장 이후가 궁금하여 불러들인 것이 아니었다. 제가 도모하는 일을 위해 이런저런 탐문을 하던 중, 의외의 연결고리를 발견한 까닭이었다.

"하나 외모로 사람을 판단해서는 아니 되지. 대비마마만 하여도 모습은 여린 소녀에 불과하였으나 심지가 굳건하시었으니."

유가 내뱉은 대비마마라는 말에 열경이 짧게 숨을 내쉬었다.

산 넘고 물 건너 세상을 떠도는 이의 귀에 들어오지 아니하는 소문은 없었다. 삼년상도 치르지 못한 어린 왕이 혼례를 치렀다고 했다. 왕비는 본디 가세가 풍족하지 못하여 누이가 대군에게 시집갈 적에 풍저창 부사로 임명된 바 있는 이의 딸이라 했다. 그 여인이 누구인지 열경이 모를 리 없었다. 사랑스러운 소녀, 전할 수 없는 마음의 주인이 안온한 삶을 누리길 바랐다. 작은 바람은 요원한 일이 되어 버린 모양이었다.

쌀쌀한 눈길도 피하지 않고 명운이란 이름이 아니라 사람에 달렸다 하던 당찬 소녀의 얼굴을 떠올렸다. 그들이 나누었던 대화도 또렷하게 기억하고 있었다.

"이런 시절에 과거에 급제하면 부귀와 영화를 좇는 것 외에 무엇을 할 수 있단 말이오?"

"가진 힘이 미약하다 하여 뜻을 굽히는 것이 과연 선비의 도리입니까?"

"탁류에 휩쓸리느니 고고히 관조하고자 하오."

"그 결정을 눈물로 후회하실 날이 올 것입니다. 어찌 나는 꺾어짐을 택하지 못하였던가."

353

그녀가 지녔을 국모의 자질은 과거의 대화를 상기하는 것만으로도 충분히 짐작하고도 남았다. 그러나 어디까지나 왕의 권위가 불안하지 않은 태평성대에나 가치가 있는 것이었다. 곁을 지키던 신료들을 하루아침에 모두 잃은 왕, 이제는 상왕으로 물러난 외로운 소년이 과연 그녀를 온전히 품고 지켜 줄 수 있을까.

골똘히 생각에 잠겨 있던 열경의 앞에서 가볍게 달각거리는 소리가 났다. 유가 여인의 뒤꽂이 하나를 서안 위에 내려놓았다. 우아하고 섬세한 장식은 여염의 여인이 이용할 장신구로는 지나치게 화려한 느낌이 있었다. 상황에도, 대화 내용에도 전혀 어울리지 않는 물건이기도 했다.

"상왕 전하께서는 선왕 전하의 성정을 고스란히 물려받아 유약하시네. 그러니 내 어떤 행동도 탐탁지 않게 여기실 터."

"도당으로 몰려 이 궁벽한 곳에 계시면서도 그런 말씀을 하시는 게 두렵지 아니하십니까."

"나를 상왕 전하로부터 떼어 놓고자 한 뜻을 이루었기에 감시도 심하지 않네. 내 수하가 지척에 있으니 무엇을 염려할까. 그의 명을 받고 이곳을 지키는 자들에게 몇 푼 쥐여 주었으니 아직도 주막에서 노닥거리고 있을 걸세."

"나리의 의중은 알 수 있으나 작금의 형세로는 무모하다고 밖에 말씀드릴 수 없사옵니다. 그의 권세는 하늘을 찌를 듯하나 나리의 위세는 미약하여 이런 외진 곳에 홀로 계십니다. 그야말로 달걀로 바위를 깨뜨리고자 하는 격이 아니겠사옵니까."

"형님에게 녹을 받고 있더라도 모든 신하가 다 마음으로 받아들인 것은 아닐 것이오. 아직 조정에는 학문을 사랑하고 학자를 중히 여기시던 아바마마의 성덕을 기억하는 자들이 많다오. 자신을 알아준 성군의 유지를 잊었다면 어찌 선비라 할 수 있을까."

유는 어린 조카가 즉위하던 날, 수지와 함께 불려 갔다. 부족한 점이 많은 자신을 보필해 달라 간곡히 부탁하던 홍위의 목소리를 기억했다. 역모죄를 덮어쓴 용이 죽고 난 뒤 형제들은 모두 수지의 편이 되었지만, 다만 자신만이라도 가엾고 외로운 처지에 놓인 조카의 힘이 되어 주어야 하겠다고 생각했다. 입바른 소리를 몇 번 한 것이 야심가인 수지와 그 주변의 사람들에게 눈엣가시처럼 여겨진 모양이었다.

변변한 증좌도 없는 갑작스러운 혐의가 씌워지고 손쓸 틈도 없이 유배형이 내려졌다. 그가 유배지에 도착한 이후 홍위가 수지에게 선위했다는 이야기가 바짝 뒤따라왔다. 핍박을 견디지 못한 까닭도 있겠으나 그 자리를 포기하지 않으면 얼토당토않은 죄를 뒤집어쓰고 팔도로 흩어진 유와 같은 이들이 죽음에까지 이르게 될 것을 염려한 것이 틀림없었다.

어차피 한 번 살아가는 삶, 어린 왕을 지키고자 생각하였을 때 이미 목숨 따위는 내어놓은 지 오래였다. 명줄을 부지하기 위해 비굴하게 행동하고 눈치를 보아서는 죽는 그 순간까지도 옳은 일 따위는 할 수 없을 터였다. 그것을 어찌 사내의 일생이라 하겠는가.

열경은 유의 생각을 알 수 없었다. 그는 한때 신동으로 불렸을지 몰라도 지금은 말직에도 오르지 못한 일개 서인에 불과했다. 그런 자를 앞에 놓고 장황하게 이야기를 늘어놓는 까닭은 짐작하기도 어려웠다. 용처를 알 수 없는 뒤꽂이가 그들 사이에 놓이고 나니 더 알 수 없는 일이 되었다.

"듣기로는 그대가 여량군의 장남과 친밀한 사이라던데."

유가 뒤꽂이를 열경의 앞까지 밀었다. 그제야 열경은 그가 자신을 부른 까닭을 깨달았다. 유가 보낸 사람이 만남을 청할 때 내키지 않는 얼굴을 하자 거와의 교분을 들먹였기에 뭔가 꺼림칙한 기분으로 나선 것이 아니었던가.

"이것을 대비마마께 전할 방도가 있겠는가."

"아마 가능할 것이옵니다."

열경이 신중하게 대꾸했다. 거를 통하여 연에게 전달하는 건 어렵지 않을 듯했다. 다만 이것이 단순한 선물일 리 없다는 사실이 신경 쓰였다. 혹 그의 행동이 가뜩이나 외로운 처지에 놓인 여인을 더 위태롭게 만드는 건 아닐까.

열경이 진의를 캐려는 듯 유를 뚫어져라 바라보았다. 유가 대답 대신 고개만 가로저었다. 믿을 만한 사람이라 생각하여 끌어들였지만, 진실을 아는 이는 적을수록 좋았다. 열경이 한참 고민하다 뒤꽂이를 제 앞으로 더 가까이 끌어당겼다.

✳   ✳   ✳

날이 좋아 활짝 열어젖힌 문으로 살랑대는 바람이 밀려 들어왔다. 흠뻑 젖어 든 봄은 어느샌가 여름을 슬금슬금 불러들이고

356

있었다. 쾌청한 날씨에 제법 더운 기운을 머금은 바람이 연의 이마 위로 두어 가닥 흘러내린 잔머리를 간질이고 있었다. 때마침 그녀의 곁을 지키는 상궁은 대전으로 불리어 갔고, 나인들도 제각기 일에 바쁜 터라 그녀의 주변은 한가했다.

연은 모처럼 만에 자유로워진 기분으로 마주 앉은 거의 얼굴을 바라보았다. 오라비와 이리 마주 앉는 것은 몹시 오랜만이었다. 이제는 어린 시절의 장난기가 말끔하게 지워져 의젓한 가장의 풍모가 엿보였다.

"조카는 잘 자라고 있습니까?"

"잔병치레 없이 건강히 크고 있습니다. 대비마마께 보여 드리지 못함이 한입니다."

"덕분에 부모님께서 외롭지 아니하실 것이니 다행입니다."

거의 처가도 한양에 있는 데다 그의 아내에게는 다른 자매도 있었다. 그에 반해 연의 부모는 딸을 입궐시키고 외로워진 탓에 거는 아들의 돌이 지나자마자 본가로 돌아왔다. 친정과의 왕래도 비교적 자유롭고 하나뿐인 며느리, 첫 손자에 대한 정도 지극하여 비교적 만족스럽게 지내고 있는 모양이었다. 제 아비를 닮았으면 틀림없이 개구쟁이로 자랄 아이이니 곧 온 집안이 소란스러워지겠지. 연은 아무런 걱정 없던 어린 시절을 아련하게 떠올렸다.

"대비마마, 얼마 전 어린 시절의 벗을 만났사옵니다."

뜻밖의 말에 연의 눈빛에 의구심이 어렸다. 거에게는 벗이 많은 편이었지만 그녀가 아는 이는 단 한 명, 열경뿐이었다. 그가 아니라면 오라비가 군이 가족도 아닌 이의 안부 따위를 전할 리 없었다. 열경은 공부를 하러 깊은 산 속의 절로 들어가지 않았던가.

거가 부스럭대며 뭔가를 꺼내어 서안 위에 얹어놓았다. 소박한 하얀 면포에 감싸인 모양을 바라보던 연이 조심스럽게 천을 풀어냈다. 제법 화사한 뒤꽂이가 그 모습을 드러냈다.

"이것은 무엇이옵니까?"

"열경이 대비마마께 전하여 달라 부탁하였습니다."

거가 잠깐 머뭇거리다가 장황하게 이야기를 늘어놓기 시작했다. 어느 날 갑자기 불쑥 나타난 열경과 대화하던 중에 그녀의 안부를 물었다고 했다. 국혼을 올리어 지금은 대비전에 계신다 말하자 이것을 내놓았다는 것이었다. 간혹 여비가 떨어지면 글줄로 대신했다며 이것도 그 답례로 받은 것 중의 하나인데 줄이가 없다고.

의문을 가득 품고 있던 연의 얼굴에 당혹감이 덧씌워졌다. 열경이 그들의 집에 드나들던 시절, 자신의 차림에 전혀 신경을 쓰지 않은 건 물론이고 사치스러운 부인을 마땅치 않게 여기는 마음을 은연중에 드러내곤 했다. 그런 그가 이런 물건을 갖고 있다는 것은 자연스럽지 않았다. 남이 준다하여도 거절해야 마땅하고, 어찌어찌 받았다 치더라도 누군가에게 적선하듯 내던지거나 헐값에 팔아넘길지언정 이렇게 선물하려 들 리 없었다.

열경이 전하는 게 아니야.

연이 조심스럽게 확신했다. 그저 평범한 장신구라면 이런 방식으로 그녀에게 전해질 리 없다. 아무 힘도 없는 그녀에게 귀한 선물을 할 이유도 없었다. 오랜 기록에 남은 사실을 떠올렸

다. 옥대에 밀지를 감추고 상투 안에 밀서를 감추어 일을 도모
하고자 하는 이들이 있었다.

연이 뒤꽂이를 들어 물끄러미 바라보았다. 거의 눈에는 그저
고운 장신구를 관심 있게 바라보며 그 가치를 평가하는 것처럼
만 보였다. 그러나 연의 눈길은 반짝이는 구슬이 화려하게 잔뜩
매달리고 정교한 세공이 감싸고 있는 머리 부분이 아니라, 그에
비해 상대적으로 허약하게 보이는 가느다란 심을 바라보고 있었
다. 머리와 심이 연결되는 부분에 머리카락처럼 가느다랗게 금
이 가 있었다.

"어찌 그 마음을 마다하겠습니까."

연이 뒤꽂이를 쥔 손을 들어 틀어 올린 머리 위로 꽂으려는
척하며 심을 재빠르게 손끝으로 매만졌다. 조금 전 보아 둔 실
금이 손톱에 걸리자마자 손끝에 힘을 주었다. 무거운 장식이 머
리 아래쪽으로 굴러 떨어지고 가느다란 금속의 대만 남았다. 천
천히 팔을 내리며 재빠르게 엄지로 부러진 부분을 쓸어 냈다.
손가락 끝에서 무언가 걸리적거렸다. 떨어진 뒤꽂이 장식을 찾
는 척 고개를 돌리고 빠르게 안에 든 것을 빼내었다.

부러진 대를 먼저 서안 위에 얹어 놓고, 구슬이 반짝거리는
뒤꽂이 반쪽도 집어 들었다. 그사이, 치마폭 위에 놓인 다른 손
으로 돌돌 말린 종이를 펼쳐 놓았다. 부러진 장신구가 마땅치
않은 듯 코끝을 찡그리고는 달그락 소리가 나도록 서안 위에 내
려놓았다. 거의 시선이 동강 난 뒤꽂이를 향한 사이, 연이 재빨
리 눈을 내려 벌린 손가락 틈으로 보이는 글자를 확인했다.

손을 놓자 조그만 종잇조각이 도르르 말려 치마 한가운데에

서 굴렀다. 이루 말할 수 없는 복잡한 표정이 연의 얼굴을 스쳐 갔지만, 들키지 않도록 고개를 살짝 숙였다. 무명천을 가지런하게 펼쳐 놓고 두 조각이 된 뒤꽂이를 올려 감싼 뒤 거의 앞으로 밀어 놓았다.

"장식이 진귀하고 모양이 아름다워 잠시 눈길을 빼앗겼으나, 뒤꽂이라 함은 머리를 고정하는 것이 가장 큰 역할 아니겠습니까. 대가 약하여 그 역할에 충실치 못하니 가치를 인정하기 어렵습니다. 이를 만들기 위해서 들인 비용이며 노고가 안타까울 정도로요. 아무리 아름답다 한들 이토록 쉬이 상하는 위태로운 물건은 받고 싶지 않습니다. 받은 바 없으니 누구에게도 말하지 않겠다고 전하십시오."

내내 뒤꽂이에만 꽂혀 있던 거의 눈길이 비로소 연의 얼굴을 향했다. 목소리만큼이나 냉담한 표정을 보며 당혹감은 배가 되었다. 다시 돌려주는 것이야 그렇다 치더라도, 제가 조심하지 않아 망가진 물건을 돌려주면서 저런 말을 내뱉는 건 이해할 수 없었다. 누이가 본디 이러한 성품을 지녔던가, 아니면 귀한 자리에 올라 눈에 보이는 게 없어진 건가.

연이 다시 입을 열었다. 혹시라도 오라비가 생각을 이어 가다 무언가 눈치채는 일 없도록, 혹은 그녀가 받은 척 돌려주지 않는 일이 없게끔 단단히 일렀다.

"반드시 돌려주십시오, 오라버니. 예전과 지금은 상황이 다름을 그도 알아야 마땅합니다."

거가 떠나고 홀로 남은 방 안에서 연은 치마폭 위에 돌돌 말린 종잇조각을 손끝으로 들어 올렸다. 두 손으로 제대로 펼쳐 조금 전 확인했던 글자를 다시 쳐다보았다. 손가락 한 마디만큼 조그맣고 뒤쪽이 어렴풋이 비쳐 보일 만큼 얇은 종잇장에 선명하게 그려진 까만 글씨가 점차 커다랗게 시야를 채웠다.

'復'이라는 한 글자는 홍위의 복위를 꾀하는 이들이 있음을 뜻했다. 힘없는 상왕 부부를 안타깝게 여기며 본디대로 일을 돌리려 함을 고하고 있었다. 그것이 과연 가능한 일일까. 한 번 흘러온 물은 다시 거슬러 올라가지 않는 것이 자연의 순리였다. 뜻은 아름다우나 위태롭고 세는 이미 기울어 있었다. 홍위를 위하는 마음에서 비롯한 것임은 알고 있으나, 그가 반길 리 없는 일이었다. 가뜩이나 외롭고 불안해진 마음에 짐을 더 얹어 주고 싶은 생각도 없었다.

뒤꽂이를 부러뜨리고도 오히려 물건 탓을 하는 제 행동은 다소 과하게 비쳤을 것이다. 영문도 모르는 오라비가 얼마나 놀랐을까. 성품이 변하여 지위를 믿고 위세를 부린다고 생각했겠지. 그러나 거에게도 그녀가 짐작한 바를 이야기할 수 없었다. 아비는 주상의 벗이고, 오라비는 그 아들이었다. 낌새를 알아채고 딸과 사위의 안위를 팔아 자신을 보전하려 들지 모를 일이었다. 설령 그렇다 하더라도 그를 탓할 수는 없는 노릇이지만.

그녀가 아는 오라비라면 들은 그대로 곧이곧대로 전할 것이다. 열경이 들은 바는 다시 누군가에게로 전달되리라. 원치 않으니 그만두라는 뜻을 품은 그 말을, 물건을 전한 자는 틀림없이 알아들을 것이다. 제 뜻을 전하였다고 하여 과연 그들의 행동을 멈출 수 있을까.

"상왕 전하께서 납시옵니다."

연은 예기치 못한 이의 방문에 당황했다. 아직 초를 켜기도 이른 낮이었다. 쥐고 있던 종잇장을 얼른 입안에 넣었다. 씁쓸한 묵향을 씹어 삼키며 연이 마음속으로 중얼거렸다.

마음으로는 불가불위(不可不爲)라 말하고 싶습니다. 하오나 현실은 불가(不可)하며 불원(不願)한 일입니다. 전하께서 보위에서 물러나심은 그대들을 지키기 위함이었음을 어찌 모르십니까.

문이 열렸다. 황급히 자리에서 일어나는 연에게 홍위가 손을 내밀었다.

"모란이 한창이오. 함께 구경하러 가지 않겠소?"

"이를 말씀이옵니까."

홍위의 곁에 바짝 다가선 연은 여전히 입안을 감도는 묵향을 혀끝으로 지그시 눌렀다. 한 발 디딘 살얼음판에 금이 가는 소리가 들리는 듯 마음이 조심스러웠으나 피할 곳이 없었다.

* * *

"대비마마께서 그리하실 줄 몰랐네."

"내 생각이 짧았던 게지. 사가의 물건이 대비전에 바쳐지는 것보다 좋을 수 있을 리 없지 않나."

거는 열경에게 뒤꽂이를 돌려주며 면목이 없는 얼굴로 사죄했다. 열경은 태연한 얼굴로 면포를 풀었다. 허술하다 여겼던 그 대가 동강 난 모양을 유는 어찌 해석할까. 문득 떠오르는 생각이 있어 심상히 바라보는 척 부러진 부분을 들여다보았다. 이

불 호청을 꿰맬 때에나 쓸 것 같은 두꺼운 바늘이 간신히 들어갈 정도의 가느다란 구멍이 뚫린 그 안은 텅 비어 있었다.

거는 열경이 부러진 장신구를 바라보는 모습을 보며 인상을 썼다. 비록 어릴 적의 일이라지만 열경과 연은 지음이라 하여도 좋을 만큼 뜻이 통하던 사이였다. 예의 따윈 깡그리 잊은 것 같은 누이의 언행이 몹시 못마땅했다. 한낱 여염의 부인이었다면 혼인 여부를 떠나 호되게 야단이라도 쳤을 것이다.

"대비마마께서 무어라 이르시던가."

"말로 할 수 없네."

"알아야겠네."

열경이 고집스레 채근했다. 제 벗은 애초에 입이 무겁거나 마음을 감추는 데 익숙하지 않았다. 오라비의 성정을 누이가 모를 리 없으니, 분명 그의 귀에 닿기를 바라며 한 이야기가 있을 터였다. 머뭇거리던 거가 이내 술술 털어놓았다. 내용도 어조도 퍽 신랄한 이야기가 생생하게 되살아났다.

"대가 약해 쉽게 부러지니 뒤꽂이로서의 역할을 못 해 들인 노고가 안타깝다 하셨네. 아름답지만 쉬이 상하는 물건은 받지 아니할 것이고, 그 사실을 누구에게도 전하지 아니할 것이라 하셨다네. 예전과 지금의 상황은 다르다고도 하시고."

"다른 전언은 없으셨는가?"

"그러니 내 자네를 볼 면목이 없는 것 아니겠나."

몹시 면구스러운 얼굴이 된 거는 사과의 말을 건네고 입을 다물었다. 들은 대로 모두 전한 조금 전의 제 언사가 후회스럽기도 했다. 위세를 믿고 한껏 교만해진 누이의 모습을 있는 그대로 드러낸 것 같아 썩 유쾌하지 않았다. 동기간을 흥보는 건 누워서 침 뱉기에 지나지 않았다.

"그대가 충신이 되십시오."

귓등으로 흘러 나간 거의 투덜거림 대신, 오래 전에 들었던 소녀의 목소리가 그의 마음으로 파고들었다. 대문에 붙어 있는 입춘첩의 힘차게 내려 그은 글자보다 제 것이 낫다 평하던 모습이 떠올랐다. 그런 이가 다만 두어 글자를 보내오지 못할 만큼 그 처지가 외롭고 쓸쓸한 모양이었다. 오라비조차 온전히 믿지 못하여 오해를 감수하고 빙 돌려 말을 전하는가, 안쓰러웠다.

열경은 유가 자신에게 자세한 이야기를 전하지 아니한 까닭을 짐작했다. 연이 이 물건을 받은 적 없다는 말을 전한 연유도 마찬가지에서 비롯할 터였다. 영 기분이 좋지 않아 보이는 벗을 달래듯 부드럽게 말했다.

"마음에 담아 두지 말게. 대비마마께서는 지극히 온당하게 행하신 것이니. 그럼에도 소견이 짧았던 것은 부끄럽기 짝이 없군. 내가 대비마마께 이런 걸 전한 바 있는 것은 비밀로 해 주지 않겠나."

열경의 순순한 인정에도 거의 얼굴은 펴질 기미가 보이지 않았다. 화제를 돌려 신변잡기에 가까운 이야기들을 제법 늘어놓은 연후에야 활기찬 본래의 모습을 겨우 되찾았다. 아무 일도 없었던 것처럼 태연하게 벗과 작별 인사를 나눈 열경의 발길은 망가진 장신구의 본 주인을 향하고 있었다.

⁂ ⁂ ⁂

"이것이 그 답이며, 전언도 있사옵니다."

"무어라 하셨다 하던가?"

"제 역할을 하지 못하는 물건이니 그에 들인 노고가 아쉬우며, 아름답지만 쉬이 상하는 물건은 받지 아니할 것으로, 받은 바 그 누구에게도 전하지 않겠다 말씀하셨다고 하옵니다. 예전과 지금은 처한 상황이 다르다는 말씀도 전하셨습니다."

"생각 이상의 분일세."

유가 텅 비어 있는 좁은 구멍을 들여다보며 중얼거렸다. 언뜻 안면이 있는 열경에게 전하는 듯 들리는 말은 사실 이 물건을 보낸 이에게로 정확하게 향하고 있었다. 상왕에게는 어떤 이야기도 전하지 않을 것이라는 입장의 표명이었다. 뜻은 아름다우나 지금의 형세는 지극히 외로우니 일의 성공 가능성이 낮음을 말하고 있기도 하였다. 완곡한 거절에다 경고의 뜻까지 담은 답에 고개를 끄덕일 수밖에 없었다.

"이미 일은 시작되었으니, 조심성 깊으신 말씀도 부질없게 되었군."

"그 말씀은?"

"새 왕이 대국의 책봉을 받고 나면 그 뒤에는 손 쓸 도리가 없네. 지난 시월, 새 왕에 대한 책명사가 올 것이라는 통고도 있었지. 그 사신단이 도착한 것으로 알고 있네만."

열경은 유의 말이 끝나기가 무섭게 자리에서 일어나며 허리를 숙여 인사했다. 유가 열경을 올려다보았다.

"벌써 가려는 겐가?"

"물이 흐름을 거스르든, 물살에 떠밀리든 소인이 그 자리에 있어야 하겠습니다."

유는 열경이 떠난 자리를 바라보았다. 아마 조만간 그에게도 소식이 올 것이다. 추운 북방의 국경 끄트머리가 아니라면 저 남쪽의 어느 시골구석이나 섬으로 유배지가 옮겨질 것이다. 그냥 놓아두었더니 몰래 일을 도모하였다고 여겨 위리안치의 형을 내리려 들지 않겠는가. 삼엄한 경계와 날카롭게 감시하는 눈을 피할 수 없으리라. 그러나 비단 금침에 누워 마음을 졸이고 있는 것과 가시덤불 사이에 몸이 고달프게 누워 있는 것 중 어느 쪽이 더 불편할까. 기실 차이가 거의 느껴지지 않기도 했다. 사실 이런 고민이 부질없을 정도로 목숨이 경각에 달려 있을 가능성도 없지 않았고.

"원치 않으셔도 해야만 하는 일이옵니다."

유는 듣는 사람도 없는 방 안에서 낮은 목소리로 중얼거렸다.

"좌부승지 영감께서 압송되어 가셨다 합니다."

"알겠다."

성원은 평온하게 대꾸하고 눈을 감았다. 이야기를 전한 사람은 몹시 머뭇거리다 자리를 나섰다. 다음은 그의 차례일 것이라, 전하지 못한 뒷이야기를 성원이 알아듣지 못하였을 리 없다. 그럼에도 태연하게 앉은 저 모습은 생사 따윈 초월한 듯 초연해 보였다.

성원은 홀로 남은 빈 방에서 그간의 일을 떠올렸다. 그를 스승님이라 부르던 소년의 싱그러운 얼굴이 감은 눈앞에서 어른거렸다. 좌절감이 눈빛에서 일렁이는 것도 알지 못한 채 애써 밝은 표정으로 교서를 초하여 주기를 부탁하던 날이 떠올랐다.

눈물을 삼키며 그 부탁을 수락한 이후로는 살아도 산 것이 아니었다. 잔뜩 어그러진 현실을 바로잡고자 뜻을 같이 하는 자들끼리 마음을 모았다. 그러나 세상일이 뜻대로 흘러가기만 하는 것은 아니어서, 호기(好期)라 여겼던 날의 일정이 바뀌면서 일이 꼬였다. 한 번 뽑아 든 칼을 다시 칼집에 넣기로 결정한 순간, 이날이 오게 되리라 각오했다. 사람의 마음이란 본디 약하기 짝이 없어 죽음을 목전에 두면 망설이기 마련이었다.

변절한 누군가를 탓하고 싶은 마음은 없었으나 미련 비슷한 것이 남았다. 시도라도 해 보고 죽음을 맞이하게 된다면 여한이나 남지 않을 것을.

"나리."

"외람된 행동인 줄 아옵니다. 하오나……."

"마침 잘 오셨소, 부인."

성원은 익숙한 목소리에 대답하며 눈을 떴다. 열린 문 사이로 조심스레 들어온 아내가 앞에 앉아 그를 바라보았다. 염려가 가득 담긴 아내의 눈매를 보자 마음에 동요가 일었다. 성품이 온유하고 집안을 슬기롭게 이끌어 가던 고운 여인에게 고난의 굴레를 씌우게 될 것이 미안했다. 하지만 그뿐이었다. 그 어느 것도 주군을, 나라를 생각하는 마음보다 무겁지 않았다.

"곧 집안으로 군사들이 몰려들 것이오."

"후회하지 않으십니까?"

"몇 번을 다시 생각하여도 내 행동은 변함이 없었을 것이오. 그러나 부인에게는 면목이 없소."

"낭군이 품은 뜻을 이해하지 못한다면 어찌 배필이라 할 수 있을까요."

성원이 흐릿하게 미소했다. 아내는 그의 말을 듣고 앞으로 어떤 일이 벌어지게 될지 짐작하였을 것이다. 남편과 어린 아들은 비참한 죽음을 피할 수 없을 것이고, 그녀 또한 죽느니만 못한 노비로 구차하게 삶을 이어 가야 하겠지. 다가올 일에 대한 두려움에 종잇장만큼 창백하게 질린 얼굴을 하고도 평소와 꼭 같은 목소리를 내는 제 여인에게 존경을 담은 눈빛을 보냈다. 그의 결단을 이해한다는 말에 마음 깊이 사죄했다.

그가 일어나자 아내도 따라 일어섰다. 혼례를 올리던 날처럼, 천천히 무릎을 꿇었다. 아내 또한 공손하고 단정한 자세로 큰절을 올려 화답했다. 마치 먼 길 떠나는 이를 배웅하는 듯 다정한 염려가 듬뿍 담긴 얼굴 위로 처음 보았던 단아하고 싱그러운 모습이 겹쳐졌다. 마음에서 무엇인가가 치밀어 올라왔다.

아내가 방을 나서는 것과 문간이 소란스러워지는 것 사이에 큰 시차는 없었다. 마당을 뛰어놀고 있었을 아들들의 발소리가 귓가에 울려왔다. 성원이 몸을 돌려 서가 사이에 장식처럼 얹어 둔 긴 칼을 집어 들었다. 그 언젠가 지었던 시조 한 수를 천천히 입에 올렸다.

"초당에 일이 없어 거문고를 베고 누워,
태평성대를 꿈에나 보려하니
문전에 수성어적이 잠든 나를 깨워라*."

굳게 닫힌 사랑의 방문을 걷어차 연 이들은 서슬 퍼렇게 철퇴
를 휘둘러 댔으나 소용없었다. 날카로운 칼날이 그들보다 한 발
앞서 성원의 목을 꿰뚫은 뒤였다.

✽   ✽   ✽

인정은 오래 전에 지났으나 파루가 울리기에는 또 한참 남은
시간이었다. 달도 구름 뒤에 깊이 숨어들어 어둠이 두껍게 내려
앉은 저자에는 아무도 없었다. 다만 비릿한 피비린내와 부패하
며 나는 악취가 바람 한 점 없는 공기 속을 부유하고 있었다.

고요한 공간에 조심스러운 발소리가 다가왔다. 죽어서도 분
기를 감추지 못하고 있는 표정을 올려다보고, 바닥에 굴러다니
는 같은 표정을 보며 고개를 숙여 애도했다.

뜻을 펼쳐 보지도 못한 채 죽임을 당한 게 억울하고 분하여
눈도 감지 못하였으리라.

장대 위에 매어 달려 있었던 게 벌써 사흘이 지났으나 거두어
갈 가족이 없었다. 하여 아직도 그대로 매달리거나 혹은 바닥에

---

* '사육신충의가(死六臣忠義歌)' 중 일부.

떨어진 채였다. 함부로 장사 지내려 할 경우에는 혈족을 멸하리라는 말도 혈혈단신인 이에게는 두렵지 않았다. 그러나 사람들 눈에 띄기를 원치는 않아 동작을 서둘렀다. 작은 키에 옆으로 벌어진 몸에 비해서는 꽤 날렵한 움직임이었다.

다음 날 아침, 핏자국도 피비린내도 여전하였으나 여러 개의 장대는 텅 비어 있었다. 흔적조차 지워진 몸 없는 목의 행방을 궁금해하는 이들이 웅성거렸다.

❋   ❋   ❋

연이 제 옆에 선 홍위의 얼굴을 힐끔거렸다. 시선은 궐의 지붕에 걸려 있었으나 그 눈길은 눈앞을 가린 지붕과 그 뒤의 산 너머 아스라한 먼 곳을 향한 듯 보였다. 초점조차 불분명한 텅 빈 눈빛을 한 홍위가 천천히 입을 열었다.

"비도 혹시 알고 있었소?"

"무엇을 말이오니까?"

연이 당황한 내색을 숨기며 차분하게 되물었다. 무슨 일이 있으리라는 걸 홍위도 알았던 걸까. 하지만 그녀는 아무것도 전한 바 없는데. 그녀만 입 다물고 있으면 그가 아무것도 모른 채 지나가리라 생각한 게 오산일지도 모른다. 깊숙한 전각에 머무르는 데다 믿을 만한 이조차 가까이 두지 못한 연이 인정전의 소식을 어찌 알겠는가.

그러니 홍위 또한 누군가의 입을 통해 거사에 대해 전해 들은 것이리라 짐작했다.

홍위는 연의 말에 대꾸하는 대신 다른 말을 꺼내었다.

"산 자는 거열형(車裂刑)에 처하라 하였다지. 사지가 찢기는 느낌은 과연 어떠하였을까."

"전하, 그런 생각은……."

"자결한 스승님까지도 효수하여 저자에 내걸었다 들었소. 그런데도 여기, 구차하게 목숨을 부지하고 있는 이가 있소."

끔찍한 이야기는 담담한 어조에 실려 건조하게 울려왔다. 연의 가슴이 내려앉았다. 일이 벌어질 것을 몰랐다 하여도 일어난 일을 모를 수는 없다. 가깝게 여겼던 이가 죽임을 당했다. 벌써 두 번째였다. 그 일의 원인이 저에게 있다 생각하면 어찌 죄책감을 갖지 않을 수 있겠는가. 홍위의 목소리가 이어졌다.

"한때 섬기던 왕을 위하는 그 마음을 마다할 수 없었소. 하여 검을 내린 결정은 지극히 어리석었지. 장소가 협소하여 별운검을 취소하여 거사가 미루어졌을 때에는 차라리 다행이라 생각했다오. 일이 이리될 줄은 몰랐으니 어찌 생각이 짧았다 아니할 수 있을까. 그럼에도 내게는 더한 핍박을 내리지 않음에 안심하고 있는 스스로가 한심하오. 이런 나를 믿고 따랐으니 그들이 어찌 온전할 수 있겠소. 그들은 쓸모없는 것을 지키고자 노력한 것이라오."

알고 있었다. 왕위 따위에는 미련이 없었으나 선왕의 유고를 들먹이는 말에 마음이 흔들렸다. 과연 내일이 오기는 할지, 불안하게 하루하루를 버텨 내는 것도 더는 견딜 수 없었다. 아니, 정녕 미련이 없었나. 다시 기회가 주어진다면 더 나은 왕이 될 수 있을 것 같다고 생각했던 적이 과연 없었던가.

"전하께서 그리 생각하시면 그러한 것이옵니다. 하면 자진하여 그 뒤를 따르시고자 하시옵니까?"

쓸쓸하게 목소리를 흘려 내는 홍위에게 대꾸하는 연의 목소리가 전에 없이 차가웠다. 홍위가 비로소 눈길을 돌려 그녀를 바라보았다. 꾸짖듯 준엄한 눈길을 한 여인은 감히 지켜 주는 것을 논할 수 없을 만큼 마음이 굳건했다. 마치 가느다란 한 줄기 억새풀마냥 주체하지 못하고 흔들리는 저 따위와는 전혀 달랐다. 쪼개질지언정 구부러지기를 거부하는 곧은 대(竹)처럼, 모진 풍상을 버텨 내는 커다란 바위처럼.

홍위의 처연한 눈빛에 연의 마음이 아파 왔다. 손을 뻗어 그 어깨를 끌어안아 주고 싶었다. 성큼 자라는 키를 따르지 못해 불안하게 흔들리는 마음을 다독여 주고 싶었다. 그 충동을 억누르기 위해 당의 안쪽에 숨긴 손을 꼭 맞잡았다. 손바닥에 손톱 자국이 생겨도 이상하지 않을 만큼 있는 힘껏 쥔 채, 조금 전보다 누그러진 말투로 말을 이었다.

"하나뿐인 목숨을 깃털만큼 가벼이 여길 수 있었던 연유가 무엇이겠사옵니까. 전하께서 그 마음에 답하실 방법은 단 하나, 그들의 선택이 그르지 않았음을 보여 주는 것뿐이옵니다. 끝까지 견디어 내고 더욱 굳건해지셔야 합니다. 부디 약한 마음 품지 마옵소서."

홍위가 말없이 고개를 돌려 연을 외면했다.

七
정축년(丁丑年)

12
바람에 실려

돌이켜 생각해 보면 흘러간 시간은 꿈결처럼 아득했다. 제대로 기억이 나지 않는 어린 시절은 물론, 오라비며 벗과 담소를 나누던 일조차도 때론 남의 기억인 것 같았다. 염의 집 후원과 눈발 날리던 담벼락, 운종가와 야트막한 언덕에서 평범한 소년의 복장을 한 홍위를 만나던 순간은 정말로 꿈인 듯 오랜 시간 마음에 품고 있어야 겨우 그때의 행복감이 밀려왔다. 그렇게 차오른 감정은 가슴에 더욱 진한 아픔을 남겼다. 결국 도로 고개를 흔들어 기억을 흩어 내려 애써야만 했다.

연은 조용히 몸을 일으켜 아직 자신의 옆에 누워 있는 홍위를 물끄러미 내려다보았다. 얕은 호흡과 한껏 좁아든 미간, 좀처럼 혈색이 돌아오지 않는 창백한 피부가 안타까워 손끝을 살짝 뻗었다. 연의 손가락이 그의 이마에 닿는 순간 홍위가 몸을 뒤척여 돌아누웠다. 한때 꿈에서라도 만나기를 바라던 연인은 잠결에도 그녀의 존재를 온몸으로 거부했다. 이제는 꿈에서만큼은 그녀를 만나지 아니하길 바라겠지.

아픈 마음으로 손을 거두며 이불을 고쳐 덮어 주었다.

약한 소리를 중얼거릴 적에 다그친 것이 과했던 것일까. 그는 연에게 거리를 두었다. 습관처럼 찾아오던 발길은 뜸해지고, 자신의 속내를 드러내는 법도 없었다. 그럼에도 연은 사정이 허락되는 한 대부분의 시간을 그의 곁에서 지내고자 했다. 홍위는 그녀를 피하지 않았으나 사랑스럽게 반겨 주지도 않았다. 곁에 누가 있는지도 알지 못한다는 듯 무심하게 제 할 일을 하는 게 보통이었다.

감시의 눈길이 꽂혀 있는 낮 동안은 그래도 괜찮은 편이었다. 밤이 되면 어둠과 함께 두려움이 물밀 듯 연의 마음으로 흘러들었다. 하여 그녀를 찾지 않는 홍위를 대신해 연이 그를 찾았다. 자존심 따위는 깡그리 버린 채 방 한구석에 앉으면 단정히 앉아 책을 읽던 홍위가 무심한 시선을 던졌다 거두어들였다. 차라리 힐문이나 비난 따위의 가시 돋친 시선이라면 맞받아치기라도 할 것을, 시선만큼이나 무관심하게 책에 몰두하는 이의 곁에서 숨을 죽인 채 앉아 있는 일은 쉽지 않았다.

누구도 깨뜨리지 않는 정적 속에서 홍위가 독서를 마치면, 그는 서안 위를 정리하고 연의 곁을 스쳐 금침 위에 반듯하게 누웠다. 오래지 않아 의심스러울 만큼 고른 숨소리를 내는 홍위의 곁에 가만히 누울 적마다 연은 그가 깊이 잠들어 규칙적인 호흡을 토해 낼 때까지 실눈을 뜬 채였다. 고즈넉한 밤, 그를 놓아둔 채 먼저 잠드는 것이 두려웠다.

"전하, 기침하실 시간이옵니다."

연이 작은 목소리로 속삭였다. 홍위가 얼굴을 찡그리며 뒤척였다. 날이 밝아 오고 있으니 곧 깨어나리라. 연이 이불을 걷어 내며 일어날 준비를 했다. 더 늦기 전에 제 처소로 돌아가야 하루를 시작하기 전에 매무새를 단장할 수 있었다. 준비는 하되, 문안 인사는 되도록 늦게 올릴 생각이었다. 하루의 액운을 받아 오려는 마음으로 기를 쓰고 일찍 찾아가던 그때와 달리, 지금은 그녀의 존재 자체가 액운에 불과할 테니까.

연이 조심스럽게 팔에 체중을 실어 일어나는 순간, 홍위가 그녀의 팔을 잡아당겼다. 잠결에 하는 무의미한 행동일까 싶어 가볍게 뿌리쳐 보았지만, 더 거세게 그녀를 끌어당겼다. 연이 못이기는 척 품에 쓰러지듯 안겨 눈을 감았다. 흘러나오려는 눈물은 눈꺼풀 안에 가둔 채 그를 볼 수 있는 것만도 행복이라 여기던 시절이 있음을 겨우 기억해 냈다.

젖어 드는 얼굴을 들킬까 두려워 그의 품에 고개를 파묻고 웅크렸다. 얼굴을 감추는 것만으로는 숨길 수 없는 떨림이 연을 안고 있는 홍위의 팔로 전해졌다. 그가 천천히 연을 다독였다.

"부르셨사옵니까, 중전마마."

눈을 마주칠 새라 조심하며 영상이 중전 윤 씨의 앞에 앉았다. 당당하게 앉은 풍모에는 여간한 남자라도 따를 수 없을 것 같은 권위가 서려 있었다. 여걸이란 이러한 여인을 일러 말하는 것이 분명했다.

"오늘 대감을 청한 것은 긴히 부탁드릴 것이 있기 때문이오."

"하명하시옵소서."

"상왕을 폐하여 도성 밖으로 떠나게 할 것을 청하는 소를 올리시오."

윤 씨의 강경한 말투에 영상, 백저(伯雎)가 잠시 고개를 들었다. 온몸으로 풍기는 냉기에 그조차 오싹해지는 것 같은 느낌이 들었다. 신중한 어조로 조심스레 대답했다.

"이미 신료들이 주청을 올리고 있사옵니다."

"그것으로 부족하기에 대감을 모신 것이 아니겠소. 영상 대감께서 직접 나서 주십시오. 종친과 합심한다면 더욱 좋겠지요."

"폐위로 족하겠사옵니까."

"요사이 전하의 마음이 혼란하여 그 이상을 도모하면 오히려 역효과가 일 것입니다. 한양을 뜨도록 하는 것이 먼저요, 이후의 일은 조금 천천히 도모하여도 괜찮을 것입니다. 궁벽한 산골에서 자결하였다는 풍문이 들려오면 더욱 좋지 않겠습니까."

대군저에서 갑주를 갖추어 주었을 때부터 이미 예상했어야 하는 결과였다. 청연루에서 연회가 벌어지던 그날 이미 각오한 일이었다. 당시에는 그 뜻을 미처 헤아리지 못하여 마음에 망설임이 남았으나, 지금은 어쩔 수 없었다. 남편과 아들을 지키기 위해서는 그녀 자신이 독한 마음을 품고 더욱 강해져야만 했다.

백저가 그녀의 마음을 읽은 듯 고개를 끄덕였다. 조심스럽게 자리를 물러 나와 가장 먼저 찾은 이는 우찬성, 범옹이었다. 문재가 뛰어나고 수지의 심기를 잘 읽어 내, 위징(魏徵)에 비할 만큼 그 총애가 지극했다. 그에게 중전의 마음을 전하고 앞으로의 일을 논의할 참이었다.

백저의 말을 듣고 난 범옹이 명쾌하게 대답했다.

"중전마마께서 그리 말씀하셨다면 저어하지 않아도 되지 않겠습니까."

"전하의 심기를 거스르지 않아야 할 것이오."

"혈연에 이끌리어 사리 분별이 잠시 흐려지신 것뿐입니다. 염려치 않으셔도 좋을 듯하옵니다."

백저가 의아한 듯 그를 바라보았다. 백저도 그렇지만, 범옹은 타고난 능력이 출중하여 선대왕의 신임을 한 몸에 받았다. 국문을 받던 역도 중 하나가 '선왕의 총애를 잊었느냐' 비난할 정도였다.

백저 자신조차도 껄끄러운 마음이 있는데 그는 과거를 전혀 개의치 않는 것 같았다. 어린 상왕에 대한 마음은 손톱만큼도 없어 보였다. 그 생각을 아는지, 모르는지 범옹이 조금 전의 말을 부연했다.

"군으로 강봉하는 것으로는 부족하옵니다. 폐하여 서인으로 삼아도 여전히 모자랍니다. 후환을 남겨 두어서는 아니 되니, 일단 도성을 떠나면 다른 수를 마련해야 할 것입니다."

백저가 고개를 끄덕이는 모습을 보며 범옹이 이후에 일어날 일을 가늠했다. 다시 회오리가 몰아치고 나면, 조정에는 반기를 들 자 따원 남지 않으리라. 그 누구도 자신의 영향력을 넘어설 수 없을 것이다. 탄탄대로로 달려갈 제 운명을 그려 보던 끝에 불쑥 끼어든 것은 누군가의 얼굴이었다. 길에서 마주친 바탕이 깨끗한 여자아이, 간선에 올랐던 선이 고운 여인.

역신의 가솔이 겪을 운명은 정해져 있어 사내는 죽이고 여인
은 공신에게 노비로 내려 주었다. 예외란 있을 수 없으니, 한때
는 왕비였으되 일이 일어난 연후에는 역적의 아내에 불과할 여
인도 같은 처지에 놓일 것이었다. 그가 청한다면 어찌 거절할
것인가.

범옹이 흐릿하게 미소하는 것을, 백저는 놓치지 않았다.

✱　　　✱　　　✱

"오랜만이구나, 아우야."

"그게 정말이옵니까, 전하."

"밑도 끝도 없는 질문이로군. 대체 뭘 묻고 싶은 것인가."

"모르셔서 하문하시옵니까. 진정, 진정으로 형님께서 상왕 전
하를……."

"어허. 지금 여기가 어디인지 잊었는가."

수지는 때와 장소도 잊고 그에게 덤비듯 말하는 염을 제지했
다. 염이 입술을 짓씹듯 깨물며 호흡을 가라앉혔다. 열린 공간
은 아니었으나 어쨌거나 대전의 일부였다. 사사로운 호칭으로
상대를 부르는 것도, 목소리를 높여 바깥에까지 새어 나가게 하
는 것도 현명한 처사는 아니었다. 한참이나 어깨를 들썩이던 염
이 비로소 마음이 진정된 듯 낮은 목소리로 말을 이었다.

"지금 대신들 사이에서 흉흉한 말이 오가고 있다 들었습니다.
상왕 전하를 폐하고……."

"서인으로 삼는다, 그것이 무어 그리 이상한 일이더냐. 역모의 시발점, 도당의 수괴를 어찌 그냥 둘 수 있을까."

"이미 본보기는 충분하지 않았습니까. 누가 감히 다시 대적하려 든단 말입니까."

"제 허물로 좌천당한 자들과 더 큰 권세를 얻고 싶어 안달 난 작자들이 조금의 틈만 보이면 똑같은 짓을 되풀이할 것이다. 정국을 진정시켜야 나라를 다스릴 수 있는 것인데, 언제까지고 역모 따위에 신경을 곤두세워서야 어찌 조선의 번영을 꾀할 수 있겠느냐."

"여량군도 그러한 작자로 보신 겁니까."

"당연하지 않으냐. 중전이 된 제 딸이 하루아침에 나앉게 되었으니, 어찌 원망을 품지 아니하였을까."

"형님, 하지만 이리된 것은……."

염이 말을 채 맺지 못하고 입을 다물었다. 여량군이 부원군의 자리에 올랐던 것은 스스로의 욕망 때문이 아니라 그들 형제의 모의와도 같은 결정 때문이었다. 사람을 모아 사위의 복위를 꾀하기에는 집안도 별 볼 일 없고 권세 따위도 전혀 갖지 못한 처지였다. 게다가 수지 또한 어린 시절의 글벗이라, 그리 말하며 가까이 여기는 기색을 드러내지 않았나.

"그만두어라. 군왕의 결정에는 이유가 있는 법이다. 다들 나서서 입방아를 찧어 대고 그 장단에 휘둘린다면 아무것도 할 수 없으니."

"그래도 재고해 보심이 어떠하옵니까."

"처가를 구명하러 온 게로구나. 하면 장차 너 또한 나에게 반기를 들 것이냐."

"형님!"

"그만두어라. 아무리 아우라도 이 이상은 용납하지 않겠다."

수지가 엄격한 목소리로 염을 나무랐다. 가뜩이나 마음이 심란하던 차였다. 제 결정에 대해 가타부타 말이 없던 막내까지 와서 이러쿵저러쿵 말을 늘어놓는 상황이 마음에 들지 않았다. 염이 입을 다물었으나 불신과 불만이 뒤섞인 눈으로 그를 응시했다. 수지가 약간 누그러진 어조로 말을 이었다.

"불필요한 살생은 원치 않는다. 과한 처벌도 내리지 아니하려고 한다. 하나 어떤 결정을 내리든 그것은 조선을 위한 것이지 사사로운 감정에 기댄 것도, 내 안위를 과히 염려하여 이치에 닿지 않게 행하는 것이 아님을 알아다오."

여전히 납득한 기색은 아니었으나, 염이 공손하게 허리를 굽히고는 자리에서 물러났다.

수지가 한숨을 쉬며 서안 옆에 내려놓은 두루마리를 펼쳤다. 위엄 있는 목소리로 아우가 찾아오기 전에 적어 내린 글을 엄숙하게 낭송했다.

"결단할 수 없는 것이 다만 한 가지가 아니니, 다시 말하지 말라."

위엄이 깃든 목소리가 그만큼의 효과를 발휘하면 좋으련만 실상은 그렇지 못했다. 이 비슷한 전교를 몇 번이나 내렸는지 헤아리는 것이 무의미할 정도로 같은 내용의 소가 끊임없이 올라왔다. 누가 먼저 지치는지 힘겨루기를 하는 것 같기도 했다.

어깨가 무겁게 짓눌리는 느낌이었다. 지금에 이르기까지의 이 모든 일은 당연한 순리에 의한 것이라고 생각해 왔다. 신료의 조선이 되도록 내버려 둘 수 없어 과단성 있는 결정을 내렸던 조부처럼 왕의 권위를 공고히 하고자 결단을 내렸던 것이다. 그 과정에서 한때는 공신이었으나 늙어 여우가 된 자와 그 편에 붙어 있던 용이 죽음에 이르게 된 것은 어쩔 수 없는 일이었다. 처단하지 아니하였으면 그가 죽음에 이르렀으리라.

직접적으로 그에게 위험을 가한 자들 외에는 너그럽게 포용하고자 했다. 부왕 때부터 신망이 두텁던 학자들의 재능을 아끼고 그 능력을 높이 샀다. 그러나 그자들이 주축이 되어 상왕을 다시 세우고자 난을 획책했다. 배신감에 분노가 극에 달했으나 막상 그들을 처단하고 나니 마음이 몹시 피로했다.

염은 그가 후환의 싹을 자르기 위해 비정한 결단을 서두른다 여기는 모양이었으나 사실과 달랐다. 결정을 머뭇거리고, 가능하면 회피하려는 그를 왕비와 공신들이 알게 모르게 독촉했다.

그가 권좌에 오르기 위해, 그를 권좌에서 끌어내리기 위해. 벌써 두 번이나 피바람이 불었다. 이제 그런 정쟁 따위는 진저리가 났다. 당돌함이 귀엽던 소녀와 숙부를 반기던 조카는 간데없었다. 그를 외면하고 두려워하는 모습을 떠올리면 가슴이 따끔거렸다.

더 이상 누군가의 피를 보고 싶지 않다는 표현을 몇 번이나 되풀이했는데도 공신들은 집요했다. 그의 주변으로 피비린내 진동하는 소용돌이가 스멀스멀 다가오고 있었다. 결단코 사양하고 싶은 움직임이었으나 피할 길이 없는 것 같기도 했다.

수지는 길게 한숨을 내쉬며 손바닥을 펼쳐 들여다보았다. 검을 쥐기를 즐겨 했던 손아귀가 단단했다. 제 결정이 옳았다는 믿음은 여전하였으나, 방법이 옳았는지는 판단할 수 없었다. 부왕이 궐내에 불당을 들이고 불경을 연구한 까닭을 이제야 알 것 같았다.

홍위는 담담한 표정으로 교서를 읽는 목소리를 들었다. 교서를 읽기를 마친 이가 무어라 이야기를 덧붙이자, 두 손으로 공손히 받아 들고 법궁이 있는 방향을 향해 엎드려 절했다.

더운 여름날, 문은 활짝 열려 있었다. 그 문 너머로 먼발치에서 홍위의 모습을 바라보고 있는 연의 가슴이 시려 왔다. 야심이 가득한 벗을 둔 죄 밖에 없는 아버지가 하옥되었다는 소식도 이미 전해 들은 후였다. 그녀에게 다가올 운명도 불 보듯 훤했다. 그 누구의 잘못도 아니기에 아무도 원망할 수 없었다.

홍위가 느린 걸음으로 그녀를 향해 다가왔다.

"이제는 전과 같이 부를 수가 없다오, 부인."

"곁을 지킬 수만 있다면 그 무엇도 관계치 않사옵니다."

"그대의 거처는 성문 밖에 마련되어 있다 합니다."

갑작스레 바뀐 호칭, 낮고 가느다란 목소리. 연이 덜컹이는 가슴을 애써 추스르며 속삭였으나 홍위가 고개를 가로저으며 덧붙인 말에 눈빛이 흔들렸다. 어떻게 되든, 어디로 가게 되든 함께하게 되리라고 여겼다. 홍위의 눈을 바라보며 입술을 달싹였으나 소리가 되어 나오지 않았다. 그가 시선을 준 적 없어 좀처럼 마주치지 않던 눈길이 서로에게 얽혀 들었다.

홍위는 연의 눈동자에 비치는 자신의 얼굴에 엷은 온기와 진한 아쉬움, 흐릿한 슬픔이 감도는 것을 보았다. 이렇게 되고 보니 어딘가 후련하다 싶은 느낌도 없지는 않았다. 이 순간을 각오하고 있었기에 그간 정인에게 준 마음을 거두어들이려 부단히 노력했던 것이다.

하지만 막상 그 순간이 다가오자 굳게 먹었던 마음이 흔들렸다. 이토록 사랑스러운 연인을 남겨 두고 떠나야 한다는 사실에 가슴이 아려 왔다.

"연."

홍위가 처음으로 사랑스러운 연인의 이름을 입에 올렸다.

그녀의 이름은 작은 시내를 품고 있었다. 시냇물은 흘러가기 마련이고, 새로 밀려오는 물이 언제고 그 자리를 채웠으나 흘러간 물은 되돌아오지 않았다. 하여 이름을 입에 담으면 마치 작별을 고하는 것 같아 지금껏 단 한 번도 불러 본 적 없었다.

연은 그의 따스한 눈빛에, 애정 담뿍 담긴 목소리에 눈물이 왈칵 쏟아질 것만 같아 그대로 홍위의 품에 뛰어들었다. 그는 가슴에 파묻지 않은 채 고개를 들지 않는 여인의 머리를, 가느다랗게 떨리는 어깨를 쓰다듬으며 낮게 속삭였다.

"언제까지고 기다릴 테니, 서두르지 말고 천천히 흘러 내게로 오시오."

저 멀리 짙푸른 산자락이 그들을 감싸 안았다.

※   ※   ※

홍위가 문을 열고 바깥을 바라보았다. 안면이 있는 자를 바라보았으나 아무 말도 없이 그저 고개를 푹 숙이기만 했다. 홍위가 빙그레 미소하고 짧게 치하의 말을 건네었다.

"이 먼 길 또 오셨는가. 잠시만 기다리게."

문을 닫은 직후, 지극히 태연스러워보이던 표정이 급격하게 흔들렸다. 언젠가 오리라고 예상하고 있던 순간, 오히려 늦어지는 것 같아 초조한 생각조차 들던 터였다. 마음이 홀가분해질 줄 알았으나 뜻밖의 지점에서 마음이 흔들렸다. 오래도록 허공에 그려 보기만 했을 뿐 만날 수 없었던 여인이 그의 부재로 인하여 더욱 고난을 겪게 될 것 같아 가슴이 쓰리도록 아팠다. 얼마가 될지 알 수도 없을 긴 세월을 눈물로 보내야 할 것을 생각하면 후회가 밀려왔다.

알지도 못하는 여인과 올릴 가례 따위는 아무래도 상관없다고 지켜보고만 있었던 것이 잘못이었다. 돌이켜 보면 그녀가 입궐하게 되리라는 점을 상기시켜 주려는 이들이 있었다. 그 목소리에 귀를 기울여 가례는 시기상조이며 전혀 필요치 않다고 강경한 태도를 취했어야 했다. 하다못해 다른 이라야 한다는 주장이라도 펼쳐 연을 제대로 끊어 냈다면, 적어도 그녀만큼은 지킬 수 있었을 터인데.

홍위가 방구석에 놓인 장 앞으로 갔다. 긴 한숨과 함께 몇 해 전부터 지금까지 변하지 않은 현실을 직시했다. 아무런 힘이 없는 그의 목소리에는 누구도 귀를 기울이지 않았으니 의사 표명을 했어도 변하는 것은 아무것도 없었을 것이다.

장 안에서 그가 원하는 것을 찾아내어 보의 매듭을 끌렀다. 눈부신 붉은 빛깔에 눈이 시려 고개를 돌리자 마냥 하얗기만 한

386

제 소맷자락이 보였다. 처음에는 침의 차림과 다르지 않은 것 같아 부끄러움조차 밀려오던 흰 옷이 이제는 아무 감흥이 없었다. 처음 이런 차림으로 남들의 눈앞에 나섰던 날이 언제였더라. 그의 기억이 그리 멀지 않은 시간을 더듬어 올라갔다.

✻   ✻   ✻

홍위는 소박한 흰 옷을 입은 채 전립을 쓴 사내의 뒤를 따랐다. 여럿의 군사가 에워싼 사이로 아무 생각 없이 걸어갔다. 저 뒤로 의금부와는 아무 연관이 없는 이들이 더 따르고 있음을 알고 있었으나 돌아보지는 않았다. 지금 이후의 길은 어차피 홀로 가야 할 길, 괜히 마음에 아쉬움만 남길 필요가 없었다.

경사가 심하지 않은 언덕길 앞에서 행렬이 멈추었다. 금부도사가 몸을 돌려 정중하게 고개를 숙여 보였다. 말을 하지 않아도 뜻을 알 수 있어, 그의 곁을 스쳐 언덕을 올랐다. 그의 뒤쪽에서 작은 소요가 일었다. 자리에 그대로 주저앉는 병사가 몇, 그의 뒤를 따르는 이들이 또 얼마간.

오래 지나지 않아 야트막한 담장이 모습을 드러냈다. 그의 방문을 미리 알고 있던 여승이 문 앞에서 공손히 합장하며 맞아들였다. 그가 문에 들어서는 순간, 다시 뒤쪽에서 작은 웅성임이 일었다. 이번에 그의 뒤를 따르는 이는 단 한 명이었다. 비구니가 문을 닫는 소리가 왠지 음울하게 울렸다.

이미 어둠이 깔리기 시작할 정도로 날이 어두워 가고 있었다. 안내된 누각 한가운데 놓인 상에는 조촐한 찬과 밥, 작은 병과

잔이 정갈하게 놓여 있었다. 작은 상을 사이에 두고 마주 앉은 둘은 서로 말이 없어, 한참의 시간이 흐르도록 가만히 앉아 있기만 했다.

홍위는 좀처럼 고개를 들 생각을 않는 연인을 바라보았다. 지금까지 예법에 얽혀 겸상 따위는 꿈도 꾸기 어려웠다. 단 한순간도 온전히 둘이 있어 본 적이 없었던 것도 물론이다. 문을 닫아도 밖에 그들을 주시하는 이들이 도열해 있어 움직임은 장지 위에서 그림자로 너울거리고, 작은 목소리와 엷은 한숨은 문틈으로 새어 나갔다.

적어도 지금 여기에서만큼은 둘뿐이었다. 그것만으로도 홍위의 마음이 한결 가벼워졌다. 정적을 깨뜨리기 위해 먼저 입을 열었다. 가랑비를 몰고 온 엷은 바람이 흔드는 풍경 소리조차 그 청아한 음성 앞에서는 빛이 바랬다.

"우리 이렇게 앉아 본 적 있었던가요."

연은 대답하는 대신 병을 들어 그의 앞에 놓인 잔 위에 기울였다. 찰랑이기 직전까지 채워진 잔을 보며 홍위가 미소를 머금었다. 잔에 담긴 액체보다 투명한 미소가 연의 가슴에 무겁게 내리 앉았다.

"달도 없는데 잔을 채우다니, 이렇게 운치가 없는 줄 몰랐소이다."

"황공하옵니다."

연이 낮은 목소리로 힘겹게 대답했다. 언젠가 나누었던 이야기가 가슴 깊은 곳에서 메아리쳤다.

하늘에 박힌, 연못에 어른거리는, 술잔에 떠오른.

그리고 그대 눈에 깃들어 눈을 감으면 숨어드는 달.

이 밤 이후로, 서로의 눈동자에 달이 차오르는 모습을 더는 볼 수 없으리라.

"밤비에 술까지 더해지니 어찌 한 수 읊지 아니할 수 있을까."

홍위가 담담하게 말하며 따스한 눈길로 연을 바라보았다. 이전 같으면 그의 얼굴을 바라보고 그의 입술 새로 흘러나오는 시구를 궁금하게 여길 여인이 고개를 숙이고 있었다. 표정도, 눈빛도 알 수 없는 이에게서 대구(對句)가 이어지기를 기대하면 아니 될 일이겠지. 아쉽고 허전하였으나 그렇다고 해서 사랑스러운 마음이 줄어드는 것은 아니었다.

"그대는 돌아갈 때 묻지만 기한이 없고,
파산에 내리는 밤비에 가을 연못 넘치네.
언제쯤 부인의 방에서 촛불 심지 돋우며,
파산에 밤비 오던 때를 돌이켜 말하게 될는지*."

그가 시구를 맺기 무섭게 연의 바로 앞, 상 위로 몇 개의 물방울이 떨어졌다. 그들에게 다시 마주 앉아 이 밤을 돌이키는 날 따위는 오지 아니하리라. 그들이 주고받는 말 한마디, 행동 하나하나가 모두 마지막이었다. 그것을 깨닫지 못하는 것처럼 후일을 이야기하는 홍위의 평온한 어조가 오히려 서러웠다. 연의

---

*이상은(李商隱)의 '야우기북(夜雨寄北)'.

어깨가 가늘게 떨리기 시작했다.

홍위는 보지 못하고 알지 못하는 것처럼 고개를 돌렸다. 누각 바깥은 어느새 어둠이 짙게 몰려들어 에워싸고 있었다. 끊임없이 내리는 가느다란 빗줄기가 옅은 바람에 흩날려 난간 언저리에 이슬방울처럼 맺힌 모습을 보며 누각 현판의 이름을 되새겼다.

우화루(雨花樓), 꽃비가 내리는 곳.

그의 연인은 틀림없이 그 장관을 눈에 담을 수 있을 것이다. 꽃잎 흩날리는 사이에 서 있으면 한 폭의 그림보다도 더 아름답지 않겠는가. 그 풍경에 그가 함께할 수 없음이 아쉬웠다.

본디도 짧은 밤은 더욱 짧았다. 날이 밝아도 비는 그치지 않아 추적추적 내리는 옷자락에 젖어 든 빗방울이 마음까지 스며들었다. 고단함을 내색하지 않고 걷는 홍위는 고개 한 번 돌리지 않았으나 대로로 갈수록 많은 사람들이 모여들고 있음을, 그의 곁을 에워싼 병사들의 경계가 한층 강화되었음을 알아챘다. 무심하게 발길을 내딛는 그의 머릿속에 수많은 생각이 소용돌이쳤다.

꼭 이 년 전이었다. 권력욕을 노골적으로 드러내던 수지의 손에 원하던 것을 쥐어 주었음에도 자신의 곁을 지켜 주던 사람들이 한양을 떠나 팔도로 흩어지는 것은 막을 수 없었다.

일 년 전이었다. 그를 위한 마음을 품었던 이들의 핏방울이 또 한 번 도성에 흩뿌려졌지만 아무것도 할 수 없었다. 그저 텅 빈 주먹만을 움켜쥔 채 미안하다고, 닿지도 않을 사과의 말만 수도 없이 중얼거렸다.

그리고 오늘, 그렇게 지키기를 원했던 모든 것을 단 하나도 지키지 못한 채 동쪽으로, 또 동쪽으로 향하고 있었다.

고작 두 해 만에 모든 것이 송두리째 뒤집어졌다. 수없이 몰려든 사람들만큼은 그를 잊지 않고 있었다. 그 마음이 혹시나 또 다른 피바람을 불러오는 것은 아닐까. 홍위의 마음에 불안감이 몰려왔다. 그럴수록 오직 정면만을 응시한 채 허리를 곧게 펴고 똑바로 걸어가려 애썼다.

왕십평대교 앞에 닿았을 때였다. 뒤쪽에서 작은 소요가 일었다. 걸걸한 목소리로 몹시 무례하게 던지는 언사와 그보다 점잖고 정중하게 제지하는 말이 누구를 향하는지 깨달은 홍위가 비로소 몸을 돌렸다. 다리에 힘이 풀린 듯 비척대는 움직임으로 다가오는 연의 모습에 처음으로 눈가가 흐려졌다. 안개처럼 내리는 빗방울에 흠뻑 젖어 든 여인의 얼굴 위, 머리칼을 타고 이마를 지난 물방울이 눈물처럼 볼 위로 흘렀다.

연이 홍위의 두 손을 모아 쥐었다. 간밤에는 좀처럼 마주치지 못했던 그들의 눈길이 얽혀 들었다.

"부디 만수무강하시오. 내 소원은 그것뿐이라오."

"신첩은 오로지 전하의 뒤를 따르고자 할 뿐입니다."

홍위가 연의 손을 다정하게 어루만졌다.

억센 손길이 그녀의 어깨를 우악스럽게 잡아채어 연이 나가 떨어지듯 바닥에 쓰러졌다. 홍위가 몹시 안타까운 얼굴로 손을 뻗어 보았으나 이제는 그의 등이 떠밀리어 뒤도 돌아보기 어려웠다. 상스러운 말을 내뱉는 천박한 목소리는 어떤 의미도 전하지 못한 채 홍위의 귓가에서 흩어졌다.

여태까지 꼿꼿하던 자세가 흐트러졌다. 등을 떠미는 손길에 억지로 옮기는 걸음은 그 힘이 느슨해질 때마다 멈추어 섰다. 그때마다 뒤를 돌아보았다. 손바닥으로 땅을 짚어 앞으로 쓰러지려는 몸을 겨우 지탱한 여인이 그를 바라보는 모습이 흐릿하게 보였다. 눈앞이 뿌옇게 흐려지는 것은 비가 내리는 탓이리라.

비는 도성을 벗어난 후에야 그쳤다.

사랑하는 이의 얼굴을 마지막으로 눈에 담은 지 엿새, 큰물을 만나면 배 위에 오르고 평지와 산길을 디딘 걸음은 외딴 산골, 좁다란 길 위에 멈추어 섰다. 홍위는 저 아래의 조그만 나룻배와 휘둘러 흘러가는 물을, 저 안쪽의 조그만 섬을 바라보았다. 물가에 얌전히 선 나룻배 위에 발을 얹고, 고단한 여정을 함께한 이를 위로했다.

"먼 길 오느라 수고하였네."

사공이 천천히 노를 저었다. 여름 장마에 잔뜩 불어난 물 위에서 솔숲이 우거진 자그마한 섬을 향해 조그만 배가 미끄러지듯 움직였다.

작은 섬 안에는 작고 허름한 초막 하나가 그를 기다리고 있었다. 붉게 물든 하늘이 남빛으로 변하고 솔가지 사이로 달이 떠오를 때까지도 홍위는 그 앞에 우두커니 선 채였다.

문득 하늘을 올려다보았다. 부드러운 빛을 흘려 내는 달 위로, 가례를 올리던 날 그를 올려다보고는 활짝 웃던 연의 모습이 겹쳐졌다. 눈길을 떨어뜨리며 고개를 돌렸다. 강물에 비친 달이 기다랗게 흔들리며 부서지고 있었다.

❋ ❋ ❋

더운 여름의 끝자락을 붙잡고 있던 가을은 이내 여름을 몰아내고 순식간에 공기를 싸늘하게 물들였다. 여름에서 가을로 넘어오며 사방을 둘러싼 산이 곱게 물들기 시작했다. 그즈음, 비가 몹시도 많이 내려 물이 잔뜩 불어났다. 수해를 염려하여 옮겨 간 홍위의 거처는 관아의 별실이었다. 주변에 사람 하나 얼씬할 수 없었던 육지 안의 섬, 무어라 비유할 말도 찾기 어려운 누추한 초막에 비한다면 관아의 별실은 퍽 아늑했다. 눈만 들어도 절경이라 할 만한 경치가 펼쳐졌다.

그러나 그 풍광을 눈에 담고 즐길 여유 따위는 없었다. 홍위가 있을 적에는 작은 섬 따위 집어삼킬 듯 잔뜩 불어났던 물이 금세 줄어들었다. 마치 그가 머무르는 것을 못마땅하게 여기는 이가 저 하늘에 살고 있는 것처럼, 언제 비가 내렸냐는 듯 날이 가물었다. 바짝 말라 가는 밭과 바닥이 드러난 보 따위에 대한 이야기를 전해 들으면 모든 것이 그의 탓 같아 가슴이 아팠다.

하여 어느 맑은 밤, 남의 눈이 닿지 않을 한밤중에 의관을 정제하고 대청마루에 단정하게 앉았다. 익선관에 곤룡포는 지금의 그에게 허락되지 아니하나, 예전에는 몸의 일부인 양 익숙하던 것들이었다. 옥좌에 앉아 아비, 혹은 할아비뻘은 족히 될 대신들을 내려다보던 날들이 눈에 선했다. 그 또한 다시는 돌아오지 아니할 시간이었다.

숙부, 만족하십니까.

홍위가 낮게 뇌까렸다. 그를 여기로 유배시킨 수지는 과연 자신의 뜻을 온전히 펼치고 있을까. 그가 보위에 올라 있던 때보다 더 훌륭하게 나라를 다스리고 있을 것인가. 궁벽한 시골에 처박힌 그는 알 수 없는 일이었다. 미련조차 남지 아니한 까닭으로 제 처지가 억울하기는커녕 어떤 마음으로 그 자리에 올라 있는지조차 궁금하지 않았다.

다만 사랑하는 이가 곁에 머물던 행복을 깨닫지 못했던 날들이 떠오르면 수많은 생각이 어지럽게 떠돌았다. 어떤 것으로도 지울 수 없었던 연인에 대한 연모의 정이, 그이를 곁에 두고도 애써 멀리했던 날들도 아련하게 떠올랐다.

그가 조금만 더 다정했더라면 환한 미소를 띤 여인의 모습을 그려 낼 수 있을 터인데, 기억에 남은 연의 눈빛은 쓸쓸하기 그지없어 가슴이 울렸다. 조금 더 웃어 줄 것을, 조금 더 안아 줄 것을. 조금만 더, 조금만 더. 아쉬운 일은 한도 없이 많았지만 부질없었다. 한 치 앞의 일도 알 수 없는 게 사람이었다.

홍위가 상념을 몰아내고 몸을 구부려 마루 위에 머리를 댔다. 어쩌면 그의 탓으로 수해에 이어 이 지독한 가뭄을 견뎌 내고 있을 가엾은 이들을 위해 진심을 다해 기도했다.

비록 제왕의 덕을 갖추지 못하여 훌륭한 임금은 되지 못하였으나 이 몸으로 인해 백성들이 고난을 겪는 것은 원치 않사옵니다. 부디 굽어 살피시옵소서.

그의 귀에 땅바닥에 떨어지는 물방울 소리가 드문드문 들리기 시작했다. 아른거리며 피어오른 흙냄새가 코끝에 채 닿기도 전에 빗줄기가 세차게 쏟아지기 시작했다. 그가 품은 그리움은 빗줄기에 씻겨 지워지는 대신, 넓은 강 하구에 모래가 쌓이듯 마음 깊은 곳으로 흘러 진득하게 머물렀다.

"아아, 연아."

홍위가 사랑하는 이의 이름을 불렀다. 시냇물은 흐르고 흘러 바다에 닿았다. 그는 너른 바다 위도 감싸 비출 수 있는 햇살이었다. 바다로 흘러드는 시냇물을 발견하지 못할 리 없었다. 기다리면 언젠가는 틀림없이 다시 볼 수 있으리라.

❋   ❋   ❋

홍위가 깊은 생각에서 깨어났다. 여전히 그의 손에는 시리게 빛나는 붉은 옷이 걸려 있었다. 비 내리던 그 밤, 보 안에 옷가지를 싸매며 생각했다. 이것을 다시 끄르는 날은 그의 마지막이 되리라고. 옷가지를 쥔 채 자리에서 일어났다. 길게 펼쳐 들어 팔을 꿰는 손길이 가느다랗게 떨렸다.

의관을 갖춘 뒤 마지막으로 매무새를 확인했다. 이 순간이 지나면 그리운 이들을 만날 수 있으리라. 괜찮다고, 수고했다며 위로의 말을 건네어 줄 것을 믿어 의심치 않았으나 그렇기에 더욱 예를 갖추어야 했다. 겁에 질려 모든 것을 체념한 유약한 서생이 아니라, 고고한 기상을 이어받은 왕의 모습으로 그 곁에 가야 할 것 아닌가.

다시 한번 방을 둘러보는 홍위의 눈에 시 한 수를 적은 종이가 눈에 띄었다. 잠깐 망설이다가 고이 접어 품에 안았다. 여인의 마음에 새로 상처를 입히는 일이 될 지도 모르지만, 비록 몸은 멀리에 있어도 마음은 항상 그대를 생각했노라고 전하고 싶었다.

아무리 기다려도 바깥에서는 별다른 움직임이 없었다. 기다리다 못한 홍위가 다시 문을 열고 방문 밖으로 발을 내디뎠다.

"무슨 일인가?"

"어, 어, 어명(御命)……."

금부도사는 사내답지 않게 말을 채 맺지 못하고 그저 고개만 조아렸다. 그의 어깨가 가느다랗게 떨렸다. 차마 나서지 못한 채 숨죽여 흐느끼는 이들이 있었다. 홍위가 애써 태연을 가장했으나, 의지와 상관없이 가늘게 떨려 오는 몸은 어찌할 수가 없었다.

"시간이 많이 지체되었사옵니다, 나리."

여전히 엎디어 있는 금부도사의 뒤에서 작게 채근하는 목소리가 들려왔다. 홍위가 주먹을 굳게 쥐었다. 또다시 자신에 의해 위험에 처하는 이가 생기는 것은 원치 않았다. 피가 흐르고 곡성이 울리는 건 지금까지도 충분했다.

"부탁이 있네."

홍위의 목소리에 금부도사가 고개를 들었다. 고이 접힌 종이가 그의 앞에 디밀어졌다.

"부디 전해 주게."

금부도사가 떨리는 손으로 받아 들었다. 받을 이가 누구인지 직접 말하지 아니하였으나, 말하고 듣지 아니하여도 충분히 알 수 있었다. 홍위는 그러고도 한참을 서서 기다렸으나 아무런 반응이 돌아오지 않았다.

그 자리에 서 있는 것이 멋쩍었다. 차라리 눈에 무언가 보이기라도 한다면 제 손으로 집어 들 것이건만 준비된 것이 아무것도 없어 당혹스러웠다. 결국 몸을 돌리며 한마디 던지고 방으로 들어올 수밖에 없었다.

"준비가 되면 다시 부르게."

늦었다며 채근하는 목소리가 여럿 겹쳐졌다. 그러나 고집스레 입을 다문 금부도사의 목소리는 들려오지 않았다. 몇 명이 아웅다웅하는 소리가 들리더니 결국 누군가가 단호하게 말하는 것이 문을 통해 들어왔다.

"그러면 소인이 하겠습니다."

벌컥 문이 열렸다. 매일 같이 얼굴을 보아 온 통인(通引)이었다. 술이라도 한 잔 걸쳤는지 벌건 눈을 한 자에게서 술 냄새가 훅 끼쳤다. 노끈보다는 조금 굵고 밧줄보다는 얇은 줄을 품에 안고 들어온 통인은 뒤창을 열고 줄 양 끝을 휙 던졌다. 남아 있는 줄 가운데 부분을 홍위에게 내미는 손이 덜덜 떨리고 있었다. 술기운 때문인지, 제가 행하고 있는 일에 대한 두려움 때문일지.

받아들여야 한다고 생각했지만 손이 쉽게 나서지를 않았다. 마음은 준비가 다 된 것처럼 허세를 부렸으나 몸이 망설이고 있었다. 기다리다 못한 통인이 목에 줄을 몇 바퀴 감고는 들어온 문으로 다시 나갔다. 홍위의 가슴이 요동치기 시작했다. 아직 아무런 낌새도 느껴지지 않으니 풀어 버릴까. 이 줄을 풀고 어떻게든 도망치면 무슨 수가 생길 것 같기도 했다. 두려움이 불러들인 충동이 몸속을 빠르게 휘돌았다. 그러나 어떤 행동을 하여도 결과가 다르지 않을 것임을 이미 알고 있었다.

한때 왕이었던 자로서 추태를 보일 수는 없다.

눈을 감고 숨을 멈추었다. 내가 무엇을 그리 잘못하였는가, 소리치고 싶은 마음을 입술을 꾹 깨물어 참아 냈다. 대신 허리를 곧추세우고 손을 무릎 위에 단정하게 올렸다. 부디 빨리 끝나서 아무것도 느끼지 않을 수 있기를 간절히 바랐다.

감은 눈앞으로 커다랗게 사랑하는 여인의 모습이 떠올랐다.

"연……"

막 목소리를 흘려 내려던 찰나, 숨길이 조여들었다.

❋　　　　❋　　　　❋

아직 어두운 새벽이었다. 머무르고 있는 절에서도 그리 가깝지 않은 거리를 걸어 낭떠러지 끝에 오른 연이 잠시 숨을 고른 채 저 멀리 희끄무레하게 동이 터 오르는 모양을 바라보았다. 해가 떠오르면 고단한 하루가 시작될 터였다.

한때 가장 높은 곳에 자리한 여인이었으나, 지금은 입에 풀칠이라도 하려면 일을 해야 했다. 곱게 짠 한 필의 비단을 안고 샘으로 가면 자줏빛으로 물들어 있는 물이 작은 통 안에 담겨 있었다. 통 안에 비단을 넣고 손을 담그면 천도, 손도 물과 꼭 같은 빛깔로 물들었다.

중죄를 지은 이의 아내인 그녀에게는 아무것도 가져다줄 수 없도록 어명이 떨어졌다. 그러나 그녀가 거처하는 곳 바로 아래에는 여인만이 참여할 수 있는 조그만 장이 섰다. 그것이 누구를 위한 마음인가를 연은 잘 알고 있었다.

그녀가 남몰래 전해지는 온정의 손길에 마음을 기대여 살아
가듯, 그가 귀양을 갈 적에 구름처럼 모여들었던 이들 중 그 누
구도 위해를 가하지 않았다. 광나루에서는 위태로움을 무릅쓰고
백설기 시루를 대접한 이도 있다 하였다. 그것만으로도 조금은
위안이 되었다.

권력은 비정했으나 사람의 마음은 따스했다.

연이 생각에 잠긴 사이, 조금씩 환해지던 하늘 끄트머리에 햇
살이 비집고 올라오기 시작했다. 해가 온전히 떠오르기 전에 해
야만 할 일이 있었다. 연이 다시 발을 디며 경계에서 딱 한 발짝
정도 남긴 곳에 발을 멈추었다.

연약한 나비의 날갯짓으로는 지쳐 떨어지고 산새도 날아들기
를 거절할 것 같은, 보이지도 않는 저 먼 어딘가를 아련한 눈빛
으로 바라보았다.

그곳에 그녀가 마음을 준 단 한 사람이 있을 것이었다. 늘 새
벽같이 일어나던 부지런한 이였으니 지금쯤은 하루를 시작했으
리라.

"문안 인사드리옵니다. 밤새 강녕하시었습니까."

인사말을 마친 연이 단정한 자세로 큰절을 올렸다. 눈 부신
햇살이 그녀의 드러난 목덜미 위에 머물렀다. 그 따스함에, 연
이 그의 입술에서 단 한 번 흘러나왔던 그의 이름을 떠올렸다.

홍위(弘暐).

이름처럼 그는 언제나 그녀의 곁에 있었다.

곱게 물든 나뭇잎이 시들어 떨어지는 것도 한순간이었다. 찾는 이 없는 고즈넉한 산사에는 여인들만 머물고 있었다. 그 안에는 계절의 흐름에도, 세상에도 눈을 감고 귀를 닫고 입을 다문 채 하루하루를 보내는 여인도 함께 머무르고 있었다.

"주무시고 계십니까."

보름에서 그믐으로 달려가는 사이, 달이 유난히도 밝은 밤이 저물어 가고 있었다. 오지 않는 잠을 억지로 청하며 누워 있던 연은 문밖에서 들려오는 목소리에 몸을 일으켰다. 바닥을 더듬어 앉은 채로 문 앞까지 움직여 문만 살짝 열었다. 파르라니 깎은 머리의 여인이 서 있었다.

"무슨 일입니까."

"뵙기를 청하는 이가 있습니다."

연은 자리에서 일어나 포 하나를 덧걸친 채 방문을 나섰다.

산사의 담장 앞에서는 벼슬아치의 복장을 한 이가 그녀를 기다리고 있었다. 살짝 끄는 듯한 연의 발소리를 들은 이는 갈 곳 잃고 방황하던 시선을 내리며 고개를 숙였다.

그 짧은 시간, 어두운 중에도 어찌할 줄 모르는 눈빛과 붉게 물든 눈자위를 발견할 수 있었다. 혼란스러운 마음 탓에 어지럼증이 일었으나 침착한 걸음걸이는 지극히 태연스럽게 보였다. 연이 아무 말 없이 남자의 앞에 멈추어 섰다.

그가 품에서 곱게 접힌 종이를 소중하게 내밀었다. 평온을 가장하던 몸에 일기 시작한 약한 경련이 받아 드는 손으로 옮아갔다. 그는 사죄하듯 몇 번이고 고개를 조아려 보였다. 그러더니 변변한 인사는 물론 아무런 말도 없이 도망치듯 사라졌다. 그 뒷모습을 멍하니 바라보던 연이 걸음을 딛기 시작했다. 당연한 듯 제가 나온 처소 대신 다른 곳을 향했다.

이른 새벽이면 항상 찾아가던 그곳으로 향하는 걸음이 전에 없이 위태로웠다. 땅 위로 드러난 나무뿌리와 어지럽게 얽힌 풀에 걸리기도, 돌부리에 채이기도 여러 번이었으나 용케도 넘어지지 않고 그 자리에까지 도착했다.

싸늘한 공기가 전하는 추위도 느끼지 못한 채 서 있기를 한참, 연이 어깨에 대충 걸쳐져 있던 포를 벗어 바닥에 가지런히 펼쳐 놓았다. 그 위에 단정하게 꿇어앉아 손에 든 종이를 펼쳐 들었다. 어스름하게 밝아 오는 새벽빛에 의지하여 그리운 이의 필체를 한 획씩 눈으로 천천히 그어 내렸다.

한 마리 원한 맺힌 새가 궁궐에서 나와
외로운 몸 짝 없는 그림자가 푸른 산속 떠도네.
밤이 가고 밤이 와도 잠을 못 이루고,
해가 가고 해가 와도 한은 끝이 없구나.
두견새 소리 끊어진 새벽 멧부리엔 달빛만 희고,
피를 뿌린 듯한 봄 골짜기에는 지는 꽃만 붉구나.
하늘은 귀머거리인가, 애달픈 이 하소연 어찌 듣지 못하여,
어쩌다 수심 많은 이 사람의 귀만 홀로 밝은고*.

연이 종이를 내려놓고 자리에서 일어났다. 늘 문안 인사를 올

---

*단종(端宗)의 '자규시(子規詩)'.

리던 방향을 바라보고 선 마음이 자꾸만 차올랐다.

다만 그대의 뒤를 따르고자 하였습니다. 그대가 없는 세상이
무슨 의미가 있을까요. 그러나 서두르지 말라는 말씀 남기셨지
요. 그대를 마음에 품고 시간을 따라 흘러가는 그때까지, 부디
잊지 마십시오.

연이 떠오르는 태양을 바라보며 손을 포개어 이마 위로 올리
고 천천히 몸을 굽혀 사배(四拜)했다. 엷은 바람에 종이가 펄럭
이며 저 멀리로 날아갔다. 마지막 절을 마치고도 그대로 엎드린
채 몸을 일으키지 않았다.

여느 아침과 마찬가지로 햇살이 그녀의 머리를 쓰다듬고 하
얀 목덜미에 입을 맞추었다.

결(結)
시내 흘러드는 바다 끝에서

　저편에서부터 다가오는 우아한 움직임에, 잔잔한 연못에 물
결이 일 듯 후원의 공기가 일렁였다. 움트는 새싹처럼 고운 연
둣빛 당의와 쪽빛 치맛단 아래쪽에 금박으로 아로새겨진 용은
연이 한 발 내디딜 때마다 밤하늘을 금방이라도 날아오를 듯 반
짝였다.

　모든 근심을 후원 바깥에 버리고 온 듯, 연이 사뿐한 걸음으
로 후원을 노닐었다. 손을 들어 야트막한 나뭇가지에 돋아 싱그
러움을 자랑하는 초록의 잎사귀를 쓰다듬기도 하고, 허리를 구
부려 이제 막 피어나는 꽃잎을 어루만지기도 했다. 그 소요를
함께 나누는 이가 귓가에 무언가 속삭이면 구슬이 굴러가듯 낭
연한 웃음소리가 맑게 퍼져 나갔다.

　팔랑이는 나비처럼 후원을 누비던 연이 한곳에 걸음을 멈추
었다. 물을 준 지 오래지 않은 모양인지, 영롱한 진주 빛 물방울

을 머금고 있는 꽃송이를 내려다보았다. 작은 흔들림에도 곧 굴러떨어질 것 같은 물방울을 지키려는 듯 조심스러운 손길이 소담한 모란 한 송이를 꺾어 들었다.

연이 몸을 돌렸다. 그녀의 곁에서 여유롭게 걸음을 딛던 홍위의 미소를 바라보며 제 손에 쥔 꽃을 그에게 내밀었다. 손을 뻗어 그 손을 감싸 쥐었다.

그 바람에 흔들린 꽃송이에서 농롱하게 빛나던 물방울이 또르르 굴러 그들의 손에 흘러들었다.

"화중왕이오니, 전하께 드리겠사옵니다."

홍위가 연의 손에서 꽃을 받아 들었다. 이미 왕이라 이를 수 없는 처지는 잊고, 꽃송이를 얼굴에 가까이했다. 코끝으로 스며드는 은은한 향내는 꽃을 건넨 소녀의 향기가 함께 실린 듯 몹시 달콤했다. 홍위가 얼굴을 살짝 붉히고 연을 내려다보았다. 작은 발로 분주히 후원을 누빈 연인의 얼굴이 살짝 상기되어 있었다. 연모의 정을 가득 품은 눈망울이 맞닿자 싱그러운 나무 열매처럼 붉은 연의 입술이 살짝 움직였다.

"신첩이 꺾은 모란이 아름답습니까, 모란을 꺾은 신첩이 아름답습니까?"

홍위가 연의 얼굴을 이윽히 바라보았다. 눈에 가득 담긴 미소에 짓궂은 기색이 엿보였다. 살그머니 내리깐 눈이 꽃으로 향하는 것을 보며 그녀가 떠올리고 있을 시구를 짐작했다.

절화행(折花行)이라. 홍위가 장난스러운 미소로 되받았다.

"모란은 화왕(花王)인데, 모란보다 아름다운 것이 과연 있을까요."

연이 샐쭉한 표정을 지었다. 홍위의 손에 들린 모란을 빼앗아 들고는 몸을 돌렸다. 꽃송이가 허공을 가르고 키 작은 풀 사이에 대롱거리며 매달렸다. 연이 홍위를 등진 채 뾰로통한 어투로 중얼거렸다.

"모란이 더 마음에 든다 하시었으니, 오늘 밤에는 꽃을 품고 주무시옵소서."

홍위가 뒤에서 연의 허리를 껴안았다. 연이 못 이기는 척 그에게로 몸을 기대었다. 홍위는 그녀의 어깨 위에 가볍게 턱을 얹고 나지막한 목소리를 흘려 냈다.

"비가 모란보다 아름답다 대답하였으면, 오늘 밤은 어찌 되는 것이오?"

따스한 숨결에 실린 속삭임에 연의 얼굴이 달아올랐다. 두근거림을 감추려 어색한 미소를 지으며 고개를 돌렸다. 홍위가 몸을 펴고 팔을 풀었다. 손을 뻗어 연의 볼을 감싸고 그 눈동자가 자신을 향하도록 서서히 들어 올렸다.

"감히 모란 따위로 견준단 말입니까."

눈빛이 얽혀 드는 것이 부끄러운 듯 내리깐 눈 아래, 붉은 입술이 무척 매혹적이었다. 홍위의 입술이 천천히 다가들었다. 연은 내리깐 눈을 들지도 못한 채 눈을 감았다. 안개를 걷어 내는 아침 햇살이 입술 위에 내려앉을 차례였다.

그러나 오랜 기다림을 견디지 못하고 눈을 떴다. 눈앞에 펼쳐진 광경은 조금 전과는 사뭇 달랐다. 안개를 걷어 내는 햇살 따위는 없었다. 새까만 하늘에 점점이 박힌 별이 아스라하게 반짝이고, 둥그렇게 떠오른 달만 밝았다. 조금 전까지의 그 모든 게 허상이었다.

가끔 이렇게 꿈인지, 현실인지 알 수 없는 풍경 속에 젖어 들 때가 있었다. 장의사 계곡에서의 첫 만남이 다시 펼쳐질 때도 있고, 동별궁의 후원에서와 비슷한 일을 다시 맞닥뜨릴 때도 있었다. 때로는 이렇게 있지도 않았던 일을 마치 겪어 본 적 있는 것 마냥 생생하게 떠올리곤 했다.

얼마 전, 미수(眉壽)가 남기고 간 책을 들춰 보다 절화행을 본 기억이 있으니 마음속에 남아 있던 시구가 꿈결 같은 장면을 펼쳐 낸 모양이었다.

연이 제 눈앞에 펼쳐진 광경을 말없이 응시했다. 이게 진짜인지, 또 몽롱한 꿈에 잠긴 것인지는 잘 알 수 없지만 몹시 아름다운 것만은 분명했다. 곳곳에 꽃이 흐드러진 모양새는 마치 눈송이가 매달려 있는 듯했다. 세찬 바람이 일자 눈송이와 같다 생각했던 꽃잎들이 일제히 쏟아져 내렸다.

해마다 눈에 담던 풍경이지만 지금껏 이 장면에 도취된 적은 거의 없었다. 천하의 절경이라 하여도 함께 바라볼 연인이 없다면 빛이 바래는 것은 당연한 일이었다. 하물며 고작 꽃이 지는 모습 따위일진대 어찌 장관으로 여겨지랴.

하지만 오늘만큼은 이 풍경이 가슴을 벅차오르게 했다. 달빛을 받아 희게 빛나는 꽃잎이 바람을 타고 그녀를 스쳐 갔다. 나풀대는 꽃잎 사이로 그리운 모습이 환영처럼 떠오르기를 기대하는 듯 눈을 깜박거렸다.

다만 한 줄기 바람, 그뿐이었다. 이번에는 고개를 끄덕였다. 나무 끄트머리에 고작 며칠간을 매달렸다 흩날려 버리는 꽃송이를 보러 산 넘고 물 건너 오는 게 어디 쉬운 일이겠는가. 천천히 발을 옮겼다. 긴 세월 동안, 연인의 목소리를 품느라 함께 고목이 되어 버린 딱딱한 나무줄기에 손을 얹어 감사를 표하는 것을 잊지 않았다.

아무런 미련 없이 고적한 산사를 떠나는 여인의 발걸음은 몹시 가벼웠다. 비탈진 길을 내려가며 자줏빛으로 물든 돌을 낀 샘에 정다운 눈길을 보냈다. 비도 오지 않는데 빗자국이 어른거리는 다리 위에서 잠깐 숨을 고르기도 했다. 그러나 발을 멈춘 순간은 몹시 짧았다.

언뜻 경쾌하게까지 느껴지는 걸음은 구불거리는 산길을, 잔잔한 물결이 일렁이는 포구를 아무렇지 않게 지나쳤다. 커다란 물줄기 사이에 갇힌 조그만 섬을 앞에 두고는 잠시 머뭇거렸으나, 피를 토하듯 구슬프게 우는 산새소리에 이내 발길을 돌렸다.

그 섬이 비어 있음을 이미 아는 까닭이었다.

달이 기울고 있었다. 지나쳐 온 길과 크게 다르지 않은 것 같은 풍경이 계속해서 이어졌으나 딛는 걸음에는 망설임이 없었다. 시간이 흘러도 똑같은 풍광에 지칠 법도 한데 오히려 여정의 끝이 다가옴을 확신하듯 굳건한 발길에 힘이 실렸다.

여명이 지나 저 앞으로 희끄무레한 빛이 비쳐 들 즈음이었다. 그녀의 주변에 완전히 다른 풍경이 펼쳐졌다. 조금 전까지 주변을 둘러싸고 있던 산자락이며 계곡 따위는 간데없이 사라지고, 끝을 알 수 없는 수평선이 아득하게 펼쳐졌다. 불그스름하게 물들어 가는 하늘 틈새로 금빛 햇살이 쏟아지자 수면 위로 떨어져 잘게 부서진 수천수만 개의 태양이 물결 위에서 어지럽게 반짝였다.

태양이 수평선을 완전히 벗어나도록 아무 기척이 없었다.

햇빛이 이렇게나 넘실대는데 어찌하여 그가 없는 것일까.

아까 지나온, 한양 동녘의 어딘가에서 구슬프게 울던 새가 그의 현신일까.

어쩌면 저 먼 바다 끝에서 떠오른 태양 자체일까.

그리움은 오로지 그녀만의 몫, 만나고자 하는 뜻이 없어 나타나지 않는 것일지도 모른다.

시린 눈을 크게 뜨고 저 먼 바다를 바라보던 연이 고개를 숙였다. 아무것도 신지 않은 발등 위로 토독, 떨어진 물방울은 일렁이는 물결이 빠르게 훔쳐 내고 고운 모래알을 발가락 사이로 흩어 놓았다. 철모르는 아이라면 까르르 웃음을 터뜨릴 법한 간지럼에 오히려 서러움이 북받쳤다. 목 끝까지 차오르는 울음을 삼키고, 또 삼켜도 어깨가 절로 들썩였다.

"연."

흐느낌에 섞여 든 따스한 부름을, 처음에는 환청인 줄로만 알았다. 그러나 어깨 위에 사뿐하게 얹히는 손길이 있었다. 다정하게 어루만지는 느낌은 착각할 수 없을 만큼 분명했다. 아주 조금, 고개를 움직였다. 꼭 보폭 하나만큼 떨어진 거리에 단정하게 선 두 발을 보고는 조금씩 시선을 들어 올렸다.

"아……."

울먹임이 섞인 짧은 탄식과 같은 소리만 겨우 토해 낸 채 도로 입을 다물었다. 선명하게 붉은 예복을 벗어던진, 어느 어두운 밤에 마주쳤을 적과 꼭 같은 선비의 모습이 되어 나타난 이이를 무어라 불러야 할지 알 수 없었다. 대답 없이 잔잔한 미소를 띤 채 그녀를 바라보는 이를 향해 더듬거리며 입을 열었다.

"그, 지금, 그리 만든 이도……."

그 말년도 결코 평안치는 아니하였더라, 힘겹게 이어 가려는 입술 위에 손가락이 가볍게 얹혔다. 이미 지나 버린 일, 다시 돌아오지 않을 시간에 대한 이야기는 지금에 와서는 무의미했다. 판단은 사가(史家)의 몫이 되겠지.

홍위가 평온한 목소리로 지금의 상황을 일깨웠다.

"기다리니 오는군요."

"줄곧 여기 계셨습니까."

"육신을 벗어난 이후로 쭉 여기에서 그대를 기다렸지요."

"어찌 오지 않으셨습니까."

목소리에 원망이 섞여 들었다. 그를 만나기 위해 흘려보낸 시간은 지나치게 길었다. 그리움에 그리움을 더하고, 그 위에 다시 겹쌓은 그리움은 아무리 꾹꾹 눌러도 언제나 마음을 가득 채우고도 넘쳐흘렀다. 그러나 견뎌 내는 것 외에는 도리가 없었다. 천천히 흐르고 흘러 그에게 오라던 그 말이 떠올라 질긴 명줄을 차마 어쩌지 못했다. 단 한순간이라도 그가 찾아 주었다면, 아무 미련 없이 그 곁으로 향하였을 것인데.

"기다리면 그대가 올 테니까요."

"너무 오래지 않습니까."

"자칫 길이 엇갈릴까 두려웠습니다. 그대가 고단할 것을 알아도, 혹 다시 만나지 못할까 겁이 나 움직일 수 없었습니다."

그 긴 시간, 힘겹고 괴로웠다.

그녀의 거취에 대해 제멋대로 떠드는 소리가 귓가에 닿으면 눈을 질끈 감았다.

깊은 밤 구슬픈 울음소리를 토하는 새가 찾아들면 잠을 이루지 못했다.

하얗게 나부끼는 꽃잎이 밤공기를 수놓을 적이면 눈시울이 흐려졌다.

차가운 물에 담근 손이 자줏빛으로 물들어 있을 적이면 가만히 손끝에 힘을 주곤 했다.

모든 순간의 고통스러운 기억은 부질없었다. 미안함을 가득 품은 표정과 온전한 애정을 담아 부드럽게 빛나는 눈빛이 모든 것을 무의미하게 했다. 걸어온 길이야 어떠하였든 이렇게 다시 만나게 되었다. 이 이상은 바랄 수도 없고, 바라지도 않았다.

연이 주춤거리며 뒤로 물러났다. 수십 년의 풍상을 겪어 내는 동안 세월의 흔적이 고스란히 새겨졌을 그녀의 육신을 비로소 떠올렸다. 눈앞의 정인은 여전히 싱그러운 소년인데, 그녀는 하얗게 센 머리에 굽은 허리를 펴는 것조차 어려운 노인이었다. 젊은 날의 고운 용모만 기억하고 있을 연인에게 제 모습이 어떻게 비칠 것인가.

"하지만……."

"그렇지 않아요."

그는 마치 그녀의 마음속을 들여다보듯 부정하며 손을 잡아당겼다. 당혹스러운 마음에 손을 빼내다 깨달았다. 주름도, 검버섯도 없이 매끈한 손은 상대와 크게 다르지 않음을.

"설령 그렇다 하더라도 아무 상관없다는 것도 잊지 말아요. 나로 인해 그대가 겪은 고난을 생각한다면, 다시 찾아 준 것만으로도 충분하니까. 그대가 돌아올 수 없다면 내가 가야지요. 그렇다면 내 모습을 마땅치 않게 생각했을까."

그가 장난스럽게 웃으며 건네는 말에 고개를 가로저었다. 비록 빈약한 상상력으로는 그녀처럼 나이 먹고 늙어 갔을 소년의 모습을 그려 낼 수 없었으나, 그 모습이 마땅치 않을 이유는 어디에도 없었다.

제대로 천수를 누렸더라면 서로의 나이 듦을 아쉬워하고 그만큼 함께하는 시간이 늘어감을 기꺼워할 수 있지 않았을까. 진정 그러한 시간을 함께 보내지는 못하였더라도, 그 상상만으로도 이미 마음이 가득하게 차오르는 느낌이었다.

까만 머리칼을 쓸어내리는 그의 손길에 부질없는 '만약'을 그려 보던 어리석은 사고가 정지했다. 먼 거리를 오도록 여태 떨어지지 않은 채 매달려 있던 하얗고 작은 꽃잎이 분주히 오가는 물결 위에 사뿐히 내려앉았다. 다가올수록 진해지는 숨결이, 얼굴 곳곳에 닿았다 떨어지는 부드러운 감촉이 수십 년 간 마음 깊은 곳에 잠들어 있던 소녀를 깨웠다.

발가락 새를 간질이던 바닷물이 슬그머니 치맛자락을 타고 올라 발목을 휘감았다. 찰싹이며 부딪쳐 포말을 만들어 놓고 모르는 척 달아나는 잔물결이 연인의 다정한 한때를 방해했다. 조심스레 치맛자락을 걷어 올리고 얕은 물에서 빠져나오는 모습은 계곡을 건너던 그 여름날과도 비슷했다.

그날, 연이 오라비의 충동을 못 이기는 척 따라 나오지 않았다면 어찌 되었을까.

홍위가 더위를 잠시 식히려 계곡에 들르는 대신 박차를 가해 길을 서둘렀다면 어떠하였을까.

천연은 어찌할 수 없는 것이지만 이토록 애틋하지는 아니하였겠지.

동행자의 손을 꼭 쥔 채 젖은 모래 위에 발자국을 남기던 연의 뇌리에 의문이 떠올랐다.

"하온데 전하."

"홍위."

그가 자신을 부르는 말을 정정했다. 이제는 왕도, 무엇도 아닌 그저 한 여인의 정인이고자 했다. 좀처럼 불리지 못한 이름을 연인의 입을 통해 나오는 고운 음성으로 듣기를 바랐다. 연이 웃으며 고개를 끄덕였지만 아직 입에 선 이름을 부르는 대신 마음에 품은 질문을 먼저 건넸다.

"여기로 올 것을 어찌 아셨습니까."

"약조하였으니까요."

흐르고 흘러 그에게 오라 말했다. 그를 그리며 동녘으로 발을 옮겼다.

그의 마지막 기억이 어린 곳보다도 더 동쪽으로 온 까닭은 알 수 없었다. 그가 자신만만하게 여기에서 만날 수 있으리라 생각했다는 연유도 알 수 없기는 마찬가지였다.

연의 표정을 살피던 홍위는 아직도 지나 보낸 시간에 갇혀 있어 오래전 기억을 잊은 것 같은 연인을 향해 미소했다. 나직한 목소리로 다정한 숨결을 속삭였다.

"벌써 잊었습니까? 시내가 흘러드는 바다 끝에서 태양이 떠오른다는 사실을."

귓불에 가볍게 내려앉은 입술이 오랜 그리움을 품고 미끄러져 움직였다.

一完

작가 후기

  첫 책을 펴낸 지 꼭 1년 만에 준비된 이야기의 마지막 편이 자 가장 먼저 마음에 담았던 이야기를 독자님들께 보여 드릴 수 있게 되었습니다. 처음에 대한 애착이란 이토록 견고한 것인지, 제일 늦게 떠나보내게 되었는데도 마음이 한층 더 복잡합니다. 그야말로 만감이 교차하는 순간입니다.

  〈그대를 실어 오는 바람〉은 단종과 정순왕후를 주인공으로 하고 있습니다. 춘원 이광수의 소설에서부터 팩션 사극에 이르 기까지 다양하게 변주되어 왔기에 누구에게나 익숙한 이야기이 기도 합니다. 그 낯익음 사이에서도 조금은 다른, 얼마간 사랑 스러운 면모를 발견하여 주시기를 바라는 마음입니다.

  '연(戀), 연(緣), 불망(不忘)'이라는 큰 제목으로 얽힌 세 편(〈그 대에게 내리나니〉도 포함하면 네 편)은 본디 시대를 초월하여 엮인 한 쌍의 연인을 그려 냈던 이야기입니다. 책을 좋아하는 당찬 소녀와 유약해 보일 정도로 부드러운 성격의 청년이 주인공이라는 공통점, 눈치채셨나요. 그 외에도 남아 있는 사소한 연결고리가 독자님께 발견되기를 바랍니다.

각 이야기는 출간 준비 과정에서 독립성을 지니게 되었습니다. 다만, 웹상에 연재되던 시절의 기억을 되새기는 오랜 독자님과 시리즈 전체를 다시 읽어 보려는 마음을 갖고 계신 독자님들께는 다음의 순서를 조심스럽게 권하여 봅니다.

아련한 첫사랑의 느낌을 담은 〈그대를 실어 오는 바람〉에 이어 〈치마폭에 담긴 붉은 그리움〉으로 그들이 다시 만나 일상의 행복을 누리는 순간을 함께해 주세요(〈치마폭에 담긴 붉은 그리움〉이 이미 혼인한 상태의 연인을 그린 것도 〈그대를 실어 오는 바람〉의 연속선상에 있었기 때문입니다). 〈등꽃 향기 흐드러지면〉에는 오래도록 서로를 마음에 품어 온 이들이 붉은 실로 매이는 과정을 담았고, 〈그대에게 내리나니〉의 전자책 외전에서는 그 누구에게도 허락되지 못했던 온전하게 행복한 순간을 만나실 수 있습니다.

불편을 감수하고 응원을 보내 주는 가족에게 사랑하는 마음을 지면을 통해 살짝 전해 봅니다. 아흔을 바라보는 외할아버지께서 돋보기 너머로 보내 주시는 애정 어린 시선이 벌써부터 느껴지는 듯합니다. 평소에는 안부 인사도 전할 줄 모르는 손녀지만, 오늘만큼은 늘 가슴 속에 감추어 두었던 인사를 전해 보아야겠습니다.

제때 맞추지 못한 일정을 조정하느라, 더 단정하게 다듬어진 글로 세상에 내놓기 위해 밤낮을 가리지 않고 노력해 주신 김지우 담당자님께 감사드립니다. 오랜 기다림을 하루처럼 기꺼이 감수해 주신 독자님들께는 후일 더 나은 글로 보답하겠노라 약속 드립니다.

절기가 수상하여 벌써 무더위의 한복판에 들어선 것 같습니다. 이 글의 어느 한 장면이 마음을 스치는 한줄기 소나기로 내렸기를 바랍니다.

—2017년 6월의 끝자락에서,

지연희 올림.